COLLECTION FOLIO

Angela Huth

De toutes les couleurs

Traduit de l'anglais
par Marie-Odile Fortier-Masek

Quai Voltaire

Titre original :
COLOURING IN

Auteur de nombreux romans, dont *Les filles de Hallows Farm*, *L'invitation à la vie conjugale* et *Tendres silences*, ainsi que de recueils de nouvelles, Angela Huth vit à Oxford avec son mari, recteur d'université.

I

ISABEL

J'ai eu quarante ans la semaine dernière et cela ne m'a pas dérangée. Tout le monde m'avait prévenue que ce serait un jour épouvantable, traumatisant. Il n'en a rien été, j'ai demandé qu'on n'en fasse pas toute une histoire et mon vœu a été exaucé. Quelques cartes humoristiques. Des scènes pastorales de la part de ceux qui connaissent mes penchants bucoliques. Sylvie s'était donné beaucoup de mal pour peindre un bouquet de tulipes aux couleurs vives. Les tulipes-perroquets noires, tracées d'une main tremblante, semblaient frissonner de tous leurs pétales. Elle m'a donné aussi une paire de gants en chevreau violet auxquels, avoua-t-elle, avant même que je ne les sorte de leur emballage, Dan avait « largement » contribué. Dan arriva avec une édition originale de *Jude l'Obscur* et m'invita au restaurant. Il était décidé à m'emmener dans un restaurant étoilé, mais je choisis l'italien du coin qui ne me déçoit jamais.

Ce quarantième anniversaire ne fut donc qu'une brève interruption dans la routine. Du haut de ses trente-six ans, Carlotta m'appela pour me conseiller désormais de prêter attention à mon apparence et à ma santé. Les vitamines étaient une aide, ajouta-t-elle, suggérant plusieurs préparations onéreuses, à frotter chaque soir sur la peau. J'acquiesçai, mais n'en tins aucun compte : je ne suis ses recommandations que pour des questions plus sérieuses. Lorsqu'elle s'efforce de m'être d'une aide quelconque dans des domaines plus terre à terre, elle prend un air docte qui ne lui va pas. Je tends une oreille polie, mais cela ressort par l'autre… Elle ne put s'empêcher d'ajouter qu'à l'avenir je devrais être consciente du déclin de mon sex-appeal. Je répondis que je m'en moquais : tant que Dan me trouverait à son goût, je serais heureuse. Nous éclatâmes de rire sans pouvoir toutefois décrypter nos rires mutuels. C'était une de ces brèves conversations, avec une grande amie, un de ces échanges qui sonnent faux et d'où vous ressortez avec un malaise visqueux qui, sitôt le téléphone raccroché, vous colle à l'âme quelques instants, vous laissant légèrement déconcerté jusqu'à ce que vous l'oubliiez.

L'anniversaire passé, le train-train quotidien a donc repris, Dieu soit loué ! Sitôt la porte d'entrée bruyamment refermée – signe que Sylvie et Dan sont partis –, je grimpe les trois étages menant au grenier que j'ai transformé en atelier, il y a cinq ou six ans. Je suis encore dans l'escalier – dont je vois chaque semaine le tapis s'effranger un peu plus, mais reconnaissons qu'il a vaillamment résisté pendant quinze ans – quand j'entends l'aspirateur dans l'entrée. Gwen arrive chaque matin à huit heures trente par la porte de service. Elle n'est jamais en retard et ses habitudes ne varient jamais : entrée, salon, salle à manger, cuisine, soit à fond, soit un simple coup de balai, selon les jours ou le besoin. Nous avons ensemble établi sa routine une fois pour toutes, compte tenu que les pièces des étages ne requièrent jamais la même attention que celles du rez-de-chaussée. Gwen nous est arrivée il y a neuf ans. À vrai dire, la lettre de recommandation de son employeur précédent ne rendait pas assez justice à son sérieux, à sa bonne humeur et à sa passion pour les tâches domestiques. J'ai envers elle un respect sans bornes et je ferais n'importe quoi pour elle, mais je ne veux pas lui parler, ni parler à qui que ce soit, avant d'avoir commencé ma journée. J'aime arriver à mon atelier sans m'encombrer de salutations, de papotages et ainsi me pénétrer d'un silence solitaire avant de m'asseoir pour commencer.

J'ai expliqué tout cela à Gwen quand elle est entrée à notre service. Elle a très bien compris, ajoutant qu'elle-même aimait aussi débuter sa journée dans le calme. Elle ne pouvait supporter de parler quand elle encaustiquait les meubles, m'affirma-t-elle, cela l'empêchait de se concentrer. Par conséquent, cette façon d'aborder la journée est un des nombreux points sur lesquels nous sommes d'accord et qui nous font apprécier notre chance que Gwen fasse partie de notre vie.

Dans l'atelier, il n'y a pas le téléphone, car je ne souhaite pas qu'on m'appelle. Du coup, on ne peut pas me joindre avant le déjeuner, ce que j'apprécie sincèrement.

Ce matin, en descendant à la cuisine prendre un café avec Gwen vers dix heures et demie – nous nous autorisons une pause de dix minutes – elle m'a dit que le téléphone avait sonné au moins cinq fois. Comme la persistance me paraît toujours synonyme d'importance, un frisson d'agacement m'a saisie, je ne voulais pas que cette belle matinée fût interrompue par une nouvelle d'importance capitale, étrangère à mon travail. J'ai toutefois promis à Gwen de rappeler avant de remonter. Continuez, lui ai-je dit.

J'entendais par là : continuez avec votre résumé du *Daily Mail*. Elle aime me lire chaque jour quelques passages de sa propre copie, s'y entendant à recueillir les passages amusants et laissant de côté les prises de position provocatrices susceptibles, elle le sait, de m'irriter. Gwen est très à droite, mais elle n'aime pas parler politique. Ce service de lecture quotidienne apparu à l'improviste l'année dernière me donne une idée de l'opinion populaire, ce qui, estime Gwen, est une bonne chose pour quelqu'un comme moi qui vit plutôt en vase clos, même si elle n'a jamais eu l'impolitesse de qualifier de « vase clos » le milieu dans lequel j'évolue. En réalité, elle a été prise à son propre jeu et continue davantage pour son propre plaisir que dans mon intérêt. Je n'ai jamais pu me décider à lui suggérer de renoncer à cette habitude, mais un de ces jours je le ferai.

Avant de remonter, j'écoutai à contrecœur mes messages. Sur les cinq, quatre étaient de Dan. Pouvais-je le rappeler le plus vite possible ? Il venait de parler à Bert Bailey, de retour de New York, et l'avait invité ce soir même à dîner. Étais-je d'accord ? Oh ! Rien de compliqué, pas besoin de mettre les petits plats dans les grands.

Bert Bailey ? En toute simplicité ?

Je me creusai la cervelle, tant au sujet de ce Bailey qu'au sujet du dîner : concocter un repas d'une délicieuse simplicité n'est pas mon fort. C'est alors que je me souvins. *Gilbert* Bailey, bien sûr. Le plus vieil ami de Dan, perdu de vue depuis des années. Je me réjouissais de le revoir, mais j'aurais préféré en être avertie un peu plus tôt. Du loup de mer et du gâteau au fromage blanc parfumé au gingembre. Du rapide et du facile. J'appelai Dan pour lui dire que j'étais d'accord, espérant que ma voix exprimait mon impatience de le revoir. Il suggéra alors que ce pourrait être une bonne idée d'inviter une autre femme. Pourquoi pas Carlotta ? Ils étaient amis d'enfance. Je retins un soupir : cela signifiait un autre coup de téléphone. Si je n'appelais pas Carlotta maintenant, elle serait à l'une de ses éternelles réunions. J'acceptai à nouveau. La petite idée qu'après si longtemps Bert préférerait peut-être passer la soirée en notre seule compagnie eût exigé d'autres précieux moments de discussion avec Dan. J'appelai Carlotta – comme toujours forcée de se dépêcher, mais oui, elle serait ravie de se joindre à nous –, et je vis Gwen ouvrir le réfrigérateur. Elle me lança un regard de commisération : le congélateur ne contenait pas grand-chose qui pût m'aider dans nos agapes. Je remontai à l'atelier en rageant : cette fois, ma matinée était fichue, en miettes. Je savais que tout ce que je ferais avant le déjeuner ne serait guère productif. L'élan qui tout à l'heure me portait s'était évanoui. Détails pratiques et arrangements sont fatals à la concentration. C'était un de ces jours où j'aurais aimé être seule sur les îles Shetland, près de la mer, des rochers, du ciel tourmenté, sans rien ni personne pour me déranger.

DAN

Le téléphone sonnait quand je suis arrivé au bureau avec dix minutes de retard, à cause de cette fichue circulation. J'ai décroché, sans même en donner la chance à Lesley, comme toujours en train de tripoter sa montre. Un de ces jours, je lui en offrirai une qui ne lui fera pas perdre autant de temps. C'était Bert. Bert ! Je n'y croyais pas. Au début, je n'ai pas reconnu sa voix. Puis il a dit :

– Gilbert, ton vieux copain, tu te rappelles ?

Je me suis excusé :

– Bert, nom d'une pipe !

Nous connaissant depuis le lycée, nous nous étions juré une amitié à toute épreuve quelque part sur les bords de la Tamise. Étudiants à Oxford, nous nous voyions souvent avant que je n'épouse Isabel. Nous avons bien roulé notre bosse avant de nous décider à nous ranger et à gagner notre vie. Ayant choisi l'armée, il était le plus souvent en poste à l'étranger. Nous nous sommes perdus de vue, même si, bien sûr, j'ai appris par les journaux son héroïsme lors de la guerre du Golfe et je lui ai adressé mes félicitations. Là-dessus, l'illustre colonel qu'il était a quitté l'armée pour une compagnie pétrolière new-yorkaise. Cette fois, on dirait qu'il est rentré au pays pour y prendre sa retraite. Sa retraite ? Il a mon âge. Je l'ai grondé. Il s'est repris, ne parlant plus que de semi-retraite. Et pour peut-être y trouver enfin une épouse, a-t-il ajouté. Il n'en avait pas eu le temps lorsqu'il était dans l'armée et il n'avait pas été attiré par les Américaines. Je me demande s'il réussira. J'ai l'impression qu'il ne sait pas s'y prendre avec les femmes. Toujours est-il que je l'ai invité à dîner ce soir et qu'il a accepté. Quand j'ai suggéré à Isabel que ce serait peut-être plus amusant pour Bert si nous faisions signe à une autre femme, elle a répondu qu'elle demanderait à Carlotta même s'il n'y a pas grand-chose à espérer de ce côté-là. J'aurais préféré que ces retrouvailles se passent juste entre Bert et moi, il y a tellement de choses qui n'intéresseront guère Isabel. Peu importe, nous déjeunerons tous les deux la semaine prochaine.

La perspective de cette soirée avec Bert a égayé ma journée. Celle-ci n'était pas surchargée : des offres à examiner, deux ou trois coups de fil à H. J'ai passé une heure à étudier un catalogue de vins mis aux enchères chez Christie's, regrettant de ne pas avoir les moyens de m'offrir quelques vraiment bonnes bouteilles. Je pourrais sans doute y faire un saut, m'offrir une caisse ou deux. Tout semble évoluer au ralenti ce matin, cela ne me déplairait pas de me mettre moi aussi en semi-retraite, mais pas question, pas avant plusieurs années. Non que nous menions grand train, Isabel et moi, il serait même plutôt modeste selon certains critères, mais entre les impôts locaux, deux voitures, des vacances convenables, les frais de scolarité, la retenue sur nos salaires, il est difficile de se sentir à l'aise, même si, à côté de bien des gens, nous faisons figure de privilégiés. Je suis un bosseur, le travail ne m'effraye pas. Le problème, c'est que j'en ai plein le dos de ces histoires d'import-export, malgré la réputation que j'ai acquise en ce domaine. Dans un monde idéal, je n'aurais plus jamais à m'inquiéter de négocier ou de compenser les incidences des fluctuations de l'économie. J'aimerais cesser de tenir la compagnie au courant de l'état des finances mondiales. J'en ai marre des chiffres et je me force chaque matin à lire les pages de la Bourse, ce n'est pas mon univers. Je suis ravi qu'il m'apporte un salaire décent, mais l'argent ne saurait compenser ma répugnance pour mon travail. D'ici quelques années, s'il plaît à Dieu, je me mettrai comme Bert en semi-retraite et j'écrirai. Toute la sainte joumée.

Ah ! Voilà bien le hic ! comme on dit. Mes pièces de théâtre…

J'ai été gâché, je suppose, par un début incroyablement prometteur. Un succès bien humble, dans le contexte du monde extérieur, mais d'une importance colossale dans celui de la vie universitaire. Étudiant en lettres classiques, je venais d'assister à une représentation *d'Œdipe le Tyran*, je me revois disant à Bert que j'étais subjugué. Il faisait son droit, n'avait pas compris un mot de grec, aussi était-il incapable de partager mon enthousiasme. J'avais réussi à le persuader de m'accompagner en lui faisant miroiter un dîner chez Elizabeth. Après plusieurs bouteilles d'une triste piquette accompagnant un poulet baignant dans une non moins triste sauce, je déclarai que j'avais désormais trouvé ma voie : je serais dramaturge.

Bert était toujours là pour encourager ses amis, quelle que fût la direction qu'ils choisissaient. Il me déclara solennellement qu'il avait confiance en mes talents de dramaturge, sans même avoir la preuve de mon aptitude à écrire quoi que ce soit, encore moins une pièce de théâtre ! Nous bûmes encore plusieurs verres à mon futur succès, puis je signai allégrement un chèque équivalant à trois semaines d'argent de poche… Là-dessus, nous regagnâmes St. Algates en titubant. À un moment, nous dûmes nous arrêter et nous adosser au mur de la poste. Bert promit d'être présent à la première. En le quittant, je lui décochai un solide coup de poing dans l'estomac, une marque d'affection que je tenais de mon père.

– Nom de Dieu, mon vieux Bert, lui dis-je, la vie est fichtrement chouette !

Il n'était plus en état d'en convenir, quant à moi j'étais trop ivre pour me demander s'il réussirait à parcourir les cent mètres jusqu'à Balliol.

Ce à quoi Bert ne se serait jamais attendu, je pense, c'est qu'il y aurait une première, que j'écrirais une pièce de théâtre. Je m'y attelai dès le lendemain matin, sitôt sorti des brumes de la gueule de bois. Il y était question d'amour, de vérité et de sens caché, le tout sur un ton badin, émaillé de plaisanteries qui égayaient le fond sérieux. Je l'écrivis d'une traite, en quinze jours, disons que je n'étais qu'en deuxième année et les examens n'étaient qu'à l'horizon… Qu'importe, je ne pouvais m'en empêcher. J'avais la rage d'écrire, comme si mon inspiration me venait de là-haut, pour reprendre l'expression d'un célèbre écrivain. Ce furent les deux semaines les plus passionnantes, les plus stimulantes que j'avais jamais vécues. Je me retrouvai avec un manuscrit impeccable, présenté dans une reliure verte, bref, un travail digne d'un homme de métier. Je le montrai à un ami, ou plus exactement une relation, très intéressé par mon texte dans son pigeonnier ; je reçus la réponse que je n'osais espérer : *fantastique*, telle fut la réaction de Fergus, nous la monterons.

Mon deuxième coup de chance fut que Fergus se révéla un excellent metteur en scène. Il semblait deviner exactement ce que j'avais en tête, ne cherchant pas à apporter de grandes modifications à seule fin de mettre sa griffe. Qui plus est, il avait à sa disposition une troupe de jeunes acteurs étonnants, tous extrêmement désireux de répéter sept jours par semaine, quitte à empiéter sur leur temps de travail universitaire. Nous nous retrouvâmes avec une douzaine de volontaires par rôle. Les auditions furent un moment merveilleux. Fergus et moi nous aperçûmes que nous étions tout à fait sur la même longueur d'ondes, surtout pour confier le rôle principal à Magdalene Brewer. Très grande, Magda ne ressemblait à aucune fille de ma connaissance : ce n'était pas à proprement parler une beauté, mais elle avait un sourire si enchanteur et un regard si pénétrant que j'y succombai dès qu'elle entra dans la salle pour lire son rôle. Par bonheur, et sans doute aussi dans son enthousiasme de partager ce rôle tant convoité – elle trouva comme moi que ce serait une bonne idée de passer un peu de temps ensemble à parler de *l'essence* de la pièce –, je lançai le mot, me surprenant moi-même de cette influence féminine. Nous passâmes donc de nombreuses heures dans sa chambre ou dans la mienne, mentionnant la pièce à l'occasion. Elle abandonna sa licence de philo et je laissai tomber Hérodote et compagnie. J'étais un dramaturge amoureux, c'est tout. Quant à Magda, je ne sais pas trop où elle en était. Le trimestre suivant, son ardeur se refroidit. Sans doute était-elle de ces femmes qui jugent approprié de tenter l'impossible pour parvenir à leurs fins dans un monde compétitif.

En avant, en avant, désormais juste *En avant* pour les initiés, débuta au cours de l'avant-dernière semaine du trimestre. La pièce eut un succès fou. À la fin, la salle se leva pour applaudir, la robe de Magda manqua de justesse de dévoiler ses seins prodigieux pour le plus grand bonheur des spectateurs qui, prêts à tout pour s'amuser, avaient trouvé matière à rire entre des passages propices à haute réflexion. Brandissant une bouteille de Krug, Bert eut du mal à s'approcher de moi, pris au milieu de tous ces gens qui se pressaient pour me féliciter, se battaient pour bien montrer qu'ils étaient mes amis. Le succès me monta vite à la tête : l'ambition me rongeait.

La fin de la semaine approchait, je redoutais de voir retomber le soufflé de la gloire. Tout en me demandant ce que je ferais par la suite, je lus et relus les louanges de la presse, jusqu'à les connaître par cœur. La plus flatteuse disait : *Nous avons là un auteur très prometteur, plein d'esprit, jeune, mais d'une surprenante maturité.* C'est drôle que je m'en souvienne encore. Un malheur ne vient jamais seul, de même en fut-il du succès, au cours de ces quelques mois grisants de ma jeunesse. Un metteur en scène, un jeune qui avait de la fortune personnelle, désireux de découvrir un non moins jeune talent présenta la pièce au festival d'Édimbourg. Quelle semaine ! Représentations à guichets fermés. Nuits de libations. Presse enthousiaste. Il fut beaucoup question de pièces à venir, de futures productions. Enivrée par la gloire, Magda m'épuisa presque. Comment avons-nous pu survivre ? Comment parvenions-nous au bout de nos journées après ces nuits passées à célébrer chaque représentation ? Mystère ! Nous étions tous persuadés *qu'En avant* serait une expérience aussi merveilleuse qu'inoubliable, un des meilleurs moments de notre vie, etc. En réalité, je pense que la plupart d'entre nous s'accorderaient à dire que nous avions raison. La douche froide arriva au début du trimestre suivant. Mes professeurs me félicitèrent galamment pour ma réussite dans le monde du théâtre, mais ils insinuèrent que s'il était dans mes intentions d'obtenir un diplôme, mieux vaudrait que je retourne à mes études. Je tins compte de leur mise en garde et me remis au travail.

Je savais que les paillettes de cette éblouissante parenthèse scintilleraient dans ma tête sitôt que je reverrais Bert et qu'il en serait sans doute de même pour lui : rien de tel que des souvenirs partagés pour faciliter des retrouvailles au terme d'une longue absence. Ils cimentent l'amitié entre des êtres que la vie a éloignés. Ils déchaînent les plaisanteries sur nos folies de jeunesse, et nous donnent chaud au cœur en nous laissant accroire que nous sommes maintenant pleins de sagesse et de raison. Mon Dieu, qu'il ferait bon revoir Bert ce soir ! En attendant, la journée n'en finissait pas.

SYLVIE

Mes parents : Mom et Pop. À vrai dire, en classe, je les appelle Maman et Papa, pour qu'on ne me taquine pas. Je les adore, mais ils sont bizarres à bien des points de vue. Prenez Mom : elle a des idées très arrêtées sur des tas de choses et vous ne l'en ferez pas démordre. Les baskets, par exemple. Elle déteste littéralement les baskets. Elle trouve ça laid. Je m'escrime à lui répéter que des chaussures ça n'est ni laid ni joli, c'est des chaussures, un point c'est tout. Si je me donnais la peine de regarder, me répète-t-elle, je verrais bien que c'est laid. Elle juge laides des tas de choses que je ne remarque même pas, aussi courir les grands magasins avec elle est loin d'être une partie de plaisir. Du coup, je lui demande : dans ce cas-là, qu'est-ce que tu aimerais que je porte ? Elle reste muette, elle ne suggère toutefois pas les sandales qu'elle portait à l'ère antédiluvienne, je le reconnais. Bref, chaque fois qu'il me faut une nouvelle paire de baskets, on se chamaille ou, plutôt, on argumente et, en général, dans le magasin, ce qui est plutôt embarrassant. Je reconnais cependant que c'est la seule occasion où je la trouve hyper-embarrassante. Elle ne parle pas haut et fort à la sortie de l'école, comme d'autres mères, elle ne se perd pas en complaisances à mon égard avec mon professeur, elle ne porte pas de mini-jupes et ne se teint pas les cheveux en orange comme la mère de mon amie Elli, dont on voit les racines toutes noires. Elle est absolument persuadée qu'en musique pop rien ne vaut les Beatles. Disons qu'ils sont très bons : j'aime *Lucy in the Sky*, mais je n'irais pas jusqu'à les qualifier de génies : selon elle, qu'il s'agisse des airs ou des paroles, ils n'ont jamais été égalés. Je pense qu'elle n'en démordra jamais ! Une fois qu'elle s'est fourré une idée dans le crâne, nul ne la fera changer d'avis. Je lui ai demandé ce qu'elle pensait de cette antiquité que l'on mentionne encore de temps en temps : Mick Jagger. Elle m'a répondu que les Rolling Stones étaient plus frustes que les Beatles, mais qu'elle les aimait aussi, et elle en a mentionné des tas d'autres qui avaient fait des tubes dans sa jeunesse. Je n'en avais jamais entendu parler. Je réussis parfois à lui faire écouter ma musique. Elle fait une drôle de tête et déclare que ce n'est pas son genre. Il y a pourtant un groupe qu'elle aime, Radiohead. Disons qu'ils sont géniaux, un peu comme les Beatles.

Je ne peux pas me plaindre de Maman : elle est à peu près toujours là, je veux dire à la maison. Beaucoup de mes amies ont leurs mères qui travaillent dans un bureau ou pour une compagnie, elles ne sont jamais là, et n'ont jamais le temps de les aider ou de les écouter. Maman, elle, écoute. Toujours. Apparemment, lorsqu'elle est chez elle, la mère d'Elli est en proie à une agitation permanente, elle passe sa vie au téléphone. J'ai donc de la chance d'avoir une mère qui travaille à la maison. Elle a fini quand je rentre du lycée, ce qui nous donne de bons moments à l'heure du thé. Elle me raconte ses déboires, me confie combien elle s'est sentie ridicule dans telle ou telle situation, ce qui m'amuse. Elle est absolument nulle pour tout ce qui est technique. Quand son portable sonne, ce qui n'arrive que lorsqu'elle le laisse allumé, faute de savoir l'éteindre, elle se précipite pour attraper l'appareil de photos ou la télécommande, c'en est pathétique. À l'en croire, tout ce qui a trait aux ordinateurs, à Internet ou à l'informatique est assommant, et elle ne peut supporter ceux qui en parlent. Disons que je préfère encore ça à la mère d'Elli qui reçoit une centaine d'e-mails par jour et passe ses journées à surfer sur le Net… Oui, j'ai tendance à préférer la façon de voir de Maman, mais je trouve qu'elle pourrait faire un petit effort en ce domaine. Je ne cesse de lui répéter qu'elle est vieux jeu, qu'elle est figée, « gélifiée », dans le passé. Elle me répond qu'elle s'en moque. Elle a des tas d'idées sur ce qui est bon ou mauvais pour moi et elle les défend bec et ongles. Les boissons gazeuses, les McDo, les chips, je n'ai pas le droit à tous ces machins, du moins pas très souvent. Il faut toujours qu'elle essaye de me faire manger des fruits – notre table de cuisine ressemble à un étalage de marchande des quatre saisons – et du poisson, que je déteste. Elle est très douée pour les puddings. De temps en temps, le dimanche, nous avons droit à un pudding qui émerge d'une sauce au chocolat : super !

Elle me rend parfois dingue à force d'essayer de m'inculquer ses goûts. Un beau jour, elle s'est mise en colère sous prétexte que je ne connaissais pas la différence entre un pinson et une jonquille. Ce qui était, il faut l'avouer, complètement loufoque. Bien sûr que je connais les jonquilles. Il y en a tout plein à Hyde Park et nous en avons dans le jardin. Je lui ai répondu que je ne voyais pas comment elle évaluait mes connaissances ornithologiques d'autant que nous n'avions pas de pinsons. Aussitôt, la voilà qui achète cet atroce tableau de classification des oiseaux. Quelle horreur ! me suis-je exclamée. Elle a éclaté de rire. Devinez quoi ? Eh bien, j'ai eu droit ensuite à ces leçons sur les oiseaux au petit déjeuner… Et celui-là, Sylvie ? Le jaune et bleu ? Une mésange bleue, Maman. Mais non, voyons, c'est une mésange des marais ! Je m'escrime à te répéter que la grande, c'est… Oh ! Franchement ! ce qu'elle peut être casse-pieds avec ses volatiles !

Mais tout compte fait… Oui, tout compte fait, je trouve que j'ai drôlement de la chance d'avoir Maman. Je veux dire qu'on peut lui faire confiance. Elle ne me laissera jamais, jamais tomber. Elle n'est jamais, jamais en retard. En fait, je me suis aperçue que quand elle vient me chercher, elle arrive tellement en avance par souci d'être à l'heure qu'elle doit attendre. Elle prétend qu'elle aime ça. Si étrange que cela puisse paraître, elle apprécie de rester dans la voiture à écouter Radio 3 ou je ne sais quoi. Si quelque chose ne va pas, son avis est toujours le meilleur. Elle comprend tout, même si elle n'est pas d'accord. Étrange, parfois, la façon dont elle perçoit que je suis inquiète ou malheureuse ou je ne sais quoi, j'en ai la chair de poule… Elle s'arrange pour en trouver la cause sans jamais vraiment me poser de questions. Il est rare qu'elle se mette en colère et elle me pardonne beaucoup. Papa dit qu'elle me pourrit. Pas tant par des cadeaux, même si elle a l'art de dénicher la petite surprise qui vous fera plaisir. Elle se souvient de m'avoir entendue dire que j'aimais telle ou telle chose ? Je vois soudain celle-ci apparaître. Elli prétend qu'elle se montre prodigue de son temps. Je ne vois pas au juste ce qu'elle entend par là, sans doute cela veut-il dire que si fatiguée, si occupée soit-elle, à la fin de la joumée, Maman trouvera toujours le temps de m'aider avec mes devoirs, mon piano ou autre. Peut-être que je considère cette attention comme allant de soi, même si je n'en ai pas l'impression. À vrai dire, j'estime que j'ai bien de la chance de l'avoir pour mère. Malgré certains côtés un peu bizarres, c'est la meilleure des mères. Mais sans doute que la plupart des gens pensent cela de leur mère… À l'exception d'Elli.

Papa ! Oh ! Papa… Il est bizarre, lui aussi, mais d'une façon différente de Maman. Le problème, c'est qu'il se concentre tellement sur ce qu'il fait qu'il est parlois très difficile d'attirer son attention. Par exemple, il est à la cuisine, plongé dans un article du journal au sujet d'une guerre ou de je ne sais quoi et je lui pose une question : eh bien, il n'entend tout simplement pas, ce qui peut être très agaçant. Il se mettra en colère pour des motifs différents de ceux de Maman. Ma chambre par exemple. Il prétend que c'est un véritable dépotoir et qu'il ne me fera pas la lecture avant qu'elle soit en ordre. Il ajoute éventuellement que c'est une foutue honte. Quand j'étais petite, il ne jurait pas devant moi. Maintenant, ça lui arrive assez souvent, mais il ne se sert pas de ces vilains mots que Harry nous a appris à l'école. Il est absolument merveilleux, Papa, quand il me fait la lecture. De toute évidence, il a commencé quand j'étais bébé et il a continué des années après que j'ai su lire pour la simple raison que je continuais à le lui demander. Il n'a pas son pareil pour prendre différentes voix. J'adore les livres de Roald Dahl, même si nous en sommes à Dickens pour le moment. Je trouve Papa très intelligent. D'ailleurs, il a l'air intelligent, surtout maintenant que ses tempes grisonnent. Il n'aime pas étaler son savoir, mais je pense que les autres le perçoivent. Il m'arrive de regarder les visages de ses interlocuteurs, ils ont l'air vraiment impressionnés. Quand il était jeune, il a écrit une pièce de théâtre et il a failli devenir une célébrité internationale. On peut voir dans son bureau des affiches de la pièce, avec son nom en gros. Je suis fière de lui, sauf quand il danse. Pour célébrer leurs seize ans, mes cousines jumelles ont donné une soirée à laquelle elles ont invité des garçons et des filles de tous les âges, y compris de douze ans comme moi à l'époque. Tout le monde devait danser. Par bonheur, Maman s'est abstenue, bien qu'elle prenne des cours de danse. Elle a prétendu qu'elle ne pouvait pas suivre ce rythme. Si vous aviez vu Papa ! Il était là qui se contorsionnait. Il s'agitait en chantonnant et en remuant les bras, il avait tout d'une pieuvre. Je ne savais plus où me mettre. En rentrant à la maison, je lui ai dit :

– Papa, je t'en supplie, ne me rejoue jamais un tour pareil.

Il m'a conseillé d'être moins critique, de laisser les autres prendre leur plaisir comme ils l'entendent, ajoutant qu'il y avait bien d'autres pères qui dansaient. Je lui ai répondu que oui, mais qu'en son genre il avait la palme. Dieu merci, nous n'avons jamais remis les pieds à ce genre de soirées. Je vis dans la hantise que Papa se ridiculise à nouveau. Sans doute devrais-je m'y attendre le jour de mon mariage ou lors d'une autre occasion.

Papa et Maman forment un couple sympa. Je n'aimerais pas qu'ils divorcent. Il y en a tout plein dans ma classe dont les parents sont divorcés, certains se retrouvent avec des beaux-pères ou des belles-mères exécrables. Je ne vois pas mes parents divorçant. Ils sont mariés depuis quinze ans, ils m'ont et ils ne se disputent pas trop. En fait, je crois qu'ils sont heureux. Ils rient beaucoup, se remercient pour les mutuelles petites attentions de la vie de tous les jours, par exemple quand Papa sort les ordures ou quand Maman retrouve l'écharpe qu'il perd sans arrêt. Ils ne passent pas le temps à se faire des mamours, ce que j'apprécie vraiment. Je n'aimerais pas des parents fleur-bleue qui à longueur de journée s'embrassent et se câlinent. Ils sont le plus souvent du même avis, même lorsqu'il s'agit d'améliorer mes performances intellectuelles. Je leur répète que le jour où j'aurai des enfants, je ne ferai strictement rien pour les aider à se cultiver, ils me disent d'attendre... À vrai dire, ils ne m'assènent pas trop de laïus, ils essayent juste de me signaler discrètement telle ou telle chose. Je les vois toujours venir...

Détail surprenant, ils reçoivent peu. Elli raconte que ses parents donnent tout le temps de grands dîners et qu'elle se retrouve devant la télé avec un bol de céréales. Mes parents sortent environ un soir par semaine, parfois Papa s'en va seul, pour affaires, alors je m'amuse avec Maman. Elle trouve que les dîners sont trop de tintouin et elle déteste cuisiner, aussi est-il rare que nous ayons ne serait-ce que deux invités, comme ce soir. Un vieux copain de Papa et cette horrible Carlotta. Quand je suis rentrée du lycée, Maman m'a semblé un peu survoltée, elle était là qui décortiquait les crevettes, se dépêchait, faisait tout tomber. Du coup, j'ai mis le couvert. J'ai cueilli les pensées dans le bac à fleurs et j'en ai décoré la table. Elle aime ça. Elle m'a préparé un plateau avec des beignets de poisson, des carottes et du yogourt au chocolat, l'a apporté dans le bureau en me disant que je pouvais regarder la télé jusqu'à neuf heures. C'est chouette. Cela ressemble un peu aux soirées d'Elli, mais en bien plus sympa. J'ai même eu droit à un Toblerone à condition de le manger avant de me brosser les dents. Ce que j'ai promis bien sûr, je promets toujours des tas de choses. Papa et Maman aiment ça et ils me font confiance.

GWEN

Dès le début, ça s'est bien passé avec les Grant. Lors de mon entretien avec Mrs. Grant, j'ai été très claire. J'aimerais bien que vous m'appeliez Gwen, lui ai-je dit, tout le monde m'appelle Gwen. De mon côté, je vous appellerai Mrs. Grant. Elle a aussitôt accepté. Lors de cette première rencontre, nous nous sommes aperçues que nous voyions beaucoup de choses de la même façon, y compris la ligne de démarcation dans les rapports entre employeur et employé. Mrs. Grant m'a confié que, dans sa jeunesse, elle avait travaillé chez un éditeur et qu'elle avait toujours veillé à parler de Mrs. Machinchouette lorsqu'elle se référait à sa patronne bien qu'étant à peu près du même âge. Il est clair que les choses ont changé. On s'appelle par son prénom dès qu'on se rencontre. Vous me trouverez sans doute vieux jeu, mais ça me hérisse quand je m'entends appeler Gwen par quelqu'un à qui je viens d'être présentée, sans que cette personne n'émette ne serait-ce qu'un « si vous me permettez... ». Mrs. Grant voit les choses comme moi.

Ce fut un plaisir de découvrir que nous avions bien d'autres points communs. Mon ancienne patronne, Mrs. Je-ne-sais-plus-trop-quoi, je n'arrive jamais à me rappeler ce nom à tiroirs, qui habitait Holland Park. Elle et moi venions de planètes très différentes. Je ne suis restée que cinq ans à son service car son mari était malade. Mais Mrs. Grant aime comme moi que tout soit nickel. C'est une perfectionniste. Elle aime commencer sa journée en mettant un peu d'ordre, mais elle ne veut pas que la maison donne l'impression d'être inhabitée, qu'elle ressemble à une salle d'attente. Je vois tout à fait ce qu'elle veut dire. Je ne vais jamais dans son bureau, sauf pour y passer l'aspirateur une fois par mois : elle prétend que c'est sens dessus dessous, mais qu'elle y est chez elle. Cela peut paraître étrange, mais je crois qu'il vaut mieux vous conformer, dans la mesure du possible, aux petites manies de votre employeur : cela ne doit pas être facile pour eux. Avec Mrs. Je-ne-sais-plus-trop-quoi, ça n'a pas marché, elle m'en a fait voir de toutes les couleurs. En revanche, j'ai essayé dès le début d'établir une bonne relation avec Mrs. Grant, et après ça tout est allé comme sur des roulettes. Je lui dis :

– Mrs. Grant, s'il y a quoi que ce soit qui ne vous plaît pas, dites-le-moi tout simplement, je ne m'en vexerai pas.

Il s'est avéré qu'elle n'aimait pas ma façon de poser les coussins du canapé sur leur pointe – « comme des ballerines, le long du mur », pour reprendre son expression, qui m'a fait rire. Elle n'aime pas non plus que les objets, cendriers, boîtes, etc. soient placés en diagonale. Elle prétend que cela perturbe son sens de la symétrie. Pour ma part, j'ai toujours préféré qu'un cendrier soit posé un peu de travers, cela ajoute une touche d'originalité. C'est ce que je fais dans mon salon mais, bien entendu, chez les Grant je dois me plier aux goûts de Mrs. Grant. J'en ai tellement l'habitude qu'il est rare que je me trompe.

Je finis par assez bien connaître les Grant. Au bout de neuf ans, c'est normal. En un sens, je les considère comme ma famille, surtout qu'Ernie n'est pour ainsi dire jamais à la maison et que Jan vit dans le Nord, non que nous ayons jamais été proches, en tant que mère et fille. C'est Mrs. Grant que je connais le mieux, évidemment. J'ai l'impression de lire ses pensées. Elle est aussi posée qu'aimable et, certes, attentionnée. Un peu dans la lune peut-être, mais ne le sommes-nous pas tous ? Elle oublie, panique un peu quand elle est débordée. C'est au moment où elle descend prendre son café du matin qu'elle est le plus distraite, comme si elle avait encore la tête dans ses affaires là-haut et qu'elle ne voulait pas se déconcentrer. Elle ne parle cependant jamais de son travail. Il arrive qu'on me montre le produit fini avant qu'il soit expédié, j'admire ainsi son talent. Et, qui plus est, sa modestie. Je ne pense pas qu'elle croie à mes compliments, ni à ceux de qui que ce soit. Et puis elle évolue avec une telle aisance, une telle grâce. Vous devriez la voir descendre l'escalier, c'est un plaisir de la regarder. Elle en impose, même lorsqu'elle est en tee-shirt et en jean. Elle se tient très droite. Elle m'a raconté qu'en classe elle avait des leçons de maintien, on les faisait marcher avec des livres sur la tête. Je ne pense pas que ça existe encore. Elle n'a vu Ernie qu'une seule fois : en permission pour quelques jours, il était passé me prendre au travail. Ils se sont fort bien entendus. Il m'a dit que j'avais beaucoup de chance d'avoir une aussi bonne patronne. Je lui ai répondu :

– Voyons, Ernie, ne sois pas stupide, tu ne crois pas que je le sais ?

Jan ne les a jamais rencontrés et elle ne les rencontrera sans doute jamais. Elle n'est pas du genre à faire l'effort de venir trouver sa mère, et je n'ai été invitée qu'une seule fois dans le Yorkshire en dix ans. Mais je pense que Mrs. Grant a l'impression de les connaître tous, y compris Bill, bien qu'il soit mort deux ans avant que j'entre au service des

Grant. Elle m'écoute, ne dit pas grand-chose, mais prête toujours une oreille bienveillante. Je la connais moins par ce qu'elle dit que par le courant qui passe entre nous. Elle a un regard très expressif et elle est, en général, très calme même s'il lui arrive de froncer les sourcils en tapotant sur sa tasse. Un jour où je suis arrivée très en retard à cause du dentiste, je l'ai entendue jouer du piano. Je sais qu'elle n'aime pas jouer en présence de quelqu'un, elle s'est arrêtée en entendant la porte, mais, mon Dieu, quelle véhémence ! Elle vous plaquait les accords, comme si elle était en colère. J'étais très perturbée. Je me suis rendu compte que c'était à peu près à l'époque où elle avait appris que son père avait un cancer.

Je connais moins bien Mr. Grant, c'est normal. Mais d'après ce que je perçois, il est anglais jusqu'au bout des ongles. Il me rappelle beaucoup mon Bill. Il se tient très droit, a l'air très digne, est charmant, a un petit air malicieux. Tout ce qu'il y a de plus courtois. On ne peut pas vraiment lui reprocher d'être vieux jeu, disons qu'il est toujours élégant, il n'est pas du genre à porter un tee-shirt pendant la semaine, comme beaucoup de ses semblables. Je suis intimement convaincue que c'est un passionné. Plein d'ardeur au bureau et dans l'alcôve, comme on dit ou, du moins, comme disait Bill. Je ne sais pas trop ce qu'il fait, mais cela doit rapporter. Je l'imagine penché sur sa table de travail, écrivant avec fureur. Là-haut dans son bureau. Chaque lundi matin, je vide sa corbeille à papiers bourrée de feuilles de papier machine froissées. Le sol en est jonché. Quant à son bureau… ! Mrs. Grant dit qu'il écrit des pièces de théâtre et qu'elles ont du succès. Pour autant que je sache, il n'en a écrit qu'une, mais il s'entête. Il est bien décidé à s'accrocher. Il se passe parfois des jours sans que je l'entrevoie, car il part très tôt. Mais quand nous nous croisons, il m'exprime son appréciation. Vous n'avez pas votre égal pour astiquer le garde-feu, Gwen, répète-t-il. Ni pour repasser les chemises ! Il a promis que pour mes cinquante ans – j'en ai le frisson ! – nous dînerions au restaurant avant d'aller voir *La Souricière*, ce dont je meurs d'envie depuis des éternités.

Sylvie… Sylvie, c'est autre chose. Une bonne fille, mais lunatique et têtue comme une mule. On ne peut pas dire qu'elle soit spécialement gâtée, même si elle possède tous les jeux et gadgets possibles et imaginables. Quatre-vingt-trois animaux en peluche dans sa chambre, je les ai comptés. Sa chambre est un vrai dépotoir. Je ne puis y passer l'aspirateur qu'après que sa mère lui a donné l'ordre de la ranger, c'est-à-dire environ une fois par mois. Elle a collé des tas de trucs sur les murs, du coup on voit à peine le joli papier peint qu'elle trouve fadasse, m'a-t-elle confié. Au-dessus de son bureau, elle a affiché une liste de mots. Vu la taille des caractères, je ne puis m'empêcher de les lire. Apparemment, ce sont des mots qu'elle a inventés. Elle en glisse un de temps en temps dans ses devoirs, pour voir si le professeur s'en apercevra, ce qui n'arrive pas souvent. Sylvie a le côté séducteur de son père, c'est indéniable. Un de ses sourires, la tête inclinée sur le côté, et elle vous mène par le bout du nez ! Pour le moment, elle a cette espèce de mors aux dents, mais je sens qu'elle deviendra aussi belle que sa mère, et qu'elle ira loin. Elle a ces idées fofolles et de l'énergie et de l'imagination à revendre. Je devine que d'ici environ un an, à l'adolescence, elle donnera du fil à retordre à ses parents, j'ai connu ça avec Jan, mais tout rentrera dans l'ordre. Un jour, elle a dégringolé l'escalier et s'est précipitée dans mes bras en me déclarant que j'étais formidable. Comment ne pas être conquise par cette spontanéité ? J'ai dit à sa mère, oui, je lui ai dit qu'un jour le nom de Sylvie serait très connu, croyez-moi. Dommage qu'elle n'ait pas eu de frères et sœurs, franchement. Je crois qu'il y a eu des problèmes, mais je n'ai pas cherché à en savoir davantage. Toujours est-il que c'est une bonne famille. J'aimerais pouvoir travailler chez eux jusqu'à mes vieux jours.

BERT

Dieu qu'il fait bon être chez soi ! Comment ai-je pu hésiter si longtemps. New York est merveilleux pendant un moment. Enivrant, mais d'une façon différente de Londres. Toutefois, au quotidien…

J'ai eu un peu de vague à l'âme en retrouvant mes pénates. Les locataires ont laissé des traces de leur passage. Rien de bien précis, juste une atmosphère de décrépitude qui n'était pas là quand je suis parti. Même si je suppose qu'en dix ans, il faut s'y attendre. Il y avait une odeur désagréable, la vieille fumée et le désodorisant ne faisant pas bon ménage, j'ai ouvert tout grand les fenêtres, j'ai inspecté les placards. La cuisine semblait vétuste, hors d'usage. Sans doute faudra-t-il que je change l'appareillage électroménager, que je renouvelle les rideaux et les housses du canapé et des sièges. En réalité, la décoration de la maison aurait bien besoin d'être rafraîchie. Il va aussi falloir que je rachète une voiture et que je fasse une demande d'autorisation de stationnement résidentiel, tout cela est assommant. Ce n'est pas une question d'argent, j'ai amplement de quoi m'offrir ça, mais c'est agaçant de n'avoir personne pour m'aider ni me conseiller. Toujours est-il que je suis fou de joie d'être de retour.

De Dan, j'en sais beaucoup plus. Surtout au sujet de la pièce qu'il est en train d'écrire. Je n'en reviens pas de son acharnement. Depuis que nous avons quitté Oxford, Dan n'a cessé d'écrire des pièces de théâtre. L'énorme succès qu'a remporté *En avant* l'a convaincu qu'il était né dramaturge. Le fait qu'aucune de ses pièces n'ait été mise en scène depuis ce triomphe de jeunesse ne semble pas l'avoir affecté. Il passe des mois à attendre des réponses de compagnies de théâtre et de metteurs en scène sachant, je pense, au fond de lui-même, que la réponse, si réponse il y a, sera négative. Il lui est arrivé une fois ou l'autre d'avoir une lueur d'espoir : un directeur de théâtre lui ayant laissé entrevoir – sans doute par compassion – quelque avenir pour une de ses pièces mais, en réalité, le projet avorte. Tant pis, dit Dan. Il n'impute jamais son insuccès à une crise affectant le théâtre en général, ni aux goûts qui changent, ni à un manque d'enthousiasme à investir dans les pièces de théâtre, il ne s'en prend qu'à lui-même. Eh bien, conclut-il, de toute évidence celle-ci n'était pas au point, passons à la suivante. Je dois faire mieux. Dieu merci, il ne compte pas sur ses talents de dramaturge pour faire bouillir la marmite ! Le premier matin, je me suis trouvé face à un réfrigérateur vide. En bon New-Yorkais, je suis allé prendre mon petit déjeuner sur King's Road. Profitant du soleil, je me suis assis à une table minuscule sur le trottoir en compagnie de mon cappuccino et d'un croissant pâteux, en proie au mal du retour. J'ai sorti mon agenda, rien que des pages vides, bien sûr, depuis que j'ai atterri en Angleterre. Et j'ai regardé la liste d'adresses que je recopie chaque année, même s'il s'agit d'amis ou de connaissances que je n'ai pas vus depuis des lustres. Dan figurait en haut de ma liste, à sa place habituelle. C'était lui que je voulais voir avant tout, me dis-je. Mon plus vieil ami. De longues absences n'ont jamais altéré notre amitié. Nous reprenons là où nous en étions restés, c'est tout. Il s'y entend mieux que moi à résumer le temps qui s'est écoulé depuis notre dernière rencontre. Je trouve difficile de décrire de but en blanc l'événement qui a le plus marqué ma vie au cours des derniers mois, voire des dernières années. Du coup, je me contente de murmurer que je suis encore célibataire, que je perds espoir de trouver l'âme sœur, que j'ai un bon boulot, bien rémunéré dans un de ces bureaux climatisés de Manhattan, bref, il voit le tableau. Je ne voudrais pas l'embêter avec les tenants et aboutissants de la stratégie marketing pour le compte de la compagnie pétrolière. Il n'a donc de ma vie que certains aperçus, des paillettes, tels qu'un week-end de rêve dans les Hampton ou des vacances de ski dans le Colorado.

Son apparent intérêt m'arrache parfois l'un ou l'autre détail.

J'admire vraiment sa ténacité, il émane de lui un je-ne-sais-quoi de pathétique qui m'émeut. Plaise à Dieu qu'il ne s'en rende jamais compte ! À sa place, il y a belle lurette que j'aurais renoncé. Je n'ai pas vu ses derniers essais, mais il y a deux ans il m'a envoyé trois scénarios, que j'ai lus avec grande attention, me demandant ce qui n'allait pas. N'étant pas expert en la matière, je n'ai pu le discerner. Disons qu'ils sont bien construits, pleins d'esprit et qu'ils offrent une perspective souvent originale sur une question d'actualité. Et pourtant... Il leur manque toujours quelque chose, ce qui n'était certes pas le cas d'*En avant.* Par conséquent, que s'est-il passé ? Cela signifie-t-il que certains ne pourront jamais produire qu'une seule œuvre ? Ou, du moins, qu'une seule œuvre marquante ? Comme Salinger. J'ai demandé à Dan son opinion à ce sujet. Il a vu là une question oiseuse. Quand on a été capable d'écrire un jour quelque chose d'excellent, a-t-il répondu, cela veut dire que l'on est capable de recommencer. Il suffit de guetter un nouveau et prodigieux déclic. Il s'enquiert toujours de mon avis et je m'efforce d'être positif dans mes réponses. Peu lui importe que je ne sois pas un critique professionnel, ce qu'il veut c'est savoir si j'aime ou non sa pièce, aussi la réponse est-elle relativement aisée. J'ai toujours apprécié ses pièces : je peux le lui dire en toute sincérité. En revanche, je n'arrive pas à lui dire que je vois pourquoi elles ne sont pas mises en scène, même si mes raisons sont si vagues que j'ai peine à les élucider. Chaque fois je lui retourne un manuscrit avec une lettre d'appréciation dont j'ai pesé les mots, je m'inquiète de savoir jusqu'où peut aller l'honnêteté lorsqu'il s'agit d'évaluer le travail d'un ami. Si vital que soit l'encouragement des amis, des encouragements non fondés ou des éloges non mérités ne sont-ils pas une forme de trahison ? Ne préféreraient-ils pas savoir qu'à votre humble avis le résultat n'est pas vraiment très bon ? Ce serait faire preuve de condescendance, voire d'arrogance, que de déclarer à un ami que vous estimez qu'il n'a guère de talent, mais qu'il devrait continuer à peindre, écrire, composer ou autre, pour son propre plaisir. Il faut toujours savoir choisir entre la vérité blessante et le compliment vide. Dans le cas de Dan, j'évite la vérité glaciale, mais mes félicitations pour certains passages sont authentiques. Je crains toujours qu'il ne devine – n'est-ce pas souvent instinctif chez de bons amis ? – le fond de ma pensée. Plaise au ciel qu'il connaisse un autre succès, et qu'il ne se laisse pas abattre par ses échecs !

Si vive que soit sa déception, il la garde surtout pour lui. Je crois être son seul ami à qui il parle de ses pièces, et cela en les dénigrant, comme pour m'avertir de ce qui m'attend. J'ai la plus vive admiration pour son courage et sa détermination. Je préfère sa compagnie à toute autre. Il a l'art de percevoir le côté original de la vie, la perspective inattendue. C'est gentil de sa part de m'avoir invité dès que je l'ai appelé, il n'en sera pas de même avec les autres. Il faut que je l'invite à déjeuner au club un de ces jours.

Quant à Isabel, je ne la connais pas très bien. J'étais en poste à l'étranger au moment de leur mariage, je n'ai pas pu revenir pour la cérémonie, ce qui a été un sale coup pour Dan. Après la guerre du Golfe, je n'ai passé que très peu de temps à Londres avant de repartir pour New York. Je les ai invités une ou deux fois à dîner, ils m'ont dit de venir prendre un verre. Sylvie, une enfant apparemment adorable, est ma filleule. Isabel m'a paru très différente des anciennes copines de Dan. Il avait un faible pour les beautés tapageuses. Je revois des kyrielles de filles en train de lui envoyer leur tignasse dans la figure et de s'agripper à lui de façon possessive, mais il savait leur échapper. Il ne tomba amoureux qu'avec la merveilleuse Magda qui le plaqua sans la moindre élégance, après avoir obtenu le rôle principal dans *En avant*.

Non : Isabel, si peu que je la connaisse, semble respirer la sérénité, le parfait antidote à l'agitation de Dan. Elle a une certaine beauté intemporelle. Rossetti aurait aimé la peindre. Dan n'a jamais été de ceux qui examinent leurs sentiments à la loupe – il prétend que c'est le comble de la mauvaise éducation – mais il est clair qu'il aime sa femme et qu'ils sont heureux. Il m'en aurait glissé un mot, si ça n'allait pas. Ce sera intéressant de voir ce soir où ils en sont.

Je dois avouer que j'aurais préféré que Carlotta n'y soit pas. Je ne l'ai pas revue depuis qu'elle avait quinze ans. Enfants, nous nous apercevions souvent car nos parents étaient amis, mais je ne pouvais pas la souffrir : je la trouvais autoritaire, dépourvue ou presque du sens de l'humour, prête à tout pour choquer. Je me rappelle ce jour où, derrière un buisson de lauriers, elle me proposa de me montrer sa petite culotte. J'avais alors quatorze ans et elle devait en avoir à peu près douze. Non merci, lui répondis je. Vexée, elle s'en alla en tapant des pieds, criant que seul un idiot refuserait pareille aubaine. Par la suite, les relations ont été plutôt fraîches, même si j'ai le vague souvenir de l'avoir embrassée, quelques années plus tard, lors d'une soirée au Club de Voile de Norfolk, après avoir bu beaucoup de bière et de vodka. Dan m'a toujours soutenu que je me trompe au sujet de Carlotta, qu'elle a de grandes qualités, même si elles ne sautent pas toujours aux yeux. Il faut reconnaître qu'Isabel et lui n'ont jamais essayé de nous rapprocher l'un de l'autre. Sans doute l'ont-ils invitée dans le seul but d'équilibrer la table. Cela ne me dérange pas le moins du monde. Toutefois, pour ces retrouvailles, j'aurais préféré qu'ils ne l'invitent pas.

CARLOTTA

Isabel peut vous rendre littéralement enragée. Elle a le chic pour m'appeler au milieu de la matinée – combien de fois lui ai-je demandé de m'appeler à l'aube ? – à l'instant où je file à une réunion et elle prend un ton offusqué parce que je suis forcée d'être brève. Elle m'appelle donc ce matin, au plus mauvais moment qui soit, pour m'inviter à dîner – les dîners sont rares chez Dan et Isabel ces temps-ci – et, dans ma hâte, et pour ne pas la vexer, j'accepte, bien que ce soit ma seule soirée de libre pour mettre un peu d'ordre dans l'appartement. Elle a vaguement mentionné que Gilbert Bailey serait là. Bert, mon Dieu ! Des années que je ne l'ai pas vu ! Je me rappelle un jeune garçon dégingandé, plutôt timide. Puis il y a eu cet instant, que j'ai presque chassé de mon esprit : lors d'une soirée d'ados, ce baiser désespérément insatisfaisant, puant la bière. J'avoue que je n'ai pas la moindre envie de renouer avec lui, mais bon… Il semblerait qu'il soit le plus vieil ami de Dan.

C'est ridicule, franchement, de voir si peu Isabel, qui est sinon ma plus vieille du moins une de mes meilleures amies. Nous avons beau vivre à deux pas l'une de l'autre, nous avons toujours du mal à trouver un moment. La vie moderne, sans doute… Je regrette sincèrement de ne pas la voir plus souvent, elle a sur moi une influence merveilleusement apaisante et me fait rire, mine de rien. Allez comprendre pourquoi nous nous entendons aussi bien : nous sommes à des années-lumière l'une de l'autre… Elle n'appartient absolument pas à notre monde moderne, elle se moque éperdument de la mode, peu lui importe de gagner du temps, d'être à la pointe du progrès, de la technologie ou de faire sensation : elle vit dans sa tour d'ivoire, travaille toute la sainte journée, possède un talent fou, et je l'imagine bonne épouse et bonne mère. Elle rit de mes centres d'intérêt, du rythme effréné auquel je vis, de mes passions. Je lui ai souvent proposé de m'accompagner aux Indes, à Ceylan ou en Amérique, lui promettant de veiller sur elle, de l'aider à déjouer ses peurs, mais elle refuse catégoriquement.

Pour elle, les vacances se limitent au Pays de Galles, à Fife ou Norfolk, voire la côte ouest. C'est un mystère, pour moi.

Je me demande comment elle a réussi à se rendre seule en Espagne où nous nous sommes rencontrées ! Sans doute avait-elle été attirée par des vacances passées à peindre (à l'époque, elle cherchait encore sa voie) à Trasierra, endroit de rêve appartenant à l'une de ses amies. Sans que nous sachions trop pourquoi, nos chevalets se retrouvaient toujours l'un près de l'autre et nous avons discuté plus que nous n'avons dessiné ou peint. À vrai dire, elle se débrouillait très bien, à un niveau différent du mien. Moi, j'étais là pour me détendre, la peinture représentant une thérapie : mon cas était, hélas, désespéré et je n'y ai même pas pris plaisir. Isabel répondait aux critères de ce qui se vend : de jolies aquarelles d'une qualité incontestable, mais elle ne cessait de répéter qu'elle n'avait rien d'une artiste. Les artistes dignes de ce nom sont passionnés par leur travail et rien ne saurait les en détourner, m'expliqua-t-elle, ajoutant qu'elle était loin d'être passionnée par ses petites aquarelles gentillettes mais insignifiantes et que peu lui importait si elle ne devait jamais en peindre une autre de sa vie. Nous avons apprécié nos échanges en dépit de nos différences : elle était éberluée par les récits de ma vie de bâton de chaise tout autant que je l'étais par le bonheur qu'elle prétendait tirer de sa vie réglée comme du papier à musique. Ainsi débuta notre amitié, il y a dix ans.

Le seul sujet que j'évite avec Isabel, c'est Sylvie. Précoce, gâtée, vantarde, elle tient du monstre. Sans doute s'agit-il du syndrome de l'enfant unique… Aux yeux d'Isabel et de Dan, leur fille est la huitième merveille du monde… Oui, de toute évidence, elle est très brillante et débordante de vie, mais Dieu qu'elle est exaspérante ! J'essaye toujours d'éviter les moments où je sais qu'elle est là. Je dois admettre qu'elle peut être charmante et même amusante. Disons que je ne suis pas vraiment attirée par les enfants. Rien de pire que ces mères qui vous bassinent avec les exploits de leur progéniture. Isabel, je le reconnais, ne tombe pas dans ces excès, mais les problèmes domestiques de ces mères qui se veulent parfaites sont carrément assommants et tant la presse que les romans y prêtent trop attention. La plupart de mes amies n'ont pas d'enfants.

Quant à Dan, c'est un amour. S'il n'était pas le mari d'Isabel, je serais folle de lui. C'est un doux, au sens propre du terme. Il demeure toujours pour moi une sorte de mystère : il est littéralement obsédé par ses pièces de théâtre et c'est, j'imagine, un époux merveilleusement attentionné. J'ai cru comprendre qu'il avait ses humeurs. Mais Isabel ne serait jamais assez déloyale pour oser seulement se plaindre de quoi que ce soit au sujet de Dan… Mais mon Dieu, sait-il écouter ? Voilà un talent qui manque à la plupart des hommes… C'est un sage, un homme cultivé, la droiture même. S'il était mon mari, il devrait, bien sûr, changer un peu sa façon de s'habiller et renouveler ses cravates, même si je trouve vraiment touchant que le mari d'une amie porte les costumes de son père ! Il en est fier. Il ouvre la veste et vous montre la date sur la poche intérieure : 1957, et elle est encore comme neuve, précise-t-il tout heureux. J'ose dire que je ne rencontrerai jamais un homme aussi désirable dans l'ensemble que Dan. Je le répète souvent à Isabel et elle s'exclame en riant : N'importe quoi ! Je ne pense pas qu'elle voie en moi un danger potentiel : je n'irais pas la complimenter sur son mari si j'étais entichée de lui !

Je pratique donc en quelque sorte le double bluff…

II

ISABEL

Je me suis souvent demandé pourquoi, certains matins apparemment ordinaires, je me sens mal dans ma peau, j'ai des idées noires, une impression de danger imminent. Je ne trouve aucune réponse. Ces matins-là, je n'ai qu'une envie : monter m'enfermer dans mon atelier, sitôt le livre de maths de Sylvie retrouvé, la cravate de Dan rajustée, les embrassades d'usage terminées.

C'était comme ça aujourd'hui. J'ai grimpé l'escalier quatre à quatre, me suis assise tout essoufflée et flageolante. Du regard, j'ai fait le tour des objets familiers dont je me sers dans mon métier. Pour la énième fois, je me suis émerveillée d'en être arrivée là. Le hasard, la chance, si élusifs soient-ils, m'ont cueillie à un moment où je sombrais dans le désespoir.

J'avais passé tant d'années, enfant, étudiante, puis jeune femme à essayer de trouver ma voie. J'avais perdu – l'avais-je vraiment perdu ? – un temps fou à tâtonner. Je n'appartenais pas à la triste catégorie de ceux qui n'ont aucune idée de ce qu'ils veulent faire, mais j'entrais dans la catégorie suivante : celle de ceux qui n'en ont qu'une vague idée. J'étais plus attirée par les arts que par les sciences, mais dans les arts que pouvais-je envisager hormis un travail administratif ? Enfant, j'avais brièvement voulu devenir pianiste voyant qu'après six mois d'étude matinale j'étais parvenue au bout de la *Rhapsodie hongroise*, mais je savais au fond de moi-même que j'étais plus consciencieuse que douée. J'étais assez douée pour le dessin et meilleure en rédaction que la plupart de ceux de mon âge, mais je savais parfaitement que je n'étais ni écrivain ni peintre. Là-dessus, je suivis des cours de danse classique, mais je dus y renoncer vu la rapidité avec laquelle je grandissais. Je songeai à l'enseignement, mais écartai cette idée estimant qu'être simplement compétente ne suffisait pas à enseigner à d'autres l'anglais ou le dessin. J'ai toujours été convaincue qu'un professeur doit être à ce point passionné qu'il enthousiasme à son tour ses élèves. J'ai obtenu un diplôme d'histoire à York, sans avoir toutefois la moindre intention de continuer dans ce domaine.

Avant d'épouser Dan, j'ai collectionné les boulots sans intérêt : j'ai travaillé dans une galerie, j'ai été assistante de photographe, j'ai organisé galas et soirées au profit d'œuvres caritatives. J'ai envisagé de partir dans un pays du tiers-monde afin de me sentir enfin utile, mais je me suis retrouvée face à tant d'obstacles que j'ai renoncé : de toute évidence, mon énergie et mon calme ne suffisaient pas. On exigeait des qualifications que je n'avais pas. Ce furent des années au cours desquelles j'eus l'impression de perdre mon temps, de n'être bonne à rien, frustrée que j'étais de ne pas être capable de discerner ma véritable vocation. J'écrivis des poèmes aussi véhéments que médiocres, me demandant comment me libérer de ce sentiment d'être inutile. Le mariage s'en chargea, bien sûr. L'achat et l'installation d'une maison furent une saine occupation, j'en oubliai ma tristesse de ne pas savoir où j'en étais dans la vie. Dan me dit que je n'avais pas besoin de travailler : il n'avait aucun problème à assumer pour nous deux, mais, bien sûr, si je préférais, il me soutiendrait, quel que soit mon choix.

Avec la naissance de Sylvie, je devins mère à plein temps, une activité que j'aimais autant que j'aimais mon enfant. Le besoin d'exercer une activité disparut. Tout mon temps semblait voué aux tâches ménagères, j'étais heureuse. Sept années s'envolèrent ainsi. Puis, Sylvie étant désormais en classe jusqu'au milieu de l'après-midi, je finis par trouver mes journées bien longues, mes aspirations de jadis ressurgirent, et avec elles, mon éternel dilemme : que faire ? Mais cette fois une solution me tomba du ciel.

Une de mes amies m'appela pour me dire qu'elle était invitée à un bal masqué et qu'elle n'arrivait pas à trouver à Londres le masque qu'elle souhaitait : pourrais-je lui en faire un ? Elle savait que j'étais adroite, ajouta-t-elle. Quelle preuve en avait-elle ? Apparemment, j'avais autrefois décoré une boîte à chaussures avec des sequins et des rubans, j'en avais laqué l'intérieur, l'avais remplie de savons et la lui avais offerte. Oh ! Ce machin-là ! De là à pressentir en moi un talent inné pour les masques… Toujours est-il qu'elle réussit à me convaincre, je finis par lui promettre d'essayer. Après tout, je n'avais rien d'autre à faire…

Suivit la douce ébullition du défi, l'excitation ridicule pour un projet aussi infime. Voilà qui éclaira mon après-midi, lui donnant soudain un sens. Je filai jusqu'à Portobello Road pour y remplir mon cabas de plumes, de sequins, de toutes sortes de babioles, de bouts de rubans et de dentelles. J'achetai aussi de la colle et de la peinture ainsi que des aiguilles et du coton. Je dépensai une fortune en plumes, les unes raides et brillantes, les autres d'une vaporeuse légèreté. Je trouvai des masques non décorés dans un magasin d'accessoires pour le théâtre : j'étais prête à me lancer. Quand il rentra, ce soir-là, Dan me trouva à genoux dans le salon, au milieu d'un drôle de bazar, pour reprendre son expression. Qu'est-ce que je fabriquais ? Le dîner était-il prêt ? Non, il ne l'était pas… Sylvie était allée passer la nuit chez une amie et je n'avais même pas pensé au dîner, occupée que j'étais à expérimenter avec mes somptueuses fanfreluches. Dan fut merveilleux. Il m'invita au restaurant pour m'aider à reprendre mes esprits afin de lui expliquer ce qui se passait. Ses encouragements – pour le moins inattendus – furent incroyables. Il envisagea l'avenir, me confortant d'autant plus.

– Si ça marche, tu pourrais monter une affaire à la maison, nous transformerions le grenier en atelier, nous ouvririons une grande fenêtre dans le toit.

Il souriait – était-il sérieux ? Je n'en savais rien et je ne lui posai pas la question.

– Il ne doit pas y avoir beaucoup de fabricants de masques à Londres, n'est-ce pas ? demanda-t-il.

– Non, répondis je, aucun.

Ma seule source de renseignements était mon amie qui n'avait rien trouvé, une prospection malgré tout fort succincte, mais qui nous semblait un encouragement suffisant, excités que nous étions par ce projet.

– Si ça marche, si tu peux y arriver, répétait Dan, cela pourrait être la réponse à ce que tu cherches depuis si longtemps.

Et cela marcha. Ce premier masque fut une parure aussi belle qu'extravagante, étincelante, dont les reflets irisés rappelaient un jabot de colvert. Avec le recul des années, je me rends compte qu'il était trop excentrique, j'avais dépassé les bornes. Toutes mes idées y étaient passées, comme guidées par mes doigts qui semblaient savoir se débrouiller. Ces jours-ci, mes masques sont un peu plus discrets même si je vise certains excès calculés avec soin, une mystérieuse beauté, mais je dois tout au merveilleux enchantement de ce premier masque. Il m'a permis de me lancer. Mon amie en fut enchantée, elle triomphait.

– Je savais bien que tu pourrais y arriver, dit-elle. Tu peux m'être reconnaissante de t'avoir aidée à découvrir ton vrai talent.

Elle m'offrit une grosse somme d'argent, que je refusai : je préférais le lui prêter, lui expliquai-je afin de pouvoir le garder en souvenir de mes débuts si je devais continuer dans cette voie. Ce que je fis.

Mon premier masque trône sur mon bureau sous un globe de verre d'époque victorienne. Même maintenant, quand je le regarde, je m'étonne encore, non pas du masque en lui-même, qui me paraît assez élémentaire, selon mes critères actuels, mais du temps qu'il m'a fallu pour découvrir cet indéniable talent, pour ne pas dire cet art, fût-il mineur. La chance m'a sauvée. Quelle place elle tient dans nos vies ! Quelle tristesse quand elle passe sans nous voir ! À l'inverse, quel bonheur ! Au bal, le masque remporta le premier prix, une des invités, propriétaire d'un magasin d'antiquités, m'en commanda un autre pour décorer sa vitrine. Cela fit boule de neige, le bouche à oreille fonctionna à plein. Dan m'emmena passer une semaine à Venise afin que je me documente sur l'histoire et l'art du masque auprès des maîtres en la matière. Le grenier fut vite transformé en atelier. Je fus une ou deux fois sollicitée par des magazines pour être prise en photo au milieu d'une sélection de mes masques. Un chanteur très riche en commanda quatre pour sa table de salle à manger. Je viens de créer une demi-douzaine de masques gigantesques pour le Festival de Rio. Je crois que je peux dire qu'aujourd'hui, sept ans après mes débuts, j'ai pignon sur rue.

Car, en dehors de mon amour pour Dan et Sylvie, ma vie a maintenant un sens. Je passe la moitié de ma journée à créer quelque chose pour satisfaire des inconnus, et ces heures où je m'active, où je me concentre pour relever ce défi, me procurent un plaisir inouï. Qui plus est, je gagne beaucoup d'argent. Je suis heureuse de participer financièrement à la vie de notre famille, de ne pas avoir à demander à Dan (toujours généreux, mais là n'est pas la question) de l'argent pour mes dépenses personnelles, pouvoir offrir un cadeau, une petite surprise, acheter des places de théâtre, contribuer à telle ou telle œuvre de charité de mon choix. Oui, j'aime cette liberté, mais j'apprécie par-dessus tout la solitude dont je jouis dans mon travail. Chaque matin, je m'enferme dans mon petit monde de sequins et de paillettes, pour réfléchir, faire des projets ou remercier tout à ma guise, au cœur de ce refuge qu'est devenu mon atelier.

Le matin qui a suivi notre dîner avec Gilbert et Carlotta, je me suis assise un moment sans rien faire. Un ciel bleu, sans nuage, tapissait l'énorme lucarne. Dans leur vase, sur mon bureau, les tulipes-perroquets retombaient plus bas que la veille, leurs pétales blancs semblaient ombrés de traits de crayon, leurs bords plissés en ruche rappelaient ces soies du siècle dernier. J'aime avoir des fleurs blanches dans mon atelier : mes plumes, les perles, tous ces bouts de tissus sont toute la couleur qu'il me faut. Le dîner s'était bien passé. Une joie de revoir Gilbert. Il n'a pas changé ou presque, il avait juste l'air un peu désorienté, venant de rentrer de New York après une très longue absence, et ne sachant pas ce qu'il allait faire. Carlotta était aussi exubérante qu'à l'habitude, se confondant en compliments extravagants sur mes talents de cordon-bleu, même si elle a laissé la moitié de sa part de gâteau au fromage blanc. Quand elle a dit, au moment de s'en aller, que, sa mère lui ayant fait faux bond, elle se retrouvait avec une place pour un récital de Brahms au Wigmore Hall le lendemain soir, et la proposait à qui la voulait, j'ai été tentée d'accepter mais je me suis retenue, sachant que c'était la dernière soirée de Dan avant son voyage d'affaires à Rome. Gilbert s'est proposé, sans grand enthousiasme. Carlotta a froidement noté son numéro de téléphone, ajoutant qu'elle l'appellerait pour de plus amples précisions. Elle ne s'est pas attardée. Sur le pas de la porte – Dan était dans la rue en train de s'évertuer à héler un taxi – Gilbert a dit que si j'avais besoin de compagnie un soir, en l'absence de Dan, il serait ravi de m'emmener au cinéma ou ailleurs. Bonne idée, ai-je répondu. Très sympa. Pourquoi pas ?

J'ai ramassé une poignée de vieux bouts de dentelle, très fragiles, et j'ai commencé à me demander comment les attacher à un ruban de satin sans les abîmer. Ce vague à l'âme que j'avais ressenti à mon réveil a persisté toute la matinée. Je regrette que Dan soit forcé d'aller à Rome ! C'est irrationnel, cela ne tient pas debout, mais je regrette aussi que Gilbert ait accepté l'invitation de Carlotta.

SYLVIE

Maman était d'une humeur bizarre ce matin. Non qu'elle ait dit quoi que ce soit, mais c'est juste sa façon d'aller et venir, comme si elle était vaguement agitée, et de jeter des coups d'œil en direction de Papa qui, plongé dans son journal, ne semblait pas s'apercevoir de quoi que ce soit. Je ne pense pas que ce soit bien, je veux dire comme si un divorce était imminent. *Imminent*, je suis tombée sur ce mot en feuilletant le dictionnaire et il m'a plu. Je m'en sers beaucoup ces temps-ci. Quoi qu'il en soit, je les surveille du coin de l'œil.

Elle n'a rien mentionné au sujet du dîner d'hier soir, pas un mot sur la façon dont ça s'était passé, rien. Ils ont dû se coucher tard, ou peut-être que pour une fois ils ont trop bu. Je n'en sais rien. Mais je vais faire quelque chose.

J'étais encore à la cuisine, quand cette horrible Carlotta est arrivée, tout essoufflée, racontant à qui voulait l'entendre que sa journée avait été carrément dingue. Je la déteste. Je la déteste parce que c'est une fichue hypocrite. Un jour, alors que j'étais seule avec elle, elle m'a traitée de sale gosse à qui on passe tous ses caprices. Voyant entrer Maman, elle s'est extasiée sur mes exploits sportifs : j'avais battu mes camarades au saut en hauteur – quelle sportive nous avons là, et patati et patata... Pauvre conne, va ! Et puis elle parle trop fort et elle pue. Elle empeste toute la pièce où elle se trouve. Quand elle s'en va, on peut la suivre à la trace ! Un beau jour, j'ai fini par ouvrir la fenêtre : il a fallu qu'elle la referme ! Dès qu'elle a eu tourné les talons, je l'ai rouverte. Je n'arrive pas à comprendre pourquoi Maman l'aime bien. Hier soir, elle était affublée d'une jupe franchement trop courte, vu son âge et ses jambes. Elle avait apporté une boîte de chocolats qui semblaient avoir coûté une fortune et il a fallu que Bert Bailey arrive pour qu'elle cesse de nous casser les pieds avec son sac Prada dernier modèle.

Bert, c'est mon parrain, même si je le connais à peine. Un visage plaisant, des yeux qui pétillent. Il est clair qu'il n'a pas l'habitude de ceux de mon âge : il m'a posé des tas de questions assommantes sur mon lycée, etc. Il a glissé les mains dans la poche de son pantalon faisant tinter les pièces, et en a extirpé une pièce de deux livres qu'il m'a donnée. J'en aurais préféré une de cinq, mais peut-être qu'il ne se rend pas compte que la valeur de l'argent a changé depuis son dernier séjour ici. C'était quand même gentil de sa part. Pourvu qu'il n'aille pas s'enticher de Carlotta ou l'épouser ou je ne sais quoi, parce que même si c'est chouette qu'il vienne ici, ça signifierait qu'on devrait voir Carlotta encore plus souvent et ce serait horrible. À vrai dire, je ne crois pas qu'il y ait grande chance de ce côté-là : il ne l'a presque pas regardée bien qu'en arrivant elle lui ait réservé une fougueuse et théâtrale embrassade. Quand je suis allée dire bonsoir à Bert, Papa et lui parlaient pêche au Canada, il s'est levé pour m'embrasser sur la joue. Imaginez ça, un homme de son âge qui se lève pour moi ! Très bien élevé. Bert me plaît. Je ne peux pas supporter Carlotta.

DAN

Carlotta ne s'est jamais rendu compte qu'elle était parfaitement insignifiante : ce n'est pas l'humilité qui l'étouffe. Je l'ai rarement vue couper aussi souvent la parole qu'hier soir, c'en était pénible. Je regrette que nous l'ayons invitée. Sans doute Bert a-t-il pensé la même chose. Pourtant, elle était pleine d'entrain – ne l'est-elle pas toujours ? – et nous avons eu droit à l'une ou l'autre histoire désopilante sur le monde de l'entreprise. Quand elle a demandé à Bert ce qu'il faisait au juste dans sa compagnie pétrolière et que ce dernier lui a répondu avec un haussement d'épaules désabusé qu'il était responsable du marketing, elle ne tenait plus en place : la stratégie du marketing est apparemment sa spécialité. Sa réaction quand elle s'est aperçue qu'elle se trouvait en compagnie de quelqu'un qui travaillait à peu près dans la même branche qu'elle m'a paru excessive. Bert a répondu poliment à son intérêt enthousiaste. Souffrant encore du décalage horaire, il n'avait aucune énergie, mais en entendant Carlotta émettre quelques remarques pertinentes sur les faiblesses générales de la stratégie – insistant sur celles-ci d'un geste arrogant qui a laissé entrevoir une main plutôt jolie – il s'est ragaillardi, a acquiescé et s'est mis à rire. J'ai pu voir qu'au fil du dîner, elle a commencé à le gagner à sa cause, même si, à mon avis, elle ne l'intéresse pas le moins du monde. Il s'efforçait d'être poli et son agacement s'atténuait peu à peu.

Dieu que c'était bon de revoir Bert, il n'a pour ainsi dire pas changé, il a légèrement empâté, même s'il me répète qu'il fait presque le tour de Central Park en courant chaque matin. Ses côtes plutôt enrobées étaient contenues dans un gilet avec lequel, dit-il, il aime mystifier les Américains. Il portait toutefois une chemise à col boutonné de chez Brooks Brothers, ce qui veut dire que l'influence américaine a un peu déteint sur lui. Il n'a guère parlé de New York, mais sa description d'un week-end de pêche au Canada m'a enchanté, nous avons fait le vague projet d'y retourner ensemble. Quand je lui ai demandé ce qu'il comptait faire à Londres, il m'a répondu qu'il n'en avait aucune idée : il avait d'abord des détails pratiques à régler, tels que l'achat d'une voiture ou la remise en état de sa maison. Carlotta ne put résister... Dans l'une de ses nombreuses carrières, elle avait été décoratrice d'intérieur : elle serait heureuse de mettre ses talents à sa disposition. Pour elle, rien n'était plus facile que de visualiser les éventuels aménagements, un talent assez rare, précisa-t-elle. Bert la remercia pour son offre et lui lança un regard qu'elle n'a sans doute pas su décoder : ne me cassez pas les pieds...

Après le dîner – bien que prévenue à la dernière minute, Isabel s'était fort bien débrouillée – Carlotta est restée à sa place, tandis que les deux autres sont allés s'asseoir sur le canapé. Voici qu'elle n'était plus la même, elle était devenue calme et silencieuse. Peut-être se sentait-elle soudain lasse. Elle me demanda des nouvelles de la pièce que j'écrivais. Je lui répondis, selon mon habitude, que je n'en savais rien. Je n'aime pas parler de mes pièces. Isabel et Bert sont les seuls avec lesquels je partage l'éternel désespoir qu'elles me causent. Carlotta est restée au moins une minute sans parler. Elle contemplait son verre de vin. Elle a de très longs cils, que leur ombre étire sur ses joues, je ne crois pas les avoir remarqués jusqu'ici. Elle m'a ensuite demandé, à voix si basse que je l'entendais à peine, si j'imaginais mes personnages sur scène ou dans la vie réelle, lorsque j'écrivais une pièce.

– C'est une question que je me pose à chaque fois que je vais au théâtre, a-t-elle dit. Comment l'auteur les a-t-il imaginés ?

– C'est aussi une question qu'on ne m'a jamais posée, lui ai-je répondu. Je ne suis pas sûr de pouvoir y répondre. Il ya falloir que j'y réfléchisse. Disons que l'endroit où évoluent mes personnages est plutôt nébuleux.

– Si tu trouves la réponse, aie la gentillesse de me la communiquer, ses cils frôlant ses sourcils tandis qu'elle relevait la tête et rivait son regard sur moi. Je serais fascinée de savoir, acheva-t-elle.

Là-dessus, elle se leva d'un bond, déclara qu'elle devait partir car elle commençait de bonne heure le lendemain. C'est drôle mais sa question m'est revenue plusieurs fois en tête pendant la nuit. J'ai été plutôt étonné qu'une fille en apparence aussi écervelée que Carlotta me l'ait posée.

GWEN

Lundi, mardi, mercredi, vendredi, voilà les jours que j'attends avec impatience. Ce sont ceux où je vais chez les Grant et me sens, je ne devrais peut-être pas dire cela, un peu de la famille. Je n'ai jamais eu de vraie famille au sens propre du terme, entre Bill qui s'est éclipsé longtemps avant sa mort, et les enfants qui sont devenus, disons, difficiles et se sont rebellés de bonne heure, refusant de s'asseoir à table pour les repas. Aussi les Grant incarnent-ils pour moi paix, calme et sécurité. Ils semblent heureux. J'aime leur maison, elle paraît tout ensoleillée et je mets toute ma fierté à la tenir impeccable. Je crois qu'ils peuvent compter sur moi autant que moi je peux compter sur eux.

J'habite juste à Shepherd's Bush, une promenade d'une vingtaine de minutes, qu'il pleuve ou qu'il vente. Je me sens tout de suite mieux dès que j'arrive dans leur rue : les platanes, les fleurs et les lilas, ces jardins, petits mais bien tenus. Quand je suis entrée à leur service, le quartier était très différent, des maisons délabrées, rideaux en dentelle douteux aux fenêtres, portes défoncées... Aujourd'hui, c'est une allée très chic, sans doute pas aussi élégante que Notting Hill, mais c'est le genre de quartier qui attire beaucoup de familles jeunes ayant certains moyens. Un commerçant du coin m'a raconté que, dans la rue des Grant, le prix des maisons dépassait souvent le million, les bras m'en sont tombés. Mais que voulez-vous, c'est comme ça l'immobilier par les temps qui courent : la chance est à ceux qui ont pu s'offrir le luxe d'accéder les premiers à la propriété.

En posant mon sac à la cuisine, j'ai vu les reliefs du dîner. Deux bouteilles vides traînaient sur le buffet ; dans une troisième, il restait un peu de vin rouge, mais pas de bouchon. D'autorité, je l'ai jeté. Ils ont confiance en moi, ce qui valorise mon travail. Cela fait du bien de sentir que l'on respecte vos décisions et souvent même vos suggestions. J'ai donc vidé dans l'évier ce breuvage de couleur bizarre, je me demande comment on peut boire ça, et les trois bouteilles ont rejoint la poubelle du recyclage. J'ai ensuite ramassé les serviettes sales et les ai mises dans la machine à laver. En général, c'est Mrs. Grant qui s'en charge quand ils reçoivent : elle dit qu'elle n'aime pas que tout soit sens dessus dessous quand j'arrive. La soirée a dû se terminer plus tard que d'habitude.

Il faisait très bon dans la cuisine, pièce toujours gaie grâce à ses murs jaunes, même par une journée maussade. Je notai une odeur de fleurs qui n'était pas là la veille, ça ne peut être la vieille violette africaine à moitié morte depuis des années me dis-je. J'aperçus alors des gardénias sur la table près de la cheminée. Mrs. Grant avait dû les acheter hier après-midi à moins qu'un invité ne les ait apportés. Quatre belles fleurs, rien que ça, à peine écloses, qui embaumaient la pièce. J'ai senti l'une d'elles, mon Dieu, c'était enivrant ! Un peu trop fort à mon goût. Je ne pense pas que j'en voudrais un chez moi. Ma petite pièce aurait du mal à s'accommoder d'un tel parfum. J'ai sorti l'aspirateur. Son ronronnement est pour moi plaisante musique. Je pourrais le passer dans chaque pièce les yeux fermés, tant je connais les moindres coins et recoins.

Quand Mrs. Grant est descendue à dix heures et demie, j'ai tout de suite vu qu'elle était très préoccupée. Les matins où elle a encore l'esprit dans son atelier, elle affiche certain petit sourire, se montre aussi polie et attentive qu'à l'ordinaire, mais je ne la sens pas vraiment présente. Ces jours-là, je ne choisis qu'un paragraphe ou deux du *Daily Mail*, une anecdote susceptible de l'amuser. Le temps de boire son café et elle est remontée avant la fin de nos dix minutes habituelles.

Ce matin, sans trop savoir pourquoi, je n'ai même pas sorti le journal de mon sac. Mrs. Grant semblait perdue dans ses pensées. Pour rien au monde je n'aurais interrompu le processus de création, comme on dit. J'imagine que quand vous avez un talent comme Mrs. Grant, votre tête fonctionne différemment de celle des autres, et nous, les gens plus normaux, nous devons en tenir compte.

Toujours est-il qu'elle m'a dit qu'ils avaient reçu à dîner : Miss Cartwright, que je connais à peine, et un vieil ami de Mr. Grant, de retour d'Amérique. Elle a ajouté que la soirée avait été fort sympathique, qu'elle avait servi du poisson, qu'il était délicieux. Mais... Je ne sais pas. J'ai la vague impression que la soirée n'a pas été si bonne que ça. Que Mrs. Grant ne l'a pas appréciée autant que certaines autres, mais je dis ça au hasard. Après neuf années de pause-café matinale avec votre patronne, vous finissez par la lire à livre ouvert ou presque... Mais qui sait si je ne me trompe pas ? Elle ne s'est pas attardée. Elle m'a demandé d'excuser le désordre, on ne pouvait pourtant pas vraiment parler de désordre, et elle est remontée moins de six minutes plus tard.

En rentrant chez moi – un trajet que, dans ce sens, j'effectue toujours à contrecœur – j'ai essayé de réfléchir à ce qu'il avait pu se passer. Cela avait-il à voir avec le poisson ? Elle n'aime pas cuisiner. Mais à quoi bon chercher à deviner ? La vie des autres gardera toujours une part de mystère, si intime que vous soyez avec eux. Ainsi Dieu en a-t-il voulu dans sa grande sagesse. Chacun a le doit de vivre et de penser à sa guise. Si compréhensive que soit Mrs. Grant, jamais il ne me viendrait à l'idée de lui raconter tout ce par quoi je suis passée avec Barry, il y a des années, j'en ai encore les larmes aux yeux. J'estime qu'il convient de garder pour nous certaines choses, de ne pas les confier à qui que ce soit. Je sais que cette façon de voir est périmée, mais je m'y tiendrai toujours. Quoi qu'il en soit, l'étrange nervosité de Mrs. Grant m'intriguait, elle me préoccupa pendant la majeure partie de l'après-midi, jusqu'au coup de téléphone de Gary, après quoi j'ai eu des affaires personnelles à régler.

BERT

Sans doute me faudra-t-il encore quelques jours pour être complètement moi-même : le décalage horaire m'a épuisé. C'est donc d'un œil plutôt ensommeillé que j'ai suivi la soirée d'hier. Je sais que ce matin il est temps de passer aux choses sérieuses. Pour commencer je dois me mettre en quête d'une voiture. Repartirai-je au volant après une simple visite chez le concessionnaire ? Ou faudra-t-il que je fasse des tas de démarches pour la carte grise et l'assurance ? Je n'en sais rien. Je ne suis pas très ambitieux, je vais rester au calme, à cogiter. À dresser la liste de mes priorités. À me retrouver.

Quelle joie de revoir Dan hier soir ! Je me suis rendu compte qu'il m'avait beaucoup manqué. Nos plaisanteries hebdomadaires. Ses commentaires pertinents sur l'actualité. En dix ans, il n'a pas beaucoup changé, ses traits sont un peu plus marqués, cela sied à son beau visage. Il a toujours ce rire contagieux, son regard est toujours empreint de la même gentillesse, de cette sollicitude pour autrui. On sent un homme satisfait de son sort, il ne mentionne jamais la déception que lui causent ses pièces de théâtre. Un homme comme il y en a peu, ce Dan ! J'ai une sacrée chance d'être son ami.

Au numéro 18, à première vue pas de grands changements non plus. La cuisine plutôt bordélique, haute en couleur, les meubles si discrètement cirés qu'il faut les regarder de près pour les apprécier, pas de nouveaux tableaux, toujours les mêmes Piper et Nicholson et le charmant Gwen Jones qu'Isabel a déniché pour trois fois rien, il y a des années. Cette permanence du décor est très réconfortante. Je suis entré en me demandant ce que j'allais trouver. Il n'y a pas eu de cris ni de grandes effusions, mais une joie paisible de me voir de retour qui m'a presque ému aux larmes. J'ai senti qu'on s'inquiétait de moi, qu'on m'aimait.

J'ai vite renoué avec ma filleule. Je ne l'aurais pas reconnue, bien sûr. Elle est devenue une grande perche préadolescente, plutôt terrifiante. Sans doute qu'elle sera jolie comme un cœur quand elle n'aura plus son espèce de mors aux dents, elle a les yeux d'Isabel et ses cheveux mordorés. Très m'as-tu-vu, telle a été ma première impression. Je lui ai glissé une pièce de deux livres, en lui disant d'aller s'acheter quelque chose. En voyant sa tête, j'ai compris que j'aurais dû lui en donner dix. Je suppose que je ne suis plus dans le coup. Bref, je ne me suis pas senti attiré par elle.

Je regrette qu'ils aient invité Carlotta alors que nous nous retrouvions après si longtemps. Il faut toujours qu'elle intervienne. Elle ne sait pas se taire. Elle a son opinion sur tout. Elle prétend lire les pensées des autres, alors pourquoi leur pose-t-elle tant de questions ? Dans la pièce depuis à peine dix minutes, elle s'est approchée de moi, a eu le toupet de coller son visage contre le mien en disant : Quel effet ça te fait, Bert, d'être enfin de retour en Angleterre ? Que diable voulait-elle que je réponde ? Ne pouvait-elle pas deviner ? J'ai marmonné que je souffrais encore du décalage horaire, ce qui n'a pas eu l'heur de la satisfaire.

Je dois dire que les années ont amélioré son apparence. La dernière fois que je l'ai vue, à l'occasion de cette horrible soirée dansante où nous nous étions livrés à des papouilles maladroites dans les buissons, elle m'avait paru rondelette et plutôt quelconque. Maintenant, une vingtaine d'années plus tard, c'est une Londonienne élégante. De toute évidence, la mode compte pour elle, elle en suit l'évolution et les tendances. À l'époque, nous n'avions à peu près aucun point commun, de ce côté-là rien n'a donc changé, je dois cependant reconnaître que c'est une fille brillante, attirante, qui ne passe pas inaperçue, mais ce n'est pas mon genre de femme. Au cours du dîner, mes sentiments à son égard – je me demande si elle l'a deviné – ont connu quelques hauts mais surtout des bas. Peut-être que je suis injuste. Carlotta est, sans aucun doute, stimulante, trop pleine de vie. Son énergie, son enthousiasme, ses soudains moments d'attention, si intenses qu'ils vous donnent presque le tournis, ont un côté attendrissant et puis, tout à coup, elle s'éloigne de vous, ce qui est très discrètement provocateur. Je dois avouer que j'ai été amusé par son intérêt pour la stratégie du marketing et son usage du jargon à toutes les sauces. Je l'ai taquinée à ce sujet, je ne suis pas sûr que cela lui ait plu, mais elle a réussi à sourire. J'ai vite changé de sujet, évoquant le triste état de ma maison. Elle m'a offert son aide. J'ai eu une vision fugitive de Carlotta qui allait et venait dans la maison, prenant très à cœur la couleur des murs et les rideaux. Je n'étais pas sûr que tel était mon souhait, mais je l'ai remerciée pour son aimable proposition.

Dan avait sorti deux excellentes bouteilles de vin et Isabel, même si elle ne cesse de répéter qu'elle ne sait pas cuisiner, nous a servi un savoureux loup de mer. J'ai regretté toute la soirée de ne pas m'être retrouvé seul avec Dan.

Après dîner, sur un signe discret, presque invisible, de son épouse, Dan a préparé le café tandis qu'Isabel et moi sommes allés nous asseoir sur le canapé. Carlotta est restée à table avec Dan, ce qui a été un soulagement. Je voulais en savoir plus sur les masques d'Isabel, elle n'avait pas encore lancé son affaire à mon départ d'Angleterre. Aussi peu sûre d'elle-même que jadis, elle m'a expliqué comment elle en était arrivée là ; ses joues se sont colorées quand elle m'a confié combien elle aimait son travail. Isabel ! Gilbert, c'est ainsi qu'elle m'appelle. Personne ne m'appelle comme ça. Bien sûr, j'ai toujours trouvé que Dan avait bien de la chance, même si ce n'est pas juste par chance qu'il l'a conquise. C'était – et c'est – l'homme qu'il lui fallait. Elle est sans conteste la femme la plus merveilleuse du monde, une créature céleste, aussi douce, sage et calme que belle. Sans doute est-elle même encore plus belle à quarante ans – si incroyable que cela puisse paraître – qu'à l'époque où nous nous sommes rencontrés. En sa compagnie, l'heure s'est vite envolée. Quand j'ai dit que je devais rentrer, ayant des retards de sommeil, elle m'a supplié de revenir souvent : nous avions tant à rattraper ! Nous devions reprendre là où nous en étions restés.

– Tu nous as beaucoup manqué. Comme nous sommes heureux que tu sois de retour !

– Moi aussi, moi aussi, ai-je murmuré en me levant et il m'a semblé que nos regards s'étaient croisés avec un plaisir mutuel à l'idée que l'avenir ne serait plus séparé par l'Atlantique.

Là-dessus, Carlotta est arrivée avec son offre de places pour un concert. Isabel et Dan n'étaient pas libres : que pouvais-je faire d'autre qu'accepter ? Pas trop à contrecœur, je l'espère. J'avoue que passer une soirée dans une salle de concert en compagnie de Carlotta n'a rien de réjouissant. Sans doute devrai-je l'inviter ensuite au restaurant et la ramener chez elle. Ou plus exactement, c'est elle qui devra me ramener ! Tout plutôt que d'aller acheter une voiture ce matin.

CARLOTTA

Je n'avais pas voulu y aller, mais en fin de compte je ne le regrette pas. J'étais épuisée et, le conseil d'administration de Rumbold ayant duré plus que prévu, je n'ai même pas pu repasser mettre mon ensemble de chez Manolo. Qu'importe, les Grant ne sont pas du genre à vous en vouloir pour ça. Je me suis débrouillée pour passer prendre en vitesse une boîte de chocolats.

Ça fait tout drôle de revoir Bert après si longtemps ! Je pense que je l'aurais reconnu. De beaux yeux d'acier, je me rappelle la façon dont ils me sondaient jadis tandis que nous nous ébattions dans ces buissons. Ils se sont soudain fermés quand sa langue s'est enfoncée dans ma bouche. J'ai gardé les miens ouverts. Un de ces moments bizarres où vous vivez la situation tout en l'observant à distance.

J'ai l'impression qu'hier soir Bert était encore un peu désorienté, sans doute est-ce dû à son retour, et à ses efforts pour se lancer dans une nouvelle vie. On le sentait à la fois présent et absent. Son regard semblait rester en suspens sur chacun de nous, se déplacer plus lentement qu'il ne l'aurait voulu. Il a fallu que je le branche sur la stratégie du marketing – il s'y connaît probablement mieux que moi, mais je ne l'aurais jamais admis – pour qu'il commence à se détendre, à participer. Voyant que notre conversation excluait ou presque Dan et Isabel, j'ai changé de sujet et lui ai demandé quels étaient ses plans à Londres. Il a mentionné son désespoir – il ne s'est pas servi de ce mot, mais je l'ai deviné – d'être contraint de remettre sa maison en état. Je me suis empressée de lui proposer mon aide. Refaire une petite maison de Chelsea est un jeu d'enfant. L'idée d'abattre des murs et de choisir un nouveau thème de couleurs me plairait bien. Je m'imagine me précipitant chez mes vieux copains décorateurs pour y chercher des échantillons avant de me rendre au bureau. Bert a accepté avec reconnaissance. Au moment de nous quitter, j'ai lancé cette invitation pour le concert de demain soir à Wigmore Hall car Mike, ce pauvre idiot, s'était décommandé. Je pouvais voir que Bert guettait la réaction d'Isabel ou de Dan. Je suis presque sûre d'avoir entraperçu une lueur d'espoir dans son regard. Ni Isabel ni Dan n'étant libres, Bert ne s'est pas fait prier. Il semblerait donc que lui et moi allions nous voir assez souvent. Il prendrait un peu la place laissée vacante par ce courant d'air de Mike. Ce doit être agréable de se promener avec lui, et je perçois en lui un bon compagnon. Le sexe n'aurait pas sa place dans notre relation, nous en avons terminé avec tout ça dans les buissons de l'adolescence !

Le meilleur moment de la soirée a été sur le canapé avec Dan : j'aurais pu bavarder des heures avec lui. Il m'a semblé un peu nerveux, j'ai mis cela sur le compte d'une nouvelle pièce. Je sais qu'il n'aime pas en parler, mais au contact d'Isabel j'ai relevé certains détails. Du coup, je lui ai demandé où il imagine ses personnages lorsqu'il écrit : sur la scène ou dans la vie réelle ? À vrai dire, c'est une question que je me suis souvent posée. Elle a obtenu exactement la réponse que j'attendais. Devant une marque d'intérêt aussi chaleureuse, il a littéralement fondu, tout comme Bert quand j'ai évoqué la stratégie de marketing. Dieu que les hommes sont innocents ! Il vous suffit d'être tout œil, tout ouïe et de poser les bonnes questions et ils vous croient fantastique. Non que Dan aille penser une chose pareille, hélas… Toujours est-il que je voyais que ma question l'avait remué. Quant à Bert, compte tenu de son état présent, je le sens plutôt sur la défensive, mais pour peu que j'aie la chance de résoudre ses problèmes d'installation, et de le combler d'invitations avec des femmes aussi belles qu'intelligentes et libres, triées sur le volet, je suis sûre que je finirai par gagner au moins un petit coin de son cœur.

III

BERT

Cette maudite fille est arrivée avec une demi-heure d'avance. Je sortais tout juste de mon bain. Ma chemise n'était pas encore boutonnée, mais j'avais réussi à réapprovisionner mon bar. Je lui ai dit de se servir et je suis remonté.

Quand je suis redescendu, je me suis aperçu qu'elle avait étalé en éventail sur le canapé des échantillons de tissu et des nuanciers de peinture. Elle m'a expliqué qu'elle avait juste attrapé en partant deux ou trois catalogues de décoration qu'elle me laisserait pour que je les étudie. Je lui ai répondu que je ne voulais pas m'investir personnellement dans la décoration : qu'elle fasse comme bon lui semblait du moment qu'elle évitait le rouge. Elle accueillit cela sans mot dire, puis elle me demanda si elle pouvait jeter un coup d'œil dans la maison, de façon à avoir une meilleure idée de l'ampleur de sa tâche. Je lui ai dit de se sentir libre. Pendant qu'elle inspectait les lieux, je me suis assis avec un whisky soda en me demandant si j'avais ou non toute ma raison : pourquoi diable cette femme fouine-t-elle dans ma maison ? Est-elle capable de visualiser des changements qui m'échappent à moi ? Un tel don vous donne un formidable avantage sur le commun des mortels. Elle a très vite réapparu en déclarant qu'elle avait une image d'ensemble, que ce serait aisé. Cela ne devrait pas prendre trop longtemps malgré l'importance des travaux, a-t-elle ajouté d'un air suffisant. Suffisant ? N'étais-je pas injuste ? Oui, les maçons et divers corps de métiers du bâtiment occuperaient les lieux pendant un certain temps. Dans ce cas, je partirai d'ici, conclus-je. Elle approuva d'un signe de tête.

Elle était venue dans son coupé Mercedes, qu'elle justifia en précisant qu'il avait trois ans. Une bien jolie petite voiture... Je pourrais envisager d'en acheter une moi-même. Nous dévalâmes Wigmore Street, dans le plus complet silence, ce qui fut un soulagement. Je n'avais aucune envie de parler du budget à prévoir pour les travaux de la maison, sujet qui devrait être abordé un jour, ni de quoi que ce soit d'autre. Je dois reconnaître que Carlotta est efficace dans tous les domaines, il est clair qu'elle aurait pu également faire un excellent chauffeur. Au lieu de se lamenter sur le manque de places de stationnement, elle trouva un parcmètre, y jeta une poignée de pièces de monnaie, sans me donner seulement le temps de fouiller dans ma poche. Le fait qu'elle se soit complètement trompée pour le concert atténua cependant ma vague admiration : au lieu de Brahms c'était Mozart qui était au programme. Tant mieux, car je préfère de beaucoup Mozart. Disons que cela m'a agacé qu'elle ne...

Mais j'exagère. Ces concertos pour piano, le 21 et le 24, m'ont merveilleusement apaisé : je n'ai jamais pu savoir lequel des deux est le plus admirable.

Je me suis senti comme revigoré par la musique. N'étant plus au courant des restaurants londoniens, j'avais retenu une table au Savoy, histoire de ne pas me tromper. Elle m'a dit qu'elle n'y avait pas mis les pieds depuis des années : sa remarque n'avait rien de déplaisant, mais indiquait qu'elle se rendait compte que je l'avais choisi de façon à ne pas avoir à la consulter pour savoir où elle désirait aller. Notre dîner a été des plus agréables. Ma première omelette Arnold Bennett depuis une dizaine d'années ! Elle a discouru sur ceci, sur cela, m'a posé des questions sur mon amitié avec Dan. Je ne suis pas sûr de lui avoir apporté les réponses qu'elle cherchait. Comment mes sentiments à l'égard de Dan avaient-ils survécu à une aussi longue absence ? Ce genre de trucs, pas le genre de questions auxquelles je puis répondre avec aisance et encore moins avec sincérité. Elle en est venue ensuite à Isabel, que pensais-je d'elle ? Cette fois, j'ai éludé la question en la lui renvoyant. Elle a hésité, l'air de réfléchir sérieusement, puis elle m'a dit qu'elle avait une admiration sans borne pour Isabel car elle était radicalement différente des autres, tant par son indifférence pour le monde moderne, sa fragilité, à certains égards, que par ses remarquables qualités d'épouse et de mère, sans oublier son talent – même si, bien sûr, il a fallu qu'elle insinue avec perfidie que fabriquer des masques était sans doute plus proche d'un artisanat de haut niveau que d'un art à proprement parler. Elle a mentionné enfin la compassion d'Isabel et son amour de la vie. Le temps qu'elle en finisse, elle avait par bonheur oublié que je n'avais pas répondu à sa question.

Elle m'a ramené en voiture. Je ne lui ai pas proposé d'entrer, bien qu'un instant de silence m'en ait donné l'occasion. Il s'est ensuivi une sorte de pause comme on en connaît à l'adolescence, où j'ai senti qu'elle attendait ma réaction, ce qui m'a aidé à prendre une décision rapide. Elle a haussé les épaules, tendu la joue pour que je l'embrasse. À la lumière du réverbère, sa peau beige était devenue de la couleur du raisin blanc. Ses paupières étaient à moitié closes, ses cils longs et épais. Attirante... Oh ! Mon Dieu, pensai-je, je sais ce qu'elle veut, mais ce n'est sûrement pas ce que je veux. Je l'embrassai, comme il se doit, sur la joue, aussi froide qu'un grain de raisin. Elle sentait la poudre Pond de ma mère dont les nuages laissaient leur trace sur sa coiffeuse.

– Reprenons contact au sujet des entrepreneurs, m'a-elle dit.

Là-dessus, je me suis dépêché de descendre de la voiture et d'entrer chez moi.

Oui, quelque chose me disait que... Plusieurs mois s'étaient écoulés depuis que Mary de Minneapolis avait pris plaisir à m'épuiser pendant six semaines et un homme ne peut s'en passer que pendant un certain temps... Mais une trop grande disponibilité m'a toujours repoussé. Il était clair que je pouvais aisément entrer dans la vie de Carlotta. Elle mentionna vaguement, pendant le dîner, comment un sale type avait disparu sans la moindre explication. Peut-être y avait-il un vide à remplir. Je n'étais pas préparé à le combler, mais j'aurais aimé être un ami. Son entrain plutôt directif est plaisant par moments.

Je me suis servi un whisky que j'ai emporté dans ma chambre. Mon lit est plus dur et moins confortable que dans mes souvenirs. Un nouveau lit devra figurer sur ma liste. Je n'ai guère envie de demander à Carlotta de m'en choisir un convenable, elle pourrait suggérer, horreur et abomination, que nous l'essayions ! En imaginant le tableau, j'ai souri.

Là-dessus, je me suis rappelé que Dan était parti pour Rome. Je tiendrai parole : j'appellerai Isabel et suggérerai que nous nous retrouvions. J'aimerais bien la revoir, seule.

CARLOTTA

Je crois que Bert m'a fait boire plus de vin rouge que je n'en ai l'habitude, Dieu sait pourtant que je ne suis pas femme à me laisser faire. Qu'avait-il en tête ? C'était un Mouton je ne sais quoi, qui coûtait une fortune, une pure merveille. Mais ce matin j'ai l'impression d'avoir la tête dans une sorte d'étau brûlant qui grésille au-dessus de mes yeux. Du coup, je suis arrivée en retard au bureau : ce n'est pas une bonne façon de commencer une journée horriblement chargée.

J'ai passé une plaisante soirée. Bert s'est montré un compagnon agréable, mais pas très excitant. Jolies mains. Il est clair qu'il est loin d'être tiré d'affaire, mais je pourrai l'aider. Son horrible petite bicoque sera refaite en un rien de temps, d'autant plus qu'il a l'intention de me laisser le champ libre et que, de toute évidence, l'argent ne pose pas de problème. Cela veut dire que nous nous verrons assez souvent et peut-être qu'il se révélera bon randonneur, un copain de substitution valable. Je lui dois un dîner. Je lui ferai signe la semaine prochaine. On verra alors quelle tournure prendront les choses.

Quoi qu'il en soit, il me faudra être sur mes gardes. En le ramenant chez lui, j'ai pris pleinement conscience de la question latente entre nous. De mon côté, la réponse était simple : non. Il était là, assis, les mains sur les genoux, en effervescence, je dois le reconnaître. Quand nous nous sommes arrêtés, je lui ai tendu la joue, selon l'usage. Il n'a pas réagi tout de suite, se demandant sans doute pourquoi je ne m'étais pas tournée vers lui avec un regard passionné, lèvres entrouvertes, il s'est alors contenté d'effleurer ma joue avec la sienne et est descendu de la voiture avec la hâte d'un homme tenaillé par le désir. Je suis repartie très contente de moi. S'il y a une chose dont je ne voulais surtout pas, c'était bien qu'il me pelote. Il s'est conduit comme un gentleman. Par conséquent, aucun nuage n'assombrira nos projets relatifs à sa maison, ni notre amitié.

Bizarre, en rentrant chez moi, je me suis sentie toute chose, j'avais comme un frisson de m'en être tirée de justesse. Je vais l'appeler, mais pas avant deux ou trois jours.

GWEN

Ce que je déteste par-dessus tout, c'est le jeudi. Je n'ai pas la perspective rassurante d'aller chez les Grant dans la matinée. Et puis, sachant que je ne travaille pas le jeudi matin, Gary tente sa chance et me prend au dépourvu.

Je venais de m'éclipser pour acheter le journal, en prenant soin de regarder autour de moi, comme d'habitude, quand je l'ai aperçu qui traversait la rue. J'ai vite détourné mon regard, mais il a eu le temps de me sourire, conscient que je l'avais vu. Mon cœur s'est emballé. Du coup, j'ai renoncé à l'idée de passer prendre chez Tesco deux ou trois bricoles pour mon déjeuner. Il arrive que Gary traîne dans les rayons à quelques mètres de moi. Cela l'excite de me voir dans tous mes états. Parfois, il me précède, s'attarde près des céréales ou des lessives, sûr de m'y retrouver à un moment ou à un autre. Il m'adresse un de ses sourires qui vous écœurent et va s'acheter un paquet de Marlborough, tandis que je paie avec des gestes maladroits. Il m'attend dehors, me suit jusque chez moi, à une dizaine de mètres de distance, il n'essaye plus d'entrer, mais il reste là à regarder, sachant que je suis toute remuée.

J'ai encore du mal à comprendre comment j'ai pris cette décision il y a trois ans. Mais je suppose que nous optons tous pour des solutions qui nous semblent souhaitables à un moment donné quitte à les regretter toute la vie. Il me suivait depuis des mois. Il ne m'avait jamais attaquée, il m'avait juste perturbée. Et puis, un beau jour, je me suis dit qu'il devait avoir des problèmes, que je pouvais peut-être l'aider. Sans doute que si je lui parlais et l'écoutais, il se rendrait compte que je ne pouvais rien pour lui et qu'il cesserait de me harceler. Aussi, arrivée devant ma porte – il se tenait à quatre ou cinq mètres derrière moi, plus près que d'habitude –, au lieu de me hâter d'entrer sans me retourner, comme à l'accoutumée, je lui ai proposé de prendre une tasse de thé. Il ne m'effleura pas l'esprit que je pouvais encourager ainsi une agression, moi, une femme d'une quarantaine d'années, dont le foulard cachait une permanente en fin de course, pas vraiment Nicole Kidman… Il faut faire confiance aux gens. Au lieu de sourire, il se contenta de hocher la tête et de me suivre. Il alla s'asseoir à la table de la cuisine, sans paraître se soucier de ce qui l'entourait, sans mentionner ma belle pendule ni quoi que ce soit. Puis il se mit à parler, me raconta son enfance, ceci, cela. Une histoire très triste. Je le plaignais du fond du cœur. Pour peu qu'il prenne un bon bain et se fasse couper les cheveux, il pourrait être tout à fait présentable, même s'il lui manquait quelques dents. Ne me demandez pas pourquoi, mais en l'écoutant j'oubliai tous mes griefs à son égard, toutes les peurs qu'il m'avait causées.

– Je vous pardonne, Gary, lui dis-je, au moment où il s'apprêtait à repartir.

Il s'excusa avec gentillesse, ajoutant qu'il n'avait jamais voulu m'effrayer, qu'il avait juste vu en moi une jolie femme qu'il n'avait pas osé aborder.

– Soyons amis, conclut-il.

J'avais le sentiment d'être sa seule amie au monde.

J'ignore comment c'est arrivé : il n'était jamais venu que pour une tasse de thé, ne m'avait jamais apporté ne fût-ce qu'un pot de fleurs, mais je tombai amoureuse de lui. Je ne lui en avais pas soufflé mot, mais je pense qu'il s'en était rendu compte. Puis, un après-midi – je me souviens que je venais de nettoyer l'évier –, il s'arrêta et, à sa façon de me regarder, il devait lire mes sentiments. Il obtint donc de moi ce qu'il voulait. À trois heures de l'après-midi. Nous passâmes d'autres moments de ce genre dans mon lit à une place. Je n'ai jamais beaucoup apprécié l'aspect physique des rapports, mais c'était un tendre et il en avait terminé vite fait bien fait, rien de ces tripotages à n'en plus finir que Bill appelait « préludes ».

Je me rappelle qu'à l'époque Mrs. Grant – elle remarque tout – s'inquiéta d'une rougeur sur ma joue : une irritation due, je le savais, à la barbe de plusieurs jours de Gary, mais, bien sûr, je ne pouvais le lui avouer. Elle me donna un tube de crème, qui n'améliora rien, même si je prétendis le contraire. Mrs. Grant aurait été horrifiée à l'idée que j'avais une relation avec un homme qui m'avait suivie, un inconnu, un désaxé, ni plus ni moins.

Mais il y a deux mois, au supermarché, au moment où je prenais dans le bac des produits congelés un sachet de petits pois, j'ai entendu cette voix dans mon dos. « Gwen... » Je suis restée figée sur place, comme congelée moi aussi. Je me suis retournée. Il était là, toujours mal rasé, toujours édenté.

– Ce ne sont ni les tasses de thé ni les après-midi au lit qui m'intéressent, m'a-t-il déclaré. Ce n'est pas ce que je recherche. Ce qui m'excite, c'est ce qui se passe, la révélation du mystère, tu vois ce que je veux dire ? La révélation du mystère ?

De quoi parlait-il ? Je jure qu'il avait un regard d'assassin. Sans me laisser le temps de placer un mot, de lui demander ce que diable il entendait par là, il avait disparu. Je tremblais tellement que mes genoux se dérobaient sous moi, je dus m'appuyer à mon chariot, Dieu sait comment je parvins jusqu'à la caisse. Je me sentais malade, glacée, terrifiée. Qu'allait-il me faire ? Pourquoi, oui, pourquoi l'avais-je laissé entrer ? Je me berçais sans doute d'illusions en me persuadant que j'étais amoureuse de Gary, il faut reconnaître que c'est bon de se dire qu'on est amoureux de quelqu'un… En toute honnêteté, notre amitié ne menait à rien, il ne parlait que football. Cela finit par devenir lassant. Et voici qu'un beau jour, un de ces après-midi où c'était juste la tasse de thé sans gâteries – le lit ayant perdu ses attraits –, il me dit : « Au revoir, Gwen », d'un ton bizarre, bourru et il s'en alla. Il ne revint jamais. Deux années s'écoulèrent sans que je le revoie ni dans la rue ni dans les magasins du coin. À croire qu'il avait disparu de la surface de la terre. Au fond de moi-même, je me sentais soulagée.

Je rentrai tant bien que mal chez moi, essayant de me changer les idées avec d'agréables perspectives telles que le grand ménage du bureau de Mr. Grant, le lendemain. J'étais toutefois très perturbée et je n'avais personne à qui parler… Il me vint à l'esprit d'aller au commissariat, mais ils ne montreraient sans doute guère de compassion pour ce genre d'affaire d'ordre domestique… Vous voulez dire qu'il était autrefois votre amant et que maintenant il vous suit ? Il ne vous a jamais frappée ? Ils me riraient au nez.

Cet après-midi, j'ai jeté un coup d'œil discret par-derrière le rideau pour voir si j'avais la voie libre, je devais aller faire les courses du dîner. Croyez-le ou non, Gary était encore là, sur le trottoir d'en face. Du coup, je me suis cantonnée chez moi, le cœur battant, l'estomac dans les talons, maudissant les jeudis. Il est resté là, les mains dans les poches, à siffloter. À l'heure du thé, il était toujours là. Je me suis assise, n'ayant goût à rien, pleine de regrets, ne cessant de me répéter que j'avais été une fichue idiote. Oui, quelle idiote j'avais été de l'inviter à entrer chez moi la première fois !

ISABEL

Dieu sait pourquoi l'idée de Gilbert et Carlotta ensemble au Wigmore Hall m'a préoccupée à ce point, hier soir. Au cours du dîner, Dan et moi nous sommes demandé comment cela se passait entre eux. Dan prétendait qu'elle agacerait tellement Gilbert qu'il ne ressortirait sans doute plus jamais avec elle. De mon côté, je ne savais que penser.

Et maintenant, Dan est en route vers Rome. Quelque part dans les nuages. Même si cela lui paraît ridicule, je dis toujours une petite prière pour qu'il arrive sain et sauf. Je ne me sens jamais vraiment rassurée avant son appel m'annonçant qu'il a atterri. Je déteste quand il s'en va, ne serait-ce que quelques jours.

Toute la matinée, j'ai travaillé d'arrache-pied à un masque d'oiseau, de somptueuses plumes noir et blanc sortant d'un cœur en paillettes. Un cœur à l'envers, plutôt astucieux car la pointe touche le front et les deux côtés s'encastrent contre les ailes du nez. Je suis ensuite descendue téléphoner dans le bureau de Dan, il y régnait un ordre inhabituel, la corbeille à papiers était vide. De toute évidence, Gwen s'en était donné à cœur joie. La pièce était baignée de soleil, je me suis assise quelques instants dans son fauteuil pivotant, tournant d'un côté de l'autre, profitant de cette douce chaleur, toute détendue, me demandant si je devrais… J'ai pris la photo préférée de Dan dans son cadre en écaille : on nous y voit tous les trois, Sylvie doit avoir à peu près cinq ans. Dan et moi paraissons, sans conteste, plus jeunes, mais il est difficile de nous donner un âge. J'ai composé le numéro de Carlotta.

Bien entendu, elle était pressée, je l'ai perçu à sa façon de décrocher, avant même qu'elle ne parle.

– Tu m'appelles pour savoir comment ça s'est passé avec Bert, dit-elle. Je m'y attendais. (Elle rit, un rire forcé, bref.) Je suis en train de filer, mais je peux te dire que ça s'est fichtrement bien passé. Une soirée formidable. Et il n'y a rien eu du tout, si c'est ça que tu voulais savoir. Mais cela aurait pu arriver… Facilement. Il rongeait son frein. En bien meilleure forme que le soir du dîner chez vous. Il était remis du décalage horaire. Calme pendant Brahms, ou Mozart, je ne sais plus lequel des deux, excité, mais un vrai gentleman au Savoy.

– Au Savoy ? repris-je.

– Excité au Savoy et ne pensant plus qu'à ça quand je me suis garée devant chez lui.

Un ange passa…

– Mais zut, tu me connais, poursuivit-elle. À trente-six berges je ne suis plus aussi spontanée qu'avant. Ce n'était pas ce qui m'intéressait. Je voudrais voir dans Bert un ami, un copain de rechange. Fini les embrouilles, j'en ai trop vu avec Andrew.

– Je suis bien de ton avis, répondis-je, ajoutant que je n'avais pas appelé pour lui demander si elle avait ou non couché avec Gilbert, mais pour savoir s'il lui avait plu et si elle était contente de sa soirée.

– Oh ! ça ! lança-t-elle avec désinvolture. Bien sûr qu'il m'a plu ! La seule chose que je n'ai pas appréciée c'est le jour où il m'a pelotée dans les buissons, il y a des années. J'aime presque toujours tes amis, d'accord ? Bert m'a plu, j'ai passé une agréable soirée, je serai heureuse de refaire sa maison, d'accord ? Écoute, il faut que je file. On se rappelle.

Pas le temps de poser d'autres questions : même sur le ton de la plaisanterie, c'eût été déplacé.

Me voilà donc à la cuisine, à écouter l'horloge égrener les secondes, à attendre le coup de téléphone de Dan m'annonçant qu'il est bien arrivé à Rome.

DAN

Il fait à Rome une chaleur étouffante. Carlo, mon seul ami ici, se trouve à Capri.

– Viens donc passer le week-end avec nous, m'a-t-il dit au téléphone.

Une excellente idée. Mais Isabel serait malheureuse si je prolongeais mon voyage. Moi aussi. Je ne pourrais pas profiter de Capri sans elle. Je l'ai appelée. Je ne lui ai pas mentionné cette invitation, de peur qu'avec sa générosité habituelle elle ne me persuade d'accepter. Je suis allé ensuite dîner seul dans une trattoria. Dieu qu'il fait bon se retrouver au milieu d'Italiens ! Leur volubilité donne une importance toute particulière au moindre instant, ce que j'apprécie. En Angleterre, ce serait épuisant mais ici, ça marche. Tandis que je savoure mes *tagliatelle alle vongole*, je me revois pendant mon année à Florence à ma sortie d'Oxford, une sorte d'année de réflexion post-universitaire, la meilleure décision que j'aie prise dans ma jeunesse. Ces quelques mois où je n'avais à me soucier ni du temps ni de l'argent, où je n'avais pas besoin de travailler, où je pouvais contempler à ma guise les œuvres d'art, les sculptures, l'Arno, les cyprès noirs pointant dans le ciel, habitués au modeste recoin que Botticelli et ses contemporains leur allouaient en toile de fond. Je me souviens de la visite de Bert lors d'un week-end. Ce qui l'a le plus marqué ce sont ces *bombolini* tout chauds, que l'on achetait... Comment diable s'appelait cette ruelle sombre ? Ils dégringolaient par une espèce de conduit depuis une fenêtre à l'étage. Vous les ramassiez avec une serviette en papier, vous brûlant les doigts. Le sucre fondu vous engluait la bouche et les joues. Vos mains en étaient si poisseuses qu'il vous fallait les laver. Je n'ai jamais dégusté de pareils beignets. Et Dante ! Et Boccace !

Je me réveillais à l'aube et je lisais jusqu'au petit déjeuner. À l'instant où j'attaquai un sabayon nostalgique, un distique me revint :

Chi vuol esser lieto, sia
Di doman non c'e certezza...

Depuis combien de temps était-il enfoui dans mon subconscient ? Je dois le transmettre à Sylvie d'ici quelques années.

Le téléphone sonna au moment où je regagnais ma chambre d'hôtel : le bureau me prévenait que l'on me réclamait à Nairobi le lundi suivant. Préférais-je repasser par chez moi ou m'y rendre directement depuis Rome ? Comme je le pressentais, Isabel me répondit que bien sûr... Ce serait de la folie de rentrer à Londres pour une demi-journée. Oh ! Tant pis, nous attendrions le week-end avec impatience. J'allais suggérer que Bert revienne dîner le samedi soir, mais seul, cette fois. Bref, nous étions déçus, mais résignés. *Di doman...* On ne sait pas de quoi demain sera fait.

Maintenant, je suis assis, morose, dans ma chambre climatisée, découragé de constater que la table est si petite. Les volets sont entrouverts. Le ciel couleur saumon tente de s'introduire dans la pièce. J'attrape le sous-main en plastique contenant toute la paperasse vantant les services de l'hôtel et je les flanque par terre avec fracas. Cela résonne dans ma tête, où ce changement de plans a jeté la confusion. Je branche mon ordinateur.

Ma dernière pièce, achevée il y a deux mois – à mon avis, plus vivante que les précédentes –, tourbillonne dans cette bulle de silence, fief de messieurs les directeurs de théâtre dont la réponse se fait toujours attendre. Il est donc temps de ne plus m'inquiéter ni de celle-ci ni des autres et de passer à la suivante. Cette fois, je me sens plus enthousiaste que d'habitude – ou en est-il ainsi pour chaque pièce ? J'ai bien l'impression que oui. Toujours est-il qu'elle traite du rejet. Un sujet qui m'est familier. Qui nous est à tous familier. Un problème que l'on devrait nous apprendre à affronter dès l'enfance afin d'atténuer les coups durs que nous réserve l'âge adulte. J'ai des tas d'idées sur la question. Et j'ai une scène d'ouverture fantastique. La voici :

Acte I, scène 1.

Maintenant, à une heure très avancée de cette nuit romaine, je commence.

ISABEL

Quand Dan a appelé hier soir pour dire qu'il se rendait directement de Rome à Nairobi – ce qui paraît tout à fait sensé –, j'ai exprimé certaine déception bien normale mais accepté de bon cœur, me disant que mercredi soir serait vite là. En réalité, j'ai eu un moment de véritable cafard que je ne comprends pas. Dan s'absente souvent jusqu'à dix jours de suite. Il me manque terriblement, mais je surmonte très bien cela, appréciant d'avoir davantage de temps à consacrer à Sylvie. Alors, pourquoi ce vague à l'âme après son appel ? Sans doute parce qu'il était tard, que j'étais fatiguée et que les plans du week-end avaient été bousculés. J'ai éteint, mais je n'arrivais pas à m'endormir. Le téléphone a sonné à nouveau : Carlotta.

– J'espère que ce n'est pas trop tard pour t'appeler, a-t-elle dit. (Elle aurait été furieuse si je lui avais répondu par l'affirmative.) Mais j'ai pensé que tu aimerais savoir où j'en suis avec Bert, pas vrai ?

J'ignorais où elle voulait en venir, mais je lui ai répondu que oui, j'étais prête à l'écouter.

– J'ai beau avoir accepté de rénover sa maison, poursuivit-elle, je ne veux pas qu'il voie en moi juste une décoratrice.

– Je comprends, répliquai-je après un long silence.

– J'aimerais voir en lui un bon ami, reprit-elle. Maintenant que j'ai plaqué Mike, disons qu'il y a une espèce de vide… Vois-tu, j'aimerais me dire que je peux, oh !… lui faire signe à l'occasion, lui proposer d'aller ici ou là, l'aider le plus innocemment du monde… Qu'est-ce que tu en penses ?

Je lui répondis que je ne savais pas qu'en penser. Je crus me rappeler qu'elle m'avait confié, quelques semaines plus tôt, que c'était Mike qui l'avait plaquée. Mais je pouvais me tromper. À moins qu'elle n'ait inversé les rôles. Je n'avais aucune envie de la faire revenir là-dessus. À vrai dire, je ne saisissais pas bien ce qu'elle avait en tête, ce plan concernant Bert. Où voulait-elle en venir ? Pourquoi fallait-il qu'elle me demande mon avis si tout ce qu'elle cherchait n'était qu'une innocente amitié ? Mon long silence, auquel s'adjoignait mon manque d'opinion sur la question, la déçut carrément.

– Par conséquent, mon intention, reprit-elle, même si j'ai couru partout pour lui trouver des échantillons, c'est de le laisser un peu dans l'incertitude. Je veux dire que je ne veux pas me montrer trop empressée, je ne veux pas qu'il se trompe sur mes intentions. Aussi ai-je décidé de ne pas l'appeler avant au moins le milieu de la semaine prochaine, d'ici là il sera peut-être impatient. Il aura sans doute hâte que les travaux de sa maison aient commencé. Il se pourrait même qu'il m'appelle.

– Isabel ?

Je lui ai répondu qu'elle employait des moyens bizarrement détournés, étant donné que son plan initial visait à établir une simple amitié. Pourquoi ne l'appelait-elle pas lorsqu'elle serait prête à lui exposer ses idées en matière de décoration ? En outre, me surpris-je à lui dire et c'était cruel de ma part, Gilbert n'était pas homme à se rendre compte qu'elle le laissait en suspens : par conséquent, à quoi bon avoir recours à ce stratagème ?

Carlotta poussa un long soupir.

– J'aurais dû savoir que cela ne servirait à rien de parler à une amie mariée depuis quinze ans et heureuse en ménage, reprit-elle. Il est clair que tu as oublié ce qu'est le monde des célibataires. Rien n'y est simple, pas même la quête d'une amitié.

Elle me semblait triste et désabusée. Sans me laisser le temps de m'excuser pour mon manque de compassion, elle raccrocha. Il nous arrive parfois de terminer abruptement des conversations, dans un moment d'exaspération. Par bonheur, ce refroidissement dans nos relations ne dure jamais. Je l'appellerai demain pour m'excuser. J'ai passé une bonne partie de la nuit à penser à elle, à Gilbert, à Dan. Dans ma tête c'était le chaos, mais une chose était claire : je ne voulais pas que Carlotta devienne trop intime avec Gilbert, je voulais qu'il soit mon ami : celui de Dan et le mien. Voilà qui était horriblement égoïste : Carlotta a beaucoup plus besoin de lui que moi. Si dure en affaires soit-elle, elle manque totalement de confiance en elle. À l'origine de la plupart de ses échecs, on retrouve son empressement à conquérir l'amour des hommes : dans sa hâte, elle brade tout. Je lui répète, en vain, que les hommes ne veulent pas tout d'un coup, qu'ils préfèrent des faveurs dûment choisies. J'espère que son plan stupide ne va pas s'achever sur un nouvel échec. Peut-être que, perfide comme je le suis moi aussi, je devrais prévenir Gilbert. Juste lui dire que s'il ne veut pas se retrouver dans un drôle de pétrin, il ferait mieux de se tenir à distance.

GWEN

Ce matin, sans savoir pourquoi, je suis descendue plus tôt chercher le courrier. D'habitude, je ne trouve dans la boîte que des factures et des imprimés publicitaires. Cette fois, j'ai découvert parmi eux une vraie lettre, dans une enveloppe toute sale. L'écriture de l'adresse m'a paru plutôt primaire.

Je me suis assise à la table de cuisine, endroit où, au fil des ans, j'ai reçu plus de mauvaises nouvelles que de bonnes, et je l'ai ouverte. Elle était courte, deux ou trois lignes. *Je les connais les femmes de ton espèce*, pouvais-je lire. *Je sais à quoi tu t'amuses, Gwen. Il y a des forces là-bas qui en savent plus long que tu penses. Tu devrais te méfier, Gary.*

Je la lus et la relus. J'en avais le frisson. Si l'expéditeur avait été qui que ce soit d'autre, j'aurais pu croire à une mauvaise plaisanterie, sans doute l'aurais-je jetée et n'y aurais-je plus pensé. Mais Gary… Qu'avait-il en tête ? Fallait-il voir là une menace ? Cherchait-il à me dire qu'il savait quelque chose à mon sujet dont il pouvait se servir contre moi ? Était-ce possible ? Je m'efforçai de réfléchir. J'ai commis de grosses erreurs dans ma vie, mais pour autant que je sache, je n'ai causé de tort à personne, et il n'y a rien dont je puisse avoir honte. J'en avais le tournis, mes mains tremblaient. Mon thé ne me disait rien, je me forçai à en boire une ou deux gorgées pour avaler de l'aspirine. Sans doute devrai-je parler à Gary la prochaine fois que je le verrai rôder dans les parages. Le problème, c'est que ma voix ne portera pas assez loin : je ne peux tout de même pas hurler pour qu'il m'entende sur le trottoir d'en face. Je pourrais aller vers lui, mais il filerait. C'est honteux de sa part. J'ai repris ma vie en main, j'ai redressé la barre, je suis aussi heureuse qu'on peut l'être, compte tenu des circonstances : je veux dire qu'Ernie n'est pas un mauvais fils et que même si Jan se conduit fort mal à mon égard, je l'aime tout de même, c'est ma fille. Et voilà que ce sale type vient tout perturber. Il me poursuit, il me menace, à cause de lui, je ne me sens plus en sécurité.

Dans mon émoi, j'ai failli appeler Mrs. Grant, mais je me suis vite ravisée. Si proches que nous soyons l'une de l'autre, je n'ai jamais abordé de sujets vraiment personnels avec elle. Qui plus est, ce serait trop long à lui raconter. Elle serait en premier lieu horrifiée que j'aie pu avoir une liaison avec Gary. Non, je ne peux pas l'importuner avec ça, pas un samedi matin, accaparée comme elle l'est par la leçon de natation de Sylvie et tout le reste. Mr. Grant est de retour de voyage, Mrs. Grant est en train de sortir les muffins du congélateur et le soleil entre à flots par les fenêtres. J'ai l'impression d'y être. J'y suis tout le temps par la pensée. C'est un endroit que je ne veux pas assombrir avec mes problèmes !

BERT

Je suis encore en proie à une agitation inhabituelle. Peut-être qu'à la quarantaine, on met plus longtemps à se réadapter. Tout ira mieux quand j'aurai décidé de ce que je vais faire. La semaine prochaine, je prendrai le temps d'exammer de près les offres de travail que je reçois. Comment ces compagnies savent-elles soudain que je suis disponible et de retour à Londres ? C'est pour le moins étrange.

Tiens, j'y pense… Carlotta qui m'avait promis de me contacter dans les plus brefs délais au sujet de ce projet de décoration ne m'a pas donné signe de vie. J'avoue que c'est un énorme soulagement. Pour le moment, je ne suis pas en mesure d'affronter son déluge de suggestions. Dans l'immédiat, je me contenterai du vieux frigo qui fait un boucan de tous les diables et du four en triste état, je ne l'appellerai que le jour où ils rendront l'âme.

Je n'ai qu'une envie : passer une soirée tranquille avec Isabel. Ce qui me rappelle que Dan est à Rome. J'ai dit à Isabel que je l'appellerais. Si je ne le fais pas maintenant, Dan sera de retour. J'irai déjeuner chez Garrick et ensuite je me mettrai en quête d'une voiture, j'aimerais bien débarquer chez eux au volant d'un modèle tape-à-l'œil, histoire de voir la tête d'Isabel. Je sais qu'elle est plutôt embarrassée par le goût de Dan pour les voitures. Que pensera-t-elle du mien ? Je suis prêt à entendre ses remontrances.

SYLVIE

Je n'aime pas les samedis matin où Papa est absent. D'habitude, il m'emmène chercher Elli, puis il nous dépose à la piscine. Au petit déjeuner, Maman m'a dit que Bert avait appelé et qu'il passerait en fin de journée. J'aime bien Bert, mais j'aurais préféré une bonne soirée à jouer avec Maman. Elle a été super-gentille avec moi, peut-être pour m'aider à accepter que je devrais la partager. Elle m'a donné une glace fantastique pour le déjeuner et elle a dit qu'il se pourrait que Bert – pourquoi faut-il qu'elle l'appelle toujours Gilbert – vienne dans une voiture grand luxe et que, dans ce cas, nous irions faire un tour avec lui. Alors ? C'est vrai, ça serait chouette, mais il n'y aura jamais une voiture aussi bien que la

BMW de Papa. Elle a ensuite ajouté que nous devrions profiter de la journée pour aller chercher « ces nouveaux baskets dont tu parles sans arrêt ». Elle n'a même pas pincé les lèvres… Chic, me suis-je exclamée ! Oh ! merci, Maman ! Qu'est-ce qu'il lui arrive ? Elle allait et venait en chantonnant et elle a coupé les ingrédients de la salade en tout petits morceaux. Parfois elle est si bizarre… !

IV

ISABEL

J'ai entendu un coup de klaxon étonnamment mélodieux. J'ai regardé par la fenêtre. Une espèce de grand oiseau, imposant et argenté, était garé devant la maison. Je n'aurais pas été surprise de le voir soulever ses ailes invisibles puis s'élever dans les airs. Il a continué à roucouler, rappelant davantage la plainte d'une colombe qu'un coup de klaxon. J'ai ri. Il y a eu un silence, puis Gilbert est descendu de voiture. Avec sa démarche faraude, menton levé, il m'a paru très fier de lui.

Il ne pouvait attendre que Sylvie et moi l'essayions. L'intérieur était comme une grotte tapissée de cuir pâle. Sylvie grimpa à l'arrière. Elle qui avait trouvé ridicule cette idée de promenade en voiture quand j'y avais fait allusion était de toute évidence éblouie, mais elle essayait de cacher sa réaction, sa loyauté à la BMW de Dan étant à toute épreuve. Je m'installai allégrement dans le siège avant. Gilbert ferma la portière de l'extérieur. Elle émit le bruit sourd des portières de luxe, aussi rassurant que celui des pantoufles dans l'escalier, puis nous nous envolâmes : Hyde Park, Constitution Hill, St. James Street, Regent Street et de retour à Maryland Road puis Shepherd's Bush. Merveilleux. Je compris soudain la fascination de Dan pour les voitures, même si sa BMW ne m'a jamais inspiré ce genre de sentiment. Gilbert nous promit que dès qu'elle lui appartiendrait – car il n'était pas question qu'il la leur rende – il nous emmènerait sur l'autoroute un matin, de très bonne heure, pour nous donner une idée de la vitesse qu'elle pouvait atteindre... Il permettrait peut-être à Dan de prendre le volant, ajouta-t-il. Une fois à la maison, il demanda à Sylvie ce qu'elle en pensait.

– Géniale, répondit-elle, mais rien à côté de la nôtre... Avec elle, je sais toujours à quoi m'attendre...

Il m'a expliqué qu'il s'était juste débrouillé pour dénicher cet oiseau rare à temps et, qui plus est, qu'il ne l'avait pas payé. Non : on lui avait prêté cette voiture afin qu'il l'essaye pendant le week-end. Il avait déjà fait l'aller et retour jusqu'à Windsor et il avait passé de bons moments à se familiariser avec la conduite automatique assistée.

– Qu'est-ce qui t'a valu pareille confiance de leur part ? demandai-je.

Gilbert se contenta de hausser les épaules, il suggéra que c'était sur sa bonne mine. Oh, c'est vrai, il avait aussi laissé en garantie une somme assez importante pour remplir le coffre de Château Mouton-Rothschild 84.

Sylvie n'a pas voulu dîner avec nous. Je lui ai préparé un plateau-repas qu'elle a emporté dans la pièce de la télévision. Quand je suis allée lui dire bonsoir, elle avait éteint et elle dormait ou faisait semblant de dormir. Bizarre. Elle est d'humeur très changeante. C'est l'âge, je suppose. Gilbert a dû être soulagé qu'elle ne se joigne pas à nous, il n'est pas doué pour converser avec les enfants. C'est lui qui a mis le sujet de Carlotta sur le tapis. Elle n'avait pas appelé, a-t-il dit, et il ne semblait pas s'en plaindre. Elle mettait donc son plan en vigueur, pensai-je. Et j'avais vu juste, Gilbert ne se doutait nullement que Carlotta l'imaginait désorienté par ce silence.

– Comment la perçois-tu, après toutes ces années ? lui demandai-je.

Comment la perçois-tu ? est, en un sens, beaucoup moins cruel que de lui demander de but en blanc : *que penses-tu d'elle ?* Disons que c'est moins direct, moins agressif, que cela génère, le plus souvent, une réponse plus réfléchie. Bert haussa les épaules, esquissa un sourire qui laissait entendre qu'il n'était guère intéressé par le sujet de Carlotta, mais qu'il ferait de son mieux avant que nous ne passions à des sujets plus fascinants. Telle était du moins mon interprétation initiale. Une minute plus tard, il me vint à l'esprit qu'il était tombé sous le charme de Carlotta lors des deux soirées qu'ils avaient passées ensemble, et que j'étais bien la dernière personne à laquelle il se confierait. Cela me fit froid dans le dos.

Bien sûr qu'elle a changé, on ne la reconnaîtrait pas, cela n'a rien de très étonnant. Elle est mieux, beaucoup mieux qu'autrefois. Elle est pleine d'entrain, bruyante, elle ne sait pas se taire. Mais il est clair que c'est une bonne amie. Il pouvait voir combien je l'appréciais, ajouta-t-il, mais il lui restait à comprendre ce qui nous attirait l'une vers l'autre.

Il avait dit cela avec un tel naturel, une telle honnêteté qu'il était difficile de ne pas le croire. Un ange passa... J'achevai mon verre de vin, répugnant à poser d'autres questions. Il reprit alors :

– Mais Carlotta n'est pas mon genre. Par conséquent, s'il vous plaît, Dan et toi, n'essayez pas de jouer les entremetteurs cela ne marcherait pas. Ni pour l'un ni pour l'autre, je suis sûr qu'elle n'a pas de vues sur moi, je suis loin d'être assez excitant. Je n'ai rien d'une figure de proue, mais un homme peut-il jouer les figures de proue ?

Nous échangeâmes un sourire, puis nous esclaffâmes de rire, dissipant cet imperceptible malaise.

– Je ne pense pas que nous ayons voulu jouer aux entremetteurs, répondis-je, feignant de me moquer de lui. De toute évidence, cela ne marcherait pas. Malgré toute l'affection que j'ai pour Carlotta, je dois reconnaître qu'elle a toujours besoin de tout régenter. Tu y laisserais ta peau. Elle t'épuiserait. Elle...

– Oui, oui, je sais, dit-il.

Et il remplit mon verre à nouveau.

Il y eut un grand silence. Toutes sortes d'alternatives tourbillonnaient dans ma tête. Quel tour donner à la conversation ? me demandais-je. Je m'étais trop acharnée sur cette pauvre Carlotta. Je m'étais montrée déloyale à son égard. L'avait-il remarqué ? Le sujet devrait être clos une fois pour toutes, ou il pourrait dire ce que je n'avais aucune envie d'entendre. Je lui demandai incidemment s'il aimerait un fruit, du fromage ou autre chose.

– Ce que j'aimerais, répondit-il, ce serait voir tes œuvres.

– Voir mes œuvres ? (J'en avais le souffle coupé.) Mais personne ne veut voir des masques en cours de fabrication, répondis-je. Il n'y a pas grand-chose à voir.

– S'il te plaît… supplia-t-il. J'aimerais connaître l'endroit où tu passes tes journées.

– Mes matinées, rectifiai-je.

Pour autant que je m'en souvienne, personne ne m'avait jamais suivie là-haut dans l'intention de visiter mon atelier et de regarder mon travail. Cette démarche me touchait autant qu'elle me faisait peur. Rares sont ceux qui s'intéressent à l'activité d'autrui si elle est étrangère à leur domaine. Je le comprends. On se sent plutôt mal à l'aise dans la peau du spectateur curieux qui pose des questions, sachant que les réponses ne seront jamais pleinement satisfaisantes. Jamais je n'ai interrogé Carlotta sur la nature de son travail : à vrai dire, cela ne m'intéresse pas. En tout cas, de son côté, elle ne m'en pose pas sur le mien, même s'il lui arrive, en apercevant un masque qui attend d'être livré, de se lancer dans des compliments dithyrambiques qui ne signifient rien pour moi. Je ne pose à Dan que des questions d'ordre pratique en ce qui concerne ses affaires parce que cela ne m'intéresse guère. J'aimerais l'interroger sur ce qu'il écrit, mais je suis plus maligne que ça. On ne doit questionner ni les écrivains, ni les artistes, ni les musiciens. Leur œuvre parle pour eux. J'en suis intimement convaincue. Je suppose que c'est très bien de s'intéresser à quelqu'un comme moi, un modeste artisan, sur nos démarches et nos créations… Je ramasse une paillette à l'aide d'une pince à épiler, je la trempe dans de la colle. À des questions sur la technique, j'ai donné ce genre de réponse et peu m'importe, parce que jamais on ne me demandera ce que je ressens. Je doute que quiconque puisse deviner que celle qui crée les masques se surprend à les mijoter dans sa tête, avec ses espoirs et ses angoisses, avec un certain malaise ou un immense bonheur selon les jours. Je savais que Bert n'en viendrait pas à ce genre de questions, aussi me sentais-je en sécurité. Mais néanmoins perplexe. Et un peu… Avais-je bu un verre de trop ? Pourquoi mon cœur battait-il aussi vite ?

J'ouvris la porte et me dirigeai vers ma table de travail, j'allumai la lampe avec l'abat-jour. Il y en avait bien d'autres que j'aurais pu allumer, qui attendaient les rares occasions où je pouvais m'échapper le soir pour travailler, mais je n'y tenais pas : sans doute souhaitais-je que Bert soit un peu intrigué par ce qu'il voyait. Mystifié. J'espérais sans me l'avouer qu'il se ferait une idée, fût-elle vague, de ce que je tentais de faire.

En me retournant, je l'aperçus debout dans l'embrasure de la porte. Il crispait les poings. Même dans cette lumière tamisée, j'entrevoyais les jointures de ses doigts, deux petits arcs sertis de cailloux blancs. Je ne regardai pas son visage, ne voulant pas, pour le moment, connaître sa réaction. Mais je le vis ravaler sa salive, et avancer d'un pas prudent dans l'atelier, comme s'il marchait sur l'eau.

BERT

Je suis tombé amoureux d'Isabel à cet instant. À cet instant où elle a allumé et s'est tournée vers moi, sans que nos regards se croisent. Je la revois, debout près de la table, légèrement tremblante comme sous l'effet d'une brise imperceptible. Dans cette lumière imprécise, tout semblait flou, mais j'étais conscient de ces visages vides, dont les orbites étaient rivées sur moi. Beaucoup étaient ornés de plumes, de rubans et de houppes vaporeuses scintillant de perles de verre pas plus grandes qu'un œil de roitelet et de paillettes. J'étais conscient de ces couleurs vives et radieuses aux prises avec la pénombre ambiante. J'éprouvais là une impression étrange, cette sorte d'envol que suscite parfois la musique.

– C'est tout ce qu'il y a, finit par dire Isabel.

Dieu sait combien de temps nous étions restés là en silence. Qui sait, peut-être pas plus d'une seconde ou deux ?

– Il n'y a rien d'autre à voir, reprit-elle.

Ce n'était pas vrai, et elle le savait, mais cela n'avait aucune importance. Je hochai la tête, à court de mots.

Je ne m'étais attendu à rien de cela, bien sûr. Au cours de la seule soirée passée en compagnie d'Isabel, Dan et Carlotta, je m'étais senti à l'aise avec elle, sa présence et son rire m'avaient fait chaud au cœur, mais sans doute était-ce juste par comparaison avec Carlotta qui, elle, n'avait éveillé en moi aucun sentiment, en dehors d'une vague gratitude pour ses offres d'aide. Ce soir, dans la voiture, la joie d'Isabel m'a touché, mais je jure que cette promenade ne visait qu'à confirmer mon penchant, rien de plus. S'il m'avait effleuré l'esprit que j'encourais le danger d'être en proie à de plus puissants élans à l'égard de l'épouse de mon meilleur ami, jamais je n'aurais accepté de passer la soirée avec elle. Et comme il se doit, au dîner, tout s'est bien passé. L'atmosphère était calme et plaisante. Elle a beaucoup parlé de Dan. Elle l'aime. Ils sont aussi heureux qu'un couple peut espérer l'être. Je l'ai perçu. Nous avons parlé des changements que j'ai trouvés à Londres depuis mon départ. Elle m'a donné des nouvelles d'amis communs.

Au moment où la conversation a dérivé vers Carlotta, j'ai flairé anguille sous roche. Les sentiments d'Isabel envers son amie sont ambivalents. S'il est évident qu'elle a beaucoup d'affection et d'admiration pour elle, elle n'apprécie pas ses valeurs, son côté autoritaire, son arrogance. Aurais-je perçu aussi une pointe de jalousie ? Oh ! Sûrement pas. Isabel détesterait mener la vie de Carlotta. Elle est heureuse avec la sienne, alors de quoi diable pourrait-elle être jalouse ?

Il était clair qu'Isabel cherchait à me mettre en garde contre toute relation plus sérieuse avec Carlotta. Je lui garantis que ce n'était pas nécessaire, c'était bien le cadet de mes soucis. Je n'avais qu'une envie : changer de sujet, Carlotta ne m'intéressant guère. Je voulais en savoir davantage sur Isabel, et c'était l'occasion ou jamais. Aussi, pour faire d'une pierre deux coups, je lui demandai de me faire visiter son atelier, de me montrer son travail.

Je n'oublierai jamais son air épouvanté face à ma requête. J'avais peine à comprendre une telle réaction de sa part et, un instant, je me sentis le plus indiscret des personnages. À mon grand soulagement, elle esquissa un sourire : je n'avais donc rien fait de mal, je l'avais juste prise au dépourvu.

Tandis que je grimpais les trois étages, derrière sa longue jupe dont la soie bleue frissonnait, je ne me doutais de rien. Je puis vous assurer, monsieur l'agent, que je n'avais aucune de ces idées en tête. J'étais parfaitement innocent. Et voilà que la porte s'est ouverte sur son jardin secret. La lumière. L'éblouissement.

– Tu te caches bien, dis-je quand je pus enfin parler.

– C'est possible, répondit Isabel d'une voix si morne que je crus qu'elle n'était pas d'accord et n'avait aucune envie de s'étendre sur le sujet.

– J'imagine que tu connais par cœur toutes les métaphores concernant les masques, poursuivis-je d'un ton hésitant.

Je ponctuai ma remarque d'un petit rire pour montrer que je jouais à dessein les pédants.

– Oh oui ! répondit-elle en haussant les épaules, puis elle reprit : Tu aimes ça ?

– Si je les aime ? Disons qu'aimer n'est pas le terme que je choisirais, répondis-je. Je ne les distingue pas bien. Je suis abasourdi par ce que je peux voir.

– J'en suis heureuse.

– Ils sont beaux.

– Je n'ai pas l'intention d'allumer davantage.

– Non.

Je me rapprochai d'une étagère sur laquelle étaient posés trois masques ornés de plumes et j'eus soudain l'illusion que des becs invisibles les lissaient. Je pivotai si vite vers Isabel que pendant une seconde les masques dans la pièce semblèrent s'animer. Je n'aurais pas été étonné de les voir s'envoler ensemble par la fenêtre. Je comprenais maintenant pourquoi certaines personnes ont la phobie des masques. C'était là une forme de folie plus troublante que le malaise dû au décalage horaire.

Isabel suggéra que nous redescendions et que nous ouvrions une autre bouteille de vin. Cette fois, sa voix était ferme. Je sentais qu'elle n'avait pas l'intention d'expliquer quoi que ce soit. Je voyais aussi qu'elle n'avait aucune idée non plus de ce qui m'arrivait. Elle sortit précipitamment de la pièce. Je m'empressai de la suivre, refermant derrière moi la porte de l'atelier. J'étais heureux de repartir. J'espérais, le temps de redescendre, retrouver mon état normal, être délivré de mes sentiments pour Isabel, mais il n'en fut rien. L'épais tapis qui couvrait les marches feutra notre descente, tandis que s'accentuait soudain le claquement de nos talons sur le carrelage de la cuisine. D'une façon ou d'une autre, j'étais à vif, exposé, épouvanté d'en être là.

Dan aimerait que nous choisissions une bonne bouteille, disait Isabel. Mais elle n'y connaissait rien en vins. Pourquoi ne l'aiderais-je pas dans son choix ? Cette fois encore, je la suivis, descendant les marches raides menant au cellier, où Dan avait dépensé une fortune pour abriter sa prestigieuse collection de vins. Malgré toutes les prises d'air qui lui avaient coûté si cher, l'endroit sentait la cave, une plaisante senteur de renfermé, une odeur amorphe, pot-pourri de vieilles bouteilles, de toiles d'araignées et d'étiquettes apposées avec des colles anciennes. À la différence de la plupart des autres celliers, il n'était pas éclairé par des tubes fluorescents, mais par de nombreuses lampes suspendues au plafond. Isabel n'en alluma que deux. Avait-elle l'intention de laisser toute cette ombre entre les auréoles des deux ampoules ? Je n'en sais rien. J'en doute. Peut-être était-ce là un effet de mon imagination enfiévrée. Elle tendit la main pour me guider jusqu'à une étagère. Je la saisis, m'accrochant à ses doigts. Soudain, elle s'arrêta et me dit :

– Je crois que c'est une de celles-là...

Je l'attirai alors vers moi. Son corps suivit, n'opposant aucune résistance. De ma main libre, j'effleurai son front pour en chasser une toile d'araignée. À vrai dire, la toile d'araignée était des plus discrètes, mais c'était surtout pour l'embrasser. Je sentis son souffle sur mon visage, pendant moins d'une seconde je vis, je crois que je vis ses lèvres entrouvertes. Jamais de ma vie je n'ai jamais autant désiré une femme. J'allais céder à ce terrifiant désir, l'étreindre avec cet amour accumulé en vain au cours de toutes ces années, quand elle poussa un cri.

ISABEL

Je savais ce qu'il voulait, ce que je voulais. Durant l'une de ces secondes d'épouvante où toute votre vie, tout votre bon sens sont l'enjeu d'une modeste étincelle de lucidité, je hurlai, non point par peur, mais pour l'arrêter. Bien que perçant, mon cri fut assourdi par le plafond bas. Sans réfléchir, je le giflai. Il recula, la joue empourprée par l'éventail de mes doigts.

Jamais je n'oublierai son visage. Il s'était brisé en une multiplicité d'éléments : étonnement, regret, peur – était-ce de la peur ? De la colère ? À peine avais-je eu le temps de les déchiffrer qu'ils avaient repris leur ordre primitif, que ses traits s'étaient recomposés. Il ne porta pas la main à sa joue, comme le font dans les films ceux qui ont été frappés. Allez savoir pourquoi une telle pensée me vint alors à l'esprit... ? Il posa la main sur mon bras. Cette fois, je ne reculai pas. Je veillai à parler tout bas.

– J'aime Dan, lui dis je. Jamais au grand jamais je ne...

– Isabel, répondit-il, j'essayais juste d'ôter une toile d'araignée de tes cheveux. Jamais pour rien au monde... Moi non plus, je ne... Regarde.

Il retira quelque chose de mes cheveux et me montra sur le bout de ses doigts des fils de toile d'araignée, luisant comme de la bave d'escargot, ils disparurent lorsqu'il frotta ses doigts l'un contre l'autre. Il avait donc dit la vérité. Une sorte de vérité. J'avais honte de moi, je devais être écarlate. Je me sentais idiote, ridicule. Comment avais-je pu supposer que... Comment avais-je pu douter de ses intentions ? Ces vils sentiments qui m'étaient venus un peu plus tôt étaient-ils nés de mon imagination ? Même à cet instant je mourais d'envie qu'il me serre contre lui tandis que nous nous excusions l'un et l'autre pour ce stupide malentendu.

Je lui demandai pardon. Il fit de même, puis il prit une bouteille sur l'étagère et nous remontâmes au salon. Nous bûmes la moitié de la bouteille, parlâmes, comme si de rien n'était, de Dan, de Sylvie, évoquâmes son désir de s'installer, dans tous les sens du terme, dit-il, le plus vite possible. Entre nous se dressait une demi-vérité, ainsi qu'une autre vérité plus profonde, inacceptable, inadmissible, à laquelle je croyais, même s'il m'assurait de sa parfaite innocence.

Il était plus d'une heure du matin quand Gilbert s'en alla. En ouvrant la porte, nous reçûmes une bouffée de vent glacial. Il descendit les marches en courant. Je n'eus même pas droit à un chaste baiser sur la joue. Craignait-il de me toucher à nouveau ? Il ne mentionna pas la possibilité de se revoir. Il s'en alla dans sa voiture tape-à-l'œil en faisant crisser les pneus, tel un adolescent au volant d'une voiture volée. Je ne dormis à peu près pas de la nuit, revivant ces instants de confusion dans le cellier, aux prises avec la vérité, la sienne et la mienne.

GWEN

Le mot de Gary m'a perturbée à tel point que je n'aurais pu fermer l'œil si j'étais allée me coucher. Pour me changer les idées, j'ai regardé des idioties à la télé. Il faisait très chaud chez moi. J'avais l'impression d'étouffer. J'avais peur. J'ai pensé qu'un peu d'air frais me ferait du bien.

En passant ma veste, je me suis rendu compte que je faisais une bêtise. Une femme seule ne doit pas s'aventurer dans les rues de Londres à une heure tardive, surtout dans un endroit comme Shepherd's Bush, mais c'était plus fort que moi. De quel côté me dirigerais-je ?

Je n'en avais aucune idée quand je refermai la porte derrière moi. Je ne pensais pas, j'étais incapable de penser. Quoi qu'il en soit, je me retrouvai sur le chemin qui menait chez les Grant. Mes pieds m'y conduisaient. Comme d'instinct. Une fois en route, je me sentis ragaillardie. Je jetterais juste un coup d'œil sur la maison, plongée dans l'obscurité. La perspective d'y être bientôt en sécurité me rassurerait.

Dans ces ténèbres, je refusais de chercher Gary. D'ailleurs, jamais il ne m'imaginerait dans la rue à une heure pareille. Je me dépêchais, regardant par terre. Je croisai quelques personnes, mais nul ne semblait me prêter attention. Je n'avais rien qui pût attirer un agresseur : je n'avais même pas mon sac. Une voiture de police passa en trombe, sirène hurlant, gyrophare palpitant. Cela me rassura : je me dis qu'avec la police dans les parages, les promeneurs solitaires de mon genre étaient protégés.

J'atteignis la rue des Grant dans les temps habituels, c'est-à-dire en un peu moins de vingt minutes. Dans le voisinage, rares étaient les fenêtres allumées. Parvenue à une dizaine de mètres du numéro 18, je remarquai que tout le rez-de-chaussée était éclairé, et que les rideaux n'étaient pas tirés. Je m'arrêtai. Étrange, me dis-je, quand Mr. Grant est en voyage, Mrs. Grant aime se coucher de très bonne heure.

Intriguée, je me suis postée devant un portail sur le trottoir d'en face, à l'ombre de l'épais feuillage qui retombait de la haute clôture. J'ai vu alors la porte s'ouvrir, un homme de grande taille en sortir. Il semblait très pressé. Il a descendu les marches du perron en courant, est monté dans une luxueuse voiture gris argent puis il a filé dans un crissement de pneus. J'ai ensuite aperçu Mrs. Grant sur le seuil, les bras croisés, comme si elle avait froid, il faut dire qu'il soufflait une petite brise qui paraissait bien fraîche après la chaleur de la journée. Elle était là, suivant du regard la voiture, clouée sur place. Je l'ai sentie perplexe et même perturbée. J'ai failli aller lui dire un petit mot, mais que dire ? Elle serait ahurie de me savoir dehors à une heure si tardive et puis ses affaires n'étaient pas les miennes, pas plus que mes affaires n'étaient les siennes, mieux valait garder une saine relation amicale, consciente de la ligne de démarcation. Aussi, quand elle rentra chez elle, je repartis chez moi, gardant très nette dans mon esprit l'image de sa silhouette devant la porte et j'en oubliai Gary, ou les dangers que j'encourais dans la rue en pleine nuit. Je finis même par m'endormir…

CARLOTTA

Que se passe-t-il ? Bert n'a pas téléphoné. C'est franchement agaçant. Je ne comprends pas pourquoi cela m'affecte tant, mais c'est comme ça. J'ai des tas de choses à lui montrer, mais je ne vais pas me manifester tout de suite. Puis je m'arrêterai chez lui à l'improviste. J'avoue que je suis à bout de patience. Qui ne serait pas excédé ? Je mettrai l'ensemble noir que je viens d'acheter qui met en valeur mon décolleté. J'irai m'asseoir près de lui sur le canapé pour passer en revue les échantillons et il sera incapable de résister. En attendant, il se pourrait qu'Isabel sache quelque chose.

Je l'ai appelée lundi matin. Il y a toujours un moment juste après huit heures et demie où je sais qu'elle est libre. Dan et Sylvie sont partis et elle n'est pas encore montée dans son atelier. Absolument insensé son refus d'y installer le téléphone ! Elle était sortie. Gwen m'a répondu que, Mr. Grant n'étant pas rentré de voyage, Mrs. G. – c'est ainsi qu'elle l'appelle – avait accompagné Sylvie en classe.

Quel ennui ! Rien que je déteste autant que d'être forcée de rappeler je ne sais combien de fois pour joindre quelqu'un ! Je l'ai ratée au milieu de la matinée – sa pause-café a été très brève ce matin, m'a confié Gwen – mais je l'ai eue à l'heure du déjeuner. Elle était d'humeur taciturne, je m'en suis rendu compte tout de suite. Elle m'a expliqué que Dan avait dû poursuivre son voyage jusqu'en Afrique et ne rentrerait pas avant demain soir. Elle avait passé le week-end seule, à se remettre à jour, allez savoir ce que ça signifie... Je lui ai dit qu'elle aurait dû m'appeler. Ou demander à Bert de venir lui tenir compagnie. Elle m'a répondu qu'en fait il était venu dîner le dimanche soir.

Il a dîné chez elle dimanche soir ! Eh bien !

Je connais Isabel. Je ne pense pas qu'elle flirte délibérément. Je ne le pense vraiment pas. Mais je connais aussi la façon dont elle regarde parfois les hommes qui l'intéressent. Un regard doucement appuyé auquel ces messieurs cèdent sans coup férir. Et puis sa façon de marcher... Je la taquine à ce sujet. Elle l'attribue à toutes ces leçons de maintien jadis obligatoires dans son école. Qu'importe : elle a une démarche ondoyante, plus subtile que celle de Marilyn Monroe, et le froissement de ces longues jupes soyeuses qu'elle s'entête à porter est propre à faire tourner la tête des hommes. J'exagère sans doute. Je sais qu'elle émet des signaux du genre « n'approchez pas », histoire de dire au monde entier qu'elle aime Dan, et lui seul, et peut-être ces coquetteries sont-elles inconscientes (en fait, elles ne peuvent l'être, n'est-ce pas ?), alors pourquoi les hommes lui feraient-ils des avances sachant qu'elle les enverra sur les roses ? Toujours est-il que j'ai vu des hommes rêver, je les ai vus ensorcelés par son naturel, que la plupart d'entre nous essayons, mais en vain, d'imiter.

– Que devient-il ? demandai-je, comme si de rien n'était.

Elle répondit qu'elle ne savait pas. Il n'avait pas encore décidé ce qu'il allait faire, ni rencontré ceux qui lui avaient fait des offres d'embauche. Elle me demanda ensuite si la réfection de sa maison avançait. Je lui dis que je suivais la ligne de conduite dont nous avions parlé, et que, même si j'étais prête à aller de l'avant, je ne l'avais pas appelé. Sa question me donna une bonne excuse pour lui demander s'il avait mentionné mon nom, sans doute étonné de ne pas m'avoir vue débarquer avec des pots de peinture.

Il y eut un bref silence. Une friction à peine perceptible grésilla sur la ligne. Elle répondit que non, mon nom n'avait pas été mentionné. La soirée avait été sans histoires, ajouta-t-elle. Pourquoi ? S'imaginait-elle que j'avais cru à une amorce de liaison entre eux ? Je ris, ou plutôt je tentai de rire, sans trop savoir si mon rire serait tant soit peu convaincant. Lui aussi est plutôt du genre sans histoires, dis-je, et je changeai de sujet, passant au voyage de Dan en Afrique.

Je ne sais pourquoi, mais sa façon de prononcer sans-his-toi-res, en détachant les syllabes, me mit hors de moi. En posant le téléphone, je me mis à tourner dans mon bureau comme un fauve en cage, changeant les sièges de place, feuilletant fébrilement des dossiers. Je ne pouvais supporter de penser à elle, l'innocente Isabel, mon amie, servant à Bert un de ses flans bizarres et parlant de tout et de rien. Je finis par me calmer, me répétant que j'étais ridicule. Je me concentrai sur la réunion de cet après-midi, mais ne parvins pas à chasser leur image de mon esprit. Je savais qu'il ne se passerait jamais rien entre eux : Bert est le plus vieil ami de Dan et un homme qui a des principes. Isabel est la dernière personne au monde qui envisagerait l'infidélité. Alors, pourquoi suis-je la seule évocation de leur innocente soirée ? Je suppose, et c'est lamentable, que je perçois là un désir qui ne peut être satisfait : une soirée chez moi, en compagnie d'un homme sympathique et attirant, protégée par mon statut de femme mariée. Cette facilité avec laquelle

Isabel parvient à ses fins m'a toujours exaspérée. Sans raison valable, car je suis persuadée qu'elle n'y est pour rien. Je suis donc agressive à l'égard d'Isabel et j'en ai honte.

En rentrant chez moi, je me suis demandé si Bert s'était acheté une voiture du même modèle que la mienne. Quel mal y avait-il à l'appeler pour lui poser la question ? N'était-ce pas stupide de le tenir plus longtemps en haleine, s'il ne s'en rendait même pas compte ? J'ai songé à plusieurs moyens de l'inciter à réagir, de faire en sorte qu'il ait besoin de moi comme amie. C'est tout ce que je cherche, n'est-ce pas ? Être reconnue. Je ne me berce même pas de douces illusions en me racontant que l'amour serait la cerise sur le gâteau. Alors, vas-y, Carlotta ! Secoue-toi !

Et si tout échoue, je pourrai toujours… Mais non. Pour le moment, je m'interdis d'y penser.

SYLVIE

Je me suis réveillée très tôt et j'ai ouvert les rideaux. Je suis allée sur la pointe des pieds jusqu'à la commode et j'ai ouvert le tiroir où sont rangées mes chaussettes. J'ai fouillé dedans et j'ai trouvé le tube de rouge à lèvres. Je l'ai emporté dans mon lit.

Je ne l'avais même pas essayé. Pas même sur le dos de ma main. Il était d'un beau rouge vif, comme celui de Carlotta. Maman jugerait cette couleur horrible. Elli a des tonnes de rouges à lèvres cachés dans ses tiroirs. Elle prétend qu'il n'y a rien de plus facile à se procurer, mais qu'il vaut mieux changer souvent de cachette. C'est elle qui m'a donné l'idée.

Elle avait raison, c'était simple comme bonjour. Il y avait une foule de gens qui allaient et venaient dans le magasin, mais pas de vendeuses dans les parages, elles étaient aux caisses. J'ai pris des tas de rouges différents, je les ai ouverts et remis en place. Puis j'ai attrapé celui-là, je l'ai glissé dans ma poche et j'ai attendu pour l'ouvrir d'être à la maison, en sécurité dans la salle de bains. La différence entre Elli et moi c'est qu'elle prétend que c'est franchement drôle et pas un vol bien grave et que moi, je n'ai pas trouvé ça drôle du tout. J'ai même pleuré deux nuits de suite, en me disant que j'avais fait quelque chose d'horrible, de stupide. Je sais très bien ce que Maman et Papa penseraient de moi s'ils l'apprenaient. Et puis je ne vois vraiment pas comment le rapporter. Je l'ai chipé chez Boots en allant prendre le thé avec Elli, pendant que sa mère était dans la boutique d'à côté en train d'acheter des chaussures ou je ne sais trop quoi. Voyant qu'elle s'éternisait, Elli m'a dit que c'était l'occasion ou jamais.

Toujours est-il que j'ai décidé de parler à Maman, de le rapporter sans rien dire à Elli : elle me prendrait pour une dégonflée. Je vais donc essayer de faire ça ce matin, en allant à l'école. C'est une chance que ce soit Maman qui m'accompagne, car Papa n'a jamais le temps de s'arrêter où que ce soit. Encore deux heures avant le petit déjeuner, j'ai des frissons, j'ai froid.

ISABEL

Je me suis réveillée de très bonne heure, n'ayant dormi que deux ou trois heures, et je suis restée allongée sur mon lit, dans l'obscurité. D'abord, j'ai pensé à Dan que j'imaginais dans un lit d'hôtel de Nairobi. Puis à Sylvie, la porte à côté, pelotonnée dans son lit, sa couette à moitié par terre, innocente. Innocente.

L'absence est une secrète présence, c'est souvent ainsi que je la vis. Quand Dan est en voyage, j'ai l'impression qu'une partie de lui est là. Je crois sans cesse entendre sa voix. Ses affaires, toujours à la même place, me rassurent. Je n'ai qu'à ouvrir sa penderie pour sentir son odeur : un mélange de thym, de beau tissu, de vieux livres. Comment décrire une odeur ? Dussé-je ouvrir, les yeux bandés, les placards de tout un bataillon que je retrouverais aussitôt celui de Dan !

Aussi, réconfortée par l'idée de le savoir bientôt de retour autant que par la présence de ses affaires, je n'erre pas comme une âme en peine. Il me manque comme l'ombre peut vous manquer quand il fait trop chaud : je sais que son absence ne sera pas longue. Il s'agit plutôt d'une constatation que d'un sentiment.

Ce n'était pas différent, cette fois. Jusqu'à hier soir. Jusqu'à ce bizarre épisode dans le cellier, et ce regard de Gilbert, aussi étrange qu'inexplicable, dans l'atelier. J'ai vivement souhaité le retour de Dan, cela tournait presque à l'obsession. Il n'en saura jamais rien, pas plus qu'il n'aura idée de l'apaisement que m'apportera sa présence. Plus que deux jours à tirer… Et Gilbert, va-t-il appeler ? Devrais-je l'appeler, pour qu'il sache que je le crois et que je veux que tout continue comme avant ?

Je me suis levée peu après six heures du matin, étourdie par le manque de sommeil, sachant d'emblée que ma journée ne serait pas productive. J'essayerais au moins d'achever le masque de dentelle dorée promis d'ici la fin de la semaine, mais je savais que je ne serais pas bonne à grand-chose aujourd'hui et qu'il me faudrait recommencer un autre jour.

Debout dans la cuisine – notre grande cuisine conviviale qui n'a pas changé depuis que nous en avons repeint les boiseries il y a une quinzaine d'années –, je contemplais les éléments de cet album intime qui m'accompagne partout. Je fis chauffer une bouilloire pour le café, mis dans la machine les deux verres à vin qui traînaient sur la table. Alors, me surprenant moi-même, je dissimulai les bouteilles de vin vides derrière des cartons entassés sous l'escalier. Je ne voulais pas que Gwen aille s'imaginer que j'avais passé ma soirée à boire avec Gilbert – je lui avais mentionné qu'il venait dîner –, en toute innocence. Quand on se sent suspect, même ce qui est parfaitement innocent paraît louche.

Sylvie descendit un peu en retard, elle qui d'habitude est un rayon de soleil le matin faisait grise mine. Elle avala ses céréales en silence, puis elle me dit qu'elle voulait me parler. Elle tira de sa poche un tube de rouge à lèvres, m'expliquant qu'elle l'avait pris « par hasard » pendant qu'Elli et elle regardaient le rayon des produits de beauté et qu'elle avait décidé de le rapporter. « Par hasard » il avait atterri dans sa poche… Elle l'avait ouvert. La couleur ne lui plaisait pas. Bien sûr, elle ne l'avait pas essayé. Que devait-elle faire ?

Là-dessus, elle prit sa tête entre ses mains et j'entrevis des larmes silencieuses le long de ses poignets. Si j'avais été dans un état plus normal, j'aurais mieux affronté le problème de Sylvie. Je me contentai de lui dire que si elle se dépêchait, je la déposerais à la pharmacie en l'emmenant en classe et l'attendrais, le temps qu'elle entre et restitue le tube avec ses excuses. Elle leva la tête et me regarda horrifiée. Si elle avouait ce qu'elle avait fait, répondit-elle, ils appelleraient la police et elle irait en prison. Je haussai les épaules en lui disant que j'en doutais.

Sur le chemin de l'école, je lui dis brièvement combien j'étais consternée qu'elle puisse voler ou que l'idée de voler quoi que ce soit lui vienne même à l'esprit. Ses larmes redoublèrent et elle me répéta je ne sais combien de fois qu'elle en était désolée. Elle m'expliqua que si elle n'avait pas subtilisé le rouge à lèvres, Elli l'aurait prise pour une trouillarde et n'aurait sans doute plus voulu d'elle comme amie. Je m'arrêtai devant la pharmacie, séchai ses larmes avec mon mouchoir et lui souhaitai bonne chance en lui disant que j'espérais qu'elle suivrait mes conseils.

Elle entra comme une trombe dans la pharmacie et réapparut si vite que je doute qu'elle ait été fidèle à sa promesse, mais je décidai de ne pas lui poser de question. Elle me remercia de nombreuses fois et me supplia de ne rien dire à Dan. Je le lui promis.

Arrivée devant la grille de l'école, elle m'embrassa en me disant que j'étais la meilleure des mères, ce qu'elle me déclare chaque fois que je la tire d'embarras.

– Rappelle-toi, plus jamais… lui dis je.

– Promis juré, répondit-elle.

Puis elle s'envola, toute joyeuse, soulagée et je me retrouvai dans les embouteillages habituels, songeuse.

DAN

Mon avion avait deux heures de retard, le taxi prit un temps fou pour me ramener de l'aéroport. J'avais prévu que nous déjeunerions ensemble et qu'après je m'accorderais une sieste, mais tous mes plans étaient bousculés.

À peine arrivé, j'ai appelé Isabel, mais elle était dans son atelier. Il y a des moments où je voudrais bien qu'elle ait un téléphone là-haut, mais rien au monde ne l'en convaincra. Par bonheur, Gwen était encore là. J'ai laissé un message disant que je ne savais pas combien de temps il me faudrait pour revenir de l'aéroport, ajoutant que j'en étais désolé. Dans l'atmosphère étouffante du taxi, viciée par les relents douceâtres d'un précédent passager, je trépignais d'impatience. J'ai toujours hâte de rentrer, mais, cette fois, j'étais si étrangement pressé d'être chez moi que j'en pianotais sur mes genoux.

Je jetai au chauffeur une somme très supérieure au prix de la course, et gravis en courant les marches du perron, calculant que cela me prendrait moins de temps de me servir de ma clé que de sonner pour faire descendre Isabel de son atelier. J'avais le vague espoir qu'elle serait dans la cuisine et accourrait pour m'accueillir.

L'entrée était silencieuse, impeccable comme toujours lorsque Gwen s'en va. Un rayon de soleil jouait sur le plancher ciré, je retrouvai cette discrète odeur d'herbes et de roses, rien n'avait changé. Je me débarrassai de mes bagages et grimpai l'escalier quatre à quatre. Il est très rare que je pénètre dans l'atelier d'Isabel, mais j'étais si pressé de la revoir que je ne pouvais attendre qu'elle m'entende l'appeler et descende.

J'ouvris tout grand la porte et je la vis – un arrêt sur image qui dura moins d'une seconde – assise à sa table de travail, la tête penchée au-dessus d'une poignée de rubans de couleur pâle, le soleil dorant une boucle qui retombait sur son visage. Elle leva alors la tête, écarta son travail, se leva et ouvrit les bras. Tandis qu'elle s'avançait vers moi, je lus dans son regard certain étonnement, voire une certaine perplexité. Là encore, l'impression ne dura qu'une seconde. Là-dessus elle se mit à rire, et nous nous étreignîmes, nos voix se faisant allégrement écho dans l'émotion du retour.

– Tu n'as pas dû beaucoup dormir dans l'avion, dit-elle enfin.

– C'est vrai, avouai-je.

Nous nous éloignâmes l'un de l'autre et je fis du regard le tour de l'atelier, pièce que je connais à peine. Les masques achevés me parurent beaucoup plus nombreux que lors de ma dernière visite. Une étagère disparaissait sous ces jolis accessoires, hauts en couleur, dont les yeux évidés semblaient sourire. Quel endroit merveilleux pour travailler, pensai-je. Elle en a vraiment fait un asile agréable. Rien d'étonnant à ce qu'elle s'y réfugie chaque matin dès que possible.

– Tu veux manger quelque chose ? Tu prendrais une tasse de thé ?

Je fis non de la tête.

– Tu as l'air épuisé, reprit-elle, si tu allais faire une sieste avant le retour de Sylvie ? Elle est chez Elli.

Une fois encore, je fis non de la tête. Si étrange que cela pût paraître, je n'avais pas sommeil, lui répondis-je. Qu'y avait-il de neuf ?

Ces yeux, ces iris nacrés de vert et dont je connais la moindre strie, sondèrent les miens.

– Absolument rien, répondit-elle.

Son sourire s'évanouit et elle suggéra que nous redescendions.

Nous n'atteignîmes pas la cuisine. La porte de notre chambre était ouverte, j'étais curieux d'y jeter un coup d'œil. Ce n'est pas souvent qu'on entre dans une chambre au milieu de l'après-midi : l'ordre règne à nouveau après la débâcle du lever, lampes de chevet et rideaux tirés appartiennent à un autre monde. En plein après-midi, la chambre est un lieu étrange. Par une journée de début d'été comme celle-ci, le soleil aventure sur le dessus-de-lit blanc un rayon oblique qui se sent vraiment à l'aise chez nous.

– J'enlève juste mes chaussures, dis-je en m'asseyant sur le lit.

Même avec mes chaussettes je sentais la chaleur du soleil sur la moquette. Isabel me contemplait. Debout, les bras croisés, le regard malicieux, elle attendait la suite. Elle s'assit alors à côté de moi. Nous tombâmes à la renverse sur le lit, dont la douce tiédeur rappelait les mers du Sud. Nous ne prîmes pas la peine de tirer les rideaux ni de fermer la porte et nous passâmes une heure dans cette pièce insolite et baignée de soleil qu'était notre chambre.

En nous levant pour refaire le lit et rajuster nos vêtements avant d'accueillir Sylvie, Isabel me dit :

– Dieu soit loué, tu es de retour !

Elle passa les mains dans ses cheveux pailletés de gouttes de lumière qui dansaient comme des lucioles.

SYLVIE

Papa et Maman étaient dans la cuisine en train de prendre le thé quand je suis rentrée. J'avais peine à croire que Papa ne soit pas plus bronzé, le soleil ne manque pourtant pas à Nairobi ! Il a dit qu'il n'avait pas eu le temps d'en profiter.

Il m'a serrée dans ses bras et m'a donné une girafe en bois sculpté en ajoutant qu'il avait été trop occupé pour courir les magasins. Plus tard, quand je l'ai emportée dans ma chambre – je l'aime bien même si c'est un drôle de cadeau pour une fille de mon âge –, j'avais les larmes aux yeux. Je ne sais pas pourquoi, sans doute parce que je n'arrive toujours pas à oublier cette histoire de rouge à lèvres.

Apparemment, Maman n'en a pas encore soufflé mot à Papa. Elle a tenu parole.

Elle ne m'a pas demandé si j'avais tenu *ma* promesse, si je m'étais excusée et tout et tout. Elle m'a simplement fait confiance, ce qui est absolument horrible. Je n'oublierai jamais son regard lorsque je suis revenue à la voiture. Je ne pouvais tout simplement pas lui dire que je n'avais pas osé parler à cette espèce de monstre derrière le comptoir. Espérons qu'elle ne devinera jamais la vérité et que, si elle la devine, elle la comprendra. Espérons aussi qu'elle n'en dira jamais rien à Papa. Je regrette sincèrement que ce soit arrivé. Je voudrais bien que cela ne se soit jamais passé. Je voudrais bien qu'Elli ne me pousse pas à faire des choses que je ne veux pas faire. Je ne veux plus vraiment d'elle pour amie. Mais je ne sais pas non plus comment me débarrasser d'elle.

CARLOTTA

Très bien : ça va bouger. Je n'arrive pas à imaginer ce qui se passe dans la tête de Bert, pourquoi il ne m'a pas appelée. Je lui propose de l'aider, je l'invite à un concert, je me montre le plus gentille possible à son égard et, en retour, il fait comme si je n'existais pas, va dîner avec Isabel. J'avais le vague espoir qu'il était différent. Ah ! Comme on dit à tort... les hommes sont bien tous les mêmes. En tout cas, en fait d'occasions manquées, ils sont bien tous les mêmes ! Bert doit se rendre compte que ce n'est pas son corps qui m'intéresse, mais son amitié. D'une façon ou d'une autre, je dois mettre les points sur les *i* – de toute évidence, je n'ai pas été assez claire – sinon il fera tout pour m'éviter. Mon Dieu, cela finit par devenir pénible d'être là à analyser les réactions de l'autre, à mettre au point des tactiques, à se demander à quoi cela va aboutir. Je bannirai Bert de mes pensées une fois que je l'aurai appelé, et ce soir j'irai le trouver avec mon dossier et je lui montrerai juste quelques échantillons de façon à ne pas l'embrouiller. J'ai même choisi mon entreprise : ils sont prêts à commencer la semaine prochaine si Bert me donne le feu vert. S'il n'est pas époustouflé par mon efficacité…

V

BERT

Je me suis rendu dans le centre de Londres en autobus. Je n'avais pas pris l'autobus depuis des années. C'était bien agréable de descendre King's Road au soleil, comme si l'avenue vous appartenait. Je remarquais les changements. Curieusement, tout se ressemblait. Les mêmes magasins ne cessaient de réapparaître dans des rues différentes. Les mêmes vêtements dans les mêmes boutiques. Il s'en dégageait une impression d'horrible uniformité, comme si chacun préférait être esclave de la mode plutôt que d'affirmer sa différence. Je n'aimais guère ce nouvel aspect de Londres.

Je me disais que le trajet en autobus me permettrait de réfléchir, même si je ne savais par où commencer, au sujet de ce qui me préoccupait, affectant chaque instant de ma journée. Je me rassurais en me disant qu'encore perturbé par mon retour en Angleterre, j'étais en proie à quelque folle illusion. Ne serait-ce qu'en matière d'illusions, je m'y connais. Et ce n'en était pas une. J'avais eu le coup de foudre pour Isabel et mon amour était réel. Elle incarnait la vague idée que j'avais depuis tant d'années de la femme dont je pourrais tomber amoureux, voire que je souhaiterais épouser. Il était vraiment étrange, malencontreux que mon rayon d'espoir dût se poser sur une femme inaccessible. Comment me sortirais-je de cette atroce confusion dans laquelle je me trouvais ? Mon Dieu, donnez-moi la force de prendre la bonne décision, ainsi ma mère m'apprenait-elle à prier... Bien sûr que ma décision sera la bonne : j'aime à me voir comme un homme d'honneur. Le mieux est de ne pas bouger, de ne rien dire, de ne rien changer à mon amitié à l'égard d'Isabel et de Dan. Je ne montrerai rien à Isabel de mes véritables sentiments et peut-être qu'à force d'être réprimés, ils finiront par s'évanouir.

Quoi qu'il en soit, depuis que je l'ai laissée sur le pas de sa porte, son visage ne m'a pas quitté. Assis dans le luxueux bureau d'un banquier fort cordial – peu surmené si l'on en juge par un sous-main vierge et un coupe-papier en argent, seuls objets sur sa table de travail –, son visage flotte dans les airs, telle une image laser. Les murmures enthousiastes du banquier, apparemment très intéressé par ma personne, semblaient lointains. Il m'a offert un salaire incroyablement élevé. Que ferais-je de tout cet argent ? J'en ai déjà plus qu'assez. Il a souligné son empressement à m'embaucher tout en se curant les ongles. J'ai résisté, même si je me suis brièvement revu, une trentaine d'années plus tôt, à l'époque où, débutant dans le monde des affaires, je rêvais d'une société bien établie, prête à débourser une fortune pour s'assurer mes compétences. Mais maintenant…

– Non merci, répondis-je.

– Et me permettez-vous de vous demander pourquoi ?

– Il m'est venu à l'esprit, alors que j'étais assis dans votre magnifique bureau, que mes jours de bureaucrate étaient peut-être révolus. Je n'ai plus envie d'être soumis à la discipline de l'horloge, ni à des trajets dans un métro bondé.

– Métro ? interrompit-il, n'en croyant pas ses oreilles. Mon cher ami, nous mettrons une voiture à votre disposition.

– Ni aux embouteillages.

Là-dessus, nouvelle pause pour lui montrer que j'appréciais sa proposition.

– Peut-être suis-je attiré par quelque chose d'entièrement différent. Qui sait, me retirer des affaires. Je suis navré, poursuivis-je, de vous avoir fait perdre votre temps. À vrai dire, jamais l'idée ne m'est venue, jusqu'à ce que je me trouve ici, que ce n'était pas ce que je voulais.

Toujours aussi cordial, le banquier se leva. Si jamais je changeais d'avis, reprit-il, il aimerait que je me rappelle que j'étais un homme dont la banque serait honorée qu'il complète son comité de direction. Nous nous serrâmes la main. J'imaginais l'après-midi dans son bureau étouffant, conventionnel. Je le voyais rentrant chez lui, à Esher dans une voiture de fonction. Je voyais sa maison, de style Tudor, sans doute d'époque, achetée grâce à une seule plus-value. Elle ne serait située ni en ville ni à la campagne, mais dans un de ces endroits que les journalistes appellent « verdoyants ». Je voyais son épouse, la hanche généreuse, les cheveux en chignon, qui l'attendait avec les glaçons de son gin tonic. Je ne voulais pas le rejoindre dans le train-train de ses journées centrées sur la finance, je ne voulais pas gagner en un mois ce qu'il faudrait à tout un village du tiers-monde pour subsister. Je voulais… Dieu sait ce que je voulais… me dis-je, en prenant congé de lui.

Je rentrai chez moi en autobus et ne repensai plus du tout au banquier, ni à cet emploi que j'avais refusé de façon si cavalière. Peut-être le regretterais-je toute ma vie, mais cela m'étonnerait. Mes regrets sont d'un ordre différent.

Une fois de retour, je parcourus du regard le sinistre petit salon et me versai un verre de vin. En fin de compte, je n'avais pas téléphoné à Carlotta, car la restauration de la maison ne me semblait pas présenter un tel caractère d'urgence. Déjà accoutumé à la voir dans cet état, je trouvais certain apaisement dans ses imperfections. En outre, je ne me sentais pas de taille à affronter pour le moment ce véritable tourbillon qu'était Carlotta, j'avais besoin de calme, pour penser à Isabel.

Je ne lui avais pas téléphoné non plus. Je tenais à m'assurer qu'elle m'avait cru. Peut-être l'incident du cellier lui avait-il paru si banal qu'elle l'avait déjà oublié, aussi me lancer dans de nouvelles explications risquait de lui donner une importance susceptible de nuire à mes affirmations. Le pour et le contre se bousculaient dans ma tête. Le temps passait, je n'appelais pas, j'osais seulement espérer qu'elle m'avait cru. Ce qui me laissait perplexe – j'y ai maintes fois repensé – c'était que, pendant une seconde, je l'avais sentie vibrer elle aussi, j'aurais pu le jurer. Une sorte d'aveu. Si je n'en avais pas été conscient, je ne serais pas à ce point perturbé. Peut-être que la prochaine fois que je la verrai, je détecterai certains signes.

Quand je suis entré, le téléphone sonnait. Pas de répondeur – un autre confort de la vie moderne que je devrais m'offrir –, aussi insista-t-il. Je me débarrassai de ma cravate des entretiens d'embauche, déboutonnai mon col et, répondant avec une répugnance propice à la maladresse, je trébuchai sur une chaise.

Carlotta... Elle écouta impatiemment mes excuses tandis que, hors d'haleine, je tentais de me dégager du cordon du téléphone, relevais la chaise et reposais mon postérieur. Elle ne se montra guère compréhensive, hurlant qu'à moins que je ne sois sûrement absent, elle passerait chez moi dans la soirée. Elle avait toutes sortes de détails à régler avec moi et, étant donné que l'entrepreneur attendait pour commencer les travaux, je ferais mieux de songer à un endroit où passer les prochaines semaines. Cette menace me laissa sans voix. Je n'avais aucune intention de déménager. Sans doute devrais-je lui avouer que j'avais fini par m'enticher des rideaux Art nouveau et du piteux état de la maison, aussi la réfection devrait-elle attendre. Hélas, tout ce que je trouvai à lui dire fut que je l'attendais à dix-neuf heures...

Le téléphone sonna à nouveau. Cette fois, c'était Dan, premier instant de plaisir de la journée. Je m'assis dans le seul et unique fauteuil, savourant probablement les derniers moments de son siège défoncé et de ses bras râpés, et je l'écoutai me raconter son voyage à Rome et Nairobi. Dan n'a qu'à faire cent mètres dans la rue pour revenir avec une bonne histoire. Contraint de voyager, sa richesse d'anecdotes requiert beaucoup de temps de la part d'un ami, et il sait qu'il trouve toujours en moi une oreille attentive et bienveillante. Peut-être le bon public que je suis lui avait-il manqué pendant ma longue absence. À présent, il me décrivait une douzaine de petits détails que lui seul était capable de remarquer, ce qui eut l'heur de me faire rire et de me remonter le moral. En échange je lui racontai mon entretien avec le banquier, et j'eus la satisfaction de sentir qu'il approuvait ma décision. Je lui dis que Carlotta devait s'arrêter pour régler les histoires de la maison, ajoutant que j'appréhendais ce problème. Son conseil – il plaisantait, je pense – était de la tenir un peu à distance : agissant avec les meilleures intentions du monde, elle avait la réputation d'être envahissante. Il m'assura cependant qu'elle ferait un bon travail et nous changeâmes de sujet. Dan me dit alors qu'Isabel avait prévu de se rendre quelques jours chez ses parents, dans le Dorset. Il suggéra que nous déjeunions ensemble le lendemain ou un autre jour afin que je le mette au courant des événements de ma vie. J'acceptai, notant le nom d'un restaurant italien dans mon agenda vide.

Quand je raccrochai, nous étions restés presque une heure au téléphone. Je l'imaginai descendant l'escalier, mentionnant peut-être à Isabel notre éventuel déjeuner. Je ne parvenais pas à imaginer sa réaction. Évasive, je suppose. La nouvelle n'avait rien de bien excitant.

Je regrettais vraiment qu'elle s'en aille…

GWEN

Quand on travaille chez des gens depuis plusieurs années, on ne peut pas s'empêcher de remarquer certains détails. Maintenant que Mr. Grant était de retour, je sentais Mrs. G. beaucoup plus heureuse. Si habituée soit-elle à ses voyages, il lui manque toujours. Elle a beau ne rien dire, je le vois à sa façon d'être.

Le matin du retour de Mr. Grant, pendant notre pause-café, Mrs. G. m'a dit que leur vieil ami, Mr. Bailey, était passé samedi et les avait emmenées, Sylvie et elle, faire un tour dans sa nouvelle et luxueuse voiture. Voilà qui résout l'énigme du grand gaillard que j'ai vu dévaler les marches du perron. Sans savoir pourquoi, j'étais restée sur la pénible impression d'une altercation, d'une fausse note, vu la façon dont Mrs. G. était figée sur place, raide comme un piquet. Mais ce doit être mon imagination, je ne distinguais pas grand-chose avec toute cette verdure.

Quant à moi, j'ai chassé Gary de mon esprit. À quoi bon le laisser perturber ma petite vie tranquille ? Lundi matin, en encaustiquant les meubles de l'entrée avant le retour de Mr. Grant, je me sentais tellement en sécurité que j'avais peine à croire que des êtres aussi nocifs que Gary puissent exister. J'étais sûre de moi, heureuse dans mon travail. Il m'est venu une idée : je vais m'acheter un téléphone portable, je ne suis guère amateur de gadgets et je n'aime pas les gens qui déambulent le regard vague et le téléphone plaqué contre l'oreille. Pourquoi diable faut-il qu'ils appellent quelqu'un depuis l'autobus à seule fin de lui dire qu'ils sont dedans ? Cela me dépasse. À mon avis, c'est parfaitement inutile. Toutefois lorsqu'il s'agit de danger, de protection, je dois admettre qu'un portable est pratique. Je vais donc en acheter un que je garderai dans ma poche, et si Gary me joue encore un sale tour, j'appellerai la police.

Ma décision prise, je me suis sentie beaucoup mieux.

CARLOTTA

Eh bien, cette fois, j'étais prête à me lancer. Mais à pas mesurés. Il ne me restait pas grand-chose de ma vieille vitalité. J'avais l'impression que trop d'entrain pouvait intimider Bert.

Je troquai mon porte-documents contre un cabas, plus pratique, me semblait-il. Je fourrai dedans quelques échantillons – mais pas trop – surtout des toiles de lin dans les tons crème, rien de trop vif pour ne pas l'affoler. J'emportai deux ou trois nuanciers, trois ou quatre petits pots de peinture et un pinceau neuf. Si jamais Bert ne parvenait pas à imaginer une couleur, j'ouvrirais un de ces pots et l'essayerais sur le mur. Je pensais que cela pourrait l'amuser. Peut-être comprendrait-il ainsi en quoi consistait mon ancien travail, même si, Dieu merci, je ne participe plus officiellement de cette activité, avec tous ces clients qui sont de véritables girouettes et les entreprises sur lesquelles on ne peut jamais compter.

Selon le ton de notre entretien, j'ai pensé que, compte tenu de l'importance des travaux, je pourrais dire à Bert que s'il voulait « camper » chez moi pendant une quinzaine de jours, je n'y verrais pas d'inconvénient. En réfléchissant, je décidai d'employer « séjourner » plutôt que « camper », craignant que ce mot n'évoque pour lui le manque de confort ou les résidences universitaires. Je me hâterais de préciser qu'il aurait sa salle de bains, ses draps et que je serais absente de chez moi pendant la journée. Là-dessus, je hausserais les épaules, façon de lui dire que peu m'importait qu'il accepte ou non, c'était juste une idée.

J'ai trouvé que Bert avait la tête ailleurs, quand va-t-il enfin se ressaisir ? Une bouteille de vin à moitié vide et un verre étaient posés sur la table à côté de son horrible vieux fauteuil. Debout au milieu de la pièce, il se grattait le crâne, l'air de ne plus se souvenir que nous avions rendez-vous. Je lui rappelai notre conversation téléphonique de l'après-midi et il s'excusa, disant que la journée avait été jalonnée de décisions importantes, l'une d'elles ayant été de refuser une offre d'emploi dans une banque. Il ne mentionna pas les autres. Au prix d'un gros effort sur moi-même, je ne posai pas d'autres questions, espérant qu'il apprécierait ma discrétion.

Puis, regardant mon panier, il reprit :

– Vous m'avez apporté des œufs ? Ça pourrait m'être utile.

– Non, répliquai-je. J'ai apporté des échantillons. Des tissus pour la maison.

En entendant cela, il parut si désemparé que je faillis lui proposer de revenir un autre jour, quand il se sentirait plus apte à discuter affaires, mais je ne dis rien. Il alla me chercher un verre qu'il remplit de vin.

La partie de mon plan qui était de m'asseoir près de lui sur le canapé – j'avais en fin de compte décidé de ne pas porter mon haut noir sexy – s'en alla en fumée, Bert ayant choisi de se rasseoir dans son ignoble fauteuil. Il fallait penser vite et bien : je m'assis par terre à ses pieds, sortis du panier des échantillons que je lui présentai comme des offrandes.

Bert ne se souciait guère de toute cette mise en scène, mais il fit un grand effort, c'était clair, pour me tendre un morceau de toile de lin gris-bleu en déclarant qu'il lui plaisait. On pourrait mettre des rideaux par ici, dit-il, son enthousiasme retombant à mesure qu'il parlait. Apercevant alors les petits pots servant d'échantillons de peinture, il me fit remarquer qu'ils n'iraient pas très loin. Je ne savais pas si je devais voir là une plaisanterie ou s'il était carrément stupide. Je ris, lui proposant de les essayer sur le mur blanc de la cuisine afin de lui donner une idée. Il m'interrompit avec fermeté.

– Non, je vous en supplie, dit-il. Je ne suis pas sensible aux couleurs. Je serais bien incapable de choisir entre des rayures de diverses couleurs. Par pitié, Carlotta, rappelez-vous ce que je vous ai dit : suivez votre intuition, j'ai toute confiance en votre goût.

Là-dessus, il rejeta la tête en arrière et ferma les yeux.

– O.K, finis-je par lui dire au bout d'un moment.

– Merci pour tout le mal que vous vous donnez, reprit-il, les paupières toujours closes. J'y suis très sensible.

Au bout d'un moment, il rouvrit les yeux et je sentis que nous pataugions dans un silence pesant. Il me tapota la main. Un geste paternel. Il était évident qu'il faisait un effort pour se concentrer sur l'affaire fastidieuse que j'étais venue lui soumettre. Il remplit à nouveau mon verre. Il me gratifia d'un bref demi-sourire, sans doute pour me dire que ce n'était pas mes projets de décoration qui l'ennuyaient, mais la vie en général. J'abordai en douceur la question des entrepreneurs, mentionnant qu'il lui faudrait partir de chez lui pendant quelques jours.

Il soupira, se disant prêt à n'importe quoi plutôt que de cohabiter avec eux. La résignation assombrissait son visage. Je lui dis que la suggestion n'aurait sûrement pas l'heure de lui plaire, mais que ma chambre d'invité était à sa disposition ce qui était la façon la plus rassurante de lui dire : viens donc passer quelque temps chez moi. Je lui énonçai les avantages d'une telle solution, précisant que nous nous verrions à peine, que nous n'aurions pas à faire la conversation au petit déjeuner car je partais sans doute au bureau bien avant qu'il soit levé. C'était une simple suggestion, ajoutai-je et je pouvais fort bien comprendre qu'elle ne l'enchante guère.

Après un long silence, il me tapota à nouveau la main, puis il reprit :

– Je vous trouve bien jolie, Carlotta.

Fallait-il voir là une acceptation ? Un compliment tenant lieu d'acceptation ? Un refus ? Je n'en avais aucune idée.

– C'est très aimable à vous, ajouta-t-il. J'y réfléchirai, j'ai besoin de temps pour me décider.

Sans doute suis-je impatiente, mais je ne puis supporter ces hommes qui exigent un délai de réflexion pour des questions très simples. Exaspérée par son incapacité à se décider, je le fixai d'un regard serein et compréhensif. Je fus récompensée par sa promesse de partir de chez lui la semaine prochaine afin que je puisse ainsi donner le feu vert au maître d'œuvre.

Percevant que sa fatigue reprenait le dessus, j'en conclus que ces moments passés ensemble ne nous mèneraient à rien. De toute évidence, il n'allait pas m'inviter à dîner et, m'eût-il invitée, j'aurais refusé. Maussade et égocentrique comme il l'était, il aurait gâché ma soirée. Je me levai, regardai ma montre et lui dis que je devais repartir : on m'attendait... Il ne me demanda pas où et je suis à peu près persuadée qu'il savait que l'on ne m'attendait nulle part. Il me raccompagna à ma voiture et me promit de m'appeler d'ici un ou deux jours afin de me donner sa réponse au sujet de mon aimable invitation. Après un rapide baiser sur la joue, j'eus droit, en prime, à une petite tape sur l'épaule. Puis je montai dans la voiture et démarrai en trombe, sans me retourner.

Il allait représenter un fichu défi, Bert ! Avec lui ça ne payait pas en retour, c'était sûr ! Jouer les femmes posées, les madones compatissantes, ne m'avait pas menée plus loin que mon aguichante pétulance. Que devrais-je essayer ensuite ? me demandai-je. Et quelles étaient les chances qu'il vienne séjourner chez moi ?

Écume d'un sentiment d'échec notoire, ces questions bouillonnaient dans ma tête. J'avais besoin de parler à quelqu'un ayant une perspective objective de la situation. Je ne me voyais pas rentrant chez moi terminer le jambon de Parme et une tranche de melon défraîchi. Je décidai donc de passer chez Dan et Isabel, ils me proposeraient de rester dîner, j'en étais sûre, puis, une fois que Dan s'en serait retourné à sa pièce de théâtre, je demanderais à Isabel son avis, car elle est toujours de bon conseil. Peut-être en apprendrais-je un peu plus sur sa soirée en la seule compagnie de Bert.

DAN

Je déteste quand Isabel est absente. Je sais qu'il est vital pour elle d'aller de temps en temps à la campagne, et elle n'y va pas souvent, aussi ne puis-je vraiment pas me plaindre. Toujours est-il que je déteste ça. Privée de sa présence, la maison paraît bien grande et bien vide. Ce calme me donne le frisson.

J'exagère, bien sûr. Ces jours-là, Sylvie est une joie. On dirait qu'elle cherche à se rapprocher de moi, car elle perçoit combien Isabel me manque. Je lui ai préparé des spaghettis qu'elle a arrosés de ketchup et je l'ai autorisée à se resservir en glace au caramel. Comment sommes-nous assez stupides pour acheter ou consoler nos enfants avec des aliments qui ne sont pas bons pour eux ? Nous nous sommes ensuite plongés dans *Jane Eyre* qu'elle semble apprécier. Je le lui lis assez lentement, et elle m'interrompt parfois pour me poser une question, en général le sens d'un mot. Je le lui explique et elle le note dans un cahier, qui lui sert de lexique personnel. Au moins, elle aura plus tard un vocabulaire exceptionnel, ce dont je serai ravi. Cet amour des mots n'a rien à voir ni avec Isabel ni avec moi. Innée chez elle, cette curiosité s'est manifestée à un très jeune âge. Nous l'encourageons dans ce sens, bien entendu, mais nous encourageons aussi d'autres choses auxquelles elle refuse de s'intéresser.

Après avoir éteint dans la chambre de Sylvie, je suis descendu à la cuisine. Pour autant que je sache, je n'ai jamais entendu mes pas y résonner ainsi quand Isabel est à la maison. J'allais finir la bouteille de vin dans le frigidaire et réchauffer une quiche au poisson qu'elle avait préparée hier. Elle me laisse toujours des tas de provisions, mais je ne réussis jamais à suivre toutes ses recommandations. Épluche les mini-carottes, avait-elle dit, et prépare une salade. Il y a des tonnes de cresson et d'endives. Mais je n'avais aucune envie de me casser la tête. Ce qui est ménager ne m'attire guère. Pour moi, l'essentiel était de retourner le plus vite possible dans mon bureau et de me replonger dans *Rejet*, j'ai le sentiment que cela marche pas mal. Je prends plaisir à l'écrire, ça va tout seul. Mais j'ai souvent cette impression, et qu'est-ce qui se passe ? J'envoie une belle édition bien présentée du produit fini, accompagnée d'une enveloppe de retour affranchie à mon nom, couverte de timbres par sécurité et résultat ? Rien. On ne se sert même pas de l'enveloppe. Le manuscrit ne m'est jamais retourné et je ne saurai jamais ce que l'être anonyme derrière le bureau de je ne sais quel théâtre de province en a pensé. Je ressors dévasté de cette expérience, comme rongé par un tourment qui ne s'apaise jamais vraiment. Ce besoin constant de revenir à cette espèce d'autoflagellation demeure pour moi un mystère absolu. Peut-être qu'un jour je finirai par admettre que je n'ai aucun talent en tant que dramaturge, et que je ferais mieux de renoncer à écrire des pièces. Alors, je serai libre.

Mais je ne veux pas de ce genre de liberté. Je veux m'acharner.

Selon ma bonne habitude, je méditais sur ces questions douloureuses quand on a sonné à la porte. Agacé, je finis de me verser un verre de vin : je n'avais aucune envie d'être dérangé. Je m'étais prévu une agréable soirée, je n'avais aucune envie de parler à qui que ce soit en dehors d'Isabel, qui devait m'appeler plus tard. Mais le problème quand on est entouré de voisins sympathiques, avec lesquels on a des liens amicaux, c'est qu'ils s'arrêtent sans prévenir.

C'était Carlotta, dont la silhouette, coiffée d'une auréole de cheveux frisottants, se découpait sur les feux du crépuscule. Elle s'excusa de ne pas avoir téléphoné, ajoutant que sa visite à Bert avait été un vrai cauchemar, qu'elle en avait assez et s'était dit que nous ne verrions pas d'inconvénient à ce qu'elle passe prendre un verre. Quand je lui expliquai qu'Isabel était allée chez ses parents, son visage se crispa, reflétant sa stupeur et sa déception. Elle recula, quelques centimètres de plus et elle s'effondrait sur les marches. Je lui tendis la main et la fis entrer.

– Dans ce cas-là, je dois repartir, répétait-elle, avec la détermination factice d'une personne qui n'espère qu'une chose : qu'on la persuade d'entrer.

Et que pouvais je faire ? Dieu qu'elle avait l'air malheureux ! Qu'avait donc pu inventer Bert ? j'étais vaguement intrigué. Toutes ces pensées voletaient dans ma tête. Je vis ma soirée tranquille, passée à écrire, s'évanouir en fumée.

– Je suis tout seul, pour l'amour de Dieu, reste, s'il te plaît, m'entendis-je lui dire.

– Si tu le souhaites vraiment, répondit-elle, en se dirigeant vers le four.

Carlotta connaît par cœur notre maison et notre cuisine. Elle a souvent aidé Isabel à préparer des repas. Elle sait où sont les choses. Elle est efficace. Elle n'a pas à poser trente-six questions.

– Tu as des œufs, a-t-elle dit, après un coup d'œil décisif à la montagne d'œufs dans le panier. Allons-y pour une omelette. Tu as de la salade et du fromage et, regarde, Isabel a laissé tout plein de framboises. Garde donc la quiche au saumon pour demain.

Elle avait pris la situation en main, je ne pouvais que lui en être reconnaissant. Je lui tendis un verre de vin qu'elle refusa d'un signe de tête, préférant mettre le vieux tablier d'Isabel pour protéger sa robe noire moulante. Avait-elle choisi cette tenue pour s'assurer l'approbation de Bert ? ne pus-je m'empêcher de me demander. En l'occurrence, elle aurait dû produire son petit effet : elle mettait en valeur sa taille fine et avantageait ses seins bien ronds. Ce qui me troublait, c'était que de la ceinture aux pieds, sous le camouflage du tablier, elle aurait pu passer pour mon épouse. Je souris. Elle me demanda si Isabel me manquait. Je reconnus que oui, elle me manquait : sans elle, je n'étais pas bon à grand-chose, ajoutai-je.

Carlotta est une de ces femmes nées cordon-bleu qui y vont d'une pincée de ceci ou d'une cuillerée de cela jusqu'à ce que surgisse devant vous un plat sentant bon les herbes rares et l'ail, un vrai délice ! Ma chère Isabel n'entre pas dans cette catégorie, tant s'en faut. Peu m'importe, mais comment ne pas admirer quelqu'un à qui le talent vient tout naturellement ? Elle remua une salade aux feuilles luisantes, y jeta de la ciboulette, coupa une tomate en tranches transparentes avec une telle dextérité que je n'entrevoyais que les éclairs de la lame de couteau. Que mon admiration pour sa rapidité et son art était empreinte de ressentiment, j'en étais conscient. Qu'elle aille choisir notre cuisine pour exhiber ses talents et qu'elle soit tellement plus fine cuisinière qu'Isabel était bizarrement exaspérant.

– Heureusement que je suis venue, dit-elle, relançant la conversation après une longue pause.

Se félicitait-elle de m'avoir préparé à dîner ou de compenser l'absence d'Isabel, je l'ignorais. Je hochai la tête et mis le couvert.

Au cours du dîner, elle me fit part des problèmes que lui causait Bert : impossible de parler affaires avec lui, me dit-elle, du point de vue professionnel, étais-je censé comprendre. Elle tenait à préciser que tout ce qu'elle voulait de Bert c'était de l'amitié. Elle n'était absolument pas prête à se lancer dans une nouvelle relation avec un homme aussi indécis. Elle en avait *jusque-là* de la procrastination et des valses-hésitations, insista-t-elle – balayant l'air d'un geste péremptoire au lieu de se prendre la tête entre les mains – depuis qu'elle s'était débarrassée de Mike. Je comprenais tout à fait, lui répondis-je. Malgré toute mon affection pour lui, ajoutai-je, c'était un drôle de numéro et ce n'était pas pour rien s'il était encore célibataire. J'avais oublié cette chaleur que génère souvent et confusément l'intensité de la connivence. Je pouvais la sentir, elle était presque tangible, mais la culpabilité se chargea vite de la dénaturer. Comment avais-je osé suggérer à Carlotta que Bert était retors ? C'était là un crime de haute trahison. J'essayai de changer de sujet, mais Carlotta s'entêta : Bert était un perdant. Somme toute – en disant cela, elle secoua la tête avec une telle véhémence que ses cheveux fous frissonnèrent comme les feuilles d'un arbre – Bert resterait un perdant toute sa vie. N'étant pas femme à reprendre sa parole, elle avait décidé de lui remettre sa maison à neuf comme prévu, mais elle s'en tiendrait là et après cela elle ne ferait plus d'effort.

– Tout à fait d'accord, répondis-je.

Avant d'ajouter (peut-être pour racheter ma trahison…) qu'il devait être encore désorienté par son récent retour en Angleterre.

Un rire moqueur salua cette suggestion. Désorienté ! Voyons, il n'arrivait que de New York, nom de Dieu ! Il était plein aux as, il possédait une maison que quelqu'un d'autre allait s'escrimer à rénover et il était très entouré. Par conséquent, s'il était encore désorienté, c'était franchement un minable.

Là-dessus, Carlotta s'arrêta brusquement, à bout de souffle. Son soupir, suivi d'un silence, fut un soulagement, je remarquai que son verre et la bouteille étaient vides. Elle avait l'air plutôt attendrissant, assise là, le menton calé dans ses paumes, à regarder par la fenêtre tout en cuvant sa rage.

– Si nous descendions à la cave nous chercher une bouteille mémorable ?

En entendant le mot mémorable, elle se tourna vers moi et approuva de la tête.

Carlotta s'y connaît en vins. Elle en boit volontiers. Quand nous dînons avec elle, elle apporte toujours une bonne bouteille qu'elle prétend avoir découverte. Je ne pense pas qu'elle soit déjà descendue dans ma cave, je me suis dit que cela l'intéresserait peut-être. Sans doute pourrait-elle comprendre que j'aie dépensé autant d'argent entre les plans, l'éclairage et la régulation de la température, détails sans le moindre intérêt pour Isabel qui n'a dû y descendre qu'une seule fois depuis qu'elle est achevée.

Je précédai Carlotta. Elle portait de hauts talons, aussi lui donnai-je la main pour l'aider à descendre les dernières marches qui étaient assez raides. Une fois en bas, elle a continué à me tenir la main, la serrant plus fort. Soudain, elle l'a lâchée et s'est dirigée dans un coin où mes bouteilles les plus précieuses et les plus appréciées des connaisseurs attendent la bonne occasion. Elle portait encore le tablier dont les cordons pendaient dans son dos, tels deux serpents hauts en couleur. La tête inclinée sur le côté, elle essayait de regarder les étiquettes sans déplacer les bouteilles. Puis elle se tourna vers moi.

– Bonté divine, dit-elle. Tu en as de la chance. Quelle cave !

Elle semblait désespérément triste et vulnérable. En y repensant, je me rends compte que je fus remué par son air malheureux. Sur le moment, je ne m'expliquai pas mon envie de franchir les deux mètres qui nous séparaient pour la prendre dans mes bras afin de lui remonter le moral.

Je me hâtai d'attraper une bouteille sur l'étagère à côté de moi, suggérant que nous retournions au salon. Elle haussa légèrement les épaules, chassant peut-être ses idées noires, car en me voyant tendre la main pour l'aider à gravir les marches, elle secoua la tête et s'élança devant moi. C'était donc là un tour de mon imagination : j'avais pris pour de la mélancolie une rêverie fugitive, qui avait assombri un instant son visage. En entendant Carlotta hurler depuis le rez-de-chaussée qu'elle allait ouvrir les fenêtres parce qu'il faisait trop chaud, je compris que son naturel autoritaire avait repris le dessus. Je n'avais pas su la déchiffrer, et j'étais sous le coup de mon erreur.

Nous nous assîmes sur le canapé près des fenêtres par lesquelles on accédait à l'une de ces petites terrasses propres aux maisons edwardiennes. Du jardin parvenait la discrète odeur des lilas. Leurs grappes n'étaient plus dans leur prime jeunesse. Certaines de leurs fleurs ayant déjà bruni, ils prenaient, dans la journée, une teinte cendrée, mais, la nuit, continuaient à embaumer.

Nous restâmes chacun à une extrémité du canapé, comme nous l'avions fait des dizaines de fois, tandis qu'Isabel préparait le dîner ou était montée dire bonsoir à Sylvie et, dans un sens, cette fois n'était pas différente des autres. Si ce n'est, je pense, qu'une expectative flottait entre nous. Rien dont nous puissions avoir honte. Disons que j'avais un peu espéré que, se trouvant en ma seule compagnie, Carlotta me révélerait une facette d'elle-même qu'elle n'avait jamais révélée, sauf peut-être à Isabel. Elle me regarda en souriant et promit de ne plus rien dire sur Bert.

J'avais posé deux verres sur la table basse devant le canapé, nos beaux verres des grandes occasions, je les remplis de bourgogne et lui en tendis un. Le téléphone sonna. Isabel.

Elle avait bonne voix, comme toujours quand elle est dans le Dorset. Le trajet avait été aisé, il faisait beau, sa mère avait garni le congélateur de mille délices pour qu'elle n'ait pas à cuisiner. Je ris en songeant à la succulente omelette de Carlotta. Comment allait Sylvie ? Et moi ?

– J'allais monter me remettre à écrire, répondis-je. Je t'appellerai demain soir. Tu me manques, je t'aime, ajoutai-je.

Nous disons toujours ça quand nous sommes loin l'un de l'autre. Comme des grains du chapelet de l'amour, si usés que je doute que ni l'un ni l'autre ne pesions tout leur sens. Une simple habitude, mais j'ose dire que les oublier nous eût inquiétés.

– Tu n'as pas dit que j'étais là, remarqua Carlotta quand je raccrochai.

– Non.

– Pourquoi pas ? demanda-t-elle.

Je soupirai et bus une gorgée de vin ; j'avais besoin d'un moment pour répondre à cette question.

– Je n'en sais rien, finis-je par dire. Du moins, je ne sais pas au juste. D'une part, je ne tenais pas à avoir une longue conversation et, d'autre part, je savais que je dois vraiment remonter travailler.

– Tu crois que cela l'aurait contrariée ? reprit Carlotta. Je suis sûre que non…

– Bien sûr que non. En réalité, je ne voulais pas m'embarquer dans de grandes explications, lui dire que Bert ne t'avait pas proposé de sortir, etc. C'est à toi et non pas à moi de lui raconter tout ça.

Toute attente, si tant est que l'on ait pu parler d'attente, s'était maintenant dissipée, nous nous retrouvions désorientés, à nouveau silencieux.

– Goûte ce vin, dis-je au bout d'un moment.

Carlotta se pencha, ses cheveux voilant son visage. Elle y trempa les lèvres, déclara qu'il était sublime et reposa son verre sur la table. Là-dessus, elle cala sa nuque sur le dossier du canapé et ferma les yeux.

C'était la première fois que je la voyais ainsi : vulnérable, paisible, pesante. Jamais non plus je ne m'étais rendu compte qu'elle était aussi étrangement séduisante : je remarquai ses longs cils dont les festons ombraient ses joues, ses lèvres finement arquées. Ce soir, son maquillage était des plus discrets, à moins qu'il ne s'agisse d'une illusion crépusculaire. La seule lumière était une bougie dans la cuisine. Délavé par les réverbères, le ciel avait la fade obscurité des premières nuits d'été londoniennes.

Je restai un long moment assis à la contempler. Une larme perla soudain au coin externe de chaque œil. Elles glissèrent, indécises, le long de ses joues. Je fouillais dans ma poche en quête de mon mouchoir quand elle se redressa brusquement avec un bruit proche de celui d'un animal et se mit à pleurer. D'instinct, je me rapprochai d'elle, la serrai contre moi tandis que les sanglots ébranlaient son corps et que ses gémissements déchiraient le silence.

J'ignore combien de temps nous restâmes blottis l'un contre l'autre. Je revoyais Sylvie toute petite, je revivais ces moments où, serrés l'un contre l'autre, je m'efforçais de la consoler. Je lissais les boucles de Carlotta sans rien dire. Elle sentait la rose, ou peut-être la tubéreuse : le parfum était trop fort. Quand elle finit par se dégager, je lui tendis mon mouchoir propre et elle s'essuya les yeux. Du mascara laissait des traînées noires sur son visage. Je ne pus m'empêcher de sourire et elle me rendit mon sourire.

– Merci, dit-elle.

– Y a-t-il quoi que ce soit… que je puisse faire ? demandai-je.

Elle hocha la tête.

– C'est que parfois, reprit-elle, quand on vit seule... De voir ses amis heureux en ménage, avec enfants, maison, une vie de famille... Eh bien, oui, parfois on désespère. Mais pas en général. (Elle m'adressa un autre demi-sourire.) Qu'Isabel t'ait appelé, poursuivit-elle, c'est ce qui a tout déclenché. L'idée qu'après quinze ans de mariage, ta femme s'en aille pour quelques jours, que tu lui manques et qu'elle t'appelle et s'inquiète vraiment de ton sort... j'ai toujours imaginé qu'un jour je connaîtrais peut-être ce genre de choses. Mais c'est s'apitoyer sur son sort. Je te demande pardon.

Elle se frotta le visage avec mon mouchoir propre, jusqu'à ce que fard et mascara ne soient plus qu'un affreux barbouillage.

– Tu ressembles à un léopard, dis-je. Et, bien sûr, un jour...

Elle eut un petit rire moqueur.

– Non, probablement pas. Merci quand même, Dan. Tu as été vraiment adorable. Ton vin est une merveille.

Elle prit son verre et en but plusieurs gorgées, puis elle me rendit mon mouchoir.

Je me revois me disant qu'il fallait à tout prix que je m'éloigne d'elle. J'allai jusqu'à l'évier rincer le mouchoir à l'eau froide, l'essorai et le lui rapportai. J'avais la vague impression que ce que j'allais faire était dangereux, stupide. Elle se leva.

Je lui fis pencher la tête en arrière et entrepris d'essuyer son visage, m'efforçant de prendre un air paternel.

– Merci, répéta-t-elle quand j'eus terminé. Tu as été…

Elle n'eut pas le temps d'achever car je l'embrassais. Elle m'embrassait. Ma main enserrait un de ses seins. Ma vision intérieure était traversée d'éclairs écarlates, fugitifs et de feux d'artifice. Carlotta réagissait au moindre mouvement de ma main libre. Survint alors une pâleur brutale qui éclipsa cette frénésie de couleurs. D'un commun accord nous nous séparâmes. J'aperçus de la lumière dans le couloir, j'entendis le bruit discret de pieds nus sur le plancher. Me tournant vers Carlotta, j'aperçus Sylvie devant la porte de la cuisine, qui nous regardait.

– Je ne peux pas dormir, Papa, dit-elle, et elle se précipita vers nous.

ISABEL

Je ne sais pas pourquoi je me sens aussi lasse. D'habitude, je déborde d'énergie. Sans doute la grosse commande pour l'opéra m'a-t-elle épuisée. À peine ai-je terminé que Saks me réclame une douzaine de masques pour les vitrines de Noël de leur magasin de New York ! Pas question que je m'y mette avant d'avoir pris quelques jours de repos !

Me voici donc en cet endroit que je considère encore comme chez moi : la maison de mon enfance. Cela me fait drôle d'y séjourner sans mes parents. Allez savoir pourquoi ils préfèrent Madrid au Dorset. Depuis qu'ils sont à la retraite, ils ne tiennent plus en place. Il semblerait que Rio soit leur prochaine destination. Étrange que je n'aie pas hérité de leur passion des voyages. La Grande-Bretagne me suffit.

Rien n'a changé. L'horloge de l'entrée retarde toujours d'une demi-heure, son tic-tac vous rappelle à l'ordre tandis que vous passez avec insouciance. De sa voix douce elle s'obstine, discrète. Il flotte dans l'air une odeur de chiens. Selon ma mère, Chancer préférerait me tenir compagnie plutôt que d'être confié à un chenil. Dans le petit salon, c'est la débâcle : tout s'avachit. Les housses des fauteuils et du canapé ont tellement passé que l'on confond fleurs et feuilles. Les bras du fauteuil de Papa sont usés jusqu'à la trame. Quant aux rideaux, une cinquantaine d'étés ont laissé leurs doublures en lambeaux. Si doucement que vous les tiriez, des bouts de tissu délavé s'en détachent. Depuis longtemps les lisières ont perdu leurs motifs, ils sont désormais assortis aux bandes de tapis décolorées devant les fenêtres, ce qui n'était pas dans les intentions de Maman lorsqu'elle les a choisis avec minutie chez Peter Jones, il y a un demi-siècle. À quoi bon refaire tout cela ? dit-elle. Nous y sommes tellement habitués que nous n'en remarquons pas l'usure. Nous vous laisserons le soin à Dan et à toi de faire ce que vous voudrez, si vous gardez la maison, c'est-à-dire le jour où nous serons dans une maison de retraite ou au cimetière.

Bien sûr que nous la garderons. Je l'aime, je l'adore.

Je suis sortie prendre l'air : j'ai passé en revue le jardin, entretenu avec plus de passion que la maison, puis je suis montée sur la colline, afin de contempler notre hameau : le clocher, le toit de la maison, les champs qui vont se perdre dans la vallée, où je suis allée maintes fois écouter le silence. J'ai respiré bien à fond, chassant Londres de mes poumons, de mon cœur, de tout mon être, puis j'ai redescendu rapidement le chemin de terre rougeâtre, un sentier qui ne doit pas avoir changé depuis l'époque où Thomas Hardy s'y promenait.

Selon sa bonne habitude, Maman m'a laissé d'amples provisions. Je me suis fait griller des côtelettes d'agneau et des tomates du jardin dans la cuisine sombre, dont les étagères sont encombrées de tout un bazar dont on aurait dû se débarrasser depuis belle lurette et de vieilles listes de courses dont l'encre brunie me fait sourire. J'aperçois une photo dans un cadre d'argent près de la cuisinière. Elle a été placée au milieu des bouteilles d'huile et de vinaigre pour permettre à Maman de la contempler en faisant la cuisine. C'est Dan, Sylvie et moi quelques années plus tôt. Sylvie est dans la période brèche-dents, nous sommes dans le jardin de mes parents, on voit des lupins derrière nous. Je ne me rappelle pas quel été il s'agit. Ils se succèdent si vite qu'ils semblent tisser un long ruban ponctué de souvenirs similaires, seuls la taille de Sylvie ou les cheveux grisonnants de Dan permettront de les dater.

Je pense à eux maintenant, sans moi. Dan a dû faire la lecture à Sylvie pendant un long moment, comme toujours en mon absence. Sylvie a dû mettre son réveil : elle a toujours peur que Dan oublie de la réveiller à temps pour se rendre à l'école. Dan se souviendra peut-être qu'il doit réchauffer la quiche au saumon puis il remontera travailler.

D'après le peu qu'il m'en a dit on dirait que sa pièce avance bien. Il cherche encore un titre porteur. Je tâcherai d'y réfléchir demain en me promenant. Il est arrivé qu'il y en ait qui me viennent comme ça. Il en a repris plusieurs que je lui ai suggérés. Quand je l'ai appelé à neuf heures et demie, il m'a dit qu'il s'apprêtait seulement à remonter dans son bureau. Je parie qu'il a passé des heures à lire à Sylvie et qu'il n'aura pas su se débrouiller pour allumer le four et réchauffer la quiche. Quoi qu'il en soit, il avait l'air en forme. À vrai dire, il est toujours en forme quand je m'en vais, aussi je ne comprends pas cette vague angoisse à son sujet. Je me glisse dans le grand lit de ce qui est maintenant notre chambre à Dan et moi quand nous sommes ici, et je prends mon livre. Mes paupières se ferment malgré moi. Ils sont bien loin, mes masques. Par la fenêtre ouverte, je contemple la pleine lune. Tout ce qui compte pour moi c'est de savoir que Dan et Sylvie sont en sécurité là-bas, et aussi de pouvoir me dire que je suis ici. Nous allons tous bien. Peut-être suis-je la dernière à m'endormir.

SYLVIE

Je n'arrivais pas à m'endormir… parce que. Oh ! Juste parce que… Je ne sais vraiment pas pourquoi. Certains soirs, c'est comme ça. Sans doute ai-je passé trop de temps sur mon devoir de maths et Mrs. Rochester me fait-elle si peur qu'elle m'empêche de dormir.

VI

GWEN

Ma mère se prétendait nerveuse par nature. Elle disait cela avec une telle fierté que l'on aurait pu croire qu'elle en tirait gloriole. Des années durant, je n'eus aucune idée de ce qu'elle entendait par là, mais j'acquiesçais de la tête car ma mère n'était pas femme à supporter les contradictions. Aujourd'hui, je comprends ce que cela signifie et j'ai bien peur d'avoir hérité de sa nervosité.

Je me réveille, en pleine nuit, moite de sueur, en proie à mille tourments. Je crois parfois entendre quelqu'un dans la cuisine, tout en sachant que c'est un tour de mon imagination, mais je n'ose pas me lever pour aller regarder. La plupart du temps, je me réveille avec la tête qui tourne tellement que je ne parviens pas à l'arrêter. Qu'est-ce que Gary peut être en train de manigancer ? Essaye-t-il de m'effrayer ? Est-ce là ce qu'il cherche ? Et si oui, pour quelle raison ? Qu'ai-je donc fait pour qu'une telle menace pèse sur moi ?

C'est un solitaire, bien sûr : mais qu'y faire ? Pour autant que je sache, il n'a pas d'amis. Il ne parle pas beaucoup de lui. Il n'est pas homme à vous confier ses états d'âme, quant à moi je n'étais pas du genre à lui poser des questions. De l'intérêt à l'indiscrétion, il n'y a qu'un pas, se plaisait à dire ma mère. Elle me recommandait de garder mes questions pour moi, afin qu'on ne me prenne pas pour une indiscrète. En ce domaine, elle dépassait les bornes, ne me posant jamais la moindre question, fût-ce pour savoir si j'aimerais reprendre une tasse de thé, avoir des chaussures neuves ou s'enquérir de mes progrès scolaires. Rien, jamais la moindre question. Toutes ces histoires de discrétion et d'indiscrétion me semblaient révéler un réel manque d'intérêt. Ma mère avait de nombreuses préoccupations, mais je n'en faisais pas partie. Enfant, je me souviens de ces interminables silences.

Une des nuits où je me réveillai affolée en pensant à Gary, il me vint à l'esprit que peut-être il songeait à prendre sa revanche. Oui, tout simplement. À se venger de ses propres insuffisances. Il en avait un certain nombre, quant à celle qui le perturbait le plus, j'ose dire qu'il m'appartenait à moi seule de la découvrir. Oui, le fond de l'histoire c'était qu'il était loin d'exceller dans certain domaine. Qu'il y était même catastrophique. J'irais jusqu'à dire qu'il allait tout droit à l'impotence totale. Sans mettre les points sur les *i*, je m'efforçai de lui expliquer que peu m'importait.

– Le côté physique des choses n'a jamais été de première importance pour moi, lui dis-je, mais de façon plus succincte.

Un après-midi particulièrement embarrassant sous les draps mit un terme à notre prétendue vie sexuelle. Toutefois, ce qui l'irritait sans doute plus que tout c'était que j'avais été le témoin de son échec et il cherchait à me le faire payer. Oui, me dis-je, c'est sans doute ça. Sa revanche du lendemain.

Être parvenue à cette conclusion ne m'aida pas à retrouver ma sérénité. Le seul moment où je n'y pensais plus c'était lorsque je me trouvais chez les Grant car je m'y savais en sécurité. Chez eux, il ne pourrait rien contre moi. Que le diable m'emporte si je laisse triompher cette peur stupide et mon angoisse ! Mais ce n'est pas aisé, quand on sait que quelqu'un veut votre peau. La pire bêtise de ma vie aura été de me lier d'amitié avec Gary. Mais les regrets ne mènent pas à grand-chose. Ils vous rongent l'âme. Au moins, j'ai mon téléphone portable maintenant, je me félicite de cette décision car je me sens un peu plus en sécurité.

DAN

Sylvie nous a-t-elle vus ? Cette question me hantera jusqu'à ce que j'aie la preuve du contraire. Elle a foudroyé Carlotta du regard quand cette dernière a remarqué qu'il se faisait tard et qu'elle est sortie précipitamment de la pièce. J'ai dit à Sylvie que je la raccompagnerais dans sa chambre. J'étais en train de lisser mes cheveux, conscient de mon visage empourpré. Je lui ai donné un verre de lait, c'est, en général, ce qu'elle vient chercher quand elle descend la nuit. Elle a pris le lait en disant que ce n'était pas la peine que je monte.

– Tout va bien, m'a-t-elle dit en me dévisageant. (Puis elle a insisté :) Je préférerais que tu ne montes pas.

Là-dessus, elle est partie, la tête dans les épaules, en faisant résonner ses pas dans toute la maison, signe de sa fureur.

Je n'ai pas fermé l'œil de la nuit, me maudissant, maudissant Carlotta, essayant de comprendre ce qui s'était passé. L'alcool, conclus-je. Notre soirée avait été bien arrosée, mais je savais que ce n'était pas la raison. Je n'étais pas ivre, j'avais simplement succombé à un instant de désir pernicieux pour quelqu'un qui ne m'inspirait aucune inclination particulière. Je n'avais pas été aussi aveuglé par la sensualité depuis mes vingt ans. Protégé par mon profond amour pour mon épouse, il ne m'est jamais venu à l'esprit de fantasmer sur d'autres femmes, si séduisantes soient-elles. Je ne qualifierais pas Carlotta de séduisante, même si elle s'y entend pour vous faire du charme. De ma part, il n'y avait rien de prémédité : je me suis simplement surpris en train de bondir sur elle, ne me contrôlant pour ainsi dire plus, comme un adolescent. Le plus étonnant a été sa réaction. Si elle avait montré le moindre dégoût pour ma grossière impulsion, je me serais aussitôt arrêté, mais peut-être que de sa part il y avait eu préméditation et que les choses prenaient précisément la tournure qu'elle avait envisagée. Dieu sait ce qui serait advenu si Sylvie n'avait pas fait son apparition ! J'aimerais pouvoir mc dire que notre raison aurait repris le dessus, que nous aurions triomphé de la chair. Mais il n'en aurait peut-être pas été ainsi. Même maintenant, quand je pense à Carlotta, à son sein, ferme et malléable dans ma main, à ses hanches souples…

Revivre cet instant me rend tout aussi malade. Je suis pris d'un dégoût de moi-même, d'un remords insurmontables, au point d'en avoir le frisson. Je répugne à reconnaître que désormais le trio que nous formions Isabel, Carlotta et moi ne sera plus jamais le même. Carlotta et moi sommes maintenant liés par un secret qu'Isabel ne doit jamais découvrir. Que mon épouse soit, en l'occurrence, celle qui doit être tenue à l'écart de ce secret me paraît trop abominable pour même y penser. Je serai puni au cours des années à venir pour mon impardonnable trahison.

Hébété, désorienté, je me suis levé de très bonne heure. J'ai remis un peu d'ordre, ne voulant pas que Gwen pense que j'avais reçu en l'absence d'Isabel. Sylvie est descendue à son heure habituelle. Tandis qu'elle essayait de retrouver un de ses livres de classe, il lui a paru drôle de voir son père poser sur la table un bol de céréales pour elle ; ce n'était pas dans nos habitudes. Je suis parvenu à en rire, soulagé de voir qu'elle était redevenue elle-même : la mauvaise humeur de la nuit semblait envolée.

J'ai mis la radio, ce qui nous a dispensés de parler. Au moment où je la déposais à l'école, j'ai eu droit à un baiser particulièrement appuyé. Que pouvait-il se passer dans sa tête, si tant est qu'il s'y passait quelque chose ?

De retour à la maison, j'ai avalé deux aspirines avant de partir au bureau et de me souvenir que je déjeunais avec Bert. Devrais-je, en abordant le sujet de façon très détournée, lui raconter le sinistre épisode d'hier soir ?

Bien sûr que non, espèce d'idiot, me dis-je. Les hommes n'ont pas ce genre de conversations. Bert n'aimerait pas plus m'entendre raconter ce triste et stupide incident que je n'aimerais le lui avouer. En outre, on ne saurait compter sur la confession pour s'affranchir de ses remords. Non, nous parlerions de sa vie, de ses projets, nous ririons de ses écarts de conduite d'autrefois. N'est-il pas curieux de voir qu'ainsi revus et corrigés, ils nous amusent encore, une partie de ce plaisir étant, bien sûr, de repérer les broderies dont nous les avons mutuellement agrémentés.

Déjeuner avec Bert sera un des bons moments de ma journée. Quel poison que le remords !

ISABEL

Oubliant que l'horloge de la cuisine avait à jamais dix minutes de retard, j'ai mal calculé l'heure de mon appel. Dan était sur le point de partir, Sylvie était déjà dans la voiture. Nous avons été brefs, mais je l'ai senti en forme. Rien de neuf. Nous nous parlerons ce soir.

La journée s'étirait devant moi, vide et désœuvrée. Disciplinée par nature, je remarque qu'une bizarre inquiétude voile le plaisir que je pourrais prendre ces jours-là. Les matins sont un problème : comme je conçois la vie, les matins sont faits pour travailler. J'aime me lever tôt et me mettre à mes masques dès que Dan et Sylvie sont partis. J'aime rester là-haut, jusqu'au déjeuner – ces quatre heures filent à toute allure –, j'ai alors l'impression d'avoir mérité une récréation, d'être autorisée à me distraire pendant l'après-midi. Une conception aussi ridicule que puritaine des choses. Si je n'en étais pas esclave, je profiterais beaucoup plus des congés. Au point où j'en suis, pendant les vacances, ce rite obligatoire, que je me trouve en France, en Italie, n'importe où, dans une maison de location ou à l'hôtel, les matinées me posent un problème. Que faire de tout ce temps si je ne peux pas travailler ? Je participe aux activités prévues pour la journée, bien sûr, mais j'ai toujours mauvaise conscience. Un après-midi qui n'a pas été mérité est moins gratifiant. Que ce soit ici ou là-bas, il est évident que je ne puis emporter tout mon attirail. Aussi je me retrouve face au problème de toutes ces heures libres jusqu'au déjeuner. Seule dans la maison de mes parents, pas besoin de faire les courses, je ne mange à peu près rien. Ne pas avoir à me soucier des repas est un immense soulagement. J'ai promis de promener Chancer deux fois par jour, et de couper les roses fanées si le cœur m'en disait. Quand je suis descendue prendre mon petit déjeuner, Chancer somnolait sous la table de la cuisine, j'ai remis sa promenade à plus tard. Je suis allée jusqu'à la commode de l'entrée où l'on rangeait les sécateurs. J'y ai trouvé deux billes en métal, un gant de jardin esseulé, bon serviteur d'antan qui reposait dans une rigidité cadavérique, des ficelles de diverses longueurs et une lampe de poche remontant à l'ère préhistorique. Ils étaient déjà là quand j'étais enfant. Ma mère ne jette jamais rien, mais elle rirait à l'idée pourtant judicieuse que certaines choses qui ne sont plus dans leur prime jeunesse peuvent être utiles un jour. Ses raisons pour amasser tout ce bric-à-brac sont beaucoup plus astucieuses, convaincantes et drôles. Et d'une certaine façon, j'ai hérité de sa tendance à s'encombrer de choses inutiles. Je comprends ce sentiment, c'est une espèce de sécurité : les objets sont souvent un lien avec le passé. Un rappel. Cette habitude de ma mère donne prise aux railleries amicales de ceux qui l'aiment. J'en ris parfois avec eux, mais, au fond de moi-même, je suis de son côté.

Je pris les sécateurs et me rendis dans le jardin. C'était une belle matinée, le soleil n'était pas encore trop chaud, des perles de rosée argentaient encore la pelouse. Pour atteindre les roses, je dus traverser un petit enclos derrière des hêtres. Des jardinières, disposées en un motif compliqué, séparaient les plates-bandes de fleurs blanches, une création dont mon père était très fier. Au milieu, se dressait une petite fontaine fort ingénieuse, également de son invention : un bassin en pierre, ici et là percé de trous, d'où jaillissaient des panaches d'eau. Concevoir cette fontaine lui avait procuré des heures de plaisir. Il avait passé plusieurs années à la réaliser et cela lui avait permis de devenir non seulement un tailleur de pierre chevronné, mais aussi un expert en systèmes de drainage compliqués. Le jour où elle fut achevée, nous trinquâmes avec du champagne rosé assorti au ciel du crépuscule : la glacière dans laquelle se trouvait la bouteille était posée sur une plate-bande de pensées blanches, en écrasant quelques-unes. Il y avait toujours dans ce que faisait mon père une part de négligence égale à l'énergie enthousiaste qu'il mettait à ses projets. Nos félicitations pour sa fontaine comptaient bien davantage pour lui que les médailles qu'il avait reçues après la guerre ou le discours élogieux qui lui avait été adressé le jour où il avait pris sa retraite, après avoir été directeur d'une compagnie spécialisée dans l'équipement agricole. Et Dieu sait que ma mère le combla de louanges ce soir-là ! Pas un centimètre de la fontaine n'échappa à ses félicitations admiratives. Je la revois encore, coiffée de son vieux chapeau de jardin – qui, Dieu merci, est toujours accroché dans la penderie –, la tête rejetée en arrière, plissant ses jolis yeux tant elle riait après sa troisième coupe de champagne, si émue devant l'exploit de mon père qu'elle ne trouvait plus ses mots. En retour, il marmonna que ce n'était pas grand-chose. Mais je suppose qu'une fois que l'on a accompli quelque chose l'effort qu'il a fallu fournir part en fumée. Il est difficile de se souvenir de toutes ces heures que l'on a investies. L'accomplissement est loin d'avoir la douce saveur de l'effort. Malgré tous nos rires et toutes les bulles du champagne, on aurait dit que le soufflé retombait ce soir-là… Des questions non formulées demeuraient en suspens : quel serait son prochain projet ? À quoi devions-nous nous attendre ?

Mais des années plus tard, l'eau jaillit tout aussi joyeusement qu'au premier soir. J'ai passé un moment à contempler la fontaine, à écouter ses gerbes liquides éclabousser le silence du jardin. Soudain un martinet piqua si vite entre deux jets d'eau qu'on le distinguait à peine, puis il regagna à tire-d'aile la bienheureuse sécurité du ciel. Il avait osé s'aventurer pour se rendre compte par lui-même, me dis-je. Un sentiment d'admiration et de totale impuissance m'envahit. Je traversai l'enclos de fleurs blanches pour parvenir aux roses.

Quelque part, au milieu des feuilles d'un rosier, dont je coupais les fleurs fanées, en prenant soin d'éviter les derniers pétales d'un rose délicat, une image de Bert m'est revenue. Bert et moi dans le cellier. La question n'a pas tardé à me revenir à son tour : quelle avait été la vérité ? Ma vérité ? Sa vérité ? Quand les questions s'arrêteraient-elles ? Quand l'image s'évanouirait-elle ?

Une marche à flanc de colline avec le chien, voilà ce qu'il me faut, pensai-je. Mon père disait toujours que quand vous avez un problème, allez donc vous promener plutôt que de gaspiller votre argent sur le divan d'un de ces foutus psys. Et ne vous fatiguez pas à trop penser. Laissez faire la nature. J'ai hérité de lui cette conviction, elle m'a été extrêmement utile.

J'appelai Chancer et nous nous dirigeâmes vers la colline. Le soleil était haut dans le ciel, mais une brise retroussait la face argentée des feuilles de peupliers. Tièdes et sèches, les hautes herbes du verger frottaient contre mes jambes.

CARLOTTA

Je suis écœurée, complètement écœurée. Quelle soirée ! Je n'aboutis à rien avec Bert, je m'arrête chez Isabel et Dan et je trouve Dan, il est seul. Je fais de mon mieux pour lui préparer à dîner. Soirée agréable, bonne bouteille et il faut qu'il aille tout gâcher en me sautant dessus pour un rapide baiser. Dan ! Le mari fidèle entre tous ! Je ne sais pas où j'avais la tête, vraiment. Sans doute à rien. J'étais un peu ivre. J'avais un peu la larme à l'œil. J'avais besoin d'un bras autour de mon épaule. Dan a devancé mon souhait et plus encore. Ça m'a fait du bien. J'aurais pu continuer. S'il avait dit : qu'est-ce que tu en penses ? Je suppose que je l'aurais suivi là-haut, sans me soucier d'Isabel. Mais il a fallu que cette fichue petite Sylvie arrive en pleurnichant, du coup nous nous sommes séparés aussi vite que des lapins canardés par les chasseurs.

Je ne sais pas si elle nous a vus nous embrasser et j'avoue que cela m'est un peu égal. Sur le moment, je suis dans une telle rage que je me moque pas mal des autres. Sans doute devrais-je me sentir coupable d'avoir embrassé le mari d'Isabel, mais je ne le suis pas. Ça viendra plus tard. L'intéressant, pour le moment, c'est de savoir ce qui va arriver quand nous allons nous retrouver tous les trois. Dan, qui doit être l'homme le plus honnête au monde, se sentira-t-il obligé de faire des aveux à Isabel, pour étouffer ses remords ? Ou préférera-t-il ne rien dire, mais évitera-t-il mon regard, afin que je ne voie pas ce qu'il aimerait vraiment que nous fassions tous les deux ? Et dans ce cas, le dirai-je à Bert ? Ah !

J'imagine la scène ! Bert perdu au milieu d'un océan de nuanciers, moi sur le plancher passant en revue les bleus provençaux. Moi : Écoute, Bert, l'autre jour, après mon départ, je me suis arrêtée chez Dan et nous nous en sommes donné à cœur joie toute la nuit. Non, je ne pense pas. Bert serait scandalisé. Il prendrait ça comme une vile trahison. Au lieu d'exciter sa passion, cela pourrait avoir l'effet opposé.

Sans doute devrais-je appeler Dan et voir comment il fait face à l'impitoyable lumière du jour. S'il prévoit de tout avouer à Isabel, mieux vaudrait que je sois prête. Ma version sera de mettre ça sur le compte de l'alcool : un moment regrettable, provoqué par le vin. J'essayerai de m'en tirer par une boutade, de répéter une demi-douzaine de fois que je suis désolée de l'avoir incité, même si je ne le suis pas le moins du monde. Deux choses qu'Isabel ne doit jamais savoir : Dan me désirait passionnément et je le voulais moi aussi. Parce que, en y repensant, cela n'a pas gâché la soirée et ce n'était pas que dans un sens. Zut ! J'ai adoré chaque seconde, il y a des années que je fantasmais sur Dan.

Je l'ai appelé. En tremblant, je l'admets. Horrible, cette conversation. Elle me hante.

– Dan ?

– Carlotta ?

– Écoute, je suis désolée.

(Silence.)

– Moi aussi. Un moment de folie. Nous avions pas mal bu.

– C'est exact. (Un autre silence.) Tu as l'intention d'en parler à Isabel ? De toute évidence, tu vas lui dire que je me suis arrêtée. Mais… Rien d'autre ?

– *Si j'ai l'intention d'en parler à Isabel ?* (Il avait l'air affolé.) Tu as perdu la tête ou quoi ?

– Je pensais juste… T'ayant entendu si souvent vanter les mérites d'une sincérité à toute épreuve… Je m'attendrais à ce que tu lui en parles.

– Eh bien, figure-toi que non. Bien sûr que non. Et j'espère que tu n'en as pas l'intention toi non plus.

– Bien sûr que non.

– Cela ne servirait à rien d'en parler à Isabel. C'était juste un instant de folie que nous ferions bien de nous efforcer d'oublier le plus vite possible.

– Je suis d'accord.

– Et la prochaine fois que nous nous reverrons, tout sera comme avant, compris ? Pas de regards pleins de sous-entendus, ni rien.

– Dis-moi, Dan, pour qui me prends-tu ?

– Écoute, je dois partir, j'ai rendez-vous avec Bert. Crois-tu que Sylvie nous a vus ?

– Je n'en sais rien. Sylvie était bien le cadet de mes soucis.

– Tu peux être une vraie garce, Carlotta !

– Mais rappelle-toi que tu me désirais, ne va pas prétendre le contraire !

Dan raccrocha.

SYLVIE

Ce matin, Mrs. Beale m'a rappelée à l'ordre.

– Pourquoi es-tu dans les nuages, Sylvie ? m'a-t-elle demandé, tu es bien loin de tes mathématiques, puisque c'est comme ça qu'elle préfère appeler les maths.

J'ai répondu que je ne savais pas.

Je pensais à hier soir. C'était vraiment bizarre quand je suis descendue à la cuisine. Papa était tout rouge et tout ébouriffé. Il s'est tourné vers moi, sidéré de me voir là. Sidéré, voilà le dernier mot dont je me suis entichée, je l'ai employé deux fois cette semaine. Carlotta m'a paru somnolente, presque hébétée. Ils étaient là debout mais, disons, bien près l'un de l'autre, pour des gens qui sont juste en train de bavarder. Des verres et des bouteilles de vin vides traînaient sur la table près de la fenêtre. La soirée avait dû être bien arrosée. Maman et Papa ne boivent jamais beaucoup. En fait, ils avaient l'air vraiment penauds. J'ai alors compris qu'ils n'étaient pas juste penauds, mais qu'ils étaient fâchés. Ils avaient dû se disputer. À quel sujet ? Je l'ignore et ça m'est égal, mais l'idée que Carlotta et Papa se disputent dans notre cuisine en l'absence de Maman ne me plaît pas. J'ai détesté ça. Papa a dit qu'il allait remonter avec moi dans ma chambre. Je lui ai répondu que je préférais qu'il me laisse seule, merci, ce qui est une façon très adulte de remettre quelqu'un à sa place. Je ne voulais pas paraître en colère, mais Papa semblait si bizarre que je ne voulais rien avoir à faire avec lui. En remontant, j'ai entendu Carlotta claquer la porte derrière elle. Non seulement je ne l'aime pas, mais je la déteste. J'ai mis un temps fou à m'endormir, me demandant quelle avait été la raison de leur dispute. Quand Maman reviendra, je lui demanderai peut-être ce qu'elle en pense.

Cricket, Londres, New York, Oxford, *Rejet.* (Au fond de moi-même, j'ai bien peur qu'une fois de plus, les producteurs ne soient pas enthousiastes.) Nous avons abordé divers sujets, passant aisément de l'un à l'autre, mais Dan semblait un peu déprimé. Sans doute en est-il toujours ainsi quand Isabel est absente, bon époux qu'il est.

Je lui ai proposé le meilleur bordeaux de la carte, mais il a refusé, disant qu'il ne boit presque plus au déjeuner. Nous nous sommes donc contentés d'eau minérale.

Au café, il s'était un peu déridé, c'est à ce moment-là qu'il m'a dit qu'Isabel rentrait ce soir.

– Elle aime l'idée de s'en aller un jour ou deux, mais elle aime encore mieux revenir à la maison, a-t-il dit. Elle devait rester dans le Dorset jusqu'à vendredi, mais… (Il laissa tomber la phrase avec un petit sourire que chez n'importe qui d'autre que Dan, j'aurais qualifié de *suffisant.*) Isabel m'a dit que tu étais passé un soir quand j'étais à Rome, reprit-il. Merci de veiller sur elle. Elle n'aime pas quand je suis en voyage.

Il laissa encore tomber sa phrase.

– Je t'en prie… répondis je d'un ton aussi désinvolte que possible. Elle m'a préparé un excellent dîner.

Comme je m'y attendais, la conversation se porta ensuite sur Carlotta. Sans doute avais-je à son égard quelques remords que je voulais partager avec Dan. Après tout, c'était moi qui l'avais fait venir. J'avouai que je m'étais peu élégamment comporté la veille en ne l'invitant pas à dîner alors qu'elle s'attendait à l'être et qu'elle avait pris la peine de m'apporter tous ces échantillons. Un long silence s'ensuivit tandis que Dan remuait son café, avec plus d'insistance qu'une petite tasse d'espresso n'en requiert. Puis à nouveau ce sourire, non, je n'avais pas à m'inquiéter, reprit-il, elle s'était arrêtée sans savoir qu'Isabel était absente. Il n'avait pu faire autrement que de lui proposer de prendre un verre, dit-il. Finalement, elle était restée pour dîner. C'était même elle qui avait dû faire la cuisine. Elle est plutôt bonne cuisinière. J'ai dit à Dan que j'allais bientôt avoir l'occasion de découvrir ses talents. Un autre silence s'ensuivit. J'imaginais vaguement la soirée : Carlotta tout sourire, l'efficacité même, Dan sans doute un peu mal à l'aise compte tenu de l'absence d'Isabel, même si cela semblait peu probable, car il y a des années que Carlotta et eux sont amis.

J'en avais assez de penser à Carlotta. Je ne voulais plus parler d'elle, il y avait toutefois un point sur lequel je voulais l'opinion de Dan. Je lui confiai qu'elle avait suggéré de m'installer chez elle pendant que l'on rénovait ma maison. Dan eut un léger froncement de sourcils.

– Je ne sais que te dire, répondit-il. Je suppose que cela ne devrait pas poser de problème. Tu peux garder tes distances, si tu le souhaites vraiment et, dans le cas contraire, dis-toi que l'accès te sera d'autant plus facile que tu seras déjà sur place, etc.

À mon tour de sourire. Dan se remit à remuer frénétiquement sa petite cuillère dans son café.

– Isabel m'a mentionné que tu aurais besoin d'un toit pendant quelques semaines, dit-il enfin.

Nous avons une chambre d'amis parfaite pour ça. Nous serions ravis de t'accueillir. À toi de peser les avantages et les inconvénients. Carlotta ou nous ? Deux offres valables, à toi de choisir…

Je le remerciai, j'avais encore beaucoup à dire, bien des conseils à lui demander. Mais ce n'est pas le genre de conversation qui sied à des hommes comme Dan et moi.

– Je suis intéressé de voir quel sera ton choix, ajouta Dan.

Ce tourbillon de Carlotta ou notre calme à Isabel et moi ?

Il m'adressa un dernier sourire et je fis signe au garçon de m'apporter l'addition.

VII

SYLVIE

Maman était là à mon retour de classe. Chouette !

Elle avait rapporté des paniers pleins à ras bord comme à chaque fois qu'elle revient du Dorset. La table disparaissait sous les laitues, les feuilles de menthe et les légumes. La cuisine embaumait la chlorophylle. Je pris une pomme et la fis briller sur mon genou.

Elle voulut savoir ce que j'avais fait. Pas grand-chose, répondis-je. Oui, tout s'était bien passé. Elle nous avait manqué, mais nous nous étions débrouillés. (Elle aime qu'on lui dise ça.) La seule chose bizarre, repris-je, c'était une dispute entre Papa et Carlotta.

– Comment ça ? s'est-elle exclamée.

Elle ignorait que Carlotta était venue.

– Elle s'est arrêtée s'attendant à vous trouver tous les deux, ai-je dû lui répondre.

Maman retirait les feuilles d'un pied de basilic. Elle se mit à les détacher un peu plus vite et avec un peu plus d'acharnement. Quelque chose la contrariait, mais je n'avais pas idée de ce que c'était. J'avais fait exprès de ne pas lui dire que Carlotta avait mis son tablier. Elle ne peut tout de même pas être de mauvaise humeur parce que cette vieille vache de Carlotta est passée. Quoi qu'il en soit, je suis allée vers elle, je l'ai serrée dans mes bras en blottissant la tête contre sa poitrine. Elle sentait comme toujours les fleurs sauvages.

– Je déteste Carlotta, ai-je dit.

Elle m'a aussitôt éloignée d'elle et m'a jeté un regard si sévère que je ne savais plus où me mettre. Pour une raison ou pour une autre, tout était gâché et je n'avais même pas eu la chance de lui demander quel était, d'après elle, le sujet de la querelle. Mieux valait ne pas poser de question pour le moment.

– Comment peux-tu détester Carlotta ? reprit-elle. Elle est parfois un peu autoritaire, c'est entendu, mais elle a un bon fond et c'est une fille intelligente et drôle. Et puis, c'est mon amie.

– Ça je le sais, répondis-je en m'en allant. Mais tu n'aimes pas certains de mes amis, alors pourquoi, moi, j'aimerais les tiens ?

Tout ce que j'espérais, c'était que quand Papa rentrerait et que nous dînerions tous les trois tout se passerait bien.

ISABEL

Comme toujours, il est bon de se retrouver chez soi. Je n'avais rangé que la moitié des fruits et légumes quand Sylvie est rentrée de l'école. Elle semblait aussi heureuse de me voir que moi de la revoir et s'est assise pour croquer une des pommes du jardin. Elle m'a raconté que Carlotta s'était arrêtée hier soir et qu'elle était restée dîner, ajoutant qu'elle croyait que Dan et elle s'étaient plus ou moins disputés. J'étais sûre qu'elle n'avait pas compris, lui ai-je dit. Ce ne devait pas être bien grave, il faut toujours que ces deux-là se chamaillent. Ils n'ont pas beaucoup de points de vue communs. Là-dessus, Sylvie a déclaré qu'elle détestait Carlotta et je l'ai remise à sa place. Cette aversion, aussi évidente qu'intense de Sylvie pour Carlotta, me contrarie. Il est clair que vous ne pouvez vous attendre à ce que vos enfants aiment tous vos amis mais, pour autant que je sache, Carlotta n'a jamais fait quoi que ce soit pour que Sylvie la prenne à ce point en grippe. Mécontente, elle est sortie en tapant des pieds, un avant-goût de ce qui nous attend d'ici peu : quelques années de ces fastidieuses sautes d'humeur de l'adolescence.

Au dîner, tout était oublié. De son côté, Dan était en forme. J'eus droit à des félicitations pour ma salade de poulet. Bien meilleure que tout ce que Carlotta avait pu préparer la veille, glissa Sylvie. Dan et moi prîmes le parti de l'ignorer.

– Sylvie t'a raconté, je pense ? commença Dan. Carlotta s'est arrêtée hier soir et elle a été très déçue de ne pas te trouver. (Je l'avais prévenue que je m'absentais, mais elle ne se rappelle jamais ce qui ne la concerne pas directement.) Même si je me réjouissais à la perspective d'une soirée tranquille, poursuivit Dan, il aurait été grossier de ne pas lui proposer de rester dîner. Elle a décidé de préparer le dîner. Un truc à base d'œufs. En fait, ce n'était pas mauvais du tout, Sylvie, ajouta-t-il sur un ton de reproche.

– Alors pourquoi vous vous êtes disputés ? demanda Sylvie.

– Disputés ?

Dan la regarda, perplexe.

– Quand je suis descendue, il était clair que vous sortiez d'une dispute, insista Sylvie.

Je lus dans son regard une animosité qui me déplut. D'où lui vient cette tendance à la malveillance ?

Dan esquissa un sourire. Il reprenait ses esprits. Non, il ne s'agissait pas d'une dispute, mais d'une simple divergence d'opinions. Au sujet de Bert. Il me regarda, l'air de me dire qu'il me donnerait de plus amples explications par la suite. J'étais curieuse d'en savoir davantage, mais comme nous ne mentionnons jamais la vie privée de nos amis en présence de Sylvie et qu'il était temps de changer de sujet, je suis allée chercher les fraises et la crème dans le réfrigérateur. Dan et moi nous sommes mis à parler de l'ordinateur qu'il envisage d'acheter. Sylvie a recommencé à faire la tête jusqu'à ce qu'elle monte se coucher.

CARLOTTA

Seigneur ! Le pavé dans la mare ! Dan pris dans la spirale d'une culpabilité ridicule. Croit-il honnêtement qu'un homme puisse passer près de vingt ans en ne convoitant que sa femme ? De mon côté, je n'éprouve pas le moindre remords. Je m'étais dit que ça viendrait peut-être, mais non. C'était trois fois rien. Le sexe, c'est tout. Je ne me suis pas soudain imaginé que j'étais amoureuse de Dan pour la simple raison qu'il m'embrassait ou je ne sais quelle bêtise de ce genre. Je fantasme sur lui. Il me plaît, mais notre infime écart de conduite ne saurait être qualifié que d'innocent. Il ne représente en aucun cas une menace, ni dans un sens ni dans un autre. Mon seul regret, c'est de ne pas avoir eu le temps d'aller plus loin. Je l'aurais tuée, cette fichue gosse descendue pour nous épier.

Sans doute aurais-je pu deviner que Dan n'avouerait pas ses frasques à Isabel. Disons que cela aurait un peu compliqué les choses. Isabel l'aurait peut-être pris trop au sérieux, même si je doute qu'elle y voie davantage qu'un baiser aussi anodin que la traditionnelle embrassade sous le gui. Toujours est-il que sa décision m'évite d'avoir à mentir à Isabel en minimisant l'échange que j'ai eu avec lui. Qui plus est, si elle me narguait en jouant la femme-heureuse-en-ménage-mon-mari-ne-poserait-jamais-les-yeux-sur-une-autre, je pourrais avoir recours à mon minuscule petit arsenal. Elle ne l'aurait pas volé.

Et alors ? Bert ?

Je suis furieuse contre lui, ce salaud, cet ingrat. Et en même temps, je veux le prendre au piège : je veux son amitié, je veux sa compagnie. Je sens en lui un homme qui me rendra service dans la vie. Je nous vois sortant à quatre avec Isabel et Dan. Je peux même imaginer des vacances, au soleil, à l'étranger. J'ai une bien plus belle poitrine qu'Isabel. Tandis qu'elle est assise sous son parasol, pâlichonne et coiffée de son chapeau de soleil, j'ai passé mon string, histoire de mettre Dan un peu à la torture et du même coup d'attiser la jalousie de Bert.

Que suis-je en train de dire ? Peut-être suis-je plus secouée par cette affaire que je ne le pense. Je crois aussi savoir comment réagir. Je vais appeler Bert pour annuler ma proposition d'hébergement, il réfléchira ainsi à deux fois avant de refuser une telle offre.

Je lui ai aussitôt téléphoné : il était sorti. Impossible de lui laisser de message, étant donné que son combiné remonte aux temps préhistoriques. J'ai été sur les nerfs toute la journée, j'en voulais à la terre entière, je n'avais pas le moral.

DAN

À plusieurs reprises pendant que je déjeunais avec Bert, j'ai failli craquer et lui raconter ce qui s'était passé avec Carlotta. Bien entendu, je me suis retenu. D'ici la fin du repas, j'étais comme toujours envoûté par la gentillesse et l'humour de Bert, comme au bon vieux temps. Quand il s'est mis à parler de Carlotta, j'ai eu l'impression qu'il était sincèrement agacé par son amabilité autant que par son insistance. Cela m'étonnerait qu'il aille s'installer chez elle. J'espère de tout cœur qu'il viendra loger chez nous.

Quant au retour d'Isabel, tout s'est passé beaucoup mieux que prévu. C'est, bien sûr, la seule culpabilité qui m'a fait croire qu'elle avait pu ne pas apprécier la visite de Carlotta. Carlotta s'arrête chez nous à tout bout de champ, elle ne savait pas, ou avait oublié, qu'Isabel était absente. Il m'a semblé qu'elle était même carrément reconnaissante d'apprendre que Carlotta avait proposé de préparer le dîner et de me tenir compagnie.

Légère panique quand Sylvie a remis sur le tapis son histoire de dispute. Soulagement aussi : elle était persuadée que notre apparence échevelée résultait d'une querelle. J'ai aussitôt réagi en évoquant Bert comme sujet de dissension, même si mon cœur battait à se rompre. Bien entendu, Isabel a parfaitement compris. Elle semblait intriguée. Une fois au lit, nous avons discuté de ce qui pourrait, sait-on jamais, arriver à Bert et Carlotta. J'ai émis l'idée d'héberger Bert pendant les travaux de rénovation de sa maison. Comme je m'y attendais, ma suggestion a été accueillie par un bref silence ; l'esprit pratique d'Isabel était à l'œuvre, évaluant le pour et le contre : une personne de plus pour les repas, surcroît de tâches ménagères pour Gwen, etc. L'idée lui plut néanmoins. Allongée sur le dos, elle contemplait le plafond. Soudain, elle a tendu la main et touché mon poignet. Je me suis rapproché d'elle. Elle m'a étreint avec un empressement inhabituel.

Je crois qu'elle dort. Le clair de lune entre par la fenêtre, étirant son ample ruban d'argent sur le tapis, sur le lit, sur les monticules que forment ses pieds. Tout est rentré dans l'ordre. Nous avons repris le bon chemin. J'aime ma femme. Jamais plus je ne la tromperai, ni ne songerai à la tromper.

Pourvu que Carlotta soit digne de ma confiance et qu'elle n'aille jamais souffler mot à Isabel de ce qui s'est passé. Mais, en réalité, on ne peut pas faire confiance à Carlotta. Elle peut se transformer en une furie vengeresse si tout ne va pas comme elle le souhaite. Si jamais une querelle survenait entre Isabel et elle, je ne serais pas étonné qu'elle lâche le morceau, jalouse qu'elle est de notre vie de couple. Par conséquent, même si j'ai franchi le premier obstacle et vais m'efforcer de ne plus penser à cette histoire, je ne puis être absolument certain qu'Isabel n'en saura jamais rien.

Cela signifie-t-il que notre bonne vieille paix, simple et innocente, en sera à jamais perturbée ? Si tel est le cas, ce sera de ma faute. Comment ai-je pu être aussi stupide ?

Oh ! mon Isabel, que je sois éveillé ou que je sommeille, je t'aime…

GWEN

Ça y est, j'en ai un ! Étonnamment bon marché. Le vendeur a été très aimable. Il a essayé de m'apprendre à m'en servir, mais il était clair qu'il était très occupé : les gens faisaient la queue pour acheter un téléphone portable. Aujourd'hui, tout le monde en veut un.

Je suis sortie du magasin en me sentant vraiment dans le vent. Pensez donc, Gwen Bishop avec un téléphone portable ! Il y a seulement un an, je ne l'aurais jamais cru. J'étais tout excitée, je me suis dit qu'un de ces jours j'allais appeler ma fille.

Hélas, une fois chez moi, j'étais perdue : toutes les explications du brave homme m'étaient sorties de la tête. Impossible de me rappeler sur quelle touche appuyer, elles sont trop petites pour de gros pouces comme les miens, mais j'ai appuyé au petit bonheur. Ayant retrouvé mes lunettes, j'ai lu les instructions qui défilaient sur l'écran, sursautant à chacun de ces petits bruits perçants et de ces gloussements : je n'avais aucune idée de ce que mon portable essayait de me dire, mais sans doute finirai-je par m'y habituer.

Je l'ai pris avec moi chez les Grant. De temps en temps, je le sortais de ma poche et le contemplais, curieuse de voir si je faisais des progrès. Découragée, je l'ai montré à Mrs. G. pendant notre pause-café. Elle s'est moquée de moi, disant qu'elle n'aurait jamais imaginé que je succomberais à cette mode… Elle en a un aussi, mais je ne l'ai jamais vue s'en servir, et je ne l'ai jamais entendu sonner non plus. Il passe sa vie en haut du frigo.

Elle a pris le mien et m'a tout expliqué de A à Z. C'est vraiment gentil de sa part. Là-dessus, nous sommes retournées à nos occupations respectives et j'ai rempoché mon téléphone.

Un peu plus tard, disons une demi-heure plus tard, j'étais à la fenêtre de la cuisine quand j'ai aperçu un homme sur le trottoir d'en face, les mains dans les poches. Il me fixait du regard. Gary.

Je ne me suis pas démontée, mon cœur a bondi dans ma poitrine. Je me suis entendue pousser un cri. Oh non ! D'instinct ma main a saisi le téléphone. J'allais appeler la police.

Mais j'ai réfléchi : non, je ne peux pas faire ça. Gary est inoffensif. Libre à lui de se planter là, libre à lui de regarder où il veut. En outre, d'ici que je retrouve mes lunettes et que je me mette à pianoter sur ces petites touches, il sera parti. Il y a aussi des chances que si j'ai en ligne le commissariat de police, ils me prennent pour une cinglée et ne se dérangent même pas. Armée de l'aspirateur, je suis montée à l'étage, la chambre de Mrs. G. est audessus de la cuisine. J'ai jeté un coup d'œil par la fenêtre : Gary avait disparu. J'avais bien fait de ne pas bouger. Le cœur battant, je me suis remise au ménage.

BERT

Je ne cesse de penser à ce déjeuner avec Dan. J'avais cru que ce serait relativement aisé, Dan et moi étant amis de si longue date que nous pourrions bavarder pendant des heures. En réalité, cela n'a pas été facile, même si les sujets de conversation ne manquaient pas, bien sûr. Nous avons ressorti nos vieilles histoires, j'ai réussi à le faire rire. Et puis j'ai mentionné Carlotta. Ça ne paraissait guère l'intéresser de parler d'elle.

Pendant tout ce temps j'avais presque envie d'avouer, pour détendre l'atmosphère, lui dire : Écoute, mon vieux l'autre soir, j'ai eu un peu de mal à contrôler la situation quand j'étais avec ta femme, avec Isabel. En un mot, j'ai, vois-tu, essayé de l'embrasser. Jamais de ma vie je n'ai autant désiré une femme. Mais sois tranquille, j'ai su me dominer.

Bien sûr que je n'en ai pas soufflé mot. Pour rien au monde je ne l'aurais dit. En écoutant ses problèmes sur le début du deuxième acte de *Rejet*, je ne pouvais m'empêcher de me demander quelle aurait été sa réaction si j'avais parlé. Bon et compréhensif comme il l'est, il l'aurait peut-être pris assez sereinement. À la légère. Il lui aurait pardonné, il m'aurait pardonné, n'aurait pas cherché à savoir ce qu'elle ressentait. Mais cela aurait pu aussi sonner le glas de notre amitié, de leur mariage. Conscient de tout cela, je n'aurais jamais pris pareil risque.

Et Dan ne saura jamais – et n'aura jamais la moindre raison de deviner – combien j'aime sa femme. C'est là quelque chose que je dois régler seul, Dieu sait comment.

Je n'ai trouvé qu'un bout de cheddar et un concombre dans le frigo ce soir, ça me suffira comme dîner, avec une bouteille de vin. Nous avons eu un déjeuner fort copieux.

Je me suis ensuite assis dans le vieux fauteuil dont Carlotta veut se débarrasser ou qu'elle veut tant et si bien restaurer qu'on ne le reconnaîtra plus. J'ai songé une fois de plus à ce désordre stérile qu'est ma vie depuis mon retour à Londres. L'alcool n'avait pas aidé à éloigner Isabel de mes pensées. J'oserais même dire que son image dans le cellier, la tête renversée en arrière, le visage d'une nébuleuse pâleur dans cette pénombre n'avait fait que décupler mon désir. Il ne s'agissait pas juste de faire l'amour avec elle, mais d'être avec elle. Pour toujours.

Je me suis levé, la réponse, évidente, m'est venue. Oui, j'accepterais la proposition de Dan, cela me permettrait de voir Isabel chaque jour, de vivre en sa présence. La savoir près de moi, même si je ne dois plus jamais la toucher, pourrait atténuer ma douleur. Je suis persuadé que le manque d'espoir peut être fatal aux amours interdites. Autant essayer.

En titubant, je me suis mis en quête d'une autre bouteille pour célébrer cette décision. J'ai allumé une autre lampe, ce qui m'a permis de mieux constater le triste état de la pièce. Cette maudite Carlotta m'est revenue à l'esprit. Ne lui avais-je pas promis de l'appeler ? De la tenir au courant de ma décision relative à son offre d'hébergement ? Sans doute devrais-je lui présenter quelques excuses pour m'être montré plutôt grossier l'autre soir…

J'ai regardé l'heure. Onze heures et demie. Carlotta ne devait pas être chez elle. Sans doute même ne rentrerait-elle pas de la nuit, prenant du bon temps avec quelque jeune homme qui deviendrait par la suite une de ses anecdotes. Je pris le téléphone, j'eus un peu de mal à trouver puis à déchiffrer son numéro, gribouillé sur un bout de papier, puis je le composai, les raclements familiers de mon vieux combiné en bakélite me revinrent. Nul doute qu'il faisait partie de ces choses qu'elle voulait changer pour un modèle plus récent. Cette fois, je rechignerai, me dis-je. J'ai l'habitude de mon vieux téléphone. C'est un ancien et fidèle serviteur.

CARLOTTA

Le téléphone a sonné. J'ai allumé. Onze heures et demie. Bert.

— Je ne pensais pas que vous seriez là, dit-il. J'appelais juste pour vous faire savoir que je vais loger chez Isabel et Dan. J'ai pensé que ce serait plus facile. Mais je vous remercie pour votre aimable proposition.

— Plus facile que quoi ? demandai-je.

Bert ne répondit pas à ma question. Il marmonna qu'il n'avait pas le moral l'autre soir quand j'étais passée et qu'il en était désolé.

Je raccrochai, sans lui donner le temps de s'excuser ni d'ajouter quoi que ce soit d'autre. Et puis, contrairement à mes habitudes, je m'endormis en pleurant.

ISABEL

Je passe une bonne partie de mon temps, armée d'une pince à épiler, à ramasser des sequins de la taille d'une tête d'épingle. Une fois qu'ils sont disposés au bout d'un ruban en un joli motif, il est temps d'ajouter des petites plumes. Elles accrochent la lumière quand les rubans ondoient. Pas de la même façon que les sequins, bien sûr. Elles renvoient une lumière plus vaporeuse, c'est précisément ce contraste, dans un espace minuscule, que je recherche et auquel j'espère parvenir. Je reconnais que ce n'est pas un exploit auquel beaucoup aspireraient ou seraient sensibles, mais nos plaisirs les plus humbles, les plus secrets ne sont-ils pas essentiels à notre bien-être ? Qu'importe si les autres ignorent tout de leur existence.

Ce matin, il fait chaud dans l'atelier. La fenêtre est ouverte. Le feuillage du platane est parfaitement immobile. Pas un nuage ne s'aventure dans le ciel. Sur le bureau, les tulipes-perroquets blanches penchent tristement : je remarque leur eau d'un vert visqueux. Sur l'étagère au-dessus de la commode, un papillon se repose sur un masque moucheté de gris argenté et de roux, comme s'il avait trouvé où se camoufler. Est-il mort ou juste endormi, je ne sais. Mais il me donne une idée. Je vais placer un faux papillon pour réveiller un des masques plus ternes. Un seul. Tout en haut de la joue. Ça marchera peut-être. J'essayerai quand j'aurai achevé les prochaines commandes.

J'ai pris une aiguillée de fil invisible. Cela me fascine toujours : on dirait de la toile d'araignée, mais en plus solide. (Toile d'araignée ? J'ai aussitôt banni cette pensée. La toile d'araignée dans mes cheveux...) À mesure que je déplace la main, le fil se moire de mauve, de vert et d'or. Que de merveilles recèlent les choses les plus banales ! Dans nos vies précipitées, tant de détails nous échappent. Si j'aime autant le petit univers de mon atelier, c'est parce que je peux y donner libre cours à ma fantaisie, réalisant des masques parfois plus beaux que je ne m'en serais jamais crue capable, et aussi observer à loisir ces infimes détails qui, dans la grande aventure de la vie, seraient passés inaperçus. Les éraflures de l'ombre sur une tulipe blanche, la sourde mésentente des couleurs vieillottes du tapis persan, la peinture dorée qui pétille dans son pot. Je passe dans l'aiguille un fil invisible, qui, chaque semaine, devient plus invisible : un de ces jours, il va falloir que je me décide à mettre des lunettes.

Des pas résonnent dans l'escalier. Bizarre : personne ne vient jamais me trouver à cette heure.

Dan montre la tête. Le matin, il a tout l'air de l'écolier fraîchement récuré. La nuit est pour lui une fontaine de jouvence, mais quand il rentre le soir, l'âge l'a rattrapé au tournant. Épuisé par sa journée au bureau, il a retrouvé sa quarantaine.

— Désolé de te déranger, dit-il, mais Bert vient d'appeler.

Il a dit qu'il serait ravi de loger chez nous. Étions-nous sûrs ?

Je posai mon aiguille, non enfilée. Elle pivota sur la table, pointée vers Dan.

— Bien sûr, répondis je.

Cette fois, le fil invisible s'était complètement volatilisé, ce qui m'agaça.

— Je ne pense pas qu'il nous gênera beaucoup, poursuivit Dan, comme si j'avais besoin d'être convaincue. Il sera dehors toute la journée, il saura se montrer généreux envers Gwen et tout et tout.

— Très bien, répondis-je.

Dan se contentait de me parler depuis le pas de la porte. Dans son esprit, franchir le seuil eût été une grossière intrusion, alors que m'annoncer la nouvelle depuis le couloir ne pouvait vraiment pas être considéré comme un dérangement. Je lui dis que je demanderais à Gwen de préparer la chambre.

Il semblait que Bert avait prévu d'emménager le lendemain. J'acquiesçai à nouveau d'un signe de tête. Je déplaçai fébrilement rubans, cartes de boutons, petits pots de paillettes, écheveaux : cette fois, c'était l'aiguille qui avait disparu. Dieu que je déteste qu'on m'interrompe dans mon travail !

— Chérie, si cela pose problème, si c'est trop difficile, nous pouvons toujours lui demander de partir, disait Dan. Il comprendra très bien et je suppose que l'invitation de Carlotta tient toujours.

Je le regardai, certaine que mon exaspération se lisait dans mon regard. Je répondis que je souhaitais poursuivre ce que j'étais en train de faire, mais qu'il pouvait dire à Bert que nous l'attendions demain et nous en réjouissions.

Dan recula, s'excusa de cette visite impromptue et referma la porte. Chez des gens mariés depuis longtemps et heureux en ménage, de brèves altercations sont monnaie courante après une nuit d'amour, une ombre sur la sereine toile de fond de la compréhension mutuelle. Mon agacement n'avait rien à voir avec le contenu de notre conversation, il provenait de l'interruption d'un travail en cours : le charme était rompu. Énervée, je me mis en quête de fil, d'une autre aiguille et de plumes de la taille d'un ongle de pouce, tout en me demandant s'il ne vaudrait pas mieux que je m'arrête un moment, et, par exemple, que je change l'eau des tulipes. Quoi qu'il en soit, je me rendis vaguement compte que ce contretemps m'avait empêchée de réfléchir à ce que cela signifierait d'avoir Bert sous notre toit.

Je descendis pour ma pause-café plus tôt que d'habitude. Gwen n'avait pas encore mis la bouilloire à chauffer, elle s'en excusa. Je remarquai qu'elle était d'une pâleur inhabituelle, mais elle ne me dit rien et je ne cherchai pas à savoir. Gwen ne se confie jamais beaucoup et je n'aime pas paraître curieuse. Je me pose pourtant parfois des questions. Que fait-elle seule dans son petit appartement quand elle revient de chez nous ? A-t-elle de son côté un jardin secret qui correspond à ce que représente pour moi l'atelier ? Un de ces jours je dois discrètement me renseigner sur la façon dont elle passe la majeure partie de son temps.

Je lui ai demandé si elle pouvait préparer la chambre d'invités. Je lui ai expliqué dans quelle situation se trouvait Bert.

— Ça sera les draps verts, a-t-elle répondu en hochant la tête.

Impossible de la déchiffrer. Je percevais un mélange d'acceptation, d'étonnement et de réticence. Sans doute s'agissait-il d'un agacement du même ordre que celui que je venais tout juste de ressentir : elle était là qui encaustiquait allégrement la table de la cuisine, et voici qu'on l'interrompait pour lui demander de préparer la chambre d'invités. Ne pouvant lui dire que je comprenais, je me contentai de l'assurer que rien ne pressait et m'excusai pour ce travail supplémentaire.

À l'heure du déjeuner, j'ai appelé Isabel. Il fallait que je parle de Bert à quelqu'un.

— J'ai entendu dire qu'il avait décidé d'aller loger chez toi, dis je, d'une voix lisse et sereine.

Isabel confirma qu'il en serait ainsi. À son tour, elle suggéra que ce serait plus facile.

— Plus facile que quoi ? rétorquai-je, l'exaspération anéantissant toutes mes bonnes résolutions.

Isabel, dont la voix trahissait certaine lassitude, insinua que j'en aurais vite assez d'avoir chez moi un homme inoccupé. Je lui fis remarquer qu'étant dehors toute la journée, j'apprécierais au contraire de trouver quelqu'un chaque soir chez moi.

Je pouvais entendre le soupir d'Isabel, son effort pour trouver le mot qui me rassérénerait. Elle finit par me dire qu'elle en était désolée mais ne pouvait rien y changer. C'était le choix de Bert, elle-même éprouvait certaine réticence à la présence d'une tierce personne chez eux.

— Il va falloir que tu viennes souvent nous voir. Ce serait une bonne idée d'aller tous les quatre au théâtre ou au cinéma. Enfin, ce serait une petite consolation...

— Merci beaucoup, répondis-je. En attendant, tout va de mal en pis entre Bert et moi, à tel point que je tremble à l'idée de l'appeler, même pour discuter affaires, afin qu'il approuve une légère modification de mon budget, etc.

— Je vais lui parler, me promit Isabel, avec un calme si olympien que je l'aurais étranglée.

Révoltée par l'injustice de la situation, j'allai trop loin.

— En tout cas, ce sera bien agréable pour Dan et toi d'avoir Bert chez vous, repris-je. Mais, à ta place, je resterais… sur mes gardes.

Je dis cela sur le ton de la plaisanterie, du moins me sembla-t-il.

— Qu'entends-tu par là ?

— Un homme seul, sous le même toit qu'une femme aussi belle qu'accueillante. Un homme seul, qui n'a pas de femme dans sa vie. On ne sait jamais… poursuivis-je.

— Ne sois pas ridicule, répliqua Isabel qui, cette fois, semblait en colère. Bert est le plus vieil ami de Dan. Jamais de la vie…

— On n'est jamais trop sûr, m'entendis-je lui dire.

À ce point, je ne me contrôlais plus, les mots m'échappaient.

— Tu connais les hommes, ils sont tous comme ça.

La sottise de cette remarque ne fit qu'attiser la fureur d'Isabel. Mais je m'entêtai.

— Cela ne m'étonnerait pas de Bert.

— Que veux-tu dire ? demanda à voix basse Isabel.

Suivit un long et furieux silence.

— Mon intuition… finis-je par dire.

— Intuition ? s'indigna Isabel. Comme psychologue, tu es nulle et tes dons divinatoires sont tout aussi nuls. Tu es une femme perverse, tout juste bonne à semer la discorde et j'ai du mal à croire que tu puisses être mon amie, acheva-t-elle d'un ton cinglant.

Jamais au cours de toutes ces années où nous avions été amies je n'avais vu Isabel dans une telle colère. Je sentis à nouveau mes yeux s'embuer de larmes. Comment pourrais-je me racheter ?

— Je suis navrée, Isa, repris je, je ne sais pas ce qui m'a pris. Je te rappellerai.

De son côté, Isabel ne s'excusa pas. Assise sur le banc de Hyde Park où j'avais déjeuné d'un sandwich, je m'essuyai les yeux, regrettant cette conversation, quand certain esprit maléfique vola à mon secours. Mes larmes séchèrent aussi vite qu'elles m'étaient venues. J'avais un plan. Au moment propice, j'adopterais une tactique à laquelle Bert serait incapable de résister et je m'arrangerais pour passer quelques instants seule avec Dan. Après tout, Isabel avait bien mérité de voir sa foutue petite vie tranquille un peu chamboulée.

GWEN

En sortant de chez les Grant, j'ai regardé tout autour de moi dans la rue. Personne. Pas trace de Gary. Mon cœur battait encore la chamade. Bien que mon frigo fût presque vide, je n'avais aucune intention de m'arrêter chez Tesco. Gary aurait très bien pu me guetter au rayon des pains à la farine bio, il connaît mes habitudes, il sait que les produits bio sont mon seul luxe dans la vie. Je ne me suis pas sentie en sécurité avant d'avoir refermé la porte. Je l'ai verrouillée, j'ai tiré le loquet, puis je me suis assise dans mon fauteuil, sans appétit pour déjeuner et j'ai mis la radio pour me changer les idées.

Il y a très très longtemps, à Blackpool, je devais avoir dix-neuf ou vingt ans, c'était bien avant que je fasse la connaissance du père de mes enfants, j'ai rencontré un garçon qui, je crois, m'aimait vraiment. Il s'appelait Barry. Il n'avait rien de remarquable, je suis la première à l'admettre, et travaillait comme concierge dans l'hôtel cinq étoiles de la ville où se tenaient des congrès politiques. Il lui arrivait de recevoir des pourboires de députés conservateurs dont il ne faisait que porter les valises quelques mètres plus loin. Jamais je ne voterai travailliste, répétait-il. Les socialistes ne croient pas au pourboire. Dès qu'il avait mis de côté cinq ou dix livres, il m'invitait à partager du poisson frit et des frites et une ou deux bières, sur un banc face à l'endroit où le soleil sombre dans la mer. Une fanfare saluait le crépuscule, des mouettes tournoyaient au-dessus de nos têtes. On dirait des confettis, remarquai-je un jour en plaisantant, mais l'allusion lui échappa. Un soir, il me dit : Tu sais, Gwen, tu es une fille merveilleuse. Une fille comme je les aime. Je n'ai jamais rencontré une fille comme toi. Là-dessus, il me prit la main. Jamais le moindre batifolage entre nous. Jamais. C'était un timide, Barry. Je ne pense pas qu'il avait jamais risqué ce genre de gestes, et je ne l'y ai jamais poussé. À l'époque, je n'étais pas allée jusqu'au bout, non plus. En regardant en arrière, je regrette que la première fois ce ne soit pas arrivé avec Barry. Ce qui comptait pour moi, c'était l'amour qu'il me donnait et que je lui rendais bien. Il était si bon, si attentionné, un vrai gentleman. Je nous imaginais partageant un petit appartement de Blackpool et je me voyais en train de suivre avec fierté sa carrière dans le personnel de l'hôtel. Il finirait cadre, c'était sûr.

Les vacances s'achevèrent. Je devais repartir avec ma mère. Elle déclara que Barry n'était qu'une amourette estivale qui n'aboutirait à rien. Je lui répondis que c'était bien davantage, que nous nous aimions. Barry promit d'écrire. Il m'envoya une ou deux lettres. De mon côté, je lui répondis en donnant libre cours à mon amour. Je n'ai jamais été très douée avec les mots, mais cette fois, ils s'envolaient de mon cœur. Arriva alors une lettre m'annonçant qu'il avait été renvoyé de l'hôtel. Renvoyé ? Barry ? Je ne parvenais pas à y croire. Lui qui était si consciencieux ! Il m'expliquait que cela avait été une sale affaire. Il avait été accusé à tort, mais ne précisait pas le motif. Cela m'obséda pendant des années et cela m'obsède encore, mais je présume que, même chez les meilleurs d'entre nous, il y a toujours une part d'ombre. Et voici que je reçus une carte de lui m'annonçant qu'il partait refaire sa vie au Canada, mais qu'il viendrait un jour me chercher et que nous fonderions une famille. C'était il y a trente ans.

Sans doute est-ce Barry qui m'apprit à me méfier des hommes. Je devais découvrir par la suite que quelque chose en moi attirait les types louches. Après Barry, je n'ai jamais rencontré un garçon bien, mais je peux au moins me dire que, pendant quelques semaines, j'ai su ce que c'était d'aimer et d'être aimée, j'ai eu cette chance, je ne perds donc pas espoir.

Ce matin, je m'attendais à voir Mrs. G. revenir avec de bonnes couleurs de son bref séjour dans le Dorset. Je l'ai trouvée assez pâle, mais il faut dire qu'elle a beaucoup de travail. Bien entendu, je me suis abstenue de dire quoi que ce soit. Ce n'est pas mon rôle. Je l'ai sentie heureuse d'être chez elle, elle a fleuri toute la maison avec les bouquets cueillis dans le jardin de ses parents. Elle m'a prévenue que Mr. Bailey venait passer quelques semaines, me demandant si cela ne m'ennuierait pas de préparer la chambre d'invités.

Je me suis dépêchée de finir d'encaustiquer la table puis je suis montée avec des draps et des serviettes de toilette. Nous n'avons peut-être pas beaucoup d'invités, mais en tout cas ils ont une jolie chambre donnant sur le jardin. Aux murs blancs sont assortis des rideaux blancs représentant toute une variété de scènes pastorales dans les tons bleus. Un merveilleux dépaysement pour qui les contemple un long moment. C'est du tissu français, m'a expliqué Mrs. G. Je n'ai pas saisi le nom.

Comme j'aimerais passer une nuit, juste une nuit dans cette chambre ! Ce serait tout à fait possible quand les Grant sont en vacances. Je pourrais prendre le risque et ils n'en sauraient jamais rien. Mais je ne le ferais jamais. Jamais, jamais. Sans doute mourrai-je sans avoir jamais su ce que c'était de dormir dans un bon lit, dans des draps de lin, dans une chambre donnant sur un jardin. Peut-être que si Barry était venu me chercher, nous serions repartis au Canada et que là-bas j'aurais eu un bon lit et des draps de lin. Mais qui sait si entre nous ça aurait marché ? Le plus drôle au sujet de mon portable, c'est qu'il ne sonnera jamais pour la bonne raison que personne n'a mon numéro. Je ne saurais même pas comment retrouver Barry. Quoi qu'il en soit, je le laisserai branché de temps en temps. Au cas où. Qu'il soit prêt pour appeler la police si Gary recommençait à m'importuner.

BERT

Je crois que j'ai commis une grosse erreur. Ça va être insupportable.

Je suis arrivé hier soir. Isabel s'agitait dans la cuisine. Dan m'a accompagné jusqu'à ma chambre, une pièce très agréable. Elle a un grand bureau devant la fenêtre et le surplus de la bibliothèque du rez-de-chaussée est rangé sur des étagères le long d'un mur. Une chose est sûre, j'aurai de quoi lire.

Je suis redescendu jusqu'à la voiture chercher une caisse de Mouton-Rothschild 82, pensant que Dan les apprécierait. Je m'en suis débarrassé sur la table de la cuisine. Isabel m'a remercié d'un baiser sur la joue. Elle sentait très fort la menthe qu'elle venait de hacher. Elle a dit qu'elle espérait qu'il ne me manquait rien.

Au dîner – nous étions nous trois plus Sylvie – tout semble s'être bien passé. Dan s'est amicalement moqué de mon indécision actuelle. Sylvie a beaucoup ri, elle a été très gentille. Un peu plus tôt, je lui avais glissé un billet de cinq livres, seule façon de gagner son cœur. À table, j'ai surtout regardé les mains d'Isabel, d'une pâleur laiteuse, admirant le délicat entrelacs des veines bleues autour des phalanges. Elle portait une bague de fiançailles qui ne passait pas inaperçue, une aigue-marine entourée de saphirs. Que ne ferais-je pour la combler d'aigues-marines jusqu'à la fin de ses jours ! Je les imaginais, Dan et elle, dans quelque bijouterie ténébreuse aux vitrines cadenassées, en train de choisir. Jeunes sont leurs visages rayonnant à la perspective de leur vie de couple, jeune aussi leur façon de se pencher légèrement l'un vers l'autre. À moins que Dan ne lui ait fait la surprise de la lui rapporter dans un écrin de cuir et de velours. Tant de détails de leur passé que j'ignorerai toujours. Mon cœur battait à se rompre. Heureusement que j'avais une veste, sinon cela aurait pu se voir.

Après le dîner, Dan est monté faire la lecture à Sylvie. J'ai aidé Isabel à débarrasser la table et à mettre la vaisselle dans la machine. Nous sommes restés un moment silencieux, évitant de croiser nos regards. Ou, du moins, j'évitais le sien. Elle m'a demandé à nouveau si j'avais tout ce qu'il me fallait (ne se rendant pas compte, je pense, de l'ironie de la question), ajoutant que je me sente libre de me servir. Je lui ai répondu que je serais absent la plupart du temps, devant aller à des entretiens en vue d'un travail que je n'avais aucune intention d'accepter – mais j'ai gardé cela pour moi. Je lui ai dit que j'aimerais de temps en temps les inviter Dan et elle au restaurant et au théâtre.

— Merveilleux, s'est-elle exclamée.

Enfin, j'ajoutai que j'espérais ne pas les déranger et que je ne m'éterniserais pas.

Je la remerciai pour le repas et lui dis que je montais dans ma chambre m'acquitter d'un appel que je devais à Carlotta pour lui demander de donner le feu vert aux entrepreneurs. C'est alors qu'elle me gratifia d'un de ses ravissants sourires, me disant combien elle appréciait de m'avoir chez eux. J'ai dû serrer les poings pour ne pas la toucher. Je suis persuadé qu'elle ne mettait pas en doute mon histoire de toile d'araignée, aussi, à ses yeux, notre amitié était-elle toujours aussi innocente. Comment pourrai-je supporter cela ? Vais-je craquer un jour et tout lui avouer ? J'espère que non. Je ne dois pas craquer.

— Ah ! Carlotta ! reprit Isabel. Il va falloir que je l'appelle un de ces jours, moi aussi. Notre dernière conversation s'est mal terminée.

Je ne cherchai pas à savoir pourquoi.

Dans ma chambre, les murs blancs étaient ombrés de bleu. La brise du soir entrait par la fenêtre. Je déplaçai le fauteuil pour regarder le jardin que surplombait un gros marronnier. Je me sentais bien dans cette chambre. Bien et mal tout à la fois, d'être si près d'Isabel. J'allumai un cigarillo, je revis ses mains, son sourire.

Je finis par appeler Carlotta. Elle semblait rassérénée. Elle ne me demanda ni comment j'allais ni où je me trouvais, sans doute était-elle déjà au courant. Elle suggéra que nous nous donnions rendez-vous chez moi d'ici une semaine afin de me permettre de voir les progrès du chantier. Je décidai de ne pas la brusquer : après tout, elle essaye de m'aider. Malgré tout, je me félicite d'avoir décidé de ne pas loger chez elle. Je devine ce qu'elle aurait attendu de moi en gage de reconnaissance et je n'aurais pu répondre à cette attente, compte tenu de mon amour pour Isabel. Mais si j'arrive à être moins agressif envers Carlotta, peut-être pourrions-nous devenir assez bons amis.

Isabel, Isabel : à quelques mètres de moi dans le lit conjugal avec Dan. Je sortis ma flasque de whisky. Mieux vaut ne pas penser.

SYLVIE

Voilà environ une semaine que Bert habite chez nous. Il m'a donné un billet de cinq livres le premier soir et aujourd'hui il m'en a glissé un de dix en me disant que cinq ne suffiraient pas pour acheter un DVD. Il est sympa, c'est chouette de « l'avoir à la maison ». Il fait rire Maman et il écoute attentivement quand Papa nous rebat les oreilles de sa pièce de théâtre. Jusqu'ici il n'a pas ramené cette abominable Carlotta, il y a donc des chances pour qu'ils ne se mettent pas ensemble. Par conséquent, tout va très bien. J'espère qu'il me redonnera de l'argent d'ici environ une semaine, si je continue à être très gentille avec lui.

VIII

DAN

C'est bon d'avoir Bert à la maison. L'invité modèle, oserais-je dire. D'une parfaite discrétion. Hier soir, une semaine après nous avoir offert ce vin merveilleux auquel nous faisons un joyeux sort, il est arrivé avec du caviar ! Il demeure assez vague en ce qui concerne ses entretiens : à mon avis, il n'a pas l'intention d'accepter un des postes qui lui sont proposés. Je crois qu'il passe beaucoup de temps à redécouvrir la National Gallery et le British Museum, il m'a avoué avoir passé une journée à la Tate Gallery. J'aime à croire qu'il est heureux ici. Il paraît plus détendu qu'à son retour des États-Unis.

Je lui ai donné à lire le premier acte de *Rejet.* Il a fait une ou deux suggestions tout en précisant qu'il n'était pas expert en la matière. Il a relevé certains passages qu'il avait aimés ou d'autres qui l'avaient fait sourire ou réfléchir. Respectueux comme toujours de son opinion, j'ai donc été encouragé par ses commentaires, même si j'ignore ce qu'il en pense vraiment. Il ne s'est pas montré très enthousiaste, sans doute ne veut-il pas me donner de faux espoirs. Quoi qu'il en soit, c'est gentil de sa part de l'avoir lu et de m'avoir fait part de ses réflexions. Je vais donc persévérer. Persévérer est le mot qui convient, l'acte II n'existant pas encore. Un jour, je lui dirai : Écoute, Bert, sois franc, crois-tu que ce que j'écris ne vaut rien ? À ton avis, je n'ai pas de talent ? Estimes-tu que mieux vaudrait renoncer ? Mis au pied du mur, il me donnera une réponse sincère. Mais je ne vais pas lui poser la question tout de suite. Sans doute attendrai-je que *Rejet* soit terminé. Ces dernières nuits, impossible de fermer l'œil, obsédé que je suis par la recherche d'un titre.

Il ne mentionne jamais Carlotta, moi non plus, bien que je sache qu'ils se retrouvent chez lui. Je ne pense pas qu'il se soucie beaucoup d'elle.

Moi non plus, d'ailleurs. L'incident paraît bien lointain. Réduit à des proportions infimes. Étranges, les images mentales : lorsque j'évoque cet instant, je nous vois tous deux tels que je verrais nos ancêtres : de minuscules silhouettes, comme des modèles réduits pour enfants. La perspective historique m'a toujours joué des tours. À ce jour, je ne parviens pas à comprendre quelle mouche m'a piqué – ou, en l'occurrence, a piqué Carlotta. Et quand je m'autorise à y penser, j'en éprouve un immense regret. Ce qui m'inquiète davantage et cette angoisse, elle, est loin d'être infime, et n'est pas près de se dissiper, c'est qu'un jour Carlotta laisse entendre à Isabel ce qui s'est passé. Et, sait-on jamais, dans de nombreuses années, elle pourrait même, par inadvertance, y faire allusion. Il lui est arrivé de mettre Isabel dans l'embarras en révélant tel ou tel secret qu'elle avait pourtant juré de garder. Que faire, sinon espérer ? Si seulement ma sévère mise en garde pouvait enrayer les conséquences… Hélas, comment en être sûr ? Je ne peux vivre qu'en espérant que cette regrettable affaire finira par tomber dans les limbes de l'oubli.

CARLOTTA

C'est donc ce soir notre fameux rendez-vous. J'ai envoyé à Bert une carte lui demandant d'avoir la gentillesse d'être là à dix-huit heures. Je ne veux pas l'appeler encore une fois. Je prévois d'arriver à dix-huit heures quinze. Cela lui donnera le temps d'apprécier les progrès du chantier. Il pourra ainsi se concentrer et partager avec moi ses impressions quand j'arriverai. Nous ne devrions pas en avoir pour longtemps. Je n'ai pas l'intention de m'éterniser, donnant l'impression de chercher à me faire inviter pour dîner. Je le traiterai en simple client.

Qu'importe, je ne cesse de penser à la stratégie que je pourrais adopter pour que les choses bougent dans un sens ou dans l'autre. Est-ce souhaitable, ou non ? Serait-ce complètement fou ? Certes, il y a un risque à prendre. Je pense que je ne me déciderai qu'à la dernière seconde. Selon son humeur. J'agirai spontanément, s'il y a la moindre indication…

Je suis rentrée plus tôt du bureau, j'ai pris un bain puis je suis restée un long moment à contempler mon corps nu. Pas si mal que ça, je dois reconnaître. Poitrine étonnante, taille de guêpe, hanches sveltes, jambes longues et bien faites. Plus sexy qu'Isabel, non ? Je sais que Bert admire énormément Isabel : se serait-il entiché d'elle ? J'ai mis un chemisier de coton noir aux minuscules boutons de nacre. Je l'ai laissé déboutonné en haut, mais pas trop, n'ayant aucune intention de jouer les allumeuses. J'ai sorti mon dossier « Bert » puis j'ai sauté dans ma voiture. J'avoue que je tremblais un peu.

ISABEL

Juste une semaine après l'installation de Bert chez nous, je l'ai croisé dans l'escalier. Je déteste croiser les gens dans l'escalier, que pouvez-vous dire à quelqu'un qui monte alors que vous descendez ? L'endroit ne se prête guère à de véritables échanges.

Je savais qu'il allait inspecter où en étaient ses travaux. Il m'avait prévenue qu'il ne rentrerait pas dîner, estimant qu'il serait de bonne politique d'inviter au restaurant sa décoratrice, comme il l'appelle, afin de se faire pardonner son comportement plutôt cavalier de l'autre soir.

— Si elle refusait, ajouta-t-il avec un clin d'œil exprimant ses doutes à ce sujet, tant pis.

Bert descendait, je montais. Nous nous arrêtâmes au même moment, lui une marche plus haut que moi. Nos regards se croisèrent, je rougis, puis regardai ma main, soudain lointaine, étrangère, se crisper sur la rampe. Suivit un interminable silence, lourd de non-dit, de questions : par où commencer ?

— Si tout était pour le mieux dans le meilleur des mondes, finit par avouer Bert, je ne prendrais pas la peine de sortir ce soir dans le seul but de ménager les susceptibilités de Carlotta. Je partagerais votre tarte au saumon.

— Cela aurait été une bonne idée, répondis-je, en désespoir de cause.

Il redescendit, se retrouvant sur la même marche que moi, dit qu'il ne serait pas en retard. Il se pencha comme pour m'embrasser en me disant au revoir, mais il rejeta la tête en arrière avant que nos joues s'effleurent et regarda machinalement sa montre, je savais qu'il se moquait pas mal de l'heure.

— Il faut que je file, dit-il, et il dégringola l'escalier.

Je pouvais voir qu'il n'était pas dans son état normal.

Dès qu'il fut parti, je m'assis sur les marches. Enfant, je m'asseyais souvent sur la vieille moquette gris taupe de notre escalier pour essayer de résoudre mes problèmes.

J'ai gardé cette habitude, j'attends juste d'être seule. Tout étourdie, je posai donc ma tête sur mes mains. Bert aurait-il mentionné notre... – appelons ça comme on voudra –, notre moment de folie, à Carlotta ? Pourvu que non ! Voyons, c'était impossible... Mais comment en être certaine ? Je m'étais promis de ne jamais plus y faire allusion. Ainsi ce souvenir finirait-il peut-être par s'estomper. Quoi qu'il en soit, je trouvais cette incertitude insupportable...

Et plus insupportable encore l'idée qu'ils passaient la soirée ensemble. J'imaginais Carlotta lui offrant une visite guidée de sa propre maison, lui en expliquant les moindres détails avec ses petits sourires entendus et séducteurs, laissant entrevoir ses dents sur sa lèvre inférieure. Oh ! Je le connais par cœur son regard aguichant, sa façon d'incliner la tête sur le côté, alors qu'elle feint de vous écouter. Si exaspéré que fût Bert, aurait-il la force de lui résister ? Ça doit faire un bon bout de temps qu'il n'a pas eu de femme... Ça se voit.

Penser à eux deux m'était très pénible. Je me levai, me rendis à la cuisine, sortis le poisson du frigo. L'idée que Bert s'en retournerait chez lui dans une quinzaine de jours me faisait horreur, mais j'avoue que sa présence ici engendrait une bizarre tension. J'avais plus ou moins envie qu'il survienne quelque chose le contraignant à repartir plus tôt. Je n'aurais plus ainsi la sourde angoisse d'avoir à le croiser dans l'escalier. Je me mis en quête d'un couteau bien aiguisé. Dan claqua la porte d'entrée. Il était de retour plus tard que d'habitude. Il posa sur la table les citrons que je lui avais demandé de rapporter.

— Bert a beau être l'invité modèle, dit-il, n'est-il pas agréable d'avoir une soirée à nous seuls ?

Il me serra dans ses bras, m'embrassa sur les deux joues. Puis il m'écarta de lui et me regarda si intensément que, dans mon cœur coupable, je ne pus m'empêcher de me demander s'il ne s'agissait pas d'une enquête.

BERT

J'ai dû conduire très lentement pour me donner le temps de me calmer, cette rencontre imprévue avec Isabel dans l'escalier ayant produit son effet. À l'avenir, je devrai me montrer très prudent, veiller à ne pas me trouver seul avec elle, à ne pas être aussi proche.

Carlotta s'était garée devant la maison, je me rangeai derrière elle. Je m'entendis exhaler un soupir. Il me fallut faire un gros effort pour descendre de voiture et entrer chez moi par la porte donnant sur la rue.

Le salon était sens dessus dessous, comme je l'avais imaginé. Les formes des meubles se révélaient sous des housses, le tapis était parsemé d'îlots de poussière blanchâtre, sur le sol étaient entassés des tableaux, le papier de l'un des murs avait été arraché. Les travaux ne semblaient guère avoir progressé.

Carlotta était assise dans mon vieux fauteuil dont je reconnus les contours sous son camouflage en vichy. Peut-être avait-il obtenu grâce auprès d'elle ?

— Ne t'inquiète pas pour le tapis, dit-elle en constatant l'empreinte de mes pas dans la poussière, on va le changer.

Elle se leva. Elle paraissait moins maquillée qu'à l'ordinaire, pas de rouge à lèvres et très peu de mascara sur ses cils d'une incroyable longueur. Qui plus est, elle allait jambes nues en chaussures plates et portait un chemisier noir fermé par des dizaines de boutons minuscules. À croire qu'elle avait délibérément négligé les apparences.

— Tu as dû en passer des heures à boutonner tout ça, remarquai-je, avec un signe de tête en direction de son chemisier.

Elle accueillit d'un sourire poli ma réflexion parfaitement inepte.

— Oui, répondit-elle, mais ils se déboutonnent en un clin d'œil.

Une telle réponse nous mettait à niveau… Elle suggéra un tour de la maison.

Je la suivis : la cuisine, le bureau – partout le chaos. J'imaginais Isabel et Dan en train de dîner. J'avais du mal à me passionner pour ce chantier, mais je veillais à me montrer reconnaissant. Nous montâmes à l'étage. Elle rebondissait sur chaque marche, oscillant de la croupe. Je revoyais Isabel, je revoyais l'aisance avec laquelle elle avait regagné son atelier ce soir-là. Je revoyais onduler sa jupe d'une décente longueur. Dieu qu'elles étaient différentes !

Ma chambre, elle aussi, disparaissait sous les housses. Ici et là, des traînées de plâtre rose cachaient les crevasses familières. Une latte blanche striée de teintes de verts était posée contre le rebord de la fenêtre.

Carlotta voulait savoir celui que je préférais. Je contemplai un moment ces couleurs dans un silence indifférent. Si elle m'avait demandé comment j'envisageais cette pièce une fois refaite, j'aurais répondu avec des murs blancs et les mêmes rideaux que dans la chambre que j'occupais chez les Grant. Toutefois, elle ne m'aurait jamais posé cette question, ayant décidé une fois pour toutes qu'en matière de décoration j'étais une cause aussi désespérée que tous mes semblables. En outre, je n'aurais rien répondu : les verts étaient si proches les uns des autres qu'il était difficile de marquer une préférence pour l'un d'eux. Je ne savais pas, finis-je par avouer.

— Écoute, Bert, réagit Carlotta. Essaye ! Je t'en supplie !

Elle virevolta pour réétudier le nuancier. Sa façon de rentrer la tête dans les épaules et de se recroqueviller trahissait son impatience.

Un bruit me fit sursauter. Comme un déchirement. De ses mains, elle maintenait écartés les pans de son corsage. Je crus entrevoir les ailes d'un freux prêt à s'envoler.

Elle pivota pour me faire face, la fureur l'ayant cédé à l'arrogance. Son chemisier grand ouvert révélait ses seins nus. Elle me regardait en train de les regarder. Puis elle sourit.

— Je t'avais bien dit qu'ils se déboutonnaient en un clin d'œil, dit-elle.

Là-dessus, elle referma vite fait le chemisier qu'elle reboutonna laborieusement. Je serais incapable de dire combien de temps elle me laissa contempler sa nudité. Quelques secondes ? Une heure ? Quoi qu'il en soit, l'impact fut tel qu'il n'y avait pas un centimètre de ces seins exquis qui ne demeurât gravé dans ma mémoire. Je défie tout homme, fût-ce Dan, de ne pas être éberlué par une telle surprise, face à un tel spectacle. J'en restai sans voix.

— Une plaisanterie, reprit Carlotta, toujours absorbée par ses boutons. Une plaisanterie, une simple plaisanterie. Je t'en supplie, Bert, prends ça comme une plaisanterie. Sans doute stupide, je te l'accorde. Mais il fallait que j'invente un stratagème pour te tirer de ta torpeur, éveiller un vague intérêt pour ces nuances de vert. Je voulais aussi détendre l'atmosphère entre nous, je ne cherchais pas à te séduire.

Elle se rapprocha soudain de moi, posant sur ma joue ce que je pris pour un baiser de réconciliation. Pendant une seconde, il n'y eut que l'épaisseur de nos chemises entre ces seins incomparables et mon torse. Je crains d'avoir tremblé. Elle recula, suggérant que nous passions à la salle de bains, où elle se mit à parler à une vitesse incroyable des robinets en cuivre, des lavabos, des miroirs muraux et de la possibilité d'une douche dans un coin. Ce fut la soirée la plus bizarre que j'aie jamais passée chez moi. Incapable de pensées cohérentes, je ne pouvais que consentir à ses plans.

GWEN

— Pouvez-vous me raconter exactement ce qui s'est passé, madame ? me murmurait à l'oreille une voix douce. Pouvez-vous vous le rappeler ?

Impossible. J'étais dans une sorte de brouillard tant je souffrais et tant j'étais droguée. Impossible aussi de me rappeler les noms des enfants, ni leurs numéros de téléphone, ni leurs adresses. Du coup, je leur donnai le numéro de Mrs. Grant, solidement gravé dans ma mémoire, semblait-il.

Je suis sur un lit d'hôpital. Ce doit être le milieu de la nuit. Un pansement et une masse volumineuse de gaze gros morceau de je-ne-sais-quoi me couvrent les trois quarts du crâne, me cachant l'œil droit. Du gauche, que j'entrouvre une seconde, j'aperçois les autres lits. Je me trouve sans doute dans une grande salle. Les lumières des réverbères filtrent à travers les rideaux trop minces des fenêtres en face de moi. Quelqu'un pousse d'affreux geignements. Dès que je bouge, j'ai mal au côté gauche. Mon bras droit me paraît très lourd quand j'essaye de le soulever. Il est enveloppé de bandages lui aussi.

Je referme les yeux. J'essaye de me rappeler. Au bout d'un moment, la mémoire me revient. Je me souviens de certains détails.

Je suis partie la tête haute de chez les Grant, ce matin. Était-ce aujourd'hui, était-ce hier, je n'en suis pas sûre – je refusais de me laisser terroriser par les histoires de Gary. Il n'allait tout de même pas me gâcher la vie. Je rentrai chez moi d'un bon pas, sans regarder ni à droite ni à gauche.

Plus tard dans l'après-midi, après avoir pris mon thé, j'ai décidé d'aller au cinéma, il y avait un temps fou que je n'étais pas sortie le soir et j'avais repéré un vieux film. Ça va peut-être me faire rire, me dis-je, me changer les idées.

Je partis vers dix-huit heures. Le film me plut et je me surpris à rire haut et fort avec les autres spectateurs. Je devrais m'offrir ce genre de distractions plus souvent, conclus-je en sortant. Comme toujours après un film, je fus envahie par ce sentiment bizarre de notre petitesse, sentiment lié sans doute à la vision, deux heures durant, d'êtres plus grands que nature. Comme je suis petite, pensai-je, et comme je suis insignifiante.

Je n'étais pas à vingt mètres du cinéma quand j'ai aperçu un homme qui courait à toutes jambes dans ma direction, se frayant un passage sur le trottoir bondé, écartant sans ménagement ceux qui le gênaient. On aurait dit qu'il était poursuivi ou qu'il poursuivait quelqu'un. Je n'ai fait qu'entrapercevoir son visage, ses traits convulsés par la colère, la peur ou quelque autre sentiment du même ordre. Mais on y voyait très mal, la nuit tombait. Tout est arrivé si vite que je ne puis être sûre de rien, si ce n'est que cet homme portait un anorak bleu pâle avec une bande noire sur le côté. Cela m'a frappée. Gary a le même. Je me demande même s'il ne l'avait pas sur lui quand je l'ai aperçu en face de chez les Grant, mais c'est un de ces vêtements que l'on voit partout.

Au moment où il me croisait, j'ai senti que l'on m'arrachait mon sac et puis une vive douleur, comme si le fermoir s'enfonçait dans mon poignet. J'ai tourné comme une toupie et presque perdu l'équilibre. Je crois m'être trouvée face à mon agresseur pendant un quart de seconde, mais j'avoue que j'étais tellement étourdie que je n'en suis pas sûre. Alors, il a levé la main, brandissant une espèce d'outil, je ne sais pas lequel, et il m'a frappée au visage. Je n'ai rien ressenti.

Je me souviens d'être tombée. En m'effondrant, j'ai eu l'impression de me désintégrer, de me décomposer en flocons, comme de la neige. J'ai senti le trottoir sous l'une de mes mains : il était rugueux, un peu comme du gravier. Mes doigts ont palpé un bout de papier gluant et une chose bizarre dont l'odeur rappelait celle d'une banane écrasée. Je me suis dit que j'étais mal en point, sous le choc. Dans un drôle d'état !

Puis ce fut le noir. Le noir le plus complet. Et voici qu'un visage surgit de ces ténèbres. Le visage de Gary. Comme dans les cauchemars. Avant de s'enfuir, Gary s'assurait-il que je n'étais pas morte, ou bien s'agissait-il d'une hallucination ? Je ne le saurai jamais. Le gémissement d'une sirène d'ambulance s'élevait et retombait dans ma tête, telle une scie. J'avais très mal. J'ai dû pousser un cri et ensuite plus rien.

Je me rappelle donc à peu près tout. J'en suis heureuse. En y réfléchissant, cela aurait pu être pire. Ce matin, je pourrai leur dire ce que je sais. Sans doute faudra-t-il que je raconte tout cela à un policier, non qu'ils y prêtent grande attention par les temps qui courent, les agressions étant devenues un fait divers des plus banals. Mais je ne leur donnerai pas le nom de Gary : je garderai mes soupçons pour moi. Si Gary savait que j'avais envoyé la police à ses trousses, Dieu sait ce qu'il pourrait inventer ! Je ne mentionnerai donc pas son nom, même à Mrs. Grant. Je vais appeler l'infirmière, j'aimerais bien qu'elle me redonne un calmant. Mon souvenir suivant, c'est Mrs. Grant à mon chevet, tenant ma main valide. Elle disait quelque chose, mais je ne m'en souviens pas. C'était bon de la sentir près de moi, j'en oubliais un peu la douleur qui me taraudait le crâne. À un moment, j'ai aperçu Mr. Grant auprès d'elle. Là-dessus, une infirmière m'a fait une piqûre et j'ai dû m'endormir.

ISABEL

Dan n'a pas été très bavard au dîner. Sans doute était-il fatigué. Peut-être nous étions-nous habitués à la présence de Bert et devions-nous réapprendre à nous retrouver seuls.

Vers vingt et une heures trente, je venais de débarrasser la table et me plongeais dans le journal quand le téléphone a sonné. L'hôpital : une certaine Mrs. Gwen Bishop avait été agressée, elle avait été admise deux ou trois heures plus tôt. Il semblait que j'étais sa plus proche parente. Elle leur avait demandé de me prévenir. Me serait-il possible de venir ? Elle était en état de choc, mais consciente.

Dan décida d'attendre le retour de Bert pour me rejoindre, car il ne voulait pas laisser Sylvie seule.

Je sautai dans la voiture et filai à vive allure, stimulée par ces essaims de sombres pensées qui vous assaillent dès l'annonce d'une mauvaise nouvelle. Oserais-je avouer que l'une d'elles était : que deviendrions-nous sans Gwen ? Mon Dieu, faites qu'elle s'en sorte ! Je me suis toujours refusée à l'évidence qu'un jour il faudrait bien qu'elle nous quitte. Et voici que cette éventualité tournoyait dans mon esprit, alarmante.

Je dévalai les couloirs, étourdie par toutes ces lumières, m'embrouillant dans ces pancartes.

Perdue. À un moment, en traversant une passerelle dont le sol était en lino bleu vif, j'eus la sensation que celle-ci venait vers moi. Bien qu'avançant au pas de course, j'avais l'impression d'être immobile. La passerelle franchie, je trouvai enfin la salle. Même confrontés à la douleur des autres nos propres angoisses priment toujours... J'en avais honte.

Le lit de Gwen était à l'autre bout de la salle. Elle avait la tête emmaillotée de pansements : on ne voyait que l'œil gauche, au-dessus d'une joue tuméfiée. Son bras gauche, posé sur les draps, était bandé jusqu'au coude. L'autre, apparemment en bon état, était replié, sa main allait et venait sur la taie d'oreiller, comme si le contact de ce tissu rêche de coton lui était désagréable. Son seul œil visible était clos. Prenant sa main entre les miennes, je fus frappée par sa peau calleuse. Rien d'étonnant, me dis-je – ce qui était ridicule en un moment pareil –, elle s'entête à ne pas mettre de gants de caoutchouc. Toucher la peau de cette main si familière me bouleversa. Elle ne remua pas.

Je murmurai une de ces phrases clichés l'assurant qu'elle s'en sortirait. En prononçant ces mots, je me rendais compte de leur ineptie : une formule de réconfort banale, qui ne trompait personne, mais sans laquelle la victime se sentirait lésée.

Comme nous nous sentons démunis en de tels moments, humains que nous sommes !

— Ne vous inquiétez de rien, ajoutai-je. Nous veillerons sur vous.

J'ignore si Gwen était ou non consciente de ma présence. Assise à son chevet, je contemplais la partie de son visage à l'air libre ; ses traits tuméfiés à peine reconnaissables. Ses cheveux tirés en arrière, révélant une mèche blanche derrière l'oreille, me donnaient la détestable impression de découvrir un secret alors qu'elle gisait là, sans défense. Je continuai à frotter ses phalanges avec mon pouce, lui murmurant des mots d'affection.

La salle était plongée dans une sorte de semi-obscurité et de semi-silence empoissé par les bruits de la maladie : un gémissement, le grincement d'un lit évoquant la douleur d'un patient qui venait de se retourner. Une seule et unique infirmière effectuait une ronde rapide et régulière, elle ne semblait pas regarder les malades, mais s'arrêtait, à l'improviste, près d'un lit. Il régnait dans la salle une chaleur étouffante. Une puissante odeur de thé et de désinfectant défiait la sueur de ces corps restés trop longtemps dans des draps tout froissés.

Je n'ai aucune idée du temps que je passai là, ni de l'heure qu'il était. Dan arriva. Il me rejoignit au chevet de Gwen, et la contempla tandis que se contractaient les muscles de sa mâchoire. Il ne posa aucune question. L'infirmière se posa alors près de nous : elle souhaitait, dit-elle, préparer Gwen pour la nuit. Au moment où je me levai, Gwen ouvrit son œil. Le léger plissement de ses lèvres était sans doute sa façon de nous dire qu'elle nous savait présents.

Nous laissâmes l'infirmière lui donner ses comprimés, en l'assurant que nous serions là le lendemain matin. Dan était venu en taxi afin de me reconduire à la maison ; j'appréciai d'être dans le siège du passager, à ses côtés, en sécurité. De retour chez nous, nous trouvâmes Bert assis devant la fenêtre de la cuisine, l'air inquiet. Dan nous servit du brandy, nous passâmes un long moment ensemble. Tandis que nous échangions des propos décousus, visant à venir en aide à Gwen de façon efficace, je regardais Bert. J'avais peine à croire que cet incident regrettable ait pu se produire entre nous. Jamais plus, j'en étais intimement convaincue, je ne ressentirais un élan comparable à celui que j'avais éprouvé à son égard, ce soir-là, dans l'escalier. Toujours est-il que cela avait été, Dieu merci, totalement oblitéré par la question vitale à laquelle nous nous trouvions confrontés : Gwen.

BERT

Carlotta se calma un peu après ses élucubrations dans la salle de bains. Le temps d'arriver à la cuisine, ses descriptions de ce qu'elle envisageait pour remplacer ces vieilleries devinrent aussi précises que posées. Ayant enfin retrouvé les housses de la salle de séjour, je suggérai d'aller dîner. Nous pouvions nous rendre à pied au restaurant le plus proche, une trattoria de King's Road.

Carlotta réfléchit longtemps, puis elle accepta. Un peu à contrecœur, me sembla-t-il. Pour ma part, j'étais heureux de quitter la maison, et de laisser là toutes ces idées de décoration.

Nous accompagnâmes nos *ravioli alle vongole* d'une bouteille d'eau minérale, Carlotta ne voulait pas de vin, et soudain je me ralliai à son refus. Je la félicitai pour son travail et lui exprimai ma gratitude. J'approuvai son budget et lui remis un gros chèque pour régler les entrepreneurs et autres dépenses. Là-dessus, je suggérai que mieux vaudrait que je ne revienne pas avant la fin des travaux.

— Très bien, dit-elle. Ce sera donc à moi de choisir le vert.

D'ici environ trois semaines, je pourrais emménager à nouveau chez moi, resteraient les finitions.

— Tu me donnes là une grande preuve de confiance, ajouta-t-elle avec un sourire.

— C'est exact, répondis-je.

Ce fut une soirée toute simple, sans situation inconfortable : le courant passait, rien de plus. Son bizarre strip-tease ne fut pas mentionné : il aurait tout aussi bien pu ne jamais avoir eu lieu. Elle ne chercha pas à savoir comment je vivais mon séjour chez les Grant, ne m'interrogea pas sur mes projets. Nous parlâmes de la scène mimée de *Giselle* qu'elle avait vue la veille au soir. Elle me dit que la plupart des spectateurs avaient été incapables de la décrypter, ajoutant qu'elle avait eu la chance d'être parmi les initiés. Elle a toujours quelque savoureux détail ésotérique dans sa poche, Carlotta. J'aime ce côté inattendu.

J'avais l'impression qu'elle se contrôlait, déterminée à demeurer énigmatique et peu m'importait, le dîner était plutôt détendu.

Après notre deuxième espresso, elle s'excusa pour son étrange conduite dans la chambre.

— Franchement stupide de ma part, reconnut-elle. Une plaisanterie de très mauvais goût.

Elle ne savait pas ce qui lui avait pris. Il fallait toujours qu'elle fasse des faux pas. Je la rassurai en lui disant que cela m'arrivait aussi, même si les miens n'étaient pas tout à fait du même ordre. Nous en rîmes tous les deux et je la suppliai de ne plus y penser. C'était oublié.

Pas complètement, bien sûr... L'ayant raccompagnée jusqu'à sa voiture, je me demandai si elle me proposerait de passer prendre un verre chez elle. N'ayant pas l'esprit embrumé par le vin, je me sentais alerte. Cela ne m'aurait pas dérangé de revoir ses seins, cette fois de plus près. Mais si elle m'avait invité, j'ose dire que nous aurions fini comme on aurait pu le prévoir. J'étais chaste depuis des semaines, et disons qu'au bout d'un certain temps les hormones d'un homme se rappellent à son bon souvenir... Avec Carlotta, cela aurait été la baise, pure et simple, sans aucune prétention amoureuse. Comment aurait-il pu en être autrement ? Mon cœur appartient exclusivement à Isabel. Parvenu à sa voiture, je laissai courir mon index le long des petits boutons entre ses seins. Elle recula. Me dit au revoir et merci, sans même un baiser sur la joue. À mon tour d'être rejeté, je suppose. Cela ne m'importait guère. Il me fallut juste un instant pour reprendre mes esprits puis, dans ma voiture, en rentrant chez Dan et Isabel, je me demandai pourquoi diable avais-je seulement songé à faire l'amour avec Carlotta, compte tenu de mes sentiments pour Isabel ?

Dieu merci, il ne se passa rien. Je rentrai peu après vingt-deux heures et trouvai Dan qui, semblait-il, m'attendait. Il m'expliqua brièvement ce qui était arrivé à Gwen et me demanda de garder Sylvie, car il devait se dépêcher de rejoindre Isabel à l'hôpital.

Dan parti, je me servis un verre de brandy. Gwen, agressée ? Je connaissais à peine Gwen, je n'avais fait que l'apercevoir à l'occasion, mais je savais qu'elle avait beaucoup apprécié le billet de vingt livres que je lui avais glissé la veille. C'est franchement atroce, Londres, par les temps qui courent. Pire que New York ! J'avais besoin d'un peu de musique.

Je choisis le quatuor en ré majeur de Borodine, dont le nocturne nostalgique me remonte quand je n'ai pas le moral, puis j'allai m'asseoir dans un fauteuil près de la fenêtre et contemplai le jardin. Les arbres gravaient leur masse sombre sur le clair-obscur du ciel d'été londonien. Il flottait dans l'air une odeur de jasmin qui, je le savais, resterait toujours associée pour moi au souvenir d'Isabel. Et après ? pensai-je. Et si cet horrible incident allait bouleverser le cours de nos vies, leur donner un tour inattendu ? Une orientation nouvelle ? Quant à savoir laquelle, j'avais beau me creuser la tête, je n'en avais aucune idée. Je restai là à écouter le quatuor de Borodine jusqu'au retour d'Isabel et Dan. Isabel était très pâle, très silencieuse. Je compris que ni l'agression sauvage dont Gwen avait été victime, ni même ses conséquences, n'altéreraient mon amour pour elle. Je leur servis à tous deux un verre de brandy. Ils étaient très secoués. Nous parlâmes jusqu'à une heure avancée de la nuit, émettant désespérément des hypothèses, comme le font souvent les gens après un fait divers inexpliqué. Gwen avait-elle été choisie au hasard ou s'agissait-il d'un acte prémédité dont nous ignorions la raison ? Nous ne pouvions répondre à nos propres questions.

Une fois dans ma chambre, ne parvenant pas à m'endormir après cette soirée mouvementée, je m'assis devant le bureau, songeur. Le ciel pâlit, les arbres s'éclaircirent, je distinguais à nouveau leurs feuilles. Je m'allongeai sur le lit sans prendre la peine de me déshabiller.

SYLVIE

Après l'école, j'ai accompagné Maman à l'hôpital pour rendre visite à Gwen. C'était, je crois, son deuxième ou troisième jour là-bas et, pour moi, la deuxième fois seulement que je mettais les pieds dans un hôpital. Cette espèce d'odeur douceâtre, écœurante, camouflant le désinfectant, était horrible. Maman n'a pas semblé la remarquer, du coup je n'ai rien dit.

Le lit de Gwen se trouvait au fin fond d'une immense salle. Je l'ai traversée, sans vraiment regarder les malades : je n'avais aucune envie de voir tout plein de sang et de je ne sais trop quoi, ni d'entendre des gémissements. Gwen était assise. Son visage dont on apercevait un coin de peau verdâtre, rappelant un ciel d'orage, disparaissait sous les pansements, son bras était bandé. Son œil était rouge vif, comme injecté de sang. Elle nous a souri et nous a dit combien elle était touchée que nous soyons venues. Elle a ajouté qu'elle se sentait beaucoup mieux et qu'elle avait meilleur moral. Nous nous sommes assises à son chevet, sur d'inconfortables chaises en plastique. La vieille femme qui occupait le lit voisin n'arrêtait pas de tousser.

Tandis que Maman parlait avec Gwen, j'ai remarqué sur la table de chevet deux gros bouquets, accompagnés de petites cartes dont l'une était de la main de Maman et l'autre de celle de Bert, ainsi que des soucis, de l'orange le plus vif que j'aie jamais vu. Près du vase était posée une autre carte représentant un lion de bande dessinée qui n'avait rien de drôle. Sans doute n'aurais-je pas dû, mais je l'ai prise et j'ai regardé à l'intérieur. Le message avait été écrit avec un stylo à bille dont l'encre avait bavé. Il provenait d'un certain Gary. Ayant appris l'agression par une voisine de Gwen, il avait pensé qu'elle avait dû être transportée à l'hôpital, il espérait que ce petit mot lui parviendrait. Désolé pour elle, il lui souhaitait un prompt rétablissement. Il la contacterait un de ces jours, mais, ces temps-ci, il avait des affaires à traiter à Yarmouth. En me voyant poser la carte sur la table, Gwen sourit et m'expliqua qu'elle venait d'un ami, puis elle me tendit l'autre carte représentant un pot de géraniums plutôt lugubre, elle lui avait été envoyée par son fils qui vivait dans le Nord, expliqua-t-elle. Sa fille, elle, n'avait pas encore réagi, bien que l'hôpital l'ait appelée hier en lui laissant un message. Maman l'assura qu'elle ne tarderait pas à lui donner signe de vie. Toutefois, n'ayant jamais entendu Gwen mentionner sa fille, je flaire un problème : elle aura bien de la chance si cette dernière se manifeste. J'ai offert à Gwen le savon Chanel que Maman m'avait acheté, elle l'a vraiment apprécié. Elle a dit que c'était une folie mais que rien ne pouvait lui faire plus plaisir car, à l'hôpital, il n'y avait que du savon de Marseille, et les serviettes de toilette étaient aussi rêches que de la toile de jute.

Nous ne nous sommes pas attardées, Maman craignant de fatiguer Gwen. Elle s'est penchée pour lui dire quelque chose, mais je n'ai rien entendu car la voisine toussait trop fort. Toujours est-il que Gwen ne semblait pas d'accord avec Maman, vu la façon dont elle agitait son doigt valide. À mon tour, je me suis penchée pour l'embrasser. Je ne l'avais jamais embrassée, sauf la veille de Noël, pour la remercier d'un cadeau. J'ai eu du mal à approcher mes lèvres de ses contusions, j'ai fermé les yeux et me suis arrangée pour faire vite. Il fallait que j'en passe par là car je l'aime bien. Je me demande ce que nous ferions sans elle. Elle sentait le thé à plein nez. En me relevant, j'ai aperçu une larme dans son œil tout rouge.

Je dois admettre que je ne me suis pas fait prier pour repartir ! J'ai demandé à Maman ce qu'il adviendrait de Gwen à sa sortie de l'hôpital : elle ne sera sûrement pas capable de se débrouiller seule. Maman m'a répondu qu'elle avait beaucoup réfléchi à la question et qu'elle avait un plan. J'ai suggéré qu'elle vienne chez nous, mais où la logerions-nous puisque Bert occupe la chambre d'invités ? Maman n'a pas relevé. Là-dessus, je lui ai demandé si, après le thé, nous pourrions aller louer une vidéo. Pour une fois, elle a accepté.

BERT

Je me suis rendu à un entretien à Soho, une compagnie de production cinématographique cherchait un conseiller financier. Inutile de dire que ma réponse a été négative. Je ne me vois vraiment pas affrontant chaque matin la grisaille de leurs bureaux ! Rien ne pourrait m'en convaincre. En rentrant, je me suis arrêté au marché, j'y ai acheté des cerises. J'étais en train de les arranger dans une coupe sur la table quand Isabel est arrivée de l'hôpital.

Sylvie m'a aussitôt mis au courant des dernières nouvelles : Gwen allait mieux, mais elle faisait peur à voir. Sylvie a ajouté que l'odeur de l'hôpital lui avait donné la nausée. Là-dessus, elle est partie faire ses devoirs.

Isabel s'est penchée au-dessus de la table pour prendre une cerise, j'ai ainsi remarqué qu'une ou deux rides striaient son cou lorsque sa tête était ainsi inclinée. Après avoir mangé la cerise et recraché le noyau, elle a annoncé que Gwen sortirait de l'hôpital à la fin de la semaine. Bien sûr, il aurait mieux valu qu'elle y reste un peu plus longtemps, mais ils manquaient de lits. Dès qu'Isabel est préoccupée, le bleu de ses yeux devient plus intense.

Sans lui donner le temps de suggérer quoi que ce soit, et de la mettre ainsi dans une situation délicate, je lui ai suggéré de prendre Gwen chez eux et de lui donner la chambre d'invités. Elle m'a regardé, l'air incrédule, mais il était clair qu'elle n'avait pas le cœur de refuser.

— Tu peux avoir le canapé-lit qui est dans le bureau de Dan, a-t-elle dit.

— Non, ai-je répondu, pour rien au monde. Qu'elle ne se préoccupe pas de moi : j'irai à l'hôtel – après tout, il ne s'agit que d'une quinzaine de jours – ou j'accepterai l'invitation de Carlotta.

Cette idée, émise en plaisantant, a semblé accroître son inquiétude. Nous en avons ri et, à cet instant précis, une idée m'a traversé l'esprit, une de ces inspirations qui viennent à votre secours au moment crucial. Elle m'a séduit avant même que je la mentionne à Isabel. J'ai ressenti une sorte de soulagement apathique : l'accident de Gwen avait apporté une solution, il m'offrait une raison valable de m'éloigner d'Isabel, même si c'était la dernière chose que je voulais faire. Je partirais pour le Norfolk.

J'expliquai à Isabel qu'il s'agissait là d'un projet qui mûrissait depuis longtemps, elle ne parut pas flairer anguille sous roche. Il me fut relativement aisé de la persuader que je serais heureux de m'évader de Londres – Dieu sait pourtant combien j'appréciais d'être ici – afin de renouer connaissance avec la région où j'étais né. Elle me répondit qu'elle comprenait tout à fait. Elle poursuivit en marmonnant que, bien sûr, si cela ne me dérangeait vraiment pas… Oui, il était clair que Gwen ne serait pas en mesure de vivre seule chez elle avant quelque temps, et il n'y avait pas d'autre endroit où elle pouvait aller en convalescence, ses enfants n'ayant que très peu de contacts avec elle. Ils ne lèveraient même pas le petit doigt pour elle, et…

— Je prendrais bien un verre, Bert, dit-elle.

J'allai chercher des verres et la bouteille de vin blanc dans le frigo. La tête rentrée dans ses épaules, les bras croisés contre sa poitrine, Isabel était assise à la table de la cuisine, je m'installai auprès d'elle. Je lisais ou, du moins, croyais lire les pensées qui se bousculaient dans sa tête : la difficulté de s'occuper de Gwen tout en continuant à travailler.

— Ce ne sera pas facile, lui dis je, mais cela n'est que temporaire.

— J'y arriverai, m'assura-t-elle avec un petit sourire ironique.

Nous bûmes notre vin à petites gorgées, sans mot dire. Je n'étais pas conscient de mon désir coupable de poser mon bras sur son épaule – et, n'eussent été mes sentiments pour elle, je n'aurais eu aucune raison de me sentir coupable – mais nous étions assis l'un près de l'autre et, devenu soudain spectateur de la scène, je vis avec surprise mon bras l'enlacer. Elle baissa la tête, mais n'essaya pas de se dégager. Peut-être ce geste ne signifiait-il rien pour elle. Je m'en rendais compte, je le lisais sur son visage. S'il y avait jamais eu la moindre ardeur, ce soir-là, dans l'escalier, cette flamme semblait éteinte, irrémédiablement. J'étais à nouveau ce que j'avais toujours été pour elle, l'ami de Dan, celui qui était là pour vous réconforter dans la grisaille. Je retirai mon bras. Elle me remercia pour tout. Je lui répondis qu'elle n'avait pas à me remercier pour quoi que ce soit. Je craignais que ma voix pût trahir l'intensité de mes sentiments, mais préoccupée par d'autres soucis, elle n'eut pas l'air de le remarquer. J'aurais voulu rester à jamais assis là à contempler la coupe de cerises, si dangereusement près d'Isabel... On frappa à la porte d'entrée. Isabel poussa un soupir et se leva. Elle se dirigea vers Dan. Ils s'embrassèrent : il la serra contre lui et cette brève étreinte parut la rasséréner, alors que mon bras passé autour d'elle était resté sans effet. Que n'aurais-je donné pour être à la place de Dan, pour avoir pu faire cela pour elle !

— Comment va Gwen ? demanda-t-il. Quels sont les plans ?

Je lui tendis un verre de vin. C'était à Isabel de lui répondre, pensai-je. Elle traversa la pièce, suivie de l'habituel froufrou de sa jupe de soie bleue, si prompte à se moirer qu'elle semblait semée de paillettes. Dan et moi nous retrouvâmes face à face, à nous sonder. De l'autre bout de la pièce, Isabel nous annonça la nouvelle.

DAN

De toute évidence, c'était la seule solution. Il était inconcevable que Gwen se retrouve seule chez elle, à son retour de l'hôpital. Bien sûr, bien sûr, me répétais-je.

Comment ne pas avoir de sentiments mitigés au sujet de ce plan ? Voir Bert contraint de repartir après un peu plus d'une semaine ! Nous nous étions habitués à sa présence. Nous aimions sa compagnie. Il était l'invité modèle. Isabel, qui ne le connaissait pas bien jusqu'ici, avait, je crois, fini par l'apprécier. Sylvie aussi, c'était clair. Et il m'était d'un grand réconfort, me laissant discourir au sujet de ma pièce. Le garder avec nous deux semaines de plus aurait été une joie.

Mais il n'y a pas d'alternative, je le vois. Bert semble réellement heureux à l'idée de vacances dans le Norfolk. S'il cherche à échapper à Carlotta – j'avoue que j'ignore ses sentiments réels – cela facilitera sa tâche. Je m'inquiète un peu pour Isabel : je ne la vois pas vraiment jouant la sœur infirmière. Apporter, remporter des plateaux, préparer médicaments, pansements, voudra dire que ses précieuses matinées seront interrompues et qu'il lui faudra effectuer certaines tâches ménagères, ce dont elle a horreur. J'espère donc, pour chacun d'entre nous, que Gwen se remettra vite. N'est-il pas étrange de voir qu'en cas de crise, la compassion est souvent teintée d'exaspération ? Ce n'est pas le genre de choses qu'on aime à reconnaître, bien sûr, c'est néanmoins une réalité.

IX

GWEN

Je suis assise dans le fauteuil près de la fenêtre donnant sur le jardin. Malgré tout, je ne me sens pas à mon aise. Comme si je ne devais pas être là. Et pourtant, c'est merveilleux.

J'ai fait de mon mieux pour essayer de persuader Mr. et Mrs. Grant de me laisser rentrer chez moi. Mais ils n'ont rien voulu entendre. Ils m'ont dit que Mr. Bailey partait pour le Norfolk. Apparemment, il mourait d'envie de s'éloigner un peu de Londres, je le comprends. Ils sont venus me chercher à l'hôpital dans la grosse voiture de Mr. Grant. Je flageolais encore sur mes jambes dans ces interminables couloirs, mais le luxueux confort de la voiture m'a remise d'aplomb. Il m'est venu à l'esprit que je n'étais montée que très rarement dans une auto depuis la mort de Bill, et pour ainsi dire jamais dans une aussi élégante.

Mrs. Grant a dû en passer du temps à préparer la chambre ! À faire mon travail, somme toute. Pas un grain de poussière, tout était nickel, elle avait posé des pois de senteur sur la commode, prévu une bouteille d'eau minérale sur la table de chevet, fait la couverture en relevant le coin des draps de lin. Oh ! là, là ! J'avais l'impression de vivre un rêve. Quelle bonne nuit j'ai passée ! Ah ! Ce silence ! C'est là que je me suis rendu compte que mon appartement était très bruyant. Je n'avais pas dormi comme ça depuis longtemps ! À l'hôpital, impossible de fermer l'œil. Quand nous sommes arrivés, bien après le dîner, Mrs. Grant a rangé mes quelques affaires, elle a mis ma vieille trousse de toilette dans la jolie salle de bain des invités. Ah ! Je peux dire que je les ai souvent astiqués ces robinets en cuivre, eh bien, ils brillaient comme d'habitude, Dieu sait pourtant que je ne les avais pas fait reluire depuis une semaine ! Cela me gêne que Mrs. Grant se donne autant de mal pour moi. Je ne savais que lui dire. J'en avais les larmes aux yeux.

J'ai mis sur la table de chevet les gros bouquets que j'ai reçus à l'hôpital, puis j'ai rassemblé tout mon courage pour un rapide coup d'œil dans le miroir. Un spectacle d'horreur auquel je m'attendais. On a retiré les bandages qui entouraient ma tête, il ne reste plus que de la gaze sur la blessure, depuis le haut du front jusqu'aux joues. J'ai dû recevoir deux coups de poing, car c'est l'œil opposé qui est mal en point. Il est encore injecté de sang et l'orbite est tuméfiée et violette. Sur la joue, les ecchymoses ont viré à une espèce de jaune tirant sur le vert, mais il n'y a pas de plaie ouverte. Un simple pansement a remplacé les bandages de ma main gauche. Je n'ai pas cherché à savoir ce qu'il recouvrait. Je suis restée un moment à contempler mon image, méconnaissable, commotionnée. Combien me faudra-t-il de temps pour m'en remettre ? Les médecins n'ont pas su me le dire. Plus on avance en âge, plus la cicatrisation est longue. Ils étaient surtout concernés par mon état psychique. Souhaitais-je voir un psychologue ?

— Pas question, ai-je répondu. Les psys, c'est pas pour moi.

Je crois toutefois avoir eu un entretien intéressant avec les deux jeunes policiers qui sont venus prendre ma déposition à l'hôpital. Ma vieille voisine était si intriguée qu'elle a cessé de tousser, je pouvais voir qu'elle n'en perdait pas un mot. En toute honnêteté, je crois qu'ils se sont dérangés pour la seule raison que c'était la sixième agression de ce genre en quinze jours, dans le quartier de Shepherd's Bush. Ils flairaient un même agresseur, un homme agissant seul. Il était clair que la police se mobilisait pour l'attraper. J'ai accepté de participer à une séance d'identification quand j'aurais recouvré des forces et, en attendant, je leur ai raconté tout ce dont je me souvenais. Ils m'ont dit :

— Merci, Gwen, vous nous avez beaucoup aidés.

Ce matin, Mrs. Grant est entrée avec mon petit déjeuner. Le petit déjeuner au lit, moi ! Je ne pouvais y croire. Une fois de plus, j'étais incapable de trouver les mots pour la remercier. Elle a ouvert les rideaux et le soleil est entré. Elle a retapé les oreillers, posé le plateau sur le lit : il était si joliment arrangé : le service aux bleuets qu'elle réserve aux invités, le napperon en dentelle que je repasse avec si grand soin, mais dont elle ne se sert qu'en de rares occasions. Il y avait un œuf à la coque, des toasts, une petite théière en argent et une rose du jardin. Elle m'a dit qu'elle m'apporterait le journal plus tard. Si ce n'est pas se faire dorloter, ça !

J'ai savouré mon petit déjeuner, sachant parfaitement que cela ne durerait que quelques jours et que jamais, jamais plus je ne connaîtrais la grande vie. Je me revois, tout récemment, préparant la chambre pour Mr. Bailey et me disant que mon rêve serait de passer une nuit ici, j'étais loin de me douter que... Aussi ai-je fait durer le plaisir de ce merveilleux petit déjeuner tout en me disant que le bonheur est bien étrange. Il vous arrive souvent de vous dire qu'à tel ou tel moment vous étiez heureux – je repense ainsi à l'époque où je vivais avec Barry – alors qu'il est bien rare que vous puissiez vous dire : je suis heureux à cet instant présent. Assise dans ce lit, je crois que j'ai été bien près de vivre le bonheur au présent, même si je me répétais au fond de moi-même que je n'y avais aucun droit. Après tout, je n'étais pas une invitée, mais une employée. Qui plus est, je devinais tout le temps que me consacrait Mrs. Grant, tout le mal qu'elle se donnait pour moi et je savais que cela interférait avec son travail. Je rentrerai donc chez moi aussitôt que possible. Dès que j'en aurai la force. Mais je dois admettre que je n'aurais pas pu me débrouiller seule. Pas avant quelque temps.

Je posai mon plateau et pris les messages de prompt rétablissement que j'avais reçus à l'hôpital. L'un d'eux était une carte postale toute simple, qui semblait avoir passé des années au fond d'un tiroir.

Elle provenait de Jan. Bon, elle n'est pas du genre à se précipiter pour envoyer une carte à sa mère, j'ai parfois droit à un coup de téléphone le jour de mon anniversaire. Il y avait aussi une carte d'Ernie. Un dessin humoristique représentant une ménagère armée d'un plumeau – très approprié, avait-il dû se dire. Il avait écrit un assez long message, disant combien il était navré, ajoutant, pour faire bonne mesure, que Lynn le chargeait de me transmettre ses affectueuses pensées et ses vœux de prompt rétablissement. Comment s'attend-il à ce que j'y croie ! Je suis bien le cadet des soucis de Lynn ! Venait enfin la carte de Gary. Un lion de dessin animé, qu'est-ce qui lui a pris de m'envoyer une carte pareille ?

Et, bien sûr, je ne cesse aussi de me demander – et je pense que mes maux de tête proviennent de là plutôt que de ma commotion – si Gary n'est pas l'auteur de mon agression. J'essaye de me concentrer pour me représenter un visage et celui qui me vient est parfois le sien, parfois un autre. Peut-être ne le saurai je jamais. Peut-être n'en aurai-je la certitude que s'ils organisent une séance d'identification ? À quoi bon m'inquiéter ? Ce qui est fait est fait. Toutefois, le comportement de Gary m'intrigue. Sans doute est-il passé chez moi pour s'excuser de ses menaces, qui sait ? Constatant mon absence, il se sera rendu chez Edie, ma voisine du dessous, qui l'aura mis au courant. D'où cette carte : dois-je y voir un signe de remords pour cette abominable traque ? Sa façon de m'exprimer ses regrets pour ce qui m'est arrivé ? Ou aurait-il mauvaise conscience pour ce qu'il a fini par me faire… ?

Quoi qu'il en soit, cela prouve qu'il a des sentiments. Peut-être voyait-il en moi une amie et estime-t-il que je l'ai laissé tomber d'une façon ou d'une autre ? Toujours est-il qu'à ma grande surprise, je n'ai pas jeté la carte et je me suis dit, comme auparavant, qu'après tout Gary ne pouvait pas être si méchant que ça. Oh ! J'étais un peu abrutie par tous ces calmants, n'est-ce pas ? Mais, dans ma façon de penser, Gary avait été un ami pendant quelque temps. Je n'ai pas tant d'amis que je puisse me permettre d'en perdre un, par conséquent, quel dommage qu'il s'en aille vivre à Yarmouth, si tant est que cela soit vrai. Peut-être aurions-nous pu arranger tout ça... ?

Me voilà donc ici. Rien de plus bizarre que de me retrouver en ces lieux dans une situation bien différente de la normale. Ma première réaction serait d'aller chercher mon chiffon à poussière. Mais Mrs. Grant m'a fait promettre de ne pas bouger. Et je dois avouer que j'ai encore très mal à la tête, mais je ne flageole plus sur mes jambes. Je suis en voie de guérison. Comment ne pas se sentir un peu mal à l'aise quand on passe du statut de femme de ménage à celui d'invitée ? En outre, je sais que cela implique non seulement du travail supplémentaire pour Mrs. Grant, mais que cela bouleverse sa routine. Elle a malgré tout réussi à me persuader qu'elle souhaitait vraiment que je reste ici et que je ne la dérangeais pas. Je dois donc veiller à être aussi discrète que possible, et tant qu'à faire, à tirer le meilleur profit de ma convalescence. Je sais que j'ai une chance inouïe de bénéficier de la gentillesse des Grant.

Je vais aller choisir un livre sur les étagères. Il y en a tellement qu'on se croirait dans une bibliothèque. Et je ne penserai plus à mon retour. S'il y a une chose à laquelle je ne veux plus penser, c'est bien ça : cette idée me terrorise. Que voulez-vous, on ne peut jamais savoir si Gary dit la vérité. Je parierais qu'il n'est pas allé à Yarmouth, qu'il cherche juste à m'accorder un peu de répit.

ISABEL

J'espère de tout cœur avoir réussi à persuader Gwen que nous étions ravis de l'avoir parmi nous, qu'elle ne nous dérangeait en aucune façon et qu'elle devrait rester jusqu'à ce qu'elle soit complètement remise. En toute sincérité, et je ne l'avouerais à personne au monde, c'est un véritable cauchemar.

Et cela pour diverses raisons mesquines et égoïstes.

Cela signifie que j'ai à faire un peu de ménage, je déteste ça et je suis nulle. Hier, j'ai voulu repasser une chemise de Dan, le résultat a été une telle catastrophe que j'en ai pleuré de rage. Je passe un temps fou à faire les courses, à porter le linge chez la blanchisseuse et le nettoyage à sec chez le teinturier. Je dois préparer pour Gwen un déjeuner simple, mais convenable, elle a besoin de reprendre des forces. Je dois veiller à ce que les plateaux de ses repas soient joliment présentés. Je dois passer au moins une heure par jour à lui parler. Je dois veiller à ce qu'elle ait tout ce qui lui faut et à ce qu'elle se sente bien. À l'en croire, tout va toujours parfaitement.

J'apprécie vraiment Gwen. Je la respecte et l'admire. Je me repose sur elle pour les tâches domestiques, ce qui me permet de travailler. Aucune tâche ne lui fait peur, elle est d'une rare loyauté, elle comprend mon besoin d'avoir chaque jour un moment à moi. Je la sens très attachée à notre famille. Elle se réjouit de nos petites réussites, elle prend à cœur nos déceptions. Elle ne se plaint jamais, pas même de ses enfants au cœur de pierre, ne me pose aucune question sur ma vie, et ne s'étend pas sur la sienne. Elle appartient à la race de ces vieux serviteurs qui jamais ne se départissent de leur flegme ni de leur réserve et sont dotés d'une extraordinaire capacité à tirer le meilleur parti de leur petite existence tranquille. Impossible d'imaginer un instant qu'elle ne fasse pas partie de notre vie ! Il était évident que Dan et moi aurions tout fait pour qu'elle vienne chez nous. Nous la voulions. Nous la voulons.

Ce n'est donc pas Gwen qui me rend folle : elle est la patiente idéale et sa reconnaissance pour mes efforts maladroits dans mon rôle de sœur infirmière est touchante. Non : c'est juste qu'avoir chez soi une autre personne, dans la journée, exige que je renonce à la routine qui m'est vitale. Avec Bert, la situation était différente : il partait de bonne heure et ne réapparaissait qu'en fin de journée. Gwen est une présence. Une présence que je ne peux jamais oublier, si discrète soit-elle dans sa chambre. Dans les recoins les plus noirs de mon cœur, je n'accepte pas cette présence : elle contrarie mon quotidien. Le temps de tout ranger après le petit déjeuner, je m'assieds à ma table de travail avec une heure de retard pour m'atteler à une commande promise depuis longtemps. Deux heures, ça file vite… Soudain, c'est l'affolement : comment diable vais-je me débrouiller pour que le hachis Parmentier soit prêt pour le déjeuner ? Je me mets dans tous mes états pour une vétille.

Mon sale caractère prend le dessus. Je peux le sentir, telle une vague qui s'abat sur moi. Je repousse fils, colle et sequins que je n'ai pas eu le temps de disposer sur le fond enrubanné et je descends l'escalier en pestant. Je passe ma rogne sur la viande que je hache menu. L'épluche-légumes brutalise les malheureuses pommes de terre. Qu'est-ce que je fabrique à la cuisine en cette mi-journée, alors que je pourrais être là-haut à confectionner mes masques ?

J'ai honte d'entretenir de telles pensées, des rages aussi égoïstes. Je ne cesse de me répéter que c'est une affaire de quelques jours et que plus vite Gwen se remettra, plus vite nous reprendrons notre routine. En attendant, son bonheur de profiter ainsi de la chambre d'invités est touchant. Hier, elle m'a demandé si j'aurais pu lui trouver quelques mètres de toile de *Juille* (elle veut dire toile de « Jouy » !) car elle aimerait en faire des rideaux pour sa chambre. On la sent beaucoup mieux depuis ces deux derniers jours. Elle n'a plus de pansements, mais elle garde un œil d'un rouge terrifiant, et ses contusions, maintenant verdâtres, sont un pénible spectacle. Aujourd'hui, elle a insisté pour descendre déjeuner – un soulagement ! – même si cela signifie que j'ai été forcée de partager son hachis Parmentier : je ne pouvais rester là assise à la regarder le dévorer, tandis qu'elle me reprochait de me contenter d'une moitié d'avocat. Elle m'a dit qu'elle aimerait faire l'argenterie cet après-midi, qu'elle se sentirait mieux assise à la table de la cuisine en train d'employer utilement son temps. Elle n'a pas eu à beaucoup insister pour obtenir ma permission. Elle a ajouté qu'elle était assez en forme pour rentrer chez elle vendredi. Deux jours de plus. J'ai insisté pour qu'elle passe le week-end avec nous. Nous n'avons rien décidé.

Ce détestable état d'esprit m'a épuisée. Après le déjeuner, je suis remontée à l'atelier, mais impossible de travailler. J'ai écouté un quatuor à cordes de Haydn à la radio en pensant à Bert. Que diable peut-il faire dans le Norfolk ? Ayant quitté cette ville quand il était adolescent, je ne pense pas qu'il ait encore beaucoup d'amis dans la région. J'avoue qu'il me manque. J'étais heureuse de le voir revenir le soir, parfois avant Dan. Il me servait un verre de vin et bavardait avec moi pendant que je préparais le dîner. Il s'entend à merveille avec Sylvie, il lui a offert un magnifique carnet pour y noter les derniers mots qu'elle a découverts. Elle rayonnait de joie, surtout quand elle s'est aperçue qu'il avait rempli la première page de termes qui lui étaient encore inconnus. J'appréciais aussi de les entendre Dan et lui se lancer dans de grandes discussions sur leurs sujets habituels, marquer des points aux dépens de l'autre en riant. Oui, il me manque vraiment. J'ai pensé ensuite à Carlotta. Il y a des éternités que je ne l'ai pas appelée, elle n'est pas au courant des mésaventures de Gwen. Comme toujours, si je suis sans nouvelles d'elle, je me sens coupable. Ne me demandez pas pourquoi. C'est ridicule de se sentir coupable si l'on est sans nouvelles de ses amis – après tout, nos vies sont tellement mouvementées ! Malgré ses propos fanfarons, je devine Carlotta un peu triste et parfois solitaire, et je pense qu'elle est bien contente de bavarder avec moi, ou même de s'arrêter chez nous au moins deux fois par semaine. Je dois vaincre mes réticences et lui téléphoner. Je le dois, je le ferai.

Pour le moment, je vais appeler Bert, pas un mot de sa part, je veux savoir ce qu'il devient.

SYLVIE

Cet après-midi, j'ai apporté à Gwen son thé et quatre de ces biscuits au gingembre pour lesquels elle a un faible. Maman s'était donné beaucoup de mal pour que le plateau soit bien présenté, elle avait sorti son beau service, etc. Je ne comprends vraiment pas pourquoi elle se donne autant de mal, alors qu'elle est si occupée. À sa place, je ne le ferais pas. Toujours est-il que Gwen était assise dans le fauteuil près de la fenêtre et qu'elle paraissait en bien meilleure forme sans ses pansements, même si son visage est encore horrible à regarder et si son œil écarlate vous donne la chair de poule.

Elle paraissait contente de me voir. Elle m'a dit qu'elle n'avait pas l'habitude qu'on la serve et que cela lui faisait tout drôle. Je lui ai demandé si elle revivait son agression dans des cauchemars. Elle m'a répondu que non, pas encore, mais qu'elle ne serait pas étonnée d'en avoir bientôt.

Confiante que cela ne la dérangerait pas, je lui posai une ultime question : pourquoi n'en avait-elle pas épousé un autre ? Assise par terre, j'ai mangé deux de ses biscuits et nous avons parlé. Je ne sais pourquoi – cela m'est venu comme ça –, je lui ai demandé si elle avait eu des copains quand elle était jeune. Un seul, a-t-elle répondu, Barry, à Blackpool où elle était en vacances. Je lui ai posé des questions sur ce qu'ils faisaient tous les deux, elle m'a répondu qu'ils passaient le plus clair de leur temps assis sur un banc face à la mer, à manger du poisson, des frites ou de la glace. Elle a ajouté qu'ils aimaient beaucoup les couchers de soleil. Sans doute était-ce bien indiscret de ma part, mais je lui ai demandé si elle était amoureuse de Barry. (Elli m'a confié qu'elle-même avait le béguin pour un certain Rick, rencontré à la patinoire, mais elle ne m'a pas dit ce qu'on ressentait au juste quand on était amoureux. Elli prétend que sa mère passe sa vie à s'enticher d'hommes différents.) J'avais pensé que Gwen pourrait me dire ce que c'était au juste que l'amour, si elle parvenait à s'en souvenir. Elle m'a répondu que oui, elle s'en souvenait. Là-dessus, elle a tourné son œil monstrueux vers la fenêtre, à mon avis, ce qu'elle voyait, ce n'était pas le jardin, mais Barry, là-bas, à Blackpool. Elle a ajouté que l'amour transformait votre monde, qu'il pailletait de ses ors les choses les plus banales. Un matin, après son retour de Blackpool, elle était allée chercher les bouteilles de lait déposées par le laitier sur le pas de la porte : la rosée qui les recouvrait s'était transformée en poussière de diamants du seul fait de l'existence de Barry. Voilà qui ne me parut guère exaltant – après tout, la rosée, ça fond – mais j'ai gardé ça pour moi. Elle a ajouté qu'en recevant ses lettres, son cœur battait si vite et ses yeux étaient si embués qu'elle avait du mal à les lire. Et quand elle y parvenait – elle émit un léger soupir – ce n'était pas le genre de lettres qu'elle avait espéré. Pauvre Barry, écrire n'était pas son fait. Mais entre ces lignes qui ne répondaient pas à ses attentes, elle pouvait lire qu'il l'aimait et qu'il éprouvait les mêmes sentiments qu'elle. Il terminait toujours ses missives en lui disant : *Et pour toi, ma très chère Gwen, tout mon amour.*

– Alors, pourquoi, Barry et toi vous ne vous êtes pas mariés ? lui demandai-je, ne la sentant pas gênée de parler de lui, même si elle ne s'y entendait pas à expliquer l'amour.

Elle poussa un soupir plus bruyant que le précédent et me confia que tout avait été terminé le jour où il était parti au Canada.

– Le problème, ma petite demoiselle, c'est de trouver l'homme qui vous convient, répondit-elle. Même après des années, je n'en ai pas trouvé d'autre. Barry était le seul qui me convenait. J'ai fini par me contenter d'un homme que j'ai épousé surtout pour assurer mon avenir et avoir des enfants. Nous nous entendions bien, mais on ne peut pas parler d'un mariage d'amour. Quant aux enfants...

Hum... Ça ne s'est pas aussi bien passé que je l'avais espéré. Toutefois, j'estime que j'ai eu de la chance, ajouta-t-elle, et à bien des égards.

La sentant un peu fatiguée ou mélancolique, j'ai repris son plateau en lui disant que je regrettais que cela ne se soit pas mieux terminé avec Barry, j'ignore si elle m'a entendue.

J'ai du mal à imaginer à quoi ressemble sa vie quand elle n'est pas chez nous. Mais je n'oserais jamais lui poser cette question.

CARLOTTA

J'ai le moral à zéro. Je suis beaucoup sortie avec des tas d'amis, mais pas de vraiment bons amis : cela ne rime à rien et je paie maintenant de m'être trop souvent couchée à des heures indues. Au boulot, c'est l'enfer. Tout le monde se plaint, Susan vient d'annoncer qu'elle était enceinte et allait bientôt nous quitter. Je n'arriverai jamais à retrouver une secrétaire aussi compétente. Ces réunions interminables n'ont plus aucun charme et me rendre tous les jours au bureau est devenu presque une corvée. Je finis par me demander pourquoi j'y vais. Sans doute que si je n'y allais pas, je m'ennuierais à cent sous de l'heure. Je me console en me disant que j'apporte une importante contribution à une très grosse firme et que la contrepartie financière n'est pas négligeable, disons que je suis bien payée. Ma prime de fin d'année a été fantastique. Mais je perds mes illusions, je ne suis plus motivée par une ambition effrénée. Il m'arrive souvent de me dire que je n'aurais jamais dû chercher à faire carrière.

Mon plus grand plaisir ces temps-ci, c'est de restaurer la maison de Bert. Je m'en tire pas mal du tout, cela devrait lui plaire. J'ai veillé à ne pas l'embêter avec les problèmes mineurs, prenant plusieurs décisions de mon propre chef. Il y a toutefois une chose dont je dois absolument lui parler : ce vieux fauteuil avachi. Je n'ai qu'une envie, le bazarder. Il paraîtra ridicule dans le style minimaliste pour lequel j'ai opté. Le problème, c'est que Bert y est follement attaché et je sais que m'en débarrasser sans en avoir discuté avec lui pourrait entraîner de graves conséquences. Il va donc falloir que je l'appelle, même si je n'en ai guère envie.

Je suis tombée sur le répondeur des Grant, du coup j'ai décidé d'appeler Dan à son bureau, pensant que sa secrétaire pourrait peut-être me donner le numéro du portable de Bert. J'avoue que je ne serais pas mécontente de dire un mot à Dan, il y a plus d'une semaine que je ne lui ai pas parlé – ni parlé à Isabel non plus. Que deviennent-ils ? J'ai pris l'appareil. Il m'est venu à l'esprit que si Dan et moi n'avions pas connu deux minutes de baisers honteusement passionnés, un tel appel ne voudrait absolument rien dire et que je resterais d'un calme olympien. À ce point, je me sens coupable. Cela me fait un effet très bizarre de savoir que lui et moi sommes liés par le secret d'un instant. Il m'arrive encore de souhaiter que… nous…

On m'a passé Dan. Il m'a demandé de les excuser, Isabel et lui, de ne pas m'avoir donné signe de vie depuis si longtemps et il m'a appris les mésaventures de cette pauvre Gwen. Il m'a dit que Bert était parti dans le Norfolk pour retrouver ses racines et que personne n'avait eu de ses nouvelles. Quel idiot ce Bert ! me dis je. Il aurait tout de même pu laisser son numéro de téléphone à sa décoratrice ! Les hommes ne pensent jamais à rien. Dan a bavardé un moment avec moi, il ne semblait pas débordé de travail ce matin, et de but en blanc, il m'a demandé si je savais garder un secret : pouvait-on vraiment me faire confiance ? Cela m'a mise de mauvaise humeur. Je lui ai rappelé que j'avais donné ma parole et que nous devrions en rester là. Il était plutôt gêné. Il m'a assuré qu'il ne mettait pas en doute ma parole, mais qu'étant aux prises avec sa conscience, il ne pouvait résister à la tentation de vérifier. Il a ajouté que plus vite nous oublierions complètement cette soirée, mieux ce serait. Je lui ai dit que j'étais de son avis et qu'en fait, j'avais déjà oublié – ce qui n'est pas vrai. Que c'était lui qui avait mentionné cet incident. Il a terminé en me suggérant de passer chez eux ce week-end. J'ai répondu que j'y réfléchirais. Dan me rappelle un peu une petite vieille, je ne suis pas sûre qu'Isabel l'ait jamais remarqué, car elle est encore sous son charme. Ayant eu de leurs nouvelles par Dan, je n'ai pas besoin d'appeler Isabel. C'est étrange, mais je n'en avais pas envie, même si, au fond de moi-même, elle me manque.

Au lieu de cela, j'ai appelé Bert. Il était neuf heures et demie. Jamais je n'aurais pensé qu'il puisse être encore au lit, mais il m'a expliqué d'une voix ensommeillée qu'il se prélassait dans un grand lit à baldaquin. Seul. Il venait tout juste de se réveiller. Que diable fabriquait-il dans un lit à baldaquin, dans le Norfolk ? demandai-je. Cette question me remua : en général, on ne dort pas tout seul dans un grand lit à baldaquin… Après tout, il pouvait tout aussi bien mentir que n'importe lequel d'entre nous. Dieu sait pourquoi, il ne m'est pas venu une seconde à l'esprit qu'il puisse être en gente compagme.

Il a ri : cette fois, il était réveillé.

– Je suis tout seul, je te le garantis, dit-il et je le crus.

Apparemment, il était descendu dans un hôtel quatre étoiles, y faisait bonne chère, revisitait les lieux de son enfance, réfléchissait. Quel était l'objet de ses réflexions ? Il le garda pour lui. Je lui demandai ce qu'il comptait faire du fameux fauteuil. Il me répondit qu'il était hors de question de s'en débarrasser, car il lui rendrait un jour service.

– Quand ça ? rétorquai-je.

Ses réponses énigmatiques m'exaspéraient de plus en plus.

– Oh ! J'envisage des possibilités menant à diverses conclusions, répondit-il, refusant d'être plus explicite.

Et voici qu'au moment où je sentais que cette conversation plutôt tendue allait se terminer, elle changea de ton. Je serais incapable de me rappeler au juste ce que nous nous sommes dit, si ce n'est que cela n'avait ni queue ni tête. Il me fit rire en me décrivant une Londonienne croisée chez le boulanger, voix claironnante, escarpins Gucci.

– On ne voyait pas ce genre de personnage dans notre village, a-t-il ajouté.

Je me retins pour ne pas lui demander quand il rentrait à Londres et, de son côté, il ne m'éclaira pas sur ce point. Estimant que c'était à moi de mettre un terme à notre conversation, je lui dis que je le préviendrais sitôt que les travaux de sa maison seraient complètement achevés et que si jamais il revenait du Norfolk, je serais heureuse de lui faire faire le tour du propriétaire.

– J'attends cela avec impatience, dit-il en riant. J'avoue que je suis plutôt impatient d'avoir une autre vision…

À travers le silence sibyllin qui suivit, je compris ce qu'il entendait par là. À ma très grande surprise, un désir intense m'envahit, soudain je trouvais Bert fort à mon goût. Son charme insolite m'avait subjuguée par téléphone. Je me rendis compte que je ne voulais plus voir en lui un simple ami efficace et corvéable. Sa façon d'admettre que de toute évidence il n'avait pas été insensible à la « vision » provoqua en moi un changement aussi étrange qu'inattendu, je pris conscience que j'avais follement envie de lui en tout cas durant notre brève conversation téléphonique. Nos adieux furent entrecoupés de rires, peut-être ressentait-il la même chose que moi. Je devrais y aller prudemment.

Avec toutes ces perspectives en tête, la joumée me parut plus souriante.

DAN

Isabel est merveilleuse avec Gwen. J'espère que cela ne la gêne pas trop dans son travail. Elle m'assure que tout va bien, mais je la sens un peu distraite. Heureusement, il n'y en a plus pour très longtemps.

Quant à moi, j'ai enfin renoncé – ou presque – à ma pièce de théâtre. Pendant un moment, j'ai essayé de me persuader que j'avais pris cette décision faute de trouver un titre adéquat ce qui, en général, ne me pose pas problème. Mais au fond de moi-même je sais que ce n'est pas la raison. À vrai dire, je ne sens pas bien cette pièce, à quoi bon me débattre avec le deuxième acte, car elle ne sera jamais mise en scène ? C'est difficile à admettre, mais c'est la vérité. Je ne cesse pourtant de répéter à Isabel que cette fois ma pièce progresse et que je nage dans le bonheur, mais je suis malheureux comme les pierres : ce sera la première fois que j'aurai renoncé à aller jusqu'au bout.

Je me retrouve donc assis devant ma table de travail, à me balancer dans mon cher vieux fauteuil à bascule, dont la complainte m'est familière. Mon regard erre par la fenêtre, il se perd dans les entrelacs des feuilles qui commencent à brunir. Les soirées sont plus fraîches. La période entre septembre et Noël est, en général, la plus féconde pour moi ; hélas, cette année, je n'ai aucune inspiration.

Pourquoi m'entêter à écrire ? Il serait tellement plus simple de renoncer, de reconnaître que, même si cela répond à un besoin, je ne suis pas particulièrement doué. Oh ! Sans doute est-ce aller trop loin.

En toute sincérité, je ne me débrouille pas si mal que ça, mais ce n'est pas suffisant. Ma pièce d'Oxford a été le fruit d'un moment d'inspiration, et, après tout, c'était une œuvre de jeune étudiant : l'accueil en fut d'autant plus favorable qu'il s'agissait d'amis et que nombre d'entre eux auraient bien aimé un rôle… Dommage que cela me soit monté à la tête. Dommage que le succès de cette première pièce m'ait incité à continuer. En un sens, je ris de me voir au nombre de ces millions d'êtres humains qui caressent l'idée de devenir écrivain et qui, malgré le temps et l'énergie qu'ils y consacrent, resteront à jamais de malheureux plumitifs. Le plus difficile est sans doute d'accepter ses limites et d'admettre que, même si l'on s'acharne, la reconnaissance et le succès ne vous arrivent pas du jour au lendemain. Et à l'instar de ces écrivains ou ces peintres qui se déclarent « écrivain » ou « peintre » à l'état civil, c'est à contrecœur que je baisse pavillon. Je vais nier l'évidence que je n'ai pas le talent requis. Faut-il voir là du masochisme ? Non, parce que je prends plaisir à écrire. Alors, qu'importe si pas une ligne de cette énorme somme de travail empilée dans mon placard n'est jamais publiée ?

Et pourtant, je dois reconnaître que cela m'affecte. C'est une constante source de tristesse.

Écrire, me semble-t-il, c'est taire notre gazette intime et laisser libre cours à une autre voix. Il est indéniable que c'est là une émotion très forte. N'y a-t-il pas une suprême satisfaction à se dire que l'on essaye de produire quelque chose qui, comme l'a dit Conrad, aidera les autres à entendre, à sentir, et surtout à voir ? Que l'on ne soit pas capable d'y parvenir n'entrave en rien le plaisir d'essayer.

J'ouvre le tiroir de mon bureau et je sors une coupure de journal que j'ai lue et relue si souvent qu'elle tombe presque en charpie. Une citation de Balzac, extraite de *La Cousine Bette.* « Aussi les grands artistes, les poètes complets n'attendent-ils ni les commandes, ni les chalands, ils enfantent aujourd'hui, demain, toujours. Il en résulte cette habitude de labeur, cette perpétuelle connaissance des difficultés qui les maintient en concubinage avec la Muse, avec ses forces créatrices. » Étant loin d'être un grand écrivain, je dois, moi aussi, m'estimer soumis à cette « habitude de labeur » – une habitude dont je ne souhaite pas m'affranchir. Adieu donc à *Rejet*, mais, le jour où il me viendra une nouvelle idée, j'entreprendrai une nouvelle pièce.

Je ramasse le manuscrit, l'ajoute aux autres manuscrits rejetés, empilés dans le placard. À quoi bon m'éterniser ici ? Je vais aller trouver Isabel, mais je ne lui avouerai rien de ce qui s'est passé. Pas avant de m'être lancé dans une autre pièce.

BERT

C'est la meilleure décision que je pouvais prendre. Je suis allongé dans un lit à baldaquin somptueux avec une tasse de café sur la table de chevet. J'entrevois par la fenêtre un coin de ce ciel délavé du Norfolk. Depuis que je suis ici, je dors à poings fermés, mais je m'y attendais après tous ces kilomètres à pied à respirer à pleins poumons cet air notoirement soporifique !

Quand Carlotta a appelé, quelques minutes plus tôt, j'avoue que c'était la première fois que je pensais à Londres, à elle, à Dan, bien qu'Isabel me soit constamment présente. Fantasmes, fantasmes sur une toile de fond de roseaux, d'étangs, de sable et de mer. À peine arrivé ici, je me suis immergé en ces lieux jadis familiers qui m'étaient si chers, mais que je n'avais pas revus depuis tant d'années. Je me moquais pas mal de tout ce que j'avais laissé : je voulais juste me fondre dans ce paysage et oublier ainsi ce mal-être engendré par mon retour en Angleterre, face à un Londres où je n'ai plus mes marques. Je voulais juste retrouver mes vieux souvenirs.

Après avoir bu mon café, je me suis recouché. Je veux réfléchir à tout cela avant de me lever. Être tout à fait sûr, car ma décision me paraît déraisonnable, démesurée, susceptible de bouleverser ma vie. Je veux juste prendre une heure ou deux pour m'assurer que ce n'est pas une erreur. Peu m'importent les résolutions brutales, si tant est que je puisse en espérer un résultat positif. Hier soir, convaincu de la validité de mon choix, j'ai copieusement célébré tout seul mon projet, avec une bouteille de bordeaux que Dan aurait appréciée. J'oserais donc dire que ma capacité de jugement était embrumée. L'homme d'affaires en moi me conseille de prendre une heure de réflexion, voire davantage, avant de se lever pour aller signer.

Les deux premiers jours ici ont été un enchantement. Mon village natal, toujours aussi pittoresque avec ses maisons de style géorgien qui se pressent autour de la grand-place, semble devenu une véritable Mecque pour ces Londoniens qui parlent haut et fort, sont affublés de tenues identiques et garent n'importe où leurs énormes voitures. Soucieux de les satisfaire, les gens du coin ont ouvert des boutiques de cadeaux, des agences immobilières, des magasins de vêtements hors de prix aussi bien que des friperies, des étals débordant de poteries et de carreaux en céramique et de tapis indiens. J'imagine la moue méprisante de Carlotta. Quand j'étais enfant on pouvait acheter des cordes, des selles, l'attirail du pêcheur, des seaux, des savons qui n'étaient pas modelés d'après les personnages de Beatrix Potter. C'était un village sans histoires, peu fréquenté par les touristes hors saison. Il y avait une boucherie, une boulangerie, une épicerie, mais pas de boutiques de mode, et je ne me rappelle pas avoir vu une agence immobilière. Le modeste bar du village a été transformé en cet hôtel de grand luxe où je suis descendu. Les repas y sont convenables, mais le café est une véritable lavasse. Il m'a fallu un certain temps pour m'habituer. J'ai été catastrophé de constater que si les commerçants locaux gagnaient bien leur vie, cet endroit merveilleux, encore inconnu, avait été gâché par une invasion de riches touristes. Je me suis promené dans les rues, étonné par tous ces magasins qui avaient fait peau neuve. À ma grande joie, j'ai découvert une librairie, les livres avaient toujours manqué dans ce village, aussi, à mes yeux, cette petite boutique paisible représentait-elle un vrai progrès. Je n'ai croisé personne de ma connaissance, ce qui n'a rien d'étonnant.

De là, je me suis rendu en voiture à la plage, j'ai remarqué que les dunes disparaissaient, quelques cabanes étaient presque ensevelies sous le sable. J'ai constaté que l'aire de stationnement située près du golf était aussi bondée qu'un parking de supermarché. Quoi qu'il en soit, je me suis promené à l'écart des foules, longeant la digue en direction du rivage nord de l'île. Comme jadis, des écheveaux d'oiseaux se dévidaient à l'horizon et l'immense voûte du ciel minimisait les distances. Je retrouvai le vent, la discrète senteur des ajoncs. Je descendis sur les rochers, là même où Tom et moi, enfants, allions à la pêche aux crabes. Appâtés par des morceaux de lard au bout de ficelles, ces idiots se précipitaient vers leur fin dans notre petit seau rouge. Seigneur, quelle odeur pestilentielle, quelques heures plus tard ! De jeunes garçons étaient toujours là en train de traquer les crabes. Me retournant, j'aperçus le Club de Voile, il s'était beaucoup développé. Désormais, un bar proposait des sandwiches dignes de gourmets. Je me souvenais de ces soirées d'été où nous batifolions dans la mer phosphorescente, les filles relevant leur jupe et les garçons trempant leurs jeans. Je revoyais l'écume pailletée d'étincelles quand les vagues se brisaient, égrenant leurs arpèges fluides, une énigme pour ceux d'entre nous peu doués pour les sciences. Face à un tel mystère, si étrange et si beau, comment aurions-nous pu seulement songer à tenir la main d'une fille ? Et nos soirées dansantes ?

Ah ! Je me les rappelle ! Je me revois malade entre les bateaux, je me revois aussi en train d'embrasser une fille sur le sentier menant aux marais, devant tout le monde, négligeant de parcourir les quelques mètres qui assureraient notre intimité. Quand nous nous séparâmes, après avoir passé une demi-heure plaqués l'un contre l'autre, je repérai dans sa main une paire de lunettes qu'elle tentait de dissimuler. Sortant soudain de ses nuages, la lune révéla que la demoiselle était loin d'être une beauté. Je pris mes jambes à mon cou et jamais ne lui reparlai. Voilà qui ne m'honore pas. À l'époque, pareil comportement me semblait tout naturel. Seigneur, quel voyou j'étais !

Hier matin, je suis retourné sur ce sentier qui mène aux marais. Les chevaux étaient attachés, des martinets sillonnaient le ciel gris, mais j'étais seul. La curieuse impression d'être de retour, d'être chez moi, m'envahit. J'avais résisté à l'envie de ce pèlerinage à la maison de mon enfance, redoutant d'y constater des changements. Je ne voulais pas voir remis au goût du jour ce parterre de fleurs où l'on avait retrouvé ma mère gisant morte au milieu des lupins. Je n'eus pas à visiter la vieille maison pour sentir que j'étais de retour chez moi : je sus, de cette façon curieuse et floue dont les idées vous viennent, que dès l'après-midi je ferais le tour des nombreuses agences immobilières, peut-être avaient-elles quelque chose qui pourrait me plaire.

Ayant décidé de marcher toute la matinée, je poursuivis ma promenade en direction de Brancaster. Le petit sentier court le long d'un mur qui sépare les marais des maisons d'autrefois qui sont encore debout. D'ici, Dieu soit loué, on n'aperçoit pas les constructions récentes ! Je doute qu'une vue sur les marécages l'hiver attire beaucoup de monde.

Je suis parvenu à la petite maison de silex et de briques que je me rappelais bien. Un ami de Tom y habitait. J'ai jeté un coup d'œil par-dessus le mur. Le portail, rénové, était ouvert et une femme âgée, portant un ciré jaune vif, s'entretenait avec un jeune couple. Ils ne semblaient pas de la région. Ils l'ont suivie jusqu'au coin de la rue et ils ont disparu.

Je suis resté là à admirer les plates-bandes. Posé sur une branche de buddleia, un bruant affolait un chardonneret. Ce jardin bruissait d'oiseaux, il n'en attirait pas autant quand j'étais enfant. Les pommiers, dans lesquels nous nous perchions jadis, étaient toujours là, ils croulaient de fruits.

Comme par magie, l'irritation, voire la déception, causée par la visite du jeune couple, s'évanouit. Elle sembla s'animer. Entrez donc, c'est important. Venez voir ce que j'ai fait au fil des ans. Son accent était rythmé d'inflexions irlandaises. La vieille femme réapparut, cette fois elle était seule. Elle m'adressa un signe de la main, criant qu'elle savait dès le début que ce genre de personnes ne voudraient pas de sa maison et que, de son côté, elle ne la leur aurait pas vendue. Elle avait donc perdu son temps. Elle vint vers moi et, de son côté du mur, elle laissa errer ses yeux bleu myosotis sur les marécages. Je sentais qu'elle les avait contemplés si souvent que son regard n'était guère qu'une confirmation de l'image qui y était gravée.

Elle se tourna vers moi. Ses cheveux blancs clairsemés flottaient comme bannière effrangée au vent. Sa peau flétrie était hâlée, ses pommettes accusaient des creux si profonds qu'on aurait pu y voir les pouces d'un potier. Elle avait dû être belle.

— Il y a des années, je venais jouer dans votre jardin, lui dis-je. Votre maison appartenait alors aux parents de l'ami de mon frère.

J'ouvris la porte rouillée encastrée dans le mur et j'entrai. Nous marchâmes lentement le long de la grande plate-bande tandis qu'elle m'expliquait combien il était difficile de faire pousser des arbustes et des fleurs dans un endroit aussi exposé. Je ressentis un étrange émoi – oserais-je dire une intuition – par-delà le plaisir que me procurait cette rencontre inattendue. Elle me proposa une tasse de café et une part de gâteau à la carotte, et m'avoua qu'elle se nourrissait presque exclusivement de gâteau à la carotte, c'était le seul qu'elle savait confectionner. En faisant le tour de la maison, nous nous présentâmes l'un à l'autre. Elle s'appelait Rosie Cotterman. Elle devait s'en aller, prochainement, expliqua-t-elle, emménager dans une aile de la maison de son fils marié qui vivait dans l'Oxfordshire. Pour raisons de santé, précisa-t-elle. Je remarquai qu'elle boitait. L'âge, que voulez-vous ! La barbe ! Partir était bien la dernière chose dont elle avait envie.

— Je me moque pas mal du confort, dit-elle, je veux la mer et le ciel.

Elle me confia qu'une fois qu'elle ne verrait plus ses chers marécages, la mort ne tarderait pas.

Elle avait parlé sans s'apitoyer sur son sort et sans la moindre crainte : il s'agissait, comme elle le disait, d'un état de fait. Elle-même aurait préféré mourir dans son sommeil, au cours de l'un de ces rudes hivers comme la côte en connaît parfois, mais son fils avait insisté pour qu'elle soit dans un environnement plus confortable, elle ponctua cela d'un petit rire méprisant, et pour que l'on veille sur elle – autre petit rire méprisant...

Elle se débarrassa de son ciré jaune et se fraya un chemin au milieu des détritus de la cuisine jusqu'à la bouilloire. La maison était un vrai capharnaüm : murs lézardés, rouille, poussière, des stalagmites de livres et de cartons et, partout, des aquarelles, accrochées de travers ou empilées sur le sol. Des carnets de croquis étaient entassés sur une chaise. À l'autre bout de la pièce, un tableau inachevé représentant les marais attendait sur un chevalet, à côté d'une table disparaissant sous les tubes de peinture et les pinceaux. Rosie Cotterman était artiste-peintre. Je lui demandai si elle vivait de sa peinture. Se détournant de son fourneau, elle fixa sur moi un long, très long regard silencieux.

— J'avais autrefois un acheteur fidèle, reprit-elle enfin. Cette source de revenus est tarie, mais je vends de temps en temps un tableau.

J'arpentais la pièce, en veillant à ne paraître ni trop indiscret ni trop intéressé, laissant glisser mon regard sur ces paysages paisibles. Elle semblait avoir hérité de la pudeur de l'école de Norwich : cette délicatesse à toute épreuve qui, pour moi, caractérise le Norfolk. Accepterait-elle de voir en moi un acheteur potentiel ? demandai-je, en lui montrant trois tableaux qui avaient retenu mon attention, même si je dois admettre que n'importe lequel m'aurait satisfait.

Rosie Cotterman chancela, sa main ne trouvant pas sa canne, elle s'adossa au fourneau.

— Ai-je bien compris ? finit-elle par demander. Eh bien ! Lesquels aimeriez-vous ? Mais si nous commencions par prendre quelque chose ? dit-elle.

Je sentais qu'elle avait du mal à contenir sa joie.

Nous nous assîmes dans des fauteuils qui, à en juger par l'état de leurs housses et leurs ressorts à nu, en avaient vu de rudes. Leurs vieux coussins au crochet ne contribuaient guère au confort. Le feu apportait une discrète tiédeur estivale, le café était délicieusement fort, quant au gâteau à la carotte, servi sur des assiettes ébréchées et décolorées, il était sublime. Sur un guéridon, près du fauteuil de Rosie, je remarquai des enveloppes brunes, qui vraisemblablement n'avaient pas été ouvertes, des livres de poche d'Agatha Christie et un exemplaire qui semblait neuf des *Métamorphoses* d'Ovide, qu'elle me surprit en train de feuilleter.

— J'apprécie la fable du sanglier de Calydon, dit-elle, comme si elle s'efforçait de garder la tête froide, face à mon intérêt pour sa peinture. Je l'ai lue et relue je ne sais combien de fois, ajouta-t-elle, me demandant si je la connaissais.

Je lui répondis que j'avais étudié les classiques à Oxford et que oui, bien sûr, j'avais apprécié cette fable, même si je ne l'avais pas relue depuis longtemps. Partant de là nous parlâmes du passé, de sa vie ici, elle ne se sentait jamais seule une seconde. La solitude est un art digne d'être cultivé, m'assura-t-elle. Je crus comprendre que son acheteur inconditionnel de jadis était un homme marié, mais elle n'entra pas dans le détail. Nous découvrîmes que nous avions dans le Norfolk des amis communs, deux d'entre eux étaient maintenant décédés. Elle m'expliqua que ces temps derniers, elle était sans cesse interrompue dans son travail par de prétendus acheteurs qui n'avaient absolument pas le profil requis, mais que l'agent immobilier envoyait « jeter un coup d'œil ». Épouvantés, certains repartaient aussi vite qu'ils étaient venus, sans même prendre la peine de visiter.

— Les gens s'imaginent qu'ils aimeraient vivre loin des villes, poursuivit-elle, mais face à la réalité, ils ont tôt fait de changer d'avis.

Beaucoup de Londoniens avaient emménagé sur la côte est au cours des dernières années, mais ils n'avaient pu en supporter l'austérité. Dieu merci, ils étaient repartis. Elle sourit et se mit à rire, un rire dont la douceur rappelait la plainte de la tourterelle.

Nous passâmes l'après-midi à bavarder. Elle apporta une terrine de poisson, du pain fait maison, des prunes du jardin et nous resservit en gâteau à la carotte. Elle ouvrit une bouteille de bordeaux. J'allai chercher des bûches sur le tas de bois qui était à l'extérieur et ranimai le feu. À la fin, elle décida qu'il était temps d'envelopper mes tableaux et, dans cet invraisemblable désordre, elle réussit à trouver du papier et de vieux sacs en plastique. Elle me prévint qu'il y en avait pour cher, je lui répondis que peu m'importait et lui signai un chèque pour un montant qui me parut assez modique.

Là-dessus, je ne sais pas ce qui s'est passé, il n'y avait certes rien de prémédité de ma part. Voici qu'au moment où, les tableaux sous le bras, je me dirigeais vers la porte, euphorisé par le vin et la collation, je lui demandai si je pouvais également acheter la maison.

— Cela vous épargnerait d'autres désagréments avec les agents immobiliers et les visiteurs importuns, nous pourrions nous arranger entre nous, dis-je cherchant à mettre fin à un long silence.

Rosie resta là perplexe, rougissante, incrédule.

— La maison est à vous, répondit-elle paisiblement.

— Je reviendrai demain, promis-je, et je l'embrassai sur la joue.

Je venais de vivre mon plus bel après-midi depuis des années.

Oui, je suis persuadé que j'ai pris la bonne décision. Vivre ici est une perspective enivrante. Quant à ce que je ferai au juste, je n'en suis pas sûr, si ce n'est que j'aimerais utiliser à bon escient une grande partie de ma fortune. Rosie me sera d'un précieux conseil. Elle saura de quelle façon je puis me rendre utile : la restauration des églises du Norfolk, par exemple. Elle aura des tas d'idées sur la question. Et je consacrerai mon temps libre à lire tous ces ouvrages que je mets de côté depuis des années. Sans oublier la marche, le bateau... Comme Rosie, j'apprendrai l'art de la solitude. Le souvenir d'Isabel s'estompera. Quoi qu'il en soit, pour l'instant, je ferais mieux de me lever et d'aller trouver Rosie pour que nous prenions les dispositions voulues, ce qui devrait être très simple.

Le téléphone sonne. Isabel. Isabel !

Elle veut avoir de mes nouvelles, savoir ce que je deviens, quand je rentre à Londres. Aux prises avec moi-même, me demandant si je dois ou non la mettre au courant de ce qui s'est passé, je bafouille désespérément. Mes sous-entendus l'agacent.

— Tu me caches quelque chose, dit-elle.

Du coup, je lui avoue tout. Je lui annonce ma décision de changer de vie, je lui raconte comment j'ai acheté – ou, plutôt, suis sur le point d'acheter – une maison. Un long silence s'ensuit. Puis elle me demande si je suis sûr de ma décision. Je lui réponds que oui. Je suis enthousiaste : c'est la réponse à toutes les questions que je me posais. Je lui fais jurer de n'en souffler mot à personne. Je lui dis que je n'avais pas l'intention d'en parler à qui que ce soit, pour le moment, mais que j'étais si excité par cette perspective qu'il m'aurait été difficile de ne pas en faire part à quelqu'un. Cette chère Isabel m'affirme qu'elle comprend parfaitement et me donne sa parole de n'en rien dire, fût-ce à Dan. J'ai l'impression, mais je pourrais bien me tromper, car mon euphorie brouille peut-être mes antennes – qu'elle est un peu triste, mais je lui ai promis d'être de retour d'ici une semaine et de passer aussitôt. Elle m'a répondu :

— Oh oui ! nous t'attendons. Tu nous manques. Tu me manques.

Je lui manque…

Un peu plus tard, en enfilant mes chaussettes, des pensées plus terre à terre m'assaillent : l'état catastrophique de la maison va nécessiter beaucoup de travaux. Comment y ferai-je face ? Je lace mes bottes pour affronter le sentier dans les marécages. Je pense soudain à Carlotta.

X

GWEN

En définitive, je suis restée jusqu'au dimanche après-midi. Mr. Grant avait emmené Sylvie chez sa grand-mère, du coup, Mrs. Grant et moi avons partagé une omelette et une salade, puis elle m'a ramenée chez moi. Elle avait préparé un panier de provisions pour les jours suivants, auquel elle avait joint un joli pot de jasmin.

— Un vrai petit chaperon rouge ! m'exclamai-je.

Mrs. Grant est la gentillesse même. Si tout va bien, ce dont je suis sûre, je reprendrai mon travail à la fin de la semaine. D'ailleurs, les journées me paraîtraient interminables si je restais chez moi à ne rien faire. J'ai hâte de retrouver une vie normale.

Je sens que je me remets. Ma joue n'est pas encore très belle à voir, mais elle est moins enflée et les bleus s'estompent. Mon œil n'est plus aussi rouge. Sans doute suis-je une dure à cuire, me dis-je en me regardant longuement dans le miroir de la salle de bains. Il faudrait plus qu'un ou deux coups de poing pour m'expédier par terre.

À propos, mes jambes sont encore flageolantes. Mes genoux tremblaient en descendant l'escalier des Grant, mais je me souviens que le docteur m'a dit que chacun de nous réagit aux chocs à sa façon. Sans doute n'ai-je pas totalement évacué cette agression de mon système, même si, grâce à Dieu, je n'ai pas de cauchemars.

Enfin chez moi ! Oh ! là, là ! Il y a grand besoin d'épousseter et d'aérer, j'ai ouvert tout grand les fenêtres et mis la bouilloire à chauffer. En pensant à cette semaine passée chez les Grant, à ce confort, à leur gentillesse, j'ai l'impression d'avoir vécu un rêve. Que serais-je devenue sans eux ? Je me suis assise. La chaise m'a paru bien dure. L'avais-je déjà constaté, ou serait-ce parce que je m'étais habituée au confortable mobilier des Grant ? Je suis allée m'installer dans le fauteuil, là encore, surprise, ses ressorts protestaient. Je ne me souvenais pas d'eux non plus. Et si je mettais de l'argent de côté pour m'offrir un fauteuil et quelques mètres de cette étoffe en coton aux motifs pastoraux qui agrémente la chambre d'invités des Grant et que j'aime tant ? Je les connais par cœur tous ces bergers. Oui, je vais me mettre à économiser pour m'offrir de belles choses : la vie ne vaut pas la peine d'être vécue si elle n'est pas jalonnée de petites satisfactions. Et pour moi cela signifie certaines améliorations ici, au niveau de mon confort. Je regrette juste que ce soit aussi bruyant et de ne pas avoir une jolie vue sur un jardin, mais on ne peut pas tout avoir et par rapport à certains j'ai bien de la chance !

Je suis revenue avec ma tasse de thé m'asseoir à la table de la cuisine et j'ai commencé à ouvrir mon courrier. Rien d'intéressant. J'espérais vaguement quelques lignes des enfants, mais rien. Juste des imprimés, la facture du gaz, et une lettre de la police. Apparemment, ils veulent que je participe à une séance d'identification dès que possible. Je vais leur répondre que ce n'est pas pour tout de suite.

J'ai décidé qu'une fois après avoir bu mon thé - et Mrs. Grant, bénie soit-elle, avait glissé dans le panier de délicieux biscuits au gingembre – je rangerais mes affaires et passerais l'aspirateur, tout en prenant mon temps. Avant de jeter les enveloppes, j'ai vérifié que je les avais toutes ouvertes, sans doute avais-je espéré un mot en provenance de Yarmouth, mais c'était là fol espoir.

Tu as bien de la chance, Gwen, me dis-je. Tu aurais pu te retrouver en piteux état ou même morte. Estime-toi heureuse et secoue-toi ! La semaine prochaine, essaye de ressortir un peu. Appelle ta vieille copine Sheila, retourne donc jouer au Bingo ! Et si cette agression était un message du ciel pour t'inciter à profiter de la vie, à ne pas t'encroûter ! Et si je rassemblais tout mon courage pour aller au bar un soir, juste pour y boire tout tranquillement un gin au jus d'orange en regardant les gens puis je rentrerais ? Peut-être que je ferai ça dès que j'en aurai fini avec cette séance d'identification. Oui, pourquoi pas ?

CARLOTTA

Hier après-midi, lasse de ne plus avoir de nouvelles, je me suis arrêtée chez les Grant

— Oh oui ! Dan m'a fait part de ton appel et il a ajouté que tu pensais venir nous trouver, a dit Isabel, avec un air qui m'a semblé bizarre.

Comme si l'idée que je puisse appeler son mari la chiffonnait. Mais, n'étant pas bien dans ma peau ces temps-ci, peut-être affabulais-je.

Dan avait emmené Sylvie chez sa grand-mère – quel soulagement ! Nous nous sommes donc retrouvées seules, Isabel et moi. Elle venait de ramener Gwen qui avait passé plus d'une semaine chez eux, ce qui était vraiment généreux de leur part. Isabel est une sainte : pas de récriminations, je parierais pourtant qu'elle a failli devenir enragée, pensez donc, être forcée de faire le ménage avant de se mettre au travail ! Elle m'a très longuement parlé de Gwen en prenant une tasse de thé. Elle a décrit son appartement dans les moindres détails : pouvais-je imaginer une chose pareille, pour l'amour du ciel ! Elle n'a pas semblé remarquer mon manque d'intérêt. Elle a continué pendant je ne sais combien de temps. Isabel est très attirée par ceux qui sont moins favorisés qu'elle, mais Dieu qu'elle peut être casse-pieds quand elle aborde ce sujet ! j'aurais voulu lui hurler de se taire. Je pouvais sentir mes traits se figer à force de feindre un vague intérêt.

Ayant enfin achevé de me rebattre les oreilles avec Gwen, elle s'est mise à parler de Bert. À mon avis, que diable pouvait-il faire dans le Norfolk ?

Elle ajouta qu'elle avait eu une longue conversation téléphonique avec lui – elle me confia cela avec une pointe de jubilation : elle avait été en contact avec lui, c'était là sa victoire. Pour rien au monde je ne lui aurais dit que j'avais eu, moi aussi, une longue conversation avec lui.

– C'est lui qui t'a appelée ? demandai-je.

Je ne pus m'empêcher de lui poser cette question. Il y eut un long silence puis Isabel, après quelques hésitations, admit que c'était elle qui avait pris l'initiative. Je la gratifiai d'un grand sourire en lui disant qu'elle avait bien de la chance d'avoir un aussi bon ami en la personne de Bert. Je jurerais qu'elle a rougi. Peut-être a-t-elle un faible inavoué pour lui, mais non… Jamais de la vie ! Elle est follement, bêtement amoureuse de Dan. Elle a poursuivi en me demandant où en était la maison de Bert. À mon tour de l'ennuyer avec mes histoires.

J'aurais fait n'importe quoi pour que Dan et Sylvie reviennent ! Oui, même Sylvie ! Hélas, il n'en fut rien. Isabel et moi entretenions péniblement et maladroitement la conversation, comme si nous n'avions soudain plus rien à nous dire. Notre faconde du bon vieux temps s'en était allée. Un climat de méfiance s'était élevé entre nous. Pourquoi ? Comment ? Il est sûr et certain que Dan n'a rien dit, même s'il est assez stupide pour être persuadé que des époux ne doivent rien se cacher. À mon avis, il ne s'agissait pas de cela : Dan tremblait tellement à l'idée que je puisse parler que je ne l'imagine pas révélant ses frasques à Isabel. Je n'ai donc aucune idée de ce qui s'est passé. Un horrible fossé s'est creusé entre Isabel et moi, après toutes ces années d'une amitié sans nuages. Sans doute nos vies et nos intérêts ont-ils tellement divergé que seul le passé nous rapproche.

Isabel a insisté pour que j'attende Dan et Sylvie et que je reste dîner. J'ai refusé, déprimée par cette heure passée en sa compagnie, je n'avais qu'une envie, partir de chez eux, de cette maison où j'avais vécu de si bons moments et que je connaissais aussi bien que la mienne. Je n'avais toutefois aucun désir d'achever mon dimanche seule, avec un yogourt, devant la télévision, aussi décidai-je de m'arrêter chez Bert pour voir où en étaient les travaux.

Quelle ne fut pas ma joie de voir que les entrepreneurs s'étaient admirablement débrouillés. Ils devaient être les seuls de la profession capables de devancer les délais. J'ai fait le tour de la maison, émerveillée par les changements. Bert sera enchanté, c'est clair. Qui plus est, même s'il reste encore quelques finitions, et à poser les rideaux, il pourra emménager dès son retour du Norfolk. Je l'appellerai demain.

Je retirai la housse protégeant le canapé du salon et m'assis. Je calculai qu'il me faudrait prendre une journée pour tout fignoler. Comme ce sera drôle de voir sa tête, il n'en croira pas ses yeux ! J'attends cela avec impatience. Je veillerai à ce qu'il y ait une bouteille de Veuve Clicquot – mon champagne préféré – dans le frigo.

Confortablement installée dans le canapé, il m'est venu à l'esprit qu'il serait bien agréable de vivre ici plutôt que chez moi ou, plus précisément, de vivre ici avec Bert. J'ignore comment j'en suis venue à cette conclusion, moi qui avais fermement décidé de ne jamais voir en lui qu'un ami... La faim chasse le loup hors du bois, dit-on. Autour de moi, les choix sont restreints... Mais non, cela n'a rien à voir : je suis tout simplement fascinée par son côté fantasque, par son charme étrange, par sa détermination à garder ses distances, par sa force de caractère. Dieu sait qu'il n'y a pas beaucoup d'hommes qui auraient pu résister avec autant de dignité à mon stupide acte de strip-tease et qui, après coup, auraient eu la charité de ne pas me faire la leçon. Par conséquent, oui, dans un monde idéal, Bert et moi...

Cependant, je ne suis pas aveugle, je sais parfaitement quand un sentiment n'est pas partagé. À ses yeux, je ne suis qu'une amie et une décoratrice. Il n'a besoin de moi que pour rénover sa maison. Une fois qu'il l'aura vue ce sera au revoir et merci. Oh ! Peut-être m'invitera-t-il une fois ou l'autre. Nous sortirons peut-être à quatre avec Dan et Isabel. Mais je suis bien consciente de ne faire partie ni maintenant ni plus tard de ses objectifs.

Je sais aussi que j'en ai soudain assez de Londres, de mon boulot, de la vie que je mène ici. Si étonnant que cela puisse paraître, ce sentiment, latent en moi, vient de se manifester avec vigueur, dans ce salon à moitié terminé. J'ai presque trente-sept ans, j'ai besoin d'un changement radical et vais tout mettre en œuvre à cette fin. Je veux quitter Londres pour aller m'installer à New York. J'ai des tas d'amis là-bas. Compte tenu de mes qualifications professionnelles, je ne devrais avoir aucun mal à trouver du travail. Je prendrai un appartement dans le Village et, en attendant, demanderai aux Hailey de m'héberger dans les Hampton. Tout à coup, j'y vois clair !

Cet abattement dans lequel je sombrais un peu plus tôt s'est dissipé. Je devrais remettre ma lettre de démission dans les jours qui suivent. En principe, ils me laisseront partir d'ici trois mois. Et après ça, vive ma nouvelle vie !

Je ne tenais plus en place. Je décidai de ne rien en dire à Isabel, Dan ou Bert. Ni à qui que ce soit d'autre, pour le moment.

DAN

Ces derniers jours, j'ai le moral à zéro. Le zéro absolu... Rien à écrire, suis en panne d'idées. J'éprouve un sentiment de désarroi, j'ai l'impression d'être perdu, d'errer dans le désert, privé de repères. Quand vous n'œuvrez pas à quelque chose que vous aimez, la vie ne rime plus à rien. Je ne l'ai dit à personne, pas même à Isabel, j'ai continué à passer mes soirées dans mon bureau à relire des pièces comme *Tartuffe*, *Trahison*, *Cymbeline* ou *Les Acrobates*. Au lieu de m'inspirer, elles ont contribué à me déprimer davantage. Sans doute devrais-je reconnaître qu'écrire une pièce me dépasse, mais je ne cesse de me répéter que j'y arriverai peut-être un jour.

Un matin, peu de temps après le retour de Gwen dans son appartement, je déposai Sylvie en classe et décidai d'aller me promener dans Holland Park.

Mon vieux beau-père, qui perdait un peu la boule, ne cessait de répéter que la marche était le remède à tous nos maux ou presque, sauf, dirais-je, dans ses moments d'égarement ponctués d'idées biscornues. Je pensais à lui tandis que je me dépêchais dans les rues encore désertes. C'était un homme d'une farouche ténacité. Preuve en est la réalisation de la fontaine, projet qu'il avait décidé de mener à bien sans demander l'aide de qui que ce soit. Il n'avait aucune notion de l'écoulement des eaux, n'avait aucune idée de la façon dont les gerbes redescendraient, qui plus est, il ne savait même pas comment assembler deux pierres, mais il était obstiné. Il passa plus de deux ans, à faire et défaire son ouvrage, à longueur de journée. Nous nous moquions gentiment de lui, mais il n'y prêtait pas attention. Le résultat fut une fontaine d'une rare beauté qui fit l'admiration de tous. Dieu qu'il en était fier le soir de l'« inauguration », pour reprendre son expression ! À ses côtés, nous célébrâmes l'événement avec du champagne rosé. Jamais je ne l'avais vu aussi heureux.

— Si vous saviez comme l'on se sent bien quand on a triomphé des difficultés, déclara-t-il au cours de son interminable discours.

N'ayant pas eu à parler en public depuis des années, il mit à profit l'occasion, bien que sa voix fût à moitié étouffée par les gazouillis de ces jets d'eau qu'il s'était donné tant de mal à concevoir, dans son souci de les voir retomber avec grâce. C'est alors que l'angoisse l'assaillit : ayant mené à bien ce long travail, qu'allait-il faire ?

— Oui, que vais-je faire ? murmura-t-il à mon oreille.

Je le connais ce sentiment, même si j'attends toujours de vivre quelque chose de comparable à ce qu'il a vécu avec sa fontaine.

Il faisait frais ce matin-là à Holland Park, les feuilles brunissaient, prémices de l'automne, ma saison préférée. J'avais marché si vite que j'étais essoufflé. Je m'assis sur un banc pour regarder les paons parader sur la pelouse, promenant leur traîne constellée de verts et de bleus iridescents, rappelant les mers de Turquie ou ces soieries que j'avais jadis rapportées de Chine à Isabel. L'aigrette prétentieuse, ils semblaient se prendre pour les maîtres des lieux. Pour peu que je m'approche de leur territoire, ils ne manqueraient pas de donner l'alarme. Ils clamaient déjà leurs avertissements de leurs voix aigres, contrastant avec leur somptueux plumage. L'un d'eux releva sa queue. À travers mes paupières mi-closes, je vis un éventail gigantesque s'approcher de moi. Je restai assis sur mon banc, décidé à ne pas me laisser intimider. L'oiseau s'arrêta au bord de la pelouse, il me contempla un instant, la tête inclinée de côté. Ayant conclu que je ne représentais guère une menace pour lui, il fit demi-tour et s'en alla rejoindre ses compagnons.

Que faisais-je dans un parc à regarder les paons ? me demandai-je. Dommage que Bert ne soit pas à Londres, j'aurais pu lui parler. Il est toujours si patient quand je n'ai pas le moral, si avisé dans ses conseils et si mesuré dans ses encouragements.

Alors, de je ne sais où, quelque chose apparut. D'où viennent les idées ? C'est la question classique que l'on pose aux écrivains et à laquelle ils ont bien du mal à répondre si tant est qu'ils puissent même y répondre. Dans mon cas, un fait divers, un incident, une phrase entendue au hasard engendrent parfois une idée. Ce n'était pas le cas ce matin-là. Assis dans un parc, à contempler les paons, je désespérais quand soudain je sus avec une absolue certitude quel serait mon prochain sujet. Il aurait trait à un sentiment qui me devenait familier et qui devait l'être aussi pour beaucoup d'autres.

Je me levai. J'en avais des frissons dans le dos et, de façon plus prosaïque, j'avais très froid. Je regrettai de ne pas avoir pris mon pull. Je courus à la voiture dont j'appréciai le chauffage.

Je les connaissais, ces bouffées d'espoir, ces enthousiasmes infondés. Je suivrais le mouvement, j'achèterais des cahiers, je passerais Dieu sait combien d'heures à essayer... Et cette fois, me répétai-je, je sais que ça va marcher.

Je mourais d'envie d'en parler à Isabel, mais décidai d'attendre, le moment propice ne manquerait pas de se faire connaître. Je m'arrêtai sur un passage clouté pour acheter des rames de papier, ce qui était prématuré, je le sais, car je n'avais encore rien à imprimer, mais c'était une démarche positive. En revenant à ma voiture, je trouvai une amende pour stationnement interdit, mais cela m'était égal. Le sac en plastique contenant le papier était à côté de moi, sur le siège du passager, il symbolisait ce nouveau projet dans lequel j'étais prêt à me lancer avec passion. Ça y est, la machine s'était remise en marche. Une nouvelle fois.

ISABEL

Gwen est repartie ! Au fond de moi-même, je pousse un soupir de soulagement ! Il faudra attendre qu'elle ait repris son travail depuis deux ou trois jours pour que la vie retrouve son rythme habituel. Quoi qu'il en soit, quel bonheur d'avoir la maison à nouveau à moi ! Elle était l'invitée parfaite, la plus discrète, la plus reconnaissante, mais je dois admettre que je n'aime pas beaucoup les visiteurs, quels qu'ils soient. Lundi matin, Dan et Sylvie n'étaient pas encore partis que j'étais déjà dans mon atelier, prête à attaquer une commande de six masques qui aura beaucoup de retard si je ne travaille pas le soir pendant quelque temps. Après tout, pourquoi pas ? Dan monte toujours s'enfermer dans son bureau. Terminer sa dernière pièce semble lui prendre beaucoup de temps. J'aime assez travailler le soir et prendre ensuite un verre de whisky avec lui en regardant le journal de vingt-deux heures. Je comprends que certains trouvent notre mode de vie fastidieux.

Je me demande si mon exaspération et ma mauvaise humeur à l'égard de cette pauvre Carlotta, lorsqu'elle est passée dimanche, ne viennent pas d'avoir bouleversé ma routine en hébergeant Gwen et en étant aux petits soins pour elle. Carlotta a le chic pour s'amener à l'improviste, ce que je déteste. En l'absence de Dan et Sylvie, j'avais prévu de me détendre en lisant pendant quelques heures. L'arrivée de Carlotta a chamboulé mes plans.

Je crains de m'être montrée non seulement peu aimable, mais d'avoir pris plaisir à marquer des points. Ainsi, dans le cas de Bert, ai-je tenu à souligner que j'avais eu une longue conversation avec lui. Il est clair que, de son côté, elle ne l'appellerait que pour une question relative à la rénovation de la maison. Ils ne sont pas très liés. Je pense qu'il ne peut supporter sa façon de se mettre en avant. Toujours est-il que, tout en parlant, je l'observais attentivement. Elle a fort bien simulé un vague intérêt tout en affectant l'indifférence, mais la jalousie se lisait sur son visage. Pourquoi ? Je crois le savoir. En dépit de ses protestations, elle n'aurait pas dédaigné certain intérêt, voire certaine admiration de la part de Bert. Il a du charme, c'est évident, et, de son côté, elle aime la vie facile. Sans doute était-il peu charitable de la provoquer, mais je dois admettre que j'y ai pris plaisir. Elle était d'une humeur bizarre : à la fois susceptible et tendue. Elle m'a confié qu'elle était beaucoup sortie, qu'elle manquait de sommeil. Dieu que je détesterais ce genre de vie ! Je me suis sentie forcée de lui proposer de rester dîner. Par bonheur, elle a décliné, ayant prévu de retrouver « quelqu'un ». Je ne lui ai pas donné la satisfaction de lui demander de qui il s'agissait.

À peine était-elle partie que je m'en suis voulu. J'avais été méchante, une vraie teigne, je devrais avoir honte de m'être aussi mal comportée. Après dîner, profitant de ce que Dan était dans son bureau, je l'ai appelée. Comme j'aurais pu m'y attendre, elle était chez elle, elle m'a raconté que l'avion de la personne qu'elle devait retrouver avait été retenu à Paris. Je les connais par cœur ses mensonges pour sauver la face, quoi qu'il en soit j'ai compati. Elle doit avoir perçu que je n'étais pas dupe.

Bref, je me suis excusée, regrettant sincèrement de m'être aussi mal comportée. Carlotta peut vous exaspérer, mais sa vivacité est contagieuse. On ne peut faire autrement que de l'aimer. Elle a pris tout cela très bien : elle se rendait parfaitement compte que le séjour de Gwen à la maison avait dû être très éprouvant pour moi, ajoutant combien je devais apprécier ce retour à la normale. Là-dessus, après une petite pause amicale, elle m'a dit qu'elle aussi avait parlé à Bert dans le Norfolk. Oui, elle l'avait appelé, dans le seul but de savoir si elle pouvait se débarrasser de son vieux fauteuil. Nous avons ri toutes les deux, reconnu que, d'une façon ou d'une autre, nous étions quittes. Carlotta n'est pas du genre à garder la moindre rancune après une dispute, c'est l'une de ses nombreuses qualités. J'ai fini notre conversation en lui disant que dès que Bert serait de retour – et ni l'une ni l'autre n'avions idée de la date –, nous nous retrouverions tous quatre ici.

— J'en serais heureuse, dit-elle.

Je sus, au ton de sa voix, qu'elle était sincère.

SYLVIE

Franchement... Les adultes prétendent que les adolescents ont leurs humeurs. Mais eux ? Maman et Papa se comportent de façon bizarre ces temps-ci, comme si quelque chose les contrariait. Je suis sûre qu'ils s'imaginent que ça ne se voit pas, mais c'est faux. Maman est plus distraite que jamais, elle semble à peine entendre mes questions. On croirait qu'elle s'est mise en pilote automatique. On ne peut pas dire qu'elle soit bougonne, mais plutôt qu'elle est dans la lune. Je lui ai demandé ce qui se passait, elle m'a donné cette vieille réponse passe-partout, à savoir que les journées n'ont que vingt-quatre heures... Je crois qu'au fond d'elle-même, elle a trouvé que la convalescence de cette pauvre Gwen chez nous avait exigé beaucoup d'elle. C'est entendu, veiller sur Gwen, s'occuper de la maison et, qui plus est, confectionner ses masques n'était pas facile à mener de front, mais ce n'était pas totalement impossible. Quant à Papa, je n'en sais rien. Je suppose que cela a rapport avec cette pièce à laquelle il semble s'atteler depuis des éternités, mais il n'en parle jamais et je n'aime pas poser de questions. J'attends juste le grand jour où nous nous rendrons en limousine à la première ! Cela fait des siècles que personne n'est venu chez nous ! Chaque soirée ressemble à la précédente, nous sommes tous trois assis autour de la table du dîner, chacun est sombre, comme perdu dans ses pensées, n'essayant même pas de faire un effort. Assommant.

À mon avis, c'est que peut-être les parents traversent une crise de la quarantaine. Elli prétend que c'est le cas de ses parents, surtout son père. Elle l'a entendu déclarer à quelqu'un que son pouvoir de séduction déclinait. Entre nous, qui se laisserait séduire par le père d'Elli ? Il est bedonnant et chauve. Quelle horreur ! Toujours est-il qu'il s'est mis au jogging. Nous l'avons aperçu un matin en allant à l'école. En short ! Oui, en short ! Même Papa, qui ne dit jamais rien de méchant sur les autres, a trouvé que c'était à pleurer, je n'ai pas rapporté à Elli que nous l'avions vu. Elle en serait morte de honte. Quant à sa mère, sa crise de la quarantaine se résume à dépenser encore davantage en soins du visage et en cours de gymnastique, à se faire éclaircir les cheveux, à s'offrir des séances d'aromathérapie et un tas de trucs aussi nuls. Elli est embarrassée par tout le temps et tout l'argent que gaspille égoïstement sa mère ces temps-ci. Elle ne travaille plus que le matin, mais passe sa vie au téléphone. Pourquoi ? C'est la question que nous nous posons, Elli et moi. Nous avons eu une grande conversation l'autre jour. Elli était en larmes car sa mère avait évoqué la possibilité d'un lifting, cela lui paraissait une chose abominable. J'ai essayé de lui remonter le moral. Nous avons réfléchi fort sérieusement à ce que cela signifiait d'être adulte, nous avons essayé de nous imaginer à quarante ans, et nous avons conclu que nous espérions de tout cœur ne pas être aussi frivoles. Nous nous sommes promis que si jamais l'une d'entre nous s'apercevait que l'autre cédait à la futilité, on se rappellerait à l'ordre. Nous sommes résolues à respecter cet engagement. N'empêche que je me demande si dans trente ans, Elli et moi serons encore amies…

GWEN

J'ai repris mon travail, Dieu soit loué, et j'ai à peu près récupéré. Je me sens beaucoup mieux. Mon visage a presque retrouvé ses couleurs normales et je déborde de modestes projets. Cet incident m'a forcée à me secouer.

Mrs. Grant a eu beau faire de son mieux, ce n'est pas un ange du balai ! J'ai dû faire le grand ménage dans la plupart des pièces et de toute évidence l'aspirateur n'avait pas été passé dans l'escalier depuis une bonne semaine. J'ai six ou sept chemises de Mr. Grant à repasser, Mrs. Grant prétend que ses essais au repassage sont une catastrophe. Je les ai emportées chez moi, discrètement, bien sûr. En réalité, je l'ai félicitée de s'être aussi bien débrouillée, et elle a paru très satisfaite. J'ai même ajouté en plaisantant :

— Vous n'avez pas vraiment besoin de moi, Mrs. Grant, vous vous débrouillez très bien toute seule.

Elle m'a regardée, affolée. Ça met du baume au cœur de se sentir apprécié !

Je redoutais de faire la chambre d'invités. Elle avait fini, en quelque sorte, par devenir ma chambre, et je renâclais à la quitter après cette merveilleuse semaine dont je me souviendrai toujours comme d'un rêve. Mais, une fois que je l'ai bel et bien quittée, elle est curieusement redevenue la chambre d'amis, une pièce impersonnelle, voire différente. C'est vrai que j'en ai passé du temps plantée là dans le fauteuil à regarder par la fenêtre, en ma qualité d'invitée ! Et maintenant au travail, au repassage et tout et tout ! Rien d'étonnant que cela paraisse différent. Ce que tu peux être bête des fois, ma pauvre Gwen... !

On m'a donné rendez-vous pour la séance d'identification. J'ai reçu de la police une lettre gentille comme tout. Évidemment, j'appréhende un peu. C'est la première fois que je vais dans un commissariat, mais ils m'ont assuré que je n'en aurais pas pour longtemps et que tout se passerait très bien. Mrs. Grant m'a dit la même chose : ne vous en faites pas. Elle était contente de sentir qu'ils se remuaient pour retrouver l'auteur de mon agression. J'étais moi aussi heureuse de pouvoir les aider.

Du coup je me suis dit qu'il était temps de m'acheter un manteau neuf, ça faisait des éternités que je ne m'étais rien acheté, c'était l'occasion ou jamais. Je voulais donner à notre police municipale l'impression d'une femme élégante, je voulais qu'ils me prennent pour une personne ayant la tête sur les épaules, capable de triompher de l'adversité, une image à laquelle mon vieux manteau râpé ne contribuerait guère. J'ai donc décidé de passer un moment tranquille chez Mark and Spencer, de m'offrir un sac, celui avec lequel l'homme s'est enfui était prêt à rendre l'âme, un manteau et une veste que je pourrais mettre par tous les temps. Je suis partie de chez moi toute guillerette : il y avait si longtemps que je n'avais pas fait de courses pour moi !

BERT

Au cours de la semaine qui a suivi ma rencontre avec Rosie, les choses se sont précipitées. Je ne suis pas revenu sur ma décision d'acheter sa maison, convaincu que c'était la meilleure idée que j'avais eue depuis des années, une de ces idées tombées du ciel. Coïncidence ou heureux hasard que je me sois trouvé sur les lieux à l'instant où les acheteurs potentiels s'en allaient, déçus... J'aime à y voir la main clémente des dieux présidant à ces situations.

Le lendemain de notre rencontre, Rosie et moi avons parlé affaires. Ayant accepté le prix suggéré par l'agent immobilier, je suis étonné de constater la rapidité avec laquelle les négociations pour l'achat d'une maison peuvent être menées à terme si deux notaires dignes de ce nom s'y attellent. Dès la fin de la semaine, l'acte de vente était signé, l'acompte versé. Conscient de l'importance des travaux, et n'éprouvant pas le besoin de connaître dans le détail les frais encourus avant que je sois propriétaire des lieux, j'écartai l'idée de faire appel à un expert. Ma maison de Londres, que je projetais de vendre dès que possible, valait au moins trois fois plus que la somme promise à Rosie.

Je passai chaque jour de longs moments avec elle, j'achetai trois autres de ses aquarelles. Elle était heureuse de penser qu'elles resteraient accrochées aux murs de sa maison.

Nous fîmes ainsi le tour du propriétaire, pièce par pièce, en prenant notre temps. Elle ne me cacha pas les déficiences du gros œuvre, mais le jardin dont j'héritais était, lui, en parfait état. J'avais toujours senti qu'au fond de moi sommeillait un jardinier. Désormais, j'allais avoir du temps et c'est avec plaisir que je m'initierais à cet art.

Rosie me gavait de gâteau à la carotte, tandis que moi, je l'abreuvais de bordeaux, ce dont elle ne se plaignait pas. Un soir, je l'ai emmenée dîner à l'hôtel. Elle avait mis une vieille robe de velours et, telle une gitane, s'était drapée d'écharpes qui étincelaient de paillettes. Elle était radieuse. Elle ne devait pas passer inaperçue, celle-là, dans sa jeunesse ! pensai-je. Quel dîner ! Et en quelle compagnie ! Nous avions déjà découvert qu'elle avait connu plusieurs amis de mes parents qui habitaient le Norfolk, mais elle ne s'étendit pas sur son passé et je n'insistai pas. Nous évoquâmes les poètes de la région, l'érosion des dunes, les possibilités de travail pour ma nouvelle vie. Elle suggéra plusieurs causes valables, surtout d'ordre écologique, qui pourraient bénéficier de mes moyens financiers autant que de mon expérience des affaires. Je lui répondis que je me renseignerais dès mon retour. Là-dessus, son regard enjoué s'assombrit, elle me questionna : comment réussirais-je à vivre seul au milieu de tous ces marécages ?

J'avoue que je n'y avais guère réfléchi, persuadé que cela ne poserait pas de problème : la solitude ne m'ayant jamais fait peur. L'idée m'avait toujours attiré.

— Il vaut bien mieux être seul qu'en piètre compagnie, répondis je.

Elle accueillit cette remarque d'une moue dubitative, l'air de se demander si la solitude était vraiment pour moi.

— C'est une chose de vivre seul quand vous êtes dévoré par une passion telle que la peinture, l'écriture, la musique ou autre – mais c'est tout autre chose quand vous n'avez rien de particulier à faire. Les jours vous paraissent interminables, vous vous morfondez, seul dans votre coin.

Je l'assurai que je m'y entendais pour organiser mon temps et qu'après avoir proposé mes services à diverses associations locales, je m'en irais travailler chaque jour, comme je l'aurais fait à Londres ou à New York. Ma grande joie serait de retrouver les marais. Rosie ne semblait pas convaincue.

Rosie se mit à rire, ses pommettes étaient maintenant aussi colorées que l'une de ses écharpes. Elle me suggéra de garder un pied-à-terre à Londres, de façon à ne pas me couper de tout et pouvoir profiter de temps en temps de la vie culturelle. Cela me parut sensé. Après tout, je n'étais pas un ermite... Le temps que nous prenions un brandy avec notre café, elle s'était assez enhardie pour s'enquérir discrètement de ma vie amoureuse. Il me parut sans danger, et plutôt plaisant, de pouvoir lui confier que j'étais épris d'une femme mariée, l'épouse de mon meilleur ami, ce qui m'empêchait ou presque de regarder ailleurs. Elle sourit, ajoutant qu'elle pouvait comprendre.

— Il y a plus de quarante ans que je vis seul, repris je, et je m'en porte très bien. Il se pourrait qu'il soit trop tard pour changer. Je dois avoir acquis des manies qu'aucune femme ne supporterait.

D'ailleurs, où trouverais-je une femme au milieu de ces marécages ?

Nous fûmes les derniers à quitter le restaurant. Rosie prétendait qu'elle n'avait pas passé une soirée aussi agréable depuis des années, moi de même. En la ramenant chez elle, je lui dis que si un jour je trouvais une épouse, mon vœu le plus cher serait que, quarante ans plus tard, elle ait le même charme qu'elle. En l'embrassant sur la joue, je reconnus la discrète senteur de la poudre de ma mère – ou s'agissait-il d'une illusion nostalgique, comme le jour où je l'avais sentie sur Carlotta ? Soyeux et roucoulant, le rire de ma mère rappelait aussi celui de Rosie, une sorte de murmure qui donne à croire que certains heureux caractères ont le don de vous mettre en gaieté.

Je rentrai à Londres en prenant mon temps, revivant tous les moments aussi étranges qu'inattendus de ma semaine. Je continuai à tergiverser avec l'avenir immédiat. Carlotta m'avait appelé pour m'annoncer que la maison était prête : il fallait reconnaître qu'elle avait respecté les délais. Il serait loin d'être facile de lui dire que je n'en voulais plus. Nous avions décidé que j'irais directement chez moi et qu'elle passerait dans la soirée pour m'expliquer une chose ou l'autre et avoir ma réaction. Dieu que je redoutais cela. Qui plus est, Dan m'avait invité à dîner le lendemain soir, et il avait également fait signe à Carlotta. Comment pourrais-je leur annoncer la nouvelle à Isabel et à lui ? Valait-il mieux ne rien dire, pour le moment ? Était-il préférable de tourner autour du pot en m'étendant sur les prouesses de Carlotta et leur expliquer une autre fois que j'avais décidé de quitter Londres ? Ou devrais-je profiter de ce dîner à quatre pour les mettre au courant ?

Je rentrai chez moi au beau milieu de l'après-midi : l'endroit était méconnaissable. De toute évidence, Carlotta avait fait un excellent travail si tant est que vous souhaitez un changement de look radical, et que vous affectionnez les tons pastel, les rideaux de mousseline et les coussins aux couleurs criardes. Cela n'était tout simplement pas moi. Ce n'était plus ma maison. Et jusqu'à mon fauteuil qui, recouvert de toile gris taupe, était devenu un étranger. Carlotta avait pensé à tout. Il y avait des fleurs et des plantes dans tous les coins. Le frigidaire, neuf et imposant, était bourré de provisions aussi tentantes que coûteuses et de champagne Veuve Clicquot. Sans doute s'était-elle rappelé que c'était mon préféré. Vingt sur vingt, me dis-je. Vingt sur vingt, mais rien dans tout ce décor ne me plaisait. Je n'avais qu'une hâte, m'en aller.

Au cours des deux heures qui précédèrent l'arrivée de Carlotta, je fis de mon mieux pour que l'endroit paraisse plus convivial. J'osais espérer qu'elle prendrait cela comme un compliment. Je laissai traîner des journaux, j'entassai des dossiers sur le bureau, j'accrochai deux vestes dans le couloir, me fis du thé, sans laver ma tasse. Je mis du Schubert, puis j'essayai le fauteuil après son lifting. Une horreur. Heureusement que je ne vais pas vivre là-dedans très longtemps, pensai-je.

Carlotta arriva à dix-huit heures précises, toute vibrante d'espoirs. Elle avait l'air en forme dans sa tenue rouge sombre que rehaussait un splendide collier de faux rubis.

Mon Dieu, me dis je, je ferais mieux d'annuler mes réservations au bistrot du coin et de l'emmener dans un restaurant chic.

J'ouvris une des bouteilles, lui servis un verre en lui expliquant que j'étais émerveillé par ses talents de décoratrice. Elle accueillit cela avec certain étonnement, ce soudain manque d'assurance la rendait plutôt touchante.

— Tu l'aimes vraiment ? demanda-t-elle.

— Oui, répondis-je en l'embrassant sur les deux joues.

Pour lui redonner confiance, je ne lésinai pas sur les qualificatifs, merveilleuse, subtile, adorable, fantastique, et surtout si rapide et si compétente ! En la voyant se rengorger à chaque exclamation, j'avais honte de moi. Elle insista pour me présenter toutes les pièces. J'en avais déjà fait le tour seul, mais j'acceptai, bien sûr, feignant un sincère empressement. Elle me raconta des anecdotes sur la provenance de certains éléments de la décoration, comment elle avait déniché dans une brocante la couette ancienne qui recouvrait mon lit, quant aux tapis persans… J'écoutais, espérant montrer de l'intérêt.

Je la remerciai pour les fleurs, les provisions, le champagne et surtout pour s'être donné tant de mal avec tant de gentillesse... Nous retournâmes ensuite au salon et remplîmes à nouveau nos coupes. Elle me posa les questions d'usage au sujet de mon séjour dans le Norfolk. Je lui répondis que tout s'était bien passé. Là-dessus, elle regarda sa montre, j'en profitai pour lui suggérer que nous pourrions songer à aller dîner.

— Oh ! reprit-elle, c'est vraiment gentil de ta part, mais je n'avais pas prévu de dîner avec toi, je vais à l'Opéra.

— Un nouvel admirateur ? hasardai-je.

— Si tu veux, répondit-elle en baissant les yeux.

J'exprimai ma déception d'une façon qui masquait mon soulagement. La soirée m'appartenait, je pourrais donc défaire mes valises et retrouver mes marques dans cet univers étranger. Puis j'appellerais Rosie, je lui raconterais toute la séance, ce qui la ferait rire. Carlotta resta un peu plus longtemps. Je dois admettre qu'elle avait beaucoup d'allure en rouge vif, ma mère l'aurait qualifiée de superbe. Nous parlâmes brièvement affaires, elle me dit avec beaucoup de gentillesse de prendre mon temps pour régler le solde de la facture. Puis elle posa son verre, se dirigea vers moi et passa les bras autour de mon cou. Elle me confia qu'elle avait été heureuse de refaire ma maison, cela avait été une excellente diversion dans une période assez creuse. Je l'embrassai sur le front, elle recula. J'entrevis un nuage de tristesse dans ses beaux yeux, mais elle retrouva vite sa gaieté : elle m'avoua qu'elle avait redouté ma réaction, et qu'elle était aux anges de voir que j'aimais. Elle se hâta vers la porte en agitant la main en signe d'au revoir, répétant qu'elle allait être en retard, mais que nous nous reverrions demain soir chez Dan et Isabel.

M'étais-je bien comporté ? Je me posais la question.

Beaucoup plus tard, après avoir apprécié ce dîner improvisé avec les provisions du frigo, je retournai dans mon fauteuil finir le champagne. Je me sentais un peu éméché, les idées légèrement confuses. Carlotta dans sa robe rouge et pourtant je n'aime pas le rouge... C'est drôle, mais je n'aurais pas été mécontent d'être celui qui l'accompagnait à l'Opéra.

XI

ISABEL

Gwen semblait aussi excitée qu'inquiète à la perspective de la séance d'identification de cet après-midi. Elle m'a raconté qu'elle avait acheté un manteau vert très chic, le premier qu'elle s'offrait depuis quinze ans : à mon avis, devrait-elle mettre un chapeau ? Je lui ai répondu que je ne pensais pas qu'un chapeau soit la condition sine qua non de l'élégance. Je l'ai surprise plusieurs fois ce matin, en train de jeter un coup d'œil par la fenêtre de la cuisine, un peu comme si elle redoutait un potentiel agresseur. Elle n'admettra jamais combien cet incident l'a secouée, mais je devine qu'il lui faudra un certain temps avant de se sentir en sécurité dans les rues de Shepherd's Bush.

J'étais dans un tel état ce matin que, contrairement à mes habitudes, j'ai renoncé à travailler, ce qui ne me ressemble pas. Tout cela à cause du dîner de ce soir avec Bert qui rentre du Norfolk et Carlotta.

Ce sera la première fois que nous serons tous les quatre depuis que Bert est revenu de New York, il n'y a pas si longtemps, même si cela paraît remonter à des éternités. Cela va apaiser mes remords à l'égard de Carlotta envers laquelle je me suis montrée si peu aimable l'autre jour. J'ai la vague impression que, malgré ses protestations, elle trouve Bert plutôt à son goût, mais qu'avec lui elle n'ira nulle part. Il apprécie qu'elle lui ait évité d'embaucher des inconnus pour retaper sa maison, mais il n'a pas l'intention de demander à Carlotta de s'installer avec lui. Il se pourrait même qu'il espace ses contacts avec elle. Je le soupçonne de vouloir carrément changer de vie, faire de nouvelles connaissances, ne garder que ses plus vieux amis, comme Dan et moi. Il n'y a aucun sens à le pousser dans les bras de Carlotta, car il n'est tout simplement pas intéressé.

Gilbert… Bert. Car désormais, moi aussi, je l'appelle Bert, comme tout le monde. Il me manque. C'était bon de l'avoir ici. Sa présence, sa joie de vivre, son rire, sa gentillesse et son souci des autres, sont bien loin de l'interrogatoire auquel se livre parfois Carlotta, j'aimerais bien qu'il trouve du travail. Quelque chose qui lui plaise. Ayant fait fortune aux États-Unis, l'argent n'est pas sa motivation première. S'il reste désœuvré, il sera malheureux. Il devrait mobiliser ses énergies à bon escient, mais comment ? Je dois y réfléchir, l'aider à trouver un travail qui le stimulera.

Bert...

Parfois, dans un petit coin de ma tête, je revis ce moment – ce seul et unique instant – pas plus d'une seconde ou deux – de trouble dans le cellier. Que s'est-il passé ? J'essaye de comprendre. Un bref émoi, rien de plus. Un aveu. L'impression d'entrevoir une éventualité que l'on sait impossible. Pour vous dire – pure vanité – que vous avez encore du charme. Et puis cet instant dans l'escalier. Que dois-je y voir ? Rien ? Un autre aveu ? Était-ce mutuel ou était-ce mon imagination, comment le savoir ? Oui, comment le savoir quand on ne peut pas en parler ? Quand on ne veut pas en parler ? Cette vieille chanson me revient... *Le mauvais moment, le mauvais endroit*... Dans une autre vie, peut-être que Bert et moi aurions trouvé... Mais non, voyons, qu'est-ce que je dis ? Dan est l'amour de ma vie.

Je ne saurai jamais ce qui s'est passé en vérité dans le cellier ou dans l'escalier, sans doute cela n'a-t-il pas d'importance et les questions me laisseront-elles en paix. Il en reste néanmoins une dernière : entrevoir une intrigue à l'extérieur d'un couple qui s'aime peut-il ébranler ou affecter les fondements de ce couple ? Pourquoi cet émoi à l'idée que Bert vient dîner ? Pourquoi cet inavouable frisson ?

Cela m'incite à me donner beaucoup de mal pour lc dîner. Hier, j'ai acheté des bougies et j'ai dévalisé les fleuristes de Portobello Road. J'ai passé une heure à compulser des livres de cuisine et, à la fin, j'ai choisi les plats préférés de Dan. Au moins, Dan semble avoir retrouvé sa joie de vivre. Sa morosité a disparu, sans doute provenait-elle d'un problème avec sa pièce. Il est d'excellente humeur. Il m'a réveillée à cinq heures du matin pour me dire

– en deux mots – qu'il avait repris espoir et retrouvé son optimisme. Cette espèce de blocage semble de l'histoire ancienne. Pourvu que *Rejet* ne se termine pas par un nouveau rejet… Pourvu que cette fois sa pièce ait du succès ! Je fais des tas de prières pour sa réussite.

SYLVIE

Dieu sait ce qui s'est passé, mais on dirait que tout baigne à nouveau ! Les parents qui semblaient pendant un moment si bizarres sont redevenus comme avant. Durant les quelques jours que Gwen a passés chez nous, Maman paraissait loin, très loin. Elle était aussi gentille que d'habitude, mais elle n'était pas vraiment présente. Elle tournait en rond, pestait contre le repassage, s'impatientait avec l'aspirateur, s'affolait de ce qu'elle avait à faire, angoissait à l'idée de ne pas avoir une minute pour terminer son masque, bref, c'était pénible. Quant à Papa, il avait l'air franchement malheureux. En fait, je n'arrivais pas à lui demander ce qu'il avait. Pour rien au monde je ne voulais entendre parler de sa pièce ni d'aucune de ses pièces. J'estime que les gens ne devraient pas ennuyer les autres avec leur travail : je ne vais pas les bassiner avec mon exposé de géographie ou je ne sais trop quoi. Quand je serai une célèbre avocate ou présidente d'une grosse société, je ne vais pas casser les pieds de mon mari avec mes dossiers.

Aujourd'hui, Elli m'a confié un super-secret. Elle m'a dit que sa mère l'avait envoyée dîner dans sa chambre de très bonne heure en lui disant que « quelqu'un » allait passer pour parler affaires. Mais Elli est redescendue environ une heure plus tard et a trouvé un très bel homme en train d'ouvrir une bouteille de champagne. Il avait des années de moins que sa mère. Celle-ci portait une robe à frous-frous au généreux décolleté qu'Elli ne lui connaissait pas. Elli m'a dit que sa mère avait essayé d'être gentille avec elle et l'avait présentée à « Charlie ». Il était clair qu'ils ne voulaient pas l'avoir sur le dos et il était non moins clair que, malgré ses sourires, sa mère était furieuse qu'Ellie les interrompe. Elli était donc remontée dans sa chambre, en proie à d'horribles soupçons. La pauvre ! Si étranges que soient les sautes d'humeur de mes parents, ils ne sont rien à côté de ce qu'elle a à subir. Je peux m'estimer heureuse.

À mon retour de l'école, Maman s'agitait à la cuisine. Au goûter, elle m'a donné des sandwiches au saumon fumé confectionnés avec des restes de l'entrée de leur dîner. Je les ai emportés dans ma chambre où je préparais un exposé sur la guerre des Roses. Désireuse de me concentrer, je ne voulais pas être interrompue, que l'on me demande, par exemple, de mettre le couvert. Maman s'affolait, mieux valait ne pas être dans les parages…

GWEN

Ouf ! C'est fini et je n'avais franchement pas de quoi m'inquiéter.

En fin de compte, j'ai décidé de ne pas mettre de chapeau : mon vieux galurin ne ferait pas honneur à mon beau manteau neuf, sur le revers duquel j'ai épinglé ma broche représentant un petit cheval qui caracole. Un cadeau de Bill pour notre premier anniversaire. Et aussi son dernier présent, si j'ai bonne mémoire.

Il y avait un temps fou que je ne l'avais pas portée. En la voyant, je me suis souvenue de Bill. Il est plutôt rare que je pense à lui et, à chaque fois, je me pose la même question : pourquoi diable nous sommes-nous mariés ? Disons que c'était une folie de jeunesse et qu'il avait un beau visage, même s'il virait à la betterave après cinq minutes d'exposition au soleil. J'ai découvert cette particularité au cours de notre lune de miel à Bournemouth qui ne fut pas une réussite à beaucoup d'égards. Nous avions si peu d'affinités, si peu d'intérêts communs. Sa vie, c'était le sport, tous les sports possibles et imaginables : football, courses de lévriers, cricket. Il y passait ses samedis puis il allait prendre un pot avec ses copains, mais je dois reconnaître qu'il n'avait rien d'un alcoolique, je ne pourrai jamais lui reprocher ça. Il me parlait sans cesse de son travail à la poste, ce qui n'avait rien de passionnant, mais il y était apprécié et avait eu plusieurs promotions. Sans doute, dans le mariage, recherchions-nous la sécurité, une histoire d'amour, des enfants, un humble toit au-dessus de nos têtes.

Ce ne fut pas si rose… Une histoire d'amour, par exemple, requiert certain talent et Bill n'était pas très fleur-bleue. Oh ! Il n'était pas méchant, disons qu'il était ennuyeux. À la naissance des enfants, j'ai démissionné de mon poste de réceptionniste à l'hôpital, travail qui me plaisait car on y rencontre toutes sortes de gens, et je suis devenue mère au foyer. Bill ne m'aidait pas beaucoup. Il réservait ses samedis aux courses de lévriers ou aux matchs de foot ou de cricket, je n'avais donc guère de temps pour moi. Il nous offrit néanmoins une petite maison dotée d'une terrasse, si minuscule fût-elle, nous ne pouvions pas nous plaindre. Au bout d'environ cinq ans, il commença à s'intéresser à la colombophilie et passa de nombreux week-ends chez son frère, éleveur réputé du nord de l'Angleterre. Ses réponses à mes questions sur les pigeons me montrèrent ses lacunes en la matière, éveillant des doutes chez moi. Jusqu'au jour où je remarquai du rouge à lèvres sur son col… Je n'en dis rien car cela m'était un peu égal : et quand, peu après cette découverte, nous fîmes lit à part, je crois que ce fut un soulagement mutuel.

Neuf années de mariage. Puis il est mort, subitement – pas dans le lit conjugal, c'est encore une chance. Je ne suis pas de celles qui apprécieraient de partager leur couche avec un cadavre. Non, selon la version à laquelle j'ai eu droit, il séjournait apparemment à Burnley, chez son frère, et il était en train de se bagarrer avec un bouton de chemise car il avait un peu grossi, telle est, en tout cas, la version à laquelle j'ai eu droit.

Cela a été un choc, bien sûr. Un décès soudain vous secoue toujours, même si vous n'étiez pas intime avec le défunt, aussi la mort inattendue d'un mari à un âge relativement jeune représente-t-elle un véritable choc. En toute honnêteté, je ne puis dire que cela m'ait affectée. Les enfants n'ont pas vraiment compris ce qui se passait, ils n'ont montré aucun signe de comportement bizarre, contrairement à ce que m'avait prédit un psychologue qui aimait fourrer son nez partout. J'ai ramassé les habits de Bill, je les ai donnés à l'Armée du Salut et je l'ai plus ou moins oublié. Bill n'est plus qu'un moment de grisaille dans ma vie, mais le souvenir de Barry demeurera à jamais lumineux.

Ces pensées m'ont occupé l'esprit tandis que je me rendais au commissariat, elles ont dissipé mes inquiétudes et, curieusement, cette nouvelle expérience a commencé à me plaire. Les agents de police se sont montrés si aimables, si polis ! Ils m'ont priée d'attendre un moment et l'un d'eux m'a apporté une tasse de thé. Un si gentil jeune homme ! J'ai mentionné par hasard que j'avais un manteau neuf, et il m'a complimentée d'avoir choisi un aussi joli vert.

— Des dames élégantes comme vous, on n'en voit pas tous les jours ici, a-t-il dit.

Un autre jeune policier tout aussi courtois m'a emmenée dans une pièce bizarre avec une glace sans tain : je voyais tous ces hommes, mais eux ne pouvaient pas me voir. Un instant, je m'en suis voulu d'avoir fichu cinquante-neuf livres sterling en l'air pour un manteau, mais, en fait, je ne pense pas, car les policiers ont vraiment apprécié mes efforts.

Quoi qu'il en soit, j'ai passé en revue tous ces hommes.

— Prenez votre temps, m'a dit l'officier.

J'ai suivi ses conseils. J'ai scruté chacun de ces visages. Des noirs, des blancs, un asiatique. Tous ces hommes étaient à peu près de taille et de corpulence identiques. Leur mise n'était pas particulièrement soignée. Certains avaient l'air sympathique, d'autres avaient une sale tête, leur regard reflétait la peur, la culpabilité ou l'innocence. Aucun n'avait la moindre ressemblance avec Gary, ni même avec l'homme qui m'a regardée quand je gisais sur le sol, et dont je n'ai qu'un très vague souvenir.

— Je suis désolée, leur dis-je, mais ce n'est pas un de ceux là.

L'officier parut déçu. Il me demanda de regarder à nouveau. Un visage a alors retenu mon attention, non comme celui d'un éventuel suspect, mais parce qu'il respirait la bonté.

Il m'a paru un peu plus âgé que les autres. La cinquantaine, dirais-je. Les cheveux châtain clair, ondulés. Les coins de ses yeux bleus étaient fripés, comme s'il avait passé sa vie à sourire. Il avait un de ces visages que l'on repère dans une foule, parce que... J'ai du mal à le décrire. Bref, le visage d'un homme qui n'aurait pas fait de mal à une mouche. Impensable qu'il vous agresse ou qu'il vous vole cet homme-là ! Je le sais. J'en suis convaincue. Je ne pouvais pas comprendre pourquoi il était là, mais sans doute les policiers avaient-ils cherché partout et pris tous les volontaires répondant plus ou moins à la description du suspect. Je me posai des questions à son sujet.

— Non, mon agresseur n'est pas ici, déclarai-je à l'officier de police. Peut-être que l'une des victimes d'une attaque semblable à celle que j'ai subie reconnaîtra le coupable.

Le policier m'adressa un sourire las et me raccompagna jusqu'à la porte d'entrée. Le soufflé retombait... J'ignore au juste ce à quoi je m'étais attendue, mais la perspective de la séance d'identification m'avait ragaillardie ces derniers jours et maintenant que c'était du passé, je me sentais un peu, je ne sais pas...

Mais, comme on dit, la vie est pleine de surprises. En rentrant chez moi, j'ai trouvé une lettre d'Ernie. Il pensait que je serais heureuse d'apprendre qu'Eileen, sa compagne, avait donné le jour à une petite Gwyneth, il ne précisait pas la date. Ça par exemple ! Une petite-fille ! Je m'assis sans même enlever mon manteau. Je n'avais jamais entendu parler de cette Eileen. À ma connaissance, Lynne était la dernière en date, mais j'étais heureuse, bien sûr, à l'idée d'être grand-mère. J'eus soudain envie de voir l'enfant.

Mais cela ne semblait pas probable pour le moment : Ernie expliquait qu'il n'y avait aucune chance qu'ils viennent par ici dans un avenir proche, et qu'il ne me serait guère possible de descendre chez eux, car ils avaient donné la deuxième chambre au bébé.

Une solution serait peut-être envisageable l'an prochain. Hélas, la nouvelle année était encore bien loin.

Je m'assis un long moment, songeuse, à la table de la cuisine, ne prenant même pas la peine de me préparer une tasse de thé. Je m'imaginais chez les Grant, où les préparatifs du dîner de ce soir allaient bon train. J'étais impatiente d'annoncer lundi à Mrs. Grant la naissance de ma petite-fille. Elle en serait si heureuse.

Et puis je me suis dit, je ne sais vraiment pas comment cela m'est venu à l'esprit, que la naissance de Gwyneth était un de ces événements qui se célèbrent. Je n'avais chez moi qu'un sherry bon marché – dont je me sers pour relever une béchamel, les jours où je n'ai pas le moral – et j'avais vraiment envie, ce qui était très surprenant chez moi, d'une boisson forte.

C'est ainsi qu'aux environs de six heures du soir, mon manteau neuf encore sur le dos, j'ai mis le cap vers une destination jusqu'ici inconnue. Tremblant comme une feuille, je me suis rendue au bar du coin. J'avais prévu de ne boire qu'un seul verre à la santé de ma petite-fille Gwyneth, après quoi je me dépêcherais de rentrer chez moi.

DAN

Je m'attends à retomber très vite sur terre, mais pour le moment tout va pour le mieux dans le meilleur des mondes. Je commence samedi matin ma nouvelle pièce. *Rejet* est allée rejoindre les autres pièces dans le placard. Je doute que je la termine un jour ou, plutôt non, je n'ai aucun doute de ce côté-là : je sais que je ne la terminerai pas. Car la nouvelle pièce est là, qui bouillonne dans ma tête. Au bureau, je gribouille quelques lignes, bourre mes poches de morceaux de papier que je cache dans mon bureau dès mon retour à la maison. Mais je connais mon rituel : choisir une date et une heure pour commencer et m'y tenir. C'est une forme de superstition. Je ne voudrais pas y déroger. Toute cette semaine, je me suis efforcé de contrôler mon enthousiasme, ma joie. Samedi n'arrivera jamais assez vite.

En attendant, il y a ce soir : Bert et Carlotta viennent dîner. Isabel – qui a retrouvé son sourire depuis que Gwen a libéré la chambre d'invités et repris son travail – semble s'être lancée avec un plaisir tout particulier dans la préparation de ce repas. Je l'ai vue entreprendre ce qui sera, je pense, une crème brûlée, dessert qu'elle réserve aux grandes occasions, sachant que c'est mon préféré. Je ne vois pas dans cette soirée une grande occasion, mais j'adore la crème brûlée et je suis reconnaissant à Isabel de se donner autant de mal.

Carlotta. Oh ! mon Dieu ! Carlotta ! Je ne puis chasser de mon esprit cette image de nous deux, enlacés dans une étreinte incontrôlée, puis entendant Sylvie... C'est une scène qui me hante. Certes, sans cet incident, il n'y aurait pas eu de nouvelle pièce. Mais cela n'est pas une excuse. Rien ne saurait justifier pareille conduite et, si mon châtiment est le remords à perpétuité, qu'il en soit ainsi.

Je restai là debout à regarder Isabel, à regarder ma femme battre des ingrédients dans un bol, ses cheveux retombant sur sa joue, d'un rose aussi ardent que fuchsias sous la brise. Quant à moi, j'étais dans un tel état d'excitation que j'ai failli lui arracher son batteur des mains pour lui annoncer ma nouvelle. Réflexion faite, ce serait bien égoïste de ma part. Elle sera heureuse pour moi, intéressée, c'est évident. Mais, comme ne cesse de le répéter Bert, le choix du moment est essentiel, et ce n'était pas le moment propice. La préoccupation immédiate d'Isabel était de nous préparer un bon dîner, je ne devais pas l'interrompre avec des projets à moi qui n'avaient rien à voir. Alors quand devrais-je la mettre au courant ? Samedi après-midi, peut-être, une fois que j'aurais commencé.

Je montai dans la chambre de Sylvie. Penchée sur son bureau elle préparait un exposé d'histoire, matière dans laquelle elle avait de bonnes notes ces temps derniers. Elle avait même mentionné qu'elle aimerait devenir historienne, mais à cet âge les enthousiasmes varient. Elle me pria de ne pas la déconcentrer, ajoutant qu'elle me parlerait au petit déjeuner. Je m'éloignai donc sur la pointe des pieds.

Descendu dans notre chambre, je changeai de chemise et choisis la dernière cravate qu'Isabel m'avait donnée. Décidant que j'aurais l'air ridicule avec une cravate pour un dîner dans notre cuisine, je la retirai. Je sais que Bert n'approuve pas que l'on sorte sans cravate. Il voit dans les dîners entre amis une occasion de s'engoncer dans des gilets et costumes rayés affublé d'une de ces lavallières extravagantes qui attirent les compliments. Je me suis allongé sur le lit, les mains sous la nuque, avec de vagues remords de ne pas être à la cuisine en train d'aider Isabel. J'ai essayé de réfléchir à l'avenir immédiat et tout ce qui m'est venu à l'esprit ce sont des flashs, sans intérêt, sommaires : Bert, Carlotta crème brûlée, Château Margaux.

J'ai sauté du lit, saisi le bloc-notes sur la table et j'ai écrit :

PHILIP : *Qu'importe.*

Qu'importe devait être le premier mot de la première scène du premier acte de la nouvelle pièce. Oh ! Attendons samedi...

CARLOTTA

Impossible de me décider, même après avoir réfléchi toute la journée. Devrais-je annoncer la nouvelle ce soir, leur dire que je pars à New York pour une durée indéterminée ? Et dans ce cas, quand et comment devrais-je leur présenter la chose ? Au début du repas ? Non : tous grillaient d'envie d'entendre Bert raconter son séjour dans le Norfolk. Serait-il préférable que j'attende le moment de nous séparer ? Leur dire que je ne veux pas rentrer trop tard parce que demain matin je prévois de donner ma démission.

Qu'est-ce que cela pourrait leur faire ? me demandais-je. Sans doute pas grand-chose. J'entends par là que Bert n'a plus besoin de moi : il est satisfait de mon travail, il souhaite en rester là. Quant à Dan : disons que je suis devenue pour lui un objet de cuisant remords. Il pourrait se sentir soulagé d'être débarrassé de moi, même si je crois qu'il a encore un faible pour moi. Isabel ? Sans doute lui manquerais-je de temps en temps, bien qu'elle ne m'ait guère prodigué de signes d'amitié récemment. Non, cette annonce ne va pas susciter de grande réaction. C'est la vie... La marée de l'amitié monte et descend. Il était probable que tous trois apprécieraient ma décision d'avancer dans la vie, me dis-je, tout en m'efforçant de camoufler les poches sous mes yeux, rappels de mes frasques de la nuit précédente après l'Opéra, en compagnie d'un riche goujat que je ne veux jamais revoir. Regrets. Regrets. Quand on vit seule, l'espoir, ce trublion, est souvent de mauvais conseil.

BERT

Je ne puis m'habituer au nouveau look de ma maison. Je ne l'aime pas. Heureusement, je n'aurai pas à le supporter bien longtemps. Mon fauteuil, rhabillé de lin, ce qui est à la mode à défaut d'être fonctionnel, a perdu tout son charme. La seule chose qui m'ait séduit, c'est la machine à glaçons du frigo, qui produit plus de glaçons qu'un célibataire à l'aube d'une vie nouvelle n'espérerait jamais en utiliser.

Parti de chez moi trop à l'avance, j'ai fait un tour en voiture, profitant de cette belle soirée d'automne londonien : ciel poudreux sur un arrière-fond abricot, pour reprendre le jargon de Carlotta et de ses collègues décorateurs. Le trottoir d'Isabel et Dan disparaissait sous les feuilles couleur bronze : celles qui restaient aux branches n'étaient plus que des squelettes et les troncs à l'écorce toute rapiécée, ressemblant à un camouflage militaire, étaient maintenant exposés aux futurs assauts de l'hiver. Mon cœur s'emballa au moment où je coupais le moteur, je gravis en courant les marches du perron.

Je doute qu'aucun homme ait pu tomber amoureux de la femme qui ouvrit la porte. Dan était là, de toute évidence, Isabel ne m'attendait pas de si bonne heure. Elle apparut, toute rose, les cheveux en désordre, un torchon ceint autour de la taille. Elle sourit, ouvrit les bras et nous nous étreignîmes, l'émotion fut telle que j'en restai muet. Aimer et savoir cet amour condamné à être rejeté était une situation déchirante. Quand nous nous séparâmes en riant – pourquoi en riant ? –, elle me demanda pour quelle raison je n'étais pas entré sans sonner : avais-je perdu ma clef ? Je lui avouai que je l'avais sur moi et la lui rendis, lui expliquant que, dans ma hâte de revoir Dan, j'avais automatiquement sonné. Je ne m'étendis pas davantage. Elle acquiesça d'un signe de tête. Je la suivis dans la cuisine.

Dan était là, il s'escrimait à ouvrir une bouteille de vin. Il me parut d'humeur enjouée, heureux. Peut-être cela avait-il à voir avec la pièce, j'étais curieux d'en savoir davantage. Sentant qu'il n'était pas prêt à se livrer, je commençai à leur raconter mon séjour dans le Norfolk. Je décrivis Rosie, leur annonçai que j'étais tombé amoureux d'elle : c'était exactement mon genre de femme. Belle, drôle, talentueuse, aimant la solitude, douce, aimable, j'égrenais les adjectifs, tous auraient pu aussi bien s'appliquer à Isabel, qui me lança un clin d'œil interrogateur, jusqu'à ce que Dan me demande d'arrêter.

— Lui as-tu demandé de t'épouser ? demanda-t-il.

C'est seulement à cet instant que j'avouai qu'elle approchait des quatre-vingts printemps. Je ne vis pas la réaction d'Isabel, car elle me tournait le dos. Cela dut l'amuser, je pense.

Isabel dénoua le torchon autour de sa taille et nous allâmes tous trois nous asseoir près de la fenêtre, avec des coupes de Pol Roger, tandis qu'ils me pressaient de questions sur le Norfolk : ne m'étais-je pas senti trop seul ? N'avais-je pas trouvé le temps long ? N'avais-je pas eu envie de rentrer à Londres ? Etc. Avec un effort presque perceptible ils réussirent à ne pas m'interroger sur mes projets. Je mentionnai le neveu de Rosie, imprésario toujours en quête d'idées. Rosie m'avait affirmé, dis-je à Dan, qu'il était de ceux qui lisent les manuscrits qu'on leur envoie et qu'il avait la politesse de vous faire part de sa réaction. Je sortis sa carte de visite de mon portefeuille et la tendis à Dan. Cette fois, sous l'effet de son vieil optimisme, le visage de Dan rayonnait. Dan a une incroyable tendance à prendre ses désirs pour des réalités, laissez-lui entrevoir une lueur d'espoir et il déborde d'optimisme. C'est dans sa nature et cela me brise de me dire que la seule fois où ses talents d'auteur aient été récompensés remonte à la lointaine époque où il était étudiant à Oxford.

— Ça peut toujours servir, a-t-il murmuré.

Je pouvais voir qu'il s'efforçait de contenir un enthousiasme puéril.

Carlotta fit bruyamment irruption peu avant vingt heures quarante-cinq. Elle appartient à ceux qui s'imaginent – ce qui est très tendance dans une génération plus jeune que la nôtre – que l'on se doit d'arriver avec au moins une heure de retard. Je dois toutefois reconnaître qu'elle s'efforce de respecter les convenances d'autrui quand elle est invitée chez des amis mariés ayant des enfants et, par conséquent, se levant tôt. Dan alla lui ouvrir la porte. Il y eut un silence pendant lequel, je pense, ils s'embrassèrent. Je regardai Isabel assise, les yeux baissés, pour éviter que nos regards ne se croisent. Suivirent des éclats de rire, des réprimandes moqueuses en provenance du couloir : comment se faisait-il que nous ne nous soyons pas vus depuis des éternités ? Là-dessus, Carlotta entra.

Elle se précipita dans la pièce, puis s'arrêta net, telle l'actrice qui a fait un faux pas. À l'instant où Isabel et moi nous levions pour l'accueillir, il me vint à l'esprit qu'elle nous avait tous deux photographiés mentalement et avait flairé mes sentiments pour Isabel. S'il en était ainsi et je crois qu'il n'était pas d'un narcissisme excessif de préjuger que cela l'affectait, elle faisait bonne figure. Dans un élan étrangement fluide, comme si un ruban invisible reliait ses mouvements, elle nous serra tour à tour dans ses bras, Isabel et moi, puis accepta la coupe de champagne que lui tendait Dan. Je ne parvenais pas à éloigner d'elle mon regard, provoqué, agacé par sa robe.

Sa robe écarlate, c'était celle de la veille. Je pressentais qu'elle était censée communiquer quelque message pervers : qu'elle était plus hardie qu'Isabel ? Elle savait que je l'avais trouvée en beauté hier, lorsqu'elle se rendait à l'Opéra avec je ne sais quel homme. Alors, où voulait-elle en venir ce soir ? Attiser, tenter, agacer ? Je n'arrivais pas à comprendre. Mais j'étais irrité par cette onde qui empourprait la palette subtile de la cuisine. À côté d'Isabel, on aurait dit une catin, une de ces dépravées de la nuit, au regard séducteur. Isabel fila à l'autre bout de la cuisine pour surveiller ce qui était au four. J'évitai de la suivre du regard, craignant qu'il ne reflète ma douleur. Là-dessus Carlotta arriva, me prit par le bras et me demanda ce que je devenais, pourquoi diable je snobais le monde en m'isolant ainsi dans les marais. Je me ressaisis, essayai de lui répondre.

DAN

J'appréciai d'être seul pour ouvrir la porte à Carlotta. Elle resta un instant sur le seuil, à contre-jour, somptueuse dans l'écarlate de sa cape de matador. Elle entra. Je crains d'avoir rougi. Nous nous étreignîmes. C'est le souvenir d'une sensation plutôt qu'une sensation immédiate qui passa entre nous, ce que j'appréciai également. Je ne pense pas qu'il y ait eu le moindre frisson dans le corps si désirable de Carlotta : comme je me le suis si souvent répété, notre misérable étreinte n'a rien signifié pour elle et n'a été pour moi qu'une étincelle de désir. Je me trouvais donc enfin libre, soulagé. Sans doute est-ce ainsi que devrait se terminer le troisième acte ?

Carlotta s'est précipitée dans la cuisine. Au moment où tous trois se sont retrouvés, j'ai noté une sorte de saisissement, voire certain embarras sur le visage de Bert et Isabel. Bert paraissait, lui aussi, légèrement contrarié. Carlotta est incapable d'entrer où que ce soit sans se faire remarquer. Elle produit toujours son petit effet. Faute de quoi, elle faillirait à ses propres yeux.

Je les ai laissés. J'ai tendu à Carlotta une coupe de champagne, histoire d'aider Isabel et de me déculpabiliser de ne pas l'avoir aidée plus tôt. J'ai posé les assiettes de saumon fumé sur la table. Restait à décider quand j'allais faire ma petite annonce. Avant ou après la crème brûlée ? Au fromage, ou valait-il mieux attendre le café ? À ce point nous aurions assez bu pour faire passer la nouvelle qui, à mon avis, ne devait pas causer grand remous de toute façon : je me sentirais juste soulagé quand je l'aurais annoncée.

J'allumai les quatre grandes bougies, de ce bleu de Prusse si cher à Isabel. J'étais encore incertain, indécis. Le mieux serait d'attendre et de voir quelle tournure prendrait la soirée.

CARLOTTA

Je suis arrivée en retard, bien entendu. Je reconnais que je n'avais aucunement l'intention d'être à l'heure, malgré toute la réprobation d'Isabel. Elle est tellement vieux jeu, en un sens. Avec elle, l'heure c'est l'heure. Que je le veuille ou non, j'aurais eu du mal à être ponctuelle car, au bureau, la réunion s'éternisait. Ne la présidant pas, j'ai pu en profiter pour réfléchir. Dieu merci, je n'aurai plus à assister à beaucoup de réunions de ce genre ! En tout cas, pas pendant quelque temps. Elles auront lieu à New York et seront menées plus lestement.

Je suis rentrée chez moi à toute allure, j'ai décidé de ne pas prendre de douche, j'ai aperçu ma robe rouge d'hier soir qui traînait sur une chaise. Plutôt que de tergiverser sur ce que je devrais porter, je l'ai remise. En général, je ne porte pas deux soirs de suite la même toilette, de peur que les éclaboussures de la veille n'entachent la soirée du lendemain, mais cette fois je n'allais pas me casser la tête : je l'enfilai donc prestement, trouvai le rouge à lèvres assorti et filai chez Isabel et Dan.

Comme je l'espérais, c'est Dan qui m'a ouvert la porte. Pourquoi est-ce que je l'espérais ? Après tout, je n'en sais rien. Si ce n'est que cela me donnerait quelques secondes pour le sonder seule à seul. Nous nous sommes étreints et je me suis dit, comme cela m'arrive si souvent, que j'aimerais bien l'avoir pour mari. Même si, compte tenu de mes frasques nocturnes de la veille en compagnie du fringant Rory, de mon manque de sommeil et de cette course contre la montre, je ressentais plutôt une sorte de plaisir innocent et la lascive chaleur du secret. De mon côté, pas la moindre trace de désir. Mais je pourrais jurer que Dan, malgré tout son amour pour Isabel, était plutôt troublé de me serrer deux secondes contre lui dans l'entrée

À la cuisine, Isabel et Bert étaient assis à la table basse près de la fenêtre. On aurait dit qu'ils s'ennuyaient. À moins qu'ils aient été de mauvaise humeur. Peut-être Isabel était-elle agacée par mes quarante-cinq minutes de retard. Je lui présentai mes excuses, elle m'affirma qu'elle se moquait pas mal que je ne sois pas à l'heure, le repas n'en souffrirait pas. J'allai les rejoindre Bert et elle. J'admirai le superbe bronzage de ce dernier, et me lançai dans les questions de rigueur concernant son séjour dans le Norfolk. Isabel, semblait-il, n'avait pas eu le temps – ou n'avait pas pris la peine – de soigner les apparences. Elle était en bleu, selon son habitude, sans maquillage, mais je dois admettre qu'elle avait du charme, me rendant par trop consciente de mes couches de mascara et de mes lèvres écarlates.

À l'autre bout de la pièce, Dan disposait l'entrée sur un plat. Nos regards se croisèrent et je crus lire dans son regard quelque chose comme : si seulement… Mais sans doute l'interprétai-je mal.

Pendant tout ce temps, je me demandais quand je devrais lâcher ma bombe. Quel en serait l'impact ? Seraient-ils tous atterrés par la perspective de mon départ ? Tenteraient-ils de m'en dissuader ? Ou prétendraient-ils comprendre et me pousseraient-ils à tenter le coup ? Je n'en avais pas la moindre idée. Constatant que j'avais eu tôt fait de vider ma coupe de champagne, Bert comprit qu'une autre serait la bienvenue. Il prit la bouteille. J'éprouve une vague tristesse de n'avoir jamais réussi à le conquérir. J'aurais aimé vivre dans sa maison de Chelsea. En voyant son sourire bienveillant, tandis qu'il remplissait ma coupe à ras bord, je me disais, que oui, si étrange que cela puisse paraître, j'aurais tout à fait pu m'éprendre de lui.

SYLVIE

J'ai fini ma dissertation juste avant dix heures du soir. Je ne me rappelle pas avoir autant travaillé de ma vie. Je l'ai lue et relue je ne sais combien de fois et je pense m'être bien débrouillée. Je devrais avoir un quinze ou peut-être même un dix-huit sur vingt. Du coup, j'ai décidé de descendre célébrer ça à la cuisine, qui sait s'il n'y aurait pas un peu de crème brûlée pour moi ? Bert serait sûrement heureux de m'apercevoir, quant à Carlotta, elle ne me remarquerait sans doute pas.

Je descendis. On entendait beaucoup de bruit à la cuisine. J'ai jeté un coup d'œil furtif : ils riaient tous, mais j'en ignorais la raison. J'entrevis trois ou quatre bouteilles vides sur la table mais, pour autant que je sache, ils en étaient encore au plat principal. À vrai dire, ils ne riaient pas tous. Maman avait l'air désemparé. (*Désemparé*, j'aime ce mot.) Elle ne semblait pas profiter de la soirée.

Ils paraissaient se réfugier dans quelque monde d'adultes, étrange et lointain. J'en conclus que le moment était mal choisi pour aller les trouver, et soudain cette envie se dissipa. Sans que je comprenne pourquoi, je ne voulais plus rien avoir à faire avec eux. Une impression d'être tenue à l'écart qui, d'habitude, ne m'aurait pas dérangée. Mais sans doute qu'après avoir terminé ma dissertation, j'aurais voulu leur dire… Dommage que ce ne soit pas le bon moment pour leur annoncer ma nouvelle ! Je remontai me coucher. J'étais au bord des larmes, mais tombant de sommeil, je dus m'endormir aussitôt, en songeant au lendemain matin. Bert et Carlotta seraient partis et je pourrais faire part à Papa et Maman de mon point de vue sur la guerre des Deux-Roses, ils seraient intéressés. Ils aiment bien lire mes dissertations. Ce n'est pas comme cette pauvre Elli ! Elle prétend que ni son père ni sa mère n'ont jamais, jamais regardé un seul de ses cahiers, elle a fini par renoncer à leur proposer d'y jeter un coup d'œil, car elle sait qu'ils refuseront.

GWEN

Je me suis dit : Ma chère Gwen, si tu ne prends pas le taureau par les cornes, tu ne partiras sans doute jamais.

L'après-midi touchait à sa fin, il était six heures et quart. Je venais de regarder le journal télévisé. Un meurtre abominable venait d'être commis et l'assassin était en fuite dans le Suffolk. C'est assez loin de Shepherd's Bush, pensai-je, je prendrai le risque.

J'ai donc éteint la télé, remis mon manteau neuf après avoir retiré la broche épinglée sur le revers. À quoi bon tenter un voleur de bijoux ? Là-dessus, je suis sortie de chez moi, j'ai descendu l'escalier en pierre, clic clac, clic clac, plus guillerette que jamais. À l'instant où j'atteignais la dernière marche, Edie Mills, ma voisine du rez-de-chaussée, ouvrit sa porte pour sortir ses bouteilles de lait. Elle me déclara qu'elle ne m'avait jamais vue aussi élégante et qu'elle était fort étonnée que je sorte ainsi le soir, cela ne me ressemblait pas. Elle trouva le moyen de prendre un ton accusateur, comme si mettre le nez dehors en arborant un manteau neuf était sacrilège, contraire aux bonnes mœurs ou je ne sais quoi.

– Merci pour l'intérêt que vous me portez, Mrs. Mills, rétorquai-je.

Nos relations ont toujours été glaciales, mais j'ai mieux à faire que d'essayer de rafistoler des liens amicaux avec une fouineuse de son genre.

Je me suis dirigée vers The Witch and Broomstick, sachant que, de tout le quartier, c'est le bar du quartier qui jouit de la meilleure réputation. Les jeunes voyous et les toxicos préfèrent The Bat and Ball, plus loin sur Goldhawk Road. Cinq minutes plus tard j'étais là et j'hésitai un bref instant avant d'en pousser la porte.

Dieu sait depuis combien d'années je n'ai pas remis les pieds dans un bar, mais je me suis retrouvée aussitôt en territoire familier. Je les fréquentais de temps en temps avec Bill lorsque, séjournant chez sa mère dans le Nord, nous voulions nous évader pour la soirée de l'atmosphère étouffante de sa petite maison. Ce soir, l'endroit était plus chic, bien sûr, mais je retrouvais cette odeur de tabac, ces lumières orangées, ces chopes en cuivre suspendues au-dessus du bar. Oui, oui : les bars ne m'étaient pas inconnus.

C'était loin d'être plein, mais il était encore tôt. Les quelques clients, assis par deux ou trois à de petites tables rondes, me parurent sympathiques. Aucun visage inquiétant, mais pas d'autres personnes seules non plus.

Je regardai la moquette. Elle était saturée de motifs, aux couleurs trop vives et déplaisantes. On aurait dit qu'il fallait traverser un océan d'entrelacs pour accéder au bar. Je sentais mon cœur battre dans mes oreilles et, un instant, je songeai à faire demi-tour, mais je rassemblai tout mon courage pour couper court à cette niaiserie : qui allait remarquer une femme de la cinquantaine entrant dans un bar ?

Personne, telle fut la réponse. Pas une tête ne se tourna. J'atteignis le bar sans que personne ne me remarque et l'homme qui essuyait les verres derrière le comptoir me gratifia d'un grand sourire.

– Que désirez-vous ? me demanda-t-il avec un clin d'œil.

Voilà qui coupa mes effets… À force de tergiverser je n'avais pas réfléchi à ce que je souhaitais boire. Des noms de cocktails défilèrent dans ma tête. Bill commandait d'office pour moi un porto au citron, sans jamais me consulter. Je n'aimais pas ça, pas plus que je n'aimais la bière ou le whisky. Une idée me vint : du gin au jus d'orange.

– Et tout plein de glaçons, dis-je au barman : l'alcool me monte vite à la tête.

– Tu crois pas qu'on en est tous là, ma chérie ? répondit-il en me réclamant une somme extravagante, mais peu m'importait.

Quelqu'un venait de mettre en route le juke-box. Un vieux tube des Beatles. Sans que je sache trop pourquoi, cela m'enhardit. Je me revoyais dansant sur cet air.

Je pris le verre et, d'un pas guilleret, j'affrontai la moquette dont les motifs tourbillonnaient. C'était la seule façon de ne pas me laisser entraîner par le rythme de la musique. J'avançais calmement, portant cet onéreux nectar, comme si, d'une façon ou d'une autre, il me guidait. Je me retrouvai ainsi à une table dans un coin. Le siège en cuir portait de nombreuses estafilades par lesquelles ressortait le rembourrage, telles les entrailles d'une blessure. Malgré tout l'endroit était bien choisi, car il était plutôt dans la pénombre : de là je pouvais observer tout à loisir sans que personne ne me voie.

Dans la demi-heure qu'il me fallut pour boire la moitié de mon gin au jus d'orange, je me divertis en regardant autour de moi, en essayant de deviner qui pouvaient être les autres buveurs. L'endroit commençait à se remplir. Je me dis que je devrais me dépêcher, même si je craignais que le gin me monte à la tête si je le buvais trop vite. Il me semblait qu'il était temps de rentrer chez moi. J'avais passé un bon moment, je m'étais prouvé que j'étais capable de sortir seule, mais à ce point, j'en avais assez.

J'allais me lever quand cinq hommes franchirent la porte en même temps. Parlant fort, riant, se poussant du coude, ils se dirigèrent vers le bar où ils commandèrent d'imposantes chopes de bière. Quatre d'entre eux s'en allèrent à l'autre bout de la salle, quant au cinquième, qui me parut avoir plus de classe que ses compagnons – n'est-il pas surprenant de voir avec quelle rapidité on peut se faire une idée des gens dans un bar ? –, après avoir jeté un coup d' œil autour de lui il vint vers moi.

Ce qu'il avait remarqué, je compris, c'était la table libre à côté de moi, si petite soit-elle, prévue sans doute pour une personne seule, comme la mienne. Il s'assit, la repoussa un peu, dénoua sa cravate. Il m'intriguait. Je pris une bonne gorgée de gin et me tournai juste assez pour apercevoir son visage et voilà que soudain un déclic se fit dans mon esprit : c'était cet homme qui avait retenu mon attention lors de la séance d'identification de cet après-midi. J'aurais pu jurer que c'était bien lui, même si le gin me faisait tourner la tête. J'aurais pu le jurer, car, ainsi que je l'avais remarqué plus tôt, il rayonnait la bonté.

Il avait l'air épuisé, sans doute un peu triste. Il me faisait pitié, sans doute sous l'effet du gin qui, maintenant, me montait à la tête, m'envahissant d'une tiédeur enivrante. Pendant un moment, je n'aurais jamais pu songer à me lever et partir, j'aurais été incapable d'atteindre la porte, j'avais oublié qu'avec le gin la première moitié de votre verre passe très bien, mais une goutte de plus et bonjour les dégâts !

Du même coup, cela me donnait de l'assurance : je n'avais qu'une envie : parler avec cet aimable inconnu à côté de moi. J'avais les joues en feu, elles devaient être écarlates, il ne manquerait pas de le remarquer, si je me tournais vers lui. Ce que je fis. Je le saluai d'un signe de tête plus que discret, en voisine de table. Il me répondit par un sourire, oh ! pas un grand sourire jusqu'aux oreilles ; mais disons que ses lèvres remuèrent de façon plaisante. Je repris mon verre et l'achevai pour me donner du courage. À l'instant où j'allais lui parler, il me posa une question. *Oui, il me posa une question.*

– Vous êtes une habituée ?

– Non, pas vraiment…

Il se retourna et se remit à boire son verre, ce que je ne pus supporter. Je ne pouvais accepter d'en rester là, alors que nous avions rompu la glace. Je priai Dieu de me donner du courage. Et il m'exauça.

– Auriez-vous, par hasard, participé à une séance d'identification cet après-midi ? lui demandai-je.

Les mots roulaient dans ma bouche, comme des billes.

L'homme me regarda avec un intérêt qui anima son visage.

– C'est exact, j'y ai participé, répondit-il.

Apparemment, il était copain avec l'un des policiers qui l'appelaient parfois lorsqu'ils préparaient une séance d'identification. Étais-je l'une des victimes derrière la glace sans tain ?

Je répondis que oui, et que c'était ainsi que je l'avais reconnu.

– J'avais été agressée, expliquai-je, mais c'était de l'histoire ancienne.

– Ma pauvre dame, dit-il avec une grande douceur. J'aimerais vous offrir un verre. Au fait, je m'appelle Henry. (Il se leva, prit mon verre vide.) Qu'est-ce qui vous tente ?

Tout éméchée, je lui répondis qu'un autre gin au jus d'orange ferait fort bien l'affaire et que je m'appelais Gwen.

Il m'est difficile maintenant que je suis assise devant une tasse de thé dans ma cuisine à onze heures du soir bien sonnées, de me rappeler comment au juste nous avons entamé la conversation après qu'il m'eut rapporté le gin au jus d'orange. Tout demeurait un peu flou dans mon esprit, mais ce qui était clair et continuait de l'être, c'est que Henry est l'un de ces rares gentlemen, un homme bien. Il possède une petite entreprise de bâtiment. Les hommes avec lesquels il était entré travaillaient pour lui, des gars sympathiques, a-t-il dit. Il leur arrivait de boire un verre ensemble, mais, en général, ils allaient jouer aux fléchettes dans la salle voisine.

Petit à petit, avec prudence, nous échangeâmes de petites informations sur nos vies privées. J'appris ainsi que Henry était veuf depuis dix ans, nous avions donc là un point commun. Il avait une fille mariée au Canada, et un chien bâtard du nom d'Arthur, qui était un bon compagnon. Je devinais que nous avions à peu près le même âge. Il aimait le cinéma, me confia-t-il, raffolait des James Bond. Il passait chaque année ses vacances dans la région des Lacs où il prenait grand plaisir à se promener. De mon côté, je lui parlai de mon travail et de mes enfants. Nous ne mentionnâmes pas l'agression, mais nous aperçûmes que nous habitions à deux rues l'un de l'autre.

Je sirotai ce deuxième gin encore plus lentement que le premier, terrifiée par son éventuel effet. Mais, curieusement, mes idées semblaient s'éclaircir. Je me surpris à parler d'un ton ferme et à bonne cadence, tandis que son regard bienveillant, encadré de sympathiques pattes d'oie, était posé sur moi. Près de deux heures s'écoulèrent en une conversation que je qualifierais d'animée. Je ne parvenais pas à croire que cela m'arrivait. Mon cœur battait à se rompre. Je finis par lui dire que je ferais bien de rentrer chez moi si je ne voulais pas être en retard le lendemain matin. Il me répondit qu'il se levait chaque jour à cinq heures afin d'arriver à l'heure au travail, ajoutant que cela avait été un vrai plaisir de rencontrer une femme aussi courageuse.

Je repoussai la table, me levai, j'avais l'impression d'être en pleine forme, mais le gin m'avait joué un tour. J'avais beau avoir les idées claires, mes jambes étaient en coton sous l'effet de l'alcool. Je fis un pas et trébuchai. Le bras vigoureux de Henry se glissa aussitôt sous le mien et nous éclatâmes de rire. Il me raccompagna jusqu'à la porte. Ainsi me retrouvai-je moitié d'un couple dans un lieu public, sentiment aussi insolite que merveilleux. Il me proposa de me ramener chez moi, mais je refusai en l'assurant que j'étais tout à fait capable de rentrer seule. Je voulais avant tout éviter qu'il ne voie en moi une femme trop prête à prendre les devants.

– Si vous êtes sûre... dit-il.

Nous nous serrâmes la main et il ajouta qu'il aimerait prendre à nouveau un verre avec moi un de ces jours. Est-ce que vendredi me conviendrait ?

Est-ce que vendredi te conviendrait, Gwen Bishop ? me répétais-je sur le chemin du retour, tanguant comme au gré du vent. Je sais qu'il me suivit du regard jusqu'au coin de la rue, mais je ne me retournai pas.

Une fois chez moi – je dois avouer que j'eus un peu de mal à ouvrir la porte – je m'aperçus dans le miroir de l'entrée. Toute rouge. Le regard étincelant. Bizarre, n'est-ce pas, que le simple fait de converser avec un homme attentionné puisse produire un tel effet ? Après avoir préparé ma tasse de thé, je pris une feuille de papier et, stylo en main, j'entrepris de calculer le nombre d'heures jusqu'au vendredi soir. Du calme, Gwen Bishop, me dis-je. Qui sait ? Peut-être que ce charmant homme va devenir un ami ?

ISABEL

Assise à ma place, je les étudiais tous les trois. J'avais l'étrange impression d'être au théâtre en tant que spectatrice et actrice. Je participais mais de loin. Par moments, je me voyais le lendemain matin dans mon atelier en train d'achever un masque en plumes d'autruche violettes extravagant et unique en son genre. Je me réjouissais à l'idée de ces dernières touches. En dehors de la préparation du repas, ma contribution à cette soirée avait été restreinte, mais je participais à leurs éclats de rire. L'affaire de Bert avec la vieille dame du Norfolk nous amusa beaucoup. L'art de l'autodérision est l'un des nombreux talents de Bert, d'autant plus qu'il sait toujours quand s'arrêter.

La conversation prit soudain un autre tour et, sans que je sache ni pourquoi ni comment, nous en vînmes à nous demander si les parents doivent ou non encourager leurs enfants dans leur passion pour la musique pop. C'est Carlotta qui aborda ce sujet, ce qui ne manqua pas de m'étonner, compte tenu qu'elle n'a pas d'enfants et ne semble guère s'intéresser à eux. Là-dessus, elle m'attaqua en disant sur un ton méprisant, qui se voulait sans doute drôle, qu'elle supposait que j'encourageais Sylvie à écouter les Beatles et de vieux *has been* du style Cole Porter et Ruth Etting. Dan et Bert se tournèrent vers moi. J'hésitai, mais juste quelques secondes, puis j'admis qu'elle avait deviné juste, et que Sylvie les adorait.

— J'imagine… répondit calmement Carlotta.

— Oh ! Je ne me permettrais jamais de prétendre m'y connaître autant en pop qu'une experte croulante comme toi, ripostai-je, furieuse. Vu que tu ne connais pas la différence entre Brahms et Mozart, poursuivis-je, je ne pense pas que tu aies la moindre raison de te croire supérieure, en ce qui est de tes goûts musicaux…

Dan interrompit en disant qu'il allait chercher le fromage. Il se leva bruyamment. Je fis de même et commençai à ramasser les assiettes. Carlotta était aussi écarlate que sa robe. Sans doute avait-elle trop bu. J'ignore comment elle était parvenue à me mettre dans un état pareil. J'étais perturbée par ma réaction à ses attaques mais, d'un autre côté, je dois avouer que cela m'était égal. Il existe entre nous une vieille affection à toute épreuve, sous un vernis d'agacement, sous les apparences d'une indéfinissable compétition. Où voulait-elle en venir ? Cherchait-elle à marquer des points à mes dépens en présence de Bert ? Qu'importe son but : elle avait brillamment réussi à me gâcher la soirée. Tandis que, tournant le dos à la table, je mettais les assiettes dans la machine, je me sentais bizarrement au bord des larmes. Bert avait beau s'efforcer de détendre l'atmosphère avec d'autres anecdotes sur le Norfolk, la tension était telle qu'une explosion semblait imminente. J'aurais voulu que Carlotta s'en aille. À tout jamais.

DAN

Où diable Carlotta avait-elle voulu en venir ? Elle avait été charmante pendant une heure ou deux, d'un calme inhabituel alors qu'elle écoutait les histoires de Bert, riant même à l'occasion. Et voilà que soudain elle s'était lancée dans ce truc sur les enfants et la musique pop – un sujet sans aucun intérêt pour elle, aurais-je pensé – et elle avait asséné un coup à Isabel, moins par le contenu de ses paroles que par son ton méprisant. Son message, à mon avis, était qu'elle-même était une femme dans le vent, à l'écoute de ce qui se passait dans les mondes éphémères, tandis qu'Isabel s'enlisait dans la nostalgie du passé. J'étais furieux.

Même quand elle souriait d'un air sarcastique, contorsionnant ses lèvres écarlates, je me souvenais de l'ardeur avec laquelle cette bouche m'avait embrassé, de ses seins et de ses hanches ondoyant sous ma main.

Je me hâtai de me lever pour essayer de désamorcer ce malaise presque tangible qui venait de surgir entre nous, annonçant aussi bruyamment que le crieur public dans une pantomime que j'allais chercher le fromage. Il me vint alors à l'esprit qu'une scène de ce genre pourrait être la bienvenue dans mon deuxième acte : les raisons cachées.

Dieu que j'avais envie de me lancer dans ma nouvelle pièce ! Demain matin… Et je dois avouer que j'avais non moins envie de voir disparaître Carlotta et, si possible, pour de nombreuses années !

CARLOTTA

Cette fois, je n'en pouvais plus : Isabel trônait là, dans sa cuisine, fort satisfaite d'elle-même, posant tour à tour son regard sur Dan et sur Bert avec cette concentration si intense qu'elle submerge parfois les gens. La main sur la gorge, la tête rejetée en arrière selon sa bonne habitude, elle riait et elle riait en écoutant Bert, dont les histoires n'étaient franchement pas si drôles que ça. À croire qu'elle vous regardait du haut de son nuage, elle, la femme heureuse en ménage, ayant un incontestable talent pour créer des masques, possédant une jolie maison, assez d'argent, et patati et patata, amicale mais si réservée qu'elle n'a vraiment pas besoin d'amis, et avant tout si sûre de Dan, si fichtrement sûre de lui.

Sans doute avais-je trop bu, ce bordeaux qui accompagnait la viande était divin. Prise soudain d'un violent désir d'attaquer mon amie, je lançai je ne sais trop quelle stupidité sur la musique pop, sachant que cela agacerait Isabel. Non, elle ne décourage pas les goûts de Sylvie, disons plutôt qu'elle pérore sur cette effroyable musique surannée dont elle raffole. Je ne me rappelle pas au juste ce que j'ai dit, mais j'ai frappé dans le mille. Ça a très mal tourné. Isabel s'est penchée vers moi, blême de rage ; de son côté, Dan a essayé de désamorcer la situation en braillant je ne sais quoi au sujet du fromage d'une façon parfaitement idiote qui, je suppose, était censée être amusante.

En le regardant disposer camembert et dolce latte sur le plateau à fromages, je me demandais si je devrais tenter ma chance, aller plus loin : hurler haut et fort qu'Isabel ferait bien de cesser de se croire si fichtrement supérieure. Oui, aimerait-elle savoir que Dan et moi nous étions embrassés ici même, sur le pas de cette porte, et que si Sylvie n'était pas descendue, nous serions volontiers allés plus loin ?

Mais je me retins. Quelque chose au sujet d'Isabel penchée au-dessus du lave-vaisselle, confiante, vulnérable, fidèle m'en empêcha... Cette fois. Mais qui sait si à une autre occasion... Bert se pencha vers moi avec un regard que je ne pus tout à fait décrypter, tenant une bouteille de vin au-dessus de mon verre. Il le remplit. Je bus.

BERT

Qu'est-ce qui a pris à Carlotta, nom de Dieu ? Je me le demande. Jusqu'à ce qu'elle pique sa crise tout allait à merveille. Nous étions heureux, le dîner et les vins étaient un délice. Et voilà soudain qu'elle s'en prend à Isabel ! Faut-il voir là une simple conséquence d'un repas trop généreusement arrosé ? Je ne le pense pas.

Dan s'est jeté au feu, avec panache, engageant sa dignité par quelque plaisanterie relative au fromage. Isabel s'est levée, livide, son regard exprimait colère, douleur et autres émotions. Je devinais sa hanche sous sa jupe de soie bleue, celle qu'elle avait le soir où je l'avais suivie dans son atelier. Elle portait un tee-shirt blanc, ses petits seins dessinaient des ombres en demi-lunes. J'aurais voulu la prendre dans mes bras, l'éloigner de cette scène pénible, l'emporter quelque part, n'importe où afin de la serrer contre moi et de poser mes lèvres sur ses paupières. Je l'aimais tant que je dus me pencher pour apaiser mon émoi que j'avais espéré masquer en remplissant à nouveau le verre de Carlotta qui n'avait pas eu la sagesse de refuser.

– Là-bas, au pays des marécages, mais as-tu songé aux hivers ?

Elle dit cela d'un ton calme, laissant habilement entendre qu'elle n'était pas au courant. Lorsque Dan et Isabel se rassirent, il m'apparut que le meilleur moyen d'amortir le choc des propos de Carlotta serait l'annonce de ma nouvelle. Je posai donc une tranche de fromage sur une galette d'avoine bio et leur dis que j'avais des projets dont je souhaitais leur donner la primeur. Je sentis qu'ils dressaient l'oreille et que l'atmosphère se détendait. J'avais pris une décision concernant ma nouvelle vie, poursuivis-je. Elle se passerait dans le Norfolk. Oui, dans le Norfolk. Mon amour pour Londres s'était vite évanoui et je n'avais plus aucune envie de travailler dans une grande ville. J'avais acheté la maison de Rosie, pleine de charme en ce pays des marécages, et même si je revenais de temps en temps à Londres, ce serait là-bas que je vivrais. Je sentis le regard d'Isabel peser sur moi pendant le silence qui suivit.

— Et ta maison de Londres ? demanda Carlotta avant même que j'aie pu répondre à Isabel. (J'avais pressenti son inquiétude à ce sujet.) Tous ces efforts...

— Oh ! Ils ne seront pas perdus, la rassurai-je.

Elle avait fait un si bon travail que j'étais sûr d'en tirer un bon prix le jour où je la vendrais, ce qui ne saurait tarder, et elle aurait droit, bien sûr, à un pourcentage.

Carlotta fit la moue. J'ignore ce qu'elle pensait. Elle avait l'air contrarié, découragé, un peu triste, à moins qu'elle ne soit en proie au remords après l'agression. Je lui répétai à diverses reprises combien j'avais apprécié ses efforts et combien la maison ainsi rénovée me plaisait, mais en vain, cela ne la consola pas. Elle haussa les épaules, cligna très lentement des yeux en fixant son assiette. Je crus un instant qu'elle allait pleurer.

Mais sa mélancolie se dissipa aussi vite qu'elle était venue. Elle releva la tête, toute guillerette, aussi espiègle que jamais.

— Je suis prête à parier que tu ne passeras pas plus d'un mois au milieu de tes sinistres marécages, lança-t-elle.

— Eh bien, moi, je parierais que si, répondit Isabel.

Je savais qu'elle ne voulait pas donner l'impression de trop bien comprendre. Même si tel était le cas.

Dan montra qu'il avait les pieds par terre.

— Et qu'est-ce que tu comptes faire dans ce trou perdu, mon vieux ? demanda-t-il.

Je commençai à dévoiler mes plans, encore un peu vagues : je prévoyais de mettre mes épargnes et mon expérience au service de la municipalité. Carlotta leva les yeux au ciel, Dan parut tout aussi incrédule. Seule Isabel hocha la tête en signe d'approbation.

Me sentant désespérément incapable de décrire mes nouvelles ambitions, je me tus. Peut-être l'heure de mon annonce avait-elle été trop tardive : toujours est-il que j'avais raté mon effet, j'avais échoué. Et qu'en pensaient-ils, Dan, Isabel, Carlotta ? Qu'est-ce que cela pouvait leur faire ? Sans trop savoir pourquoi, je n'avais pas l'impression que leur réaction avait été aussi vive que je l'aurais cru. Occupée avec le café, Isabel me tournait le dos. Dan poussa un soupir bien audible, Carlotta, la tête rentrée dans les épaules, le menton reposant dans ses paumes, semblait plongée dans ses pensées, reste à savoir si celles-ci concernaient mon avenir ou étaient à des fins plus personnelles…

ISABEL

Seigneur, quelle soirée ! Des larmes d'une autre sorte tremblaient dans mes yeux. Je me précipitai vers la bouilloire. C'était donc vrai : Bert allait partir. J'espérais qu'il aurait changé d'avis. J'ai peine à y croire. A-t-il toute sa tête ?

La pièce parut soudain osciller. J'avais l'impression d'un raz-de-marée au-dessous de nous, des vagues invisibles se soulevaient et retombaient. Comme dans l'imminence d'un danger. Impossible de parler, j'avais la gorge nouée. Les yeux baissés, Dan pianotait sur le bord de la table. C'est son signal habituel. À coup sûr, il se préparait à nous annoncer quelque nouvelle, lui aussi. Peut-être pour atténuer le choc de la nouvelle de Bert. Peut-être pour se débarrasser d'une préoccupation de longue date. Bert me tendit le plateau de fromages avec un regard empreint de douceur. Je tranchai avec grand soin un morceau de camembert, essayant de chasser une impression de faiblesse.

J'entendis au loin, très loin la voix de Dan.

— Figurez-vous que j'ai moi aussi une petite nouvelle à vous annoncer, dit-il.

Et tout le monde se tourna vers lui.

DAN

J'avais l'impression que personne ne serait guère intéressé par ce que j'avais à dire. Je devais leur faire passer le message discrètement et en toute modestie avec l'espoir de mettre ainsi un terme aux conjectures sur l'avenir de Bert dans le Norfolk. J'étais sûr qu'il en avait assez des pronostics lugubres.

— Ma très humble nouvelle, dis-je, c'est que j'ai envoyé promener la pièce avec laquelle je me bagarrais depuis si longtemps et que j'en commence une autre demain matin.

On entendit Isabel retenir sa respiration, mais elle ne dit rien. Carlotta se tourna vers moi en clignant lentement les yeux telle une chouette éblouie par des phares de voiture. Elle ne dit rien non plus. Bert réagit. Je savais que je pouvais compter sur lui, que l'intérêt dont il ferait preuve serait authentique.

— Dis-nous en davantage, supplia-t-il. Je commençai à expliquer.

— Le sujet sera la trahison. Carlotta s'empressa de rire.

– Et elle aura pour titre *Trahison*, je suppose ? ironisa-t-elle. Il semblerait qu'on t'ait coupé l'herbe sous les pieds, n'est-ce pas ?

Je la regardai, agacé par son interruption.

– Oh, pas ce genre de trahison, ripostai-je, pas une trahison flagrante. Non, la situation que je vais essayer d'explorer est beaucoup moins explicite que l'adultère manifeste, quelque chose qui est rare, mais néanmoins existe.

Seigneur ! À peine avais-je commencé que j'en étais déjà à chercher mes mots ! Dire que j'avais été assez stupide pour croire qu'ils me viendraient aisément ! Il était toutefois trop tard pour m'arrêter.

— Comme quoi ? demanda Carlotta, sarcastique, méprisante, provocatrice.

Je l'avais souvent vue dans cet état lorsqu'elle avait trop bu. J'optai pour la patience. Compte tenu du peu d'enthousiasme général à ma nouvelle, je décidai de ne pas en dire beaucoup plus. J'éloignai ma chaise de la table, posai le bras sur le dossier. De ma main libre, je jouai avec le pied de mon verre.

— Imaginez, repris-je, un couple heureux en ménage, ils s'aiment, ils ont confiance l'un en l'autre, ils sont ensemble depuis des années ; apparemment, pas d'ombre au tableau. Et voici que survient, disons, un homme et que la femme et lui s'aperçoivent d'une sorte de complicité entre eux. Ils ne l'entretiennent pas. Oh non ! Ce ne sont pas des adultères en puissance, voyez-vous, mais ils éprouvent l'un et l'autre un certain trouble. Ils n'en parlent pas non plus : pas besoin. Et il ne se passe pas grand-chose : un simple baiser, peut-être, des mains qui se touchent.

Une chape de silence, étouffante, aussi épaisse qu'une fourrure s'étendit sur l'auditoire. Bert posa délicatement son verre sur la table. À ce bruit, tous les regards se tournèrent.

— Et maintenant, la question à laquelle je vais m'efforcer de répondre est la suivante, poursuivis-je : faut-il voir une trahison dans cette mutuelle reconnaissance de *quelque chose* ? Peut-elle entraîner une culpabilité permanente susceptible d'embrumer l'avenir ? Enfin et surtout, représente-t-elle une menace pour un couple solide ? Est-elle destructrice ? Les deux détenteurs du secret doivent-ils vivre à jamais dans la crainte que celui-ci soit découvert ?

Je me tus. En leur livrant ces idées, leur avais-je laissé entrevoir ce qui me les avait inspirées ? Je lançai un bref coup d' œil en direction de Carlotta qui fouillait dans son sac. Le silence était pénible. Carlotta le rompit. Elle agita un tube de rouge à lèvres.

– Ma parole, Dan, mais c'est un feu roulant de questions ! Es-tu sûr que les réponses en feront une pièce passionnante ? Écoute, franchement, nous sommes au XXIe siècle, non ? Comment quelqu'un pourrait-il imaginer qu'une simple reconnaissance, appelons ça comme tu voudras, puisse ébranler un couple solide ? (Son regard alla de moi à Isabel.) Je dirais que c'est aller chercher bien loin. Tu ne peux pas t'attendre à ce qu'un être quelconque n'éprouve pas un jour ou l'autre de tentation hors des liens du mariage ou d'une solide amitié. Je te parierais tout ce que tu voudras que Dieu ne nous a pas créés pour n'attirer l'attention que d'un seul être au monde. Mais si ceux qui sont concernés se contentent… d'une étreinte sous le gui, il est clair qu'ils ne connaîtront pas les affres de la culpabilité, qu'ils n'auront pas l'impression d'avoir fait quelque chose de répréhensible.

– Je me demandais, c'est tout, dis-je.

– Je ne suis pas sûre que cela en vaille la peine, rétorqua Carlotta. (Ayant achevé de retoucher ses lèvres de son glacis écarlate, elle était plus calme.) Où que tu te tournes, reprit-elle, ce n'est qu'adultère ou trahison. Un baiser en passant, une toquade, ou même un moment de lascivité ne vont tout de même pas provoquer un séisme dans notre monde moderne, n'est-ce pas ?

– Je me demandais juste... répétai-je.

Carlotta battait très lentement des paupières. Je pouvais voir qu'elle s'efforçait de mobiliser toute sa lucidité. Je n'avais pas encore regardé Isabel mais j'étais conscient de ses yeux sur mon verre que je faisais distraitement tourner entre mes doigts. Il était temps pour moi de tirer ma révérence, de cesser de me ridiculiser.

– Tu t'attaques à un sujet plutôt difficile, remarqua Bert, venant à ma rescousse selon sa bonne habitude. Intéressant, bien sûr. Je suis curieux de voir ce que tu vas en tirer. Mais es-tu sûr qu'en renonçant à cette pièce tu aies pris la bonne décision ? Tu n'as jamais fait cela.

Je savais qu'il essayait de changer de sujet, afin que je ne m'enlise pas dans un bafouillage incohérent. Il percevait combien je souffrais dans mon amour-propre, tandis que je m'efforçais de leur présenter une idée qui ne semblait guère les passionner. Il est absurde de parler d'une œuvre en gestation, j'avais jadis appris cette leçon. Alors, pourquoi étais-je tombé dans ce piège ? Était-ce par narcissisme ? Était-ce pour partager avec des proches l'enthousiasme d'un nouveau commencement ? Quelle qu'en fût la raison, je m'en voulais. Je n'avais qu'une envie : en terminer le plus vite possible avec tout cela. Je remplis nos verres.

– Réflexion faite, reprit Carlotta, dardant soudain son regard sur moi, j'ose dire qu'en dépit de mes réserves, c'est là une idée absolument *fascinante*, tu ne trouves pas, Isabel ?

Prise de court par la question de Carlotta, Isabel rit pour se donner le temps de répondre. Elle n'était pas vraiment sûre de ce que je cherchais, reconnut-elle, mais elle partageait l'avis de Carlotta : sans doute avais-je exagéré la portée d'un détail. En disant cela, elle jeta un coup d'œil en direction de Bert, puis nos regards finirent par se croiser. Elle ajouta qu'elle était également d'accord avec Carlotta sur d'autres points : d'un point de vue strictement humain, comment ne pas admettre une attirance éphémère envers quelqu'un qui n'était pas la personne aimée, l'être avec qui vous étiez engagé ? Et pourquoi diable cela devrait-il tout chambouler ? En quoi cela menacerait-il des liens profonds ? Comme l'avait dit Carlotta, il n'y avait aucune raison.

Dans les yeux de Carlotta on lisait le triomphe, au fond de mon cœur c'était le découragement. J'étais persuadé qu'Isabel m'aurait soutenu, qu'elle aurait abondé dans mon sens.

Je poursuivis en bredouillant, m'évertuant à expliquer que l'objet de mes préoccupations, c'était la faille cachée susceptible d'altérer une relation, si l'un des acteurs s'abandonnait secrètement à quelque attirance soi-disant insignifiante. N'était-ce pas là un risque qui n'en valait pas la chandelle ?

Il se faisait tard. Personne ne semblait s'intéresser à la question, ni proposer de réponse. J'éprouvais un vif sentiment d'échec, comme à chaque fois qu'on me retournait mon manuscrit. Je regrettais plus que jamais d'avoir abordé ce sujet encore à l'état brut. Bert poussa un grand soupir, puis il s'anima.

— Écoute, Dan, dit-il. Eh bien, vois-tu, je pense que tu as visé juste. Si tu peux résoudre toutes ces questions dans ta nouvelle pièce, chapeau ! Beaucoup se trouvent confrontés au dilemme que tu mentionnais plus tôt et je suis sûr qu'ils apprécieraient une réponse. Et une fois ta pièce terminée, tu devrais l'envoyer au neveu de Rosie.

— Merci, Bert, répondis-je. J'y réfléchirai.

Là-dessus, Carlotta, avec l'impatience de quelqu'un qui a eu son lot de nouvelles pour la soirée, éloigna sa chaise de la table et se leva.

— Et peut-on savoir quel titre tu vas donner à ta pièce ? fut son ultime question.

Je n'y avais pas réfléchi.

— *Cachotteries*, répondis-je instinctivement.

BERT

Parvenu à la fin de son monologue, Dan semblait brisé. J'avais la déplaisante impression qu'il avait puisé l'inspiration de sa nouvelle pièce dans la réalité. Mais non, voyons, c'était impossible. Jamais Dan n'aurait trahi Isabel que ce soit en pensée, en parole ou par action. J'en aurais donné ma tête à couper. D'ailleurs, comme il se plaît à me le répéter, il ne s'inspire jamais de situations vécues, ce qui, selon lui, rend ses pièces d'autant plus intéressantes. Il avait l'air toutefois de vivement regretter d'en avoir défloré le sujet, et il n'a guère trouvé de soutien parmi nous. Somme toute, la soirée ne se prêtait pas aux grandes nouvelles. Pour être franc, c'était le dîner le plus bizarre et le plus inconfortable auquel j'aie assisté depuis longtemps. Quant à Isabel, mon Isabel : elle paraissait épuisée, désorientée. Faute de pouvoir la consoler, je décidai de rentrer chez moi. Par bonheur, Carlotta qui, de toute évidence, partageait mon point de vue, s'est levée dès que Dan a avoué le titre de sa pièce.

CARLOTTA

Tout ce que signifiaient les divagations de Dan, c'était qu'il avait beaucoup trop bu. Quelle mouche l'avait piqué ? Fallait-il y voir une attitude suicidaire ? Un désir soudain de jouer avec le feu ? Même s'il ne me vient pas une seconde à l'esprit que Bert ou Isabel aient imaginé qu'il parlait d'une situation vécue, de notre réalité à tous quatre autour de cette table. Sa façon d'expliquer était pitoyable et le résultat non moins pathétique. Je ne prêtais guère attention, obsédée par le départ imprévu de Bert alors que j'avais passé tout ce temps à lui préparer un nid douillet pour une vie heureuse à Londres. Les propos de Dan étaient peut-être fondés, mais ils ne m'avaient pas atteinte. J'avais envie de lui demander : cherches-tu à me dire qu'à cause de ce seul et unique baiser que nous avons échangé, à tes yeux et non à ceux d'Isabel, ton couple ne sera plus jamais le même ?

Je me retins, bien sûr : l'atmosphère était assez tendue sans vouloir en rajouter. Plus la soirée avançait plus j'étais mal à l'aise, même si les autres paraissaient l'apprécier, au début en tout cas. J'en avais assez, je n'avais qu'une envie : rentrer chez moi.

Là-dessus, je me levai, décidée à m'en aller. Puis je me souvins. Attends un peu, Carlotta, s'écria une voix intérieure, et la nouvelle que tu devais leur annoncer ?

Je dois dire que, dans ce tumulte, je l'avais bel et bien oubliée. C'était le moment ou jamais.

Je me tenais au dossier de ma chaise car la pièce tanguait un peu, les verres valsaient. J'arborais un sourire jusqu'aux oreilles. Je pris mon temps. Les autres durent se rendre compte qu'il y avait quelque chose dans l'air, car ils restèrent assis.

Je dis que je devais partir, ce dont j'étais vraiment navrée, car demain une grosse journée m'attendait. J'étais censée donner ma démission parce que, comme pour Bert, il y aurait bientôt un grand changement dans ma vie : j'allais m'installer à New York.

J'ignore au juste à quel genre de réaction je m'attendais : un minimum de surprise, de consternation, voire d'intérêt... En réalité, il s'ensuivit un long silence interrogateur. Sans doute qu'après toutes les annonces de la soirée, ils étaient incapables d'en accueillir une autre de l'importance de la mienne. Après quelques instants, tandis que mon regard passait de l'un à l'autre, enregistrant leurs divers degrés d'étonnement – j'entendis Isabel dire d'une voix frêle :

— Oh ! Carlotta, pourquoi diable ?

Je me montrai brusque, déterminée à ne pas tourner autour du pot.

— Il est trop tard pour de grandes explications, répondis-je. Vient un jour dans la vie d'une femme seule où elle éprouve l'envie d'essayer autre chose. Un endroit, un travail, une vie où elle réussira mieux.

Bref, je devenais de plus en plus consciente que j'étais dans une impasse et qu'un changement s'imposait. Si cela échouait, je reviendrais. Non, je ne vendrais pas mon appartement. Londres resterait mon port d'attache. Ce serait une simple expérience. Oui, je m'en irais dès que les détails de ma nouvelle vie seraient réglés.

Je n'avais aucune intention d'attendre leurs réactions. Je pris mon manteau et me dirigeai vers la porte. Dan s'empressa de me suivre. Au cours des deux secondes où nous nous trouvâmes seuls dans l'entrée, il me demanda si j'étais bien sûre de savoir ce que je faisais. Je lui répondis que oui. Il m'étreignit, sans émotion. Là-dessus, Isabel arriva, elle m'exprima ses regrets de me voir partir aussi vite, même si, reconnut-elle, il était minuit bien sonné. Elle me serra à son tour dans ses bras : des bras tendus, raides comme des cordes de violon. Je lui souris en lui disant que je ne partirais pas avant environ un mois et qu'elle me manquerait quand je serais à New York. Bert me prit le bras et, l'un contre l'autre, nous descendîmes les marches du perron jusqu'à la chaussée. Nous entendîmes la porte d'entrée se refermer énergiquement derrière nous.

BERT

Je pris le bras de Carlotta parce que la tête me tournait. Si elle s'en allait vivre à New York, comment diable allais-je refaire ma maison du Norfolk ? Telle était ma préoccupation, aussi intense qu'égoiste, je l'avoue, tandis que nous descendions le perron d'un pas mal assuré.

Nous nous arrêtâmes à hauteur de ma voiture, celle de Carlotta était garée un peu plus loin. Un réverbère rabattait une clarté jaunâtre sur ses cheveux et distordait son visage par ses jeux d'ombres. Elle s'adossa à la portière et se dégagea de mon bras.

— Estimes-tu que je prends la bonne décision ? demanda-t-elle.

Ayant brièvement réfléchi à la meilleure façon de formuler ma réponse, ce qui n'était pas aisé car le vin m'était monté à la tête, je lui répondis que sa décision était sans doute la bonne mais, compte tenu de l'ampleur de l'enjeu, ajoutai-je, mieux valait ne pas se hâter. Pourquoi ne la retarderait-elle pas ? Et pourquoi ne viendrait-elle pas exercer ses talents de décoratrice dans ma nouvelle demeure du Norfolk pendant que je l'aidais à peser le pour et le contre ?

Elle me regarda de ses yeux presque invisibles, points noirs tapis dans l'ombre, incrédules. Elle émit le plus petit rire que j'aie jamais entendu tandis qu'un rictus laissait espérer un sourire. Elle répondit qu'elle avait froid.

J'ouvris la portière. Elle monta sans se faire prier et se pelotonna dans le siège du passager. Je m'assis à la place du conducteur et mis le chauffage.

Je me lançai dans des explications : lorsqu'elle viendrait dans le Norfolk pour mettre en route le chantier, je l'installerais dans un très bon hôtel. Je me rendrais très souvent là-bas durant les travaux et je veillerais à ce que nous passions de bons moments ensemble. J'aimerais lui montrer les lieux de mon enfance, j'étais persuadé qu'elle se laisserait séduire par le Norfolk... Je lui dis tout cela spontanément, m'étonnant moi-même de mes propos. De quel droit osais-je lui demander de chambouler ses plans pour se porter une nouvelle fois à mon secours ? Toujours est-il que je le fis. Et je pus voir que, de son côté, elle n'écartait pas complètement cette suggestion.

À la fin, elle se tourna vers moi. Sans doute avais-je raison, admit-elle. Peut-être sa décision avait-elle été trop hâtive... Il lui fallait davantage de temps pour organiser sa vie à New York, pour bien peser le pour et le contre. Quoi qu'il en soit, elle donnerait son préavis le lendemain et continuerait à travailler pendant le mois requis par son contrat. Elle passerait alors trois mois, pas un jour de plus, à surveiller les travaux de ma maison, puis elle s'en irait. Elle dit cela d'un ton si péremptoire que je me mis à rire, mais je lui promis néanmoins de ne pas essayer de la persuader de rester davantage, même si la rénovation de la maison n'était pas terminée.

— Et après ça, je m'en irai, conclut-elle. Et pour longtemps.

Je concédai que le plan me semblait excellent. Oui, vraiment.

Elle soupira. La soirée avait été prodigieusement pénible, horrible, remarqua-t-elle. Elle regrettait d'avoir ainsi agressé Isabel, même si la suffisance béate de cette dernière la mettait parfois hors d'elle-même.

— Mais toi, tu ne dirais jamais rien contre elle, ajouta-t-elle.

Je reconnus que ce serait, en effet, improbable. Je ne la connaissais pas si bien que ça, mais elle me semblait une excellente épouse et…

— Fort jolie femme, acheva Carlotta.

Ce n'était pas ce que j'allais dire. Même en état d'ébriété, je savais rester sur mes gardes. Toutefois, puisque Carlotta avait mentionné la beauté d'Isabel, cela me dispensait d'autres éloges choisis avec prudence. Il me vint une nouvelle fois à l'esprit qu'elle avait une vague notion de mes sentiments à l'égard d'Isabel. Une femme intuitive peut, en général, lire derrière la façade qu'un homme a érigée avec le plus grand soin. J'avançai, histoire de brouiller les pistes, que la prétendue suffisance d'Isabel reflétait sa confiance en la stabilité de son couple, sa confiance absolue en Dan. Carlotta fit la moue.

— Confiance absolue ? reprit-elle. Une confiance absolue est aussi dangereuse que stupide.

Carlotta poussa un soupir et me dit qu'elle devait rentrer. Elle déclara qu'elle voulait réfléchir à ma nouvelle vie qu'elle avait du mal à imaginer. Je lui proposai de la déposer chez elle. Elle refusa, elle préférait prendre un taxi.

— Merci tout de même, dit-elle, en s'excusant d'avoir pu paraître lasse.

Nous nous penchâmes l'un vers l'autre au même moment, pour un chaste baiser sur la joue. Je ne sais pas pourquoi, mais nos têtes s'inclinèrent plus loin que prévu et nos lèvres se rencontrèrent. Je me souvenais de sa bouche. Elle me laissa poser la main sur sa poitrine. Les souvenirs affluaient, mais je veillai à cacher mon envie d'aller plus loin. Je ne voulais pas l'affoler. Un jour, peut-être… Mais ce n'était pas le bon moment.

Alors que nous étions enlacés dans les mirages de l'étreinte, je pensais à Dan et Isabel derrière les rideaux de leur cuisine. J'imaginais Dan en train de tourner en rond sous prétexte d'aider à débarrasser la table. Isabel ? Que faisait-elle ? Le regardait-elle ? Je la voyais avec une telle netteté, elle, la femme que j'aimais, évoluant en un frou-frou de soie bleue, montant l'escalier pour aller se coucher aux côtés de son époux. Isabel, si proche et pourtant inaccessible. Et pendant ce temps-là, tout en aimant Isabel, j'embrassais Carlotta sans savoir pourquoi.

ISABEL

D'un accord tacite, nous ne rangeâmes rien. Pour une fois, cela attendrait jusqu'au matin. Nous étions épuisés. J'étais perturbée, Dan aussi, semblait-il.

Il mit notre quatuor préféré de Schubert. Nous nous assîmes devant une table basse près de la fenêtre, avec des verres d'eau que nous bûmes à petites gorgées. La pensée qui me travaillait depuis l'annonce de Dan jusqu'à m'empêcher de réagir comme j'aurais dû à la décision de Carlotta, c'était que sa nouvelle pièce traitait précisément des questions que je me posais ce matin. C'était étrange, affolant. Fallait-il voir là une simple coïncidence ou une réalité plus inquiétante ? Dan avait-il des soupçons ? Aurait-il eu la vague intuition que Bert et moi avions répondu à quelque attirance, quelque déclic innocent, mais néanmoins réel ? Non, c'était impossible. Il n'existait aucune preuve. Qui plus est, au cours de la semaine qu'il avait passée chez nous, Bert avait veillé à ne pas se trouver seul avec moi – à l'exception de l'incident de l'escalier – et à ne pas montrer ses sentiments à mon égard, quitte à ce que je ne les connaisse jamais. J'aurais donc dû avoir l'impression que Dan avait eu cette inspiration comme ça, comme toutes ses idées, prétendait-il. Bref, je ne me sentais pas bien, j'en avais des frissons dans le dos.

Dan semblait encore inquiet. Il voulait avoir mon opinion sur sa nouvelle idée et savoir ce que je pensais de son projet de renoncer à la précédente. C'était là une question à laquelle il m'était impossible de répondre en toute honnêteté. Je me contentai de lui dire que le sujet était intéressant, mais pourrait être difficile à traiter. Dan haussa les épaules. Il attendait davantage de moi, c'était clair, mais j'étais incapable de le satisfaire pour le moment. Il me demanda donc ma réaction face aux projets de Bert. Là encore, je ne me sentis pas en position de lui répondre : je n'avais eu ni le temps ni vraiment l'envie d'y réfléchir. J'étais certes impressionnée de le voir aussi convaincu d'avoir pris la bonne décision : qui sait s'il n'allait pas tous nous surprendre en devenant un adepte de la solitude ? Après un bref silence, Dan me demanda ce qui valait à Bert la sympathie des gens et les attirait si souvent vers lui.

— Sans doute a-t-il un don pour communiquer, répondis-je. Il est capable de vous faire voir les choses telles qu'il les voit, avec humour, avec sérieux, qu'importe, du moment qu'elles scintillent.

— Je reconnais là une de tes priorités, reprit Dan. Mais je crois qu'il y a autre chose.

Il en resta là et j'étais trop lasse pour chercher à en savoir davantage.

— Et Carlotta ? reprit-il. Que penses-tu de ses projets ?

Je haussai les épaules en répondant qu'ils me laissaient plutôt indifférente.

Nous avions pris des directions différentes ces temps derniers, sans que je comprenne vraiment pourquoi. Dan était contrarié par sa grossièreté à mon égard. Je lui répondis que cela m'était égal.

— Je pense qu'elle me manquera de temps en temps, lui avouai-je.

Nous restâmes là à boire de l'eau gazeuse jusqu'à la fin du quatuor. Après une pause, je lui exprimai mes regrets de constater notre échec – en ce qui concernait Bert et Carlotta, j'entends. Il faut reconnaître que les artifices des entremetteurs sont rarement couronnés de succès.

— Nous ne nous sommes pas beaucoup investis, reprit Dan, et c'est une chance que cela n'ait pas marché : j'ai du mal à imaginer deux êtres aussi peu faits l'un pour l'autre ! Ils se rendraient mutuellement enragés.

À en croire Dan, ils se reverraient en dehors de chez nous. Bert s'en irait ruminer là-bas au milieu de ses marécages, tandis que Carlotta mènerait grand train à New York. Tout les séparait. Ils n'avaient aucune envie de se retrouver.

— Sans doute que tu as raison, murmurai-je. Il était très tard. Nous allâmes nous coucher.

DAN

Après leur départ, comme souvent à la fin d'une soirée, Isabel et moi sommes allés nous asseoir à la table dans l'encoignure de la fenêtre. Emmitonnés dans cette musique que nous aimons tous les deux, nous avons fait peu d'efforts pour parler. J'ignore à quoi songeait Isabel. Soucieuse, elle ne s'est guère montrée enthousiaste au sujet de ma nouvelle pièce. Elle m'a prévenu que ce serait difficile. Il faut reconnaître que ce n'était pas le meilleur moment pour la sonder et, compte tenu du piètre accueil qu'a reçu mon projet lors du dîner, je ne pense pas solliciter d'autres opinions. Je vais juste m'asseoir à mon bureau et me mettre à écrire.

Ce qu'il y a de rassurant, toutefois, c'est qu'elle n'a aucune idée que je me suis inspiré de la réalité. À moins que Carlotta ne parle dans un moment de colère, Isabel ne saura jamais rien de l'incident qui est à l'origine de cette pièce. L'annonce du départ de Carlotta pour les États-Unis m'a apporté un gros soulagement : je me suis senti deux fois plus en sécurité. Je pourrai continuer à cacher ma culpabilité. Le regret, associé aux tiraillements d'un désir insatisfait, finira bien par s'évanouir et les squelettes dans le placard pourront ainsi être à jamais enterrés.

Je suivis Isabel à l'étage, attendant avec impatience de voir pointer le jour, de retrouver mon bureau débarrassé de mes vieux manuscrits. Somme toute, une aube nouvelle. Devant moi, sa jupe bleue ondoyait, frissons familiers, chers à mon cœur. Ce soir, à l'instar de sa fatigue, les frous-frous de la soie étaient plus langoureux qu'à l'accoutumée et la lenteur avec laquelle nous gravîmes les marches éveilla mon désir.

Dans notre chambre, d'une main indolente, elle dégrafa sa jupe qui tomba sur le sol. Elle en sortit comme d'une flaque obscure, puis elle se tourna vers moi, toute innocence. Elle n'avait aucune raison de ne pas avoir confiance en moi, il fallait en rester là. Je savais qu'elle ne poserait jamais de question, aussi, une fois Carlotta loin d'ici, cette naïveté aurait-elle des chances de demeurer intacte.

Nous nous couchâmes. Elle ne se plaignit pas de certaine impatience que je ne pouvais dissimuler. Dans la pénombre, nous parvînmes à oublier le caractère étrange de la soirée. Soudain, le ciel pâlit derrière les fenêtres. Il ne restait plus que quelques heures avant le lever du jour, et le nouveau commencement.

XII

SYLVIE

Je n'arrive pas à le croire : c'est vraiment bizarre, mais il y a presque un an qu'Elli est ici. Je me rappelle dans le moindre détail comment c'est arrivé, le matin qui a suivi le dîner organisé par les parents pour Bert et cette horrible Carlotta. J'étais descendue de bonne heure, désireuse de leur montrer mon exposé d'histoire pour lequel je m'étais donné beaucoup de mal. La cuisine était sens dessus dessous : ils n'avaient rien rangé. Je repoussai les assiettes à dessert pour poser mon bol de céréales quand le téléphone a sonné avec insistance. J'ai fini par répondre, heureusement, car c'était Elli. Elle sanglotait à fendre l'âme. Je n'arrivais pas bien à comprendre ce qu'elle disait, si ce n'est qu'apparemment sa mère était partie avec son abominable petit ami, expliquant dans une note que, cette fois, c'était pour de bon. Son père, qui la croyait en voyage d'affaires, avait eu une sorte de crise de nerfs en lisant la lettre. Il avait sauté dans sa voiture pour tenter de la retrouver, abandonnant

Elli à son triste sort. Cela se passait un samedi matin, il n'y avait donc pas d'école. La pauvre Elli était désespérée.

Par bonheur, Maman était descendue à ce moment, je m'étais dépêchée de tout lui raconter et elle avait décidé que nous irions la chercher sur-le-champ. Aussitôt dit, aussitôt fait.

Pauvre Elli ! Je n'avais jamais vu personne d'aussi malheureux ! Elle pleurait tant qu'elle n'y voyait pas assez clair pour empaqueter ses affaires. Maman a été d'une incroyable efficacité, se montrant aussi compréhensive que réconfortante, si bien que, peu après notre arrivée à la maison, Elli a séché ses larmnes et nous avons eu une relativement bonne journée. Nous sommes allées au cinéma, puis Maman nous a emmenées déjeuner car Papa ne devait pas être interrompu dans son travail car il se lance dans je ne sais quelle nouvelle pièce. Elli rentre chez elle certains week-ends. Son père apprécie qu'elle habite chez nous car il est si souvent absent qu'il n'a guère le temps de s'occuper d'elle. En réalité, j'ai l'impression d'avoir une sœur et c'est merveilleux. Il nous arrive, bien sûr, de nous disputer. Quand nous ne sommes pas d'accord, elle monte dans sa chambre juste au-dessus de la mienne, et nous restons chacune dans notre coin jusqu'à ce que ça se tasse. Elle aime vraiment mes parents. Elle souhaiterait que les siens leur ressemblent. Elle me répète que j'ai bien de la chance et je me rends compte que c'est vrai. De temps en temps, elle reçoit une carte postale d'un pays étranger où se trouve sa mère ; celle-ci n'indiquant aucune adresse, Elli ne peut lui répondre.

Comment une mère peut-elle se comporter de la sorte ? Je sens qu'Elli commence à se remettre. En tout cas, son travail scolaire n'en a pas souffert. Elle travaille d'arrache-pied, beaucoup plus que moi et elle est à la tête de la classe en de nombreuses matières, ce dont Papa et Maman la félicitent, à tel point que j'en suis jalouse, mais je sais que je pourrai réussir aussi bien qu'elle le jour où j'en prendrai les moyens. D'après ce que j'ai cru comprendre, ses parents sont en train de divorcer et je n'ai pas idée de ce qui se passera. Maman a dit qu'elle pouvait rester avec nous tant qu'elle le voudrait : elle fait partie de la famille. En quelque sorte, nous l'avons officieusement adoptée.

Depuis qu'elle est ici, le temps semble filer. Plus qu'une année avant le bac ! Au trimestre prochain, j'ai décidé de me donner autant de mal qu'Elli car je veux réussir. Papa passe la plupart de ses soirées et de nombreux week-ends à travailler à sa nouvelle pièce. Par bonheur, il ne nous en parle jamais, je sais toutefois qu'elle a pour titre *Cachotteries*, un titre qui nous paraît plutôt austère, à Elli et à moi. Franchement, qui achèterait des places pour aller voir une pièce dotée d'un titre pareil ? Papa ne m'a pas demandé mon avis à ce sujet, mais je lui ai conseillé, avec beaucoup de tact, de ne pas être trop arrêté dans son choix, qu'il lui viendrait peut-être une autre idée géniale. Quel que soit le titre, j'espère que cette fois tout se passera bien. Peu lui importent ses échecs, il est si courageux ! Jamais il ne se plaint. Il y a quelques semaines, je suis entrée dans son bureau. Son placard était ouvert et j'ai aperçu des piles de manuscrits. Je lui ai demandé ce que c'était. Des rejets, s'est-il contenté de me répondre. Il a souri et m'a dit que, quoi qu'il arrive, il n'avait pas l'intention de renoncer, ajoutant que, contrairement à ce que l'on pourrait croire, être rejeté vous incite à vous accrocher et qu'il était convaincu qu'un jour, il y arriverait. À mes yeux, Papa est un exemple.

Maman réussit très bien dans son domaine : des tas de commandes de masques qui sont vraiment, vraiment magnifiques. Pour mon anniversaire, je lui ai demandé de m'en faire un à accrocher au mur de ma chambre. Elle m'a répondu qu'elle s'y mettrait dès qu'elle en aurait le temps, mais qu'elle en avait six en commande pour le célèbre carnaval de Rio et qu'une compagnie de production de films lui en réclamait aussi. Je la sens parfois fatiguée, mais elle est heureuse. Mes parents sont des bourreaux de travail. Je ne suis pas sûre de vouloir être comme eux plus tard, sauf si, comme eux, j'ai un travail qui me plaît réellement. L'année dernière à cette époque, j'étais attirée par l'histoire et l'archéologie. L'idée d'aller faire des fouilles et de découvrir des vestiges du passé me plaît assez. Ces temps derniers, j'ai toutefois changé d'avis, je dessine des meubles. J'ai conçu une sorte de fauteuil avant-gardiste dont Maman m'assure avoir trouvé les lignes très élégantes. Elli veut devenir mannequin. Mince et jolie comme elle est, ce ne devrait pas être très difficile, mais Maman lui a fait remarquer avec beaucoup de douceur que, mis à part l'argent, ce ne serait pas une vie bien intéressante. Je n'en sais rien. Je me demande ce que je ferai plus tard et cela me tracasse, mais je suppose que j'ai tout le temps de me décider.

Bert vient parfois nous rendre visite. Je crois qu'il nous manque un peu à tous. Il semble adorer le Norfolk, il va jusqu'à dire qu'il ne reviendra jamais vivre à Londres. L'autre jour, il nous a invités au restaurant et, au retour, il nous a donné à Elli et à moi dix livres sterling chacune ! J'en ai conclu qu'il était encore riche. Je l'aime beaucoup. Il est, disons, chaleureux et puis, avec lui, on peut parler. J'ai confié l'autre jour à Elli – ou plutôt l'autre soir, car il nous arrive de bavarder très tard – que si jamais Papa mourait dans un horrible accident, j'aimerais que Bert épouse Maman et qu'il devienne mon beau-père. Elle a trouvé que c'était une bonne idée, mais bien sûr, il ne pourrait jamais, jamais remplacer Papa. Personne ne le pourrait. Et je déteste imaginer, ne serait-ce qu'une seconde, mes parents morts. Elli m'a dit que, pour elle, c'était comme si ses parents étaient déjà morts. La pauvre ! Je suis si contente qu'elle vive avec nous ! C'est comme si j'avais la sœur dont j'ai toujours rêvé.

GWEN

Comme je me plais à le répéter, le bon Dieu nous réserve parfois des surprises ! Qui aurait cru, l'an dernier à pareille époque, que ma rencontre avec Henry dans ce bar aurait abouti à ça ? À cette merveilleuse amitié. Je remercie le ciel ! Je remercie Dieu chaque soir quand je dis ma prière.

Bien sûr, j'ai tout de suite perçu en lui un homme d'une rare bonté. C'est ce qui m'a sauté aux yeux quand on m'a demandé de regarder une deuxième fois les visages qui défilaient pour la séance d'identification. Je repère la bonté sur un visage à cent mètres. C'était cette bonté qui m'avait frappée quand, sur le chemin du retour, je repensais à son visage. Ajoutez à cela cette coïncidence extraordinaire de le revoir au bar ! Dire que j'avais vraiment hésité à y aller ! Si je n'avais pas osé, sans doute que je mènerais encore mon petit train-train quotidien : pas de bon ami, pas de sorties, personne à qui parler, personne qui se soucie de moi, personne qui me comprenne. J'ai encore du mal à croire que c'est arrivé et je demande à Henry si je rêve ou non. Il se met à rire, ne trouve pas ma question ridicule et me répond que non, je ne rêve pas.

D'un commun accord, Henry et moi avons pris notre temps. Comme j'étais heureuse qu'il me téléphone quelques jours après notre rencontre pour me rappeler que nous devions prendre un verre ensemble le vendredi ! Ça faisait des années que je n'avais pas reçu une aussi chaleureuse invitation : quel bon moment nous avons passé ! Il m'a un peu parlé de son épouse, Mary, et ne s'est pas privé de me dire qu'elle lui manquait. C'était, semble-t-il, une bonne épouse et une bonne mère, peu douée pour la cuisine, qui passait chaque instant de loisir plongée dans un bouquin. Il avait appris à vivre seul : c'était un mode de vie différent, mais il s'y faisait. Il n'éprouvait pas le besoin de la pleurer. Un être peut vous manquer sans que pour autant vous passiez vos journées à le pleurer, répétait-il. Il avait de nombreuses occupations et il avait des moyens, l'industrie du bâtiment étant florissante. Il aidait un peu ses enfants et mettait aussi de côté pour ses vieux jours. Il s'était épris d'un petit village de la côte sud. Je lui dis que je connaissais Frinton, sans jamais lui laisser entendre que je serais prête à partager ce beau rêve...

Après ce deuxième verre en ma compagnie, il insista pour me raccompagner sous prétexte qu'il ne voulait pas que je me fasse à nouveau agresser. Je ne lui proposai pas d'entrer prendre une tasse de thé, craignant qu'il ne voie en moi une intrigante. Il dut apprécier ma réserve car, après cette soirée, nous nous retrouvâmes au moins une fois par semaine. Au bout de quelque temps, nos sorties se diversifièrent : parfois nous allions au cinéma, parfois au restaurant. Il décida de me faire découvrir les joies de la cuisine internationale. Ayant un estomac capricieux, je n'étais pas très rassurée, mais il me persuada que je n'aurais aucun problème ; aussi, au cours des mois suivants, avions-nous essayé presque tous les restaurants de Shepherd's Bush. Indiens, chinois, italiens, nous les connaissions tous ! De temps en temps, j'avais une indigestion, mais je ne lui en disais rien. J'ai toujours pensé qu'il y a certaines choses que l'on doit garder pour soi. Sans doute ne serai-je jamais très amateur d'ail, je l'évite donc, mais je pense que Henry est heureux de constater que je prends du plaisir à essayer de nouvelles saveurs, il aime aussi me taquiner quand je suis devant un plat mystérieux, richement épicé, aux merveilleux arômes, haut en couleurs orientales, et que je ne sais par où commencer, alors que lui manie les baguettes comme un pro.

Il lui arrive de m'emmener dans le West End. Il m'a invitée à une comédie musicale pour mon anniversaire, je n'ai jamais vu un aussi beau spectacle. J'avais les pieds qui tapotaient pendant tout le trajet de retour en métro. Cela ne m'aurait pas déplu d'être danseuse de claquettes dans une autre vie, lui ai-je dit en rentrant, ce que je n'avais jamais avoué à personne. Il a répondu que j'aurais été très bonne, vu mon agilité.

Je suis donc allée déjeuner chez lui un samedi. Sa maison n'est pas mal du tout, mais elle aurait besoin d'un peu de cette attention dont les hommes sont incapables. J'avais grande envie de lui demander un plumeau, mais me retins. La table débarrassée, nous nous sommes assis sur le canapé pour suivre le match de foot. À la mi-temps, il m'a apporté une tasse de thé. La grande vie, somme toute ! J'avais peine à y croire. Ce n'est qu'au bout d'environ six mois que je l'ai invité chez moi. Même s'il m'assurait que je n'avais pas à le faire, il m'avait si souvent offert le restaurant que je me sentais redevable. Toujours est-il que tout s'arrangea pour le mieux. Je choisis un jeudi qui était férié, afin de passer l'après-midi à cuisiner. J'optai pour un ragoût à la française dont la recette figurait dans un livre que Mrs. Grant m'avait prêté : je ne voulais pas qu'il s'imagine que j'étais juste… la reine des tartes… Chose étonnante, il l'adora et me combla d'éloges. Il se hâta de repartir après le journal télévisé, ajoutant qu'il était temps que je lui rende visite chez lui.

J'ai fini par parler de Henry à Mrs. Grant : elle avait flairé quelque chose car, depuis quelque temps, elle ne cessait de me dire que je semblais toute joyeuse. Je ne me suis pas fait prier pour la mettre dans la confidence. J'ai tenu à préciser la nature de notre amitié, pour qu'elle n'aille pas s'imaginer que j'allais convoler avec lui. Non, la rassurai-je : à notre âge mieux vaut une bonne amitié qu'une liaison amoureuse. Nous pouvons compter l'un sur l'autre, nous passons de bons moments ensemble, nous veillons l'un sur l'autre. Que souhaiter de plus quand on a dépassé la cinquantaine ? Elle m'a regardée, l'air interrogateur, sans doute qu'une aussi belle femme qu'elle préférerait entretenir une liaison amoureuse pour le reste de ses jours. Elle m'a dit combien elle s'en réjouissait pour moi et, désormais, il nous arrive souvent durant nos pauses-café de parler toutes les deux de Henry. Dieu que ça fait du bien de pouvoir avoir ce genre de conversation… !

Au moment de Noël, j'ai eu une légère rechute. J'ai reçu cette carte postale de Yarmouth : c'était Gary. Il disait que tout allait bien, mais qu'il songeait à revenir à Londres, ajoutant qu'il passerait me voir et qu'il espérait que mes cicatrices avaient disparu. Pendant quelques instants – je me trouvais seule chez moi –, j'ai eu l'impression que mon univers s'effondrait. Allait-il me poursuivre, me harceler toute ma vie durant ? Serais-je un jour enfin débarrassée de lui ?

Je m'en ouvris à Henry, bien sûr.

— Ne t'inquiète pas, Gwen, dit-il, je veillerai sur toi. Je te protégerai contre tous ceux qui te voudront du mal, contre tout danger : avec moi, tu seras en sécurité.

Je le crus, bien entendu. Quel réconfort de savoir que quelqu'un veillait sur moi ! Il y avait néanmoins au fond de moi cette petite peur qui ne me lâchait pas. Alors que nous étions assis à notre place habituelle du Witch and Broomstick, je lui mentionnai la carte de Gary, et pour la première fois, il me prit la main et la caressa de ses gros doigts. Sans doute à cause de son travail dans le bâtiment, il n'avait jamais les ongles très propres, mais leur noirceur n'avait rien de repoussant. Il me serra la main d'une façon rassurante, puis il me tapota le genou en me disant qu'il allait commander d'autres consommations : en cette période de fêtes nous allions célébrer non seulement Noël, mais la bonne étoile qui nous avait mis sur le chemin l'un de l'autre.

Cher Henry… Il m'offrit un sac pour Noël, un Noël que nous passâmes dans mon appartement. Le plus beau sac que j'avais jamais vu, en cuir noir avec mes initiales gravées sur une petite plaque. De mon côté, je lui avais tricoté un pull-over. Il me déclara qu'il le porterait jusqu'à ce qu'il tombe en loques.

Et c'est dans cette confiance mutuelle que se poursuit notre merveilleuse amitié. Nous avons besoin l'un de l'autre, mais ne sommes pas un poids l'un pour l'autre. Nous n'avons jamais évoqué la possibilité de vivre ensemble ni d'officialiser les choses, et je pense que nous en resterons là. Nous sommes heureux ainsi. Cela nous convient parfaitement. Chacun a ainsi sa vie et nous nous retrouvons régulièrement. Compte tenu de notre âge, et, comme je l'ai un jour expliqué à Henry, nous ne sommes pas gênés par les désirs de la chair qui, je dois l'admettre, ne m'ont jamais trop tourmentée. Mais il existe entre nous des liens cordiaux et une compréhension qu'après Barry à Blackpool, je n'aurais jamais cru retrouver. Seulement cette fois, on ne me laissera pas tomber. J'en suis sûre et certaine.

Pas plus tard que la semaine dernière, Henry a eu une très bonne idée. Il a décidé que nous irions danser. Pas de claquettes, cette fois, a-t-il précisé, ajoutant qu'il connaissait un endroit très chic, une salle de bal fréquentée par des gens de notre âge.

— Mon Dieu, me suis-je exclamée, je n'ai rien à me mettre !

— Va t'acheter une belle robe, a-t-il dit en me glissant une liasse de billets dans la main, et avec ton manteau vert et ton beau sac, tu seras la reine du bal. Je serai très fier de toi.

Non, ce n'est pas un rêve. Nous irons danser mercredi soir. Ce matin, j'étais dans un tel état d'excitation que j'en ai fait tomber l'aspirateur de Mrs. Grant et j'ai eu un mal fou à le rafistoler ! J'ai raconté à Mrs. Grant ce qui était arrivé, je lui en ai donné la raison, elle est partie d'un grand éclat de rire, à croire qu'elle était aussi excitée que moi ! J'ai acheté une jolie tenue, de ce bleu dont Mrs. Grant raffole, quant à Henry, il portera son costume du dimanche. Il m'a dit qu'il avait réservé une petite table, dans une pénombre rosée et que le serveur nous apporterait nos consommations sur un plateau. L'orchestre attaquerait alors nos chères vieilles rengaines. Peut-être même *Dancing on the Ceiling*, que ma mère jouait sur son vieux gramophone. Là-dessus, nous nous lèverions, ferions quelques pas et je prierais Dieu pour ne pas m'embrouiller les pieds. Plus que vingt-quatre heures jusqu'à mercredi ! Comme je me le répète souvent : tu as une sacrée chance, Gwen Bishop !

BERT

Les sièges pivotants sont arrivés ce matin, signe que c'est enfin terminé. Oui, c'est fini. Le bureau attenant à la maison et doté d'une immense fenêtre panoramique donnant sur les marais est prêt. Aux deux extrémités de la pièce, chacun a son bureau et son ordinateur. L'affaire, qui a démarré péniblement sur un coin de table de cuisine, a l'air de vouloir décoller.

La maison, elle aussi, est plus ou moins achevée : encore deux ou trois autres tableaux de Rosie à accrocher et on y sera. Elle est revenue la voir l'autre jour. En général, les gens sont horrifiés de ce que les autres font de leur maison, pas elle. Elle était émerveillée.

— Tu ne voudras jamais en partir, m'a-t-elle dit.

Et elle a raison.

— Parfaitement raison, a renchéri Carlotta au petit déjeuner, tout en maugréant à la perspective d'aller passer sa journée mensuelle à Londres.

Dans sa société, tout le monde a été tellement consterné par sa démission qu'elle s'est laissé persuader de continuer, de chez elle, à travailler pour eux, au coup par coup, en n'assistant qu'à une réunion par mois. Tout cela s'est passé de façon si irréelle que j'ai encore peine à y croire.

Le jour où j'ai amené Carlotta visiter la maison, il n'aurait pas pu faire plus mauvais temps – des rafales de pluie se déchaînaient sur les marais, on ne voyait plus la mer, on s'enlisait, il faisait un froid de canard… Assis au coin de la cheminée de Rosie, nous avons bu du vin rouge. J'étais persuadé qu'elle n'envisagerait même pas de lancer les travaux de rénovation de la maison avant de partir pour New York, comme elle se le promettait. Et voici qu'au cours de notre dîner à l'hôtel, elle m'a déclaré que ça lui plaisait, qu'elle imaginait le projet dans son ensemble. De retour à la maison le lendemain matin, les feux du soleil sur le marais et un délicat feston de mer argentée à l'horizon l'ont subjuguée. À cet instant, quelque chose m'a dit qu'elle pourrait bien avoir envie de faire traîner les travaux.

Je ne saurais dire comment ça s'est passé au juste mais, après ça, il n'a plus guère été question de New York. Au terme des trois mois prévus, les maçons étaient toujours dans la maison, et elle a continué à s'occuper de tout. Quand j'ai emménagé, il y a maintenant six mois, c'était encore la pagaille ; elle m'a demandé si cela ne me dérangerait pas qu'elle reste jusqu'à ce que tout soit vraiment terminé. Elle dormait dans une pièce minuscule à l'arrière, quant à moi, je m'étais installé dans la grande chambre avec vue panoramique.

Je découvrais une nouvelle Carlotta très différente de la femme surexcitée de Londres, qui m'avait à la fois attiré et agacé à mon retour des États-Unis. Ici, elle avait renoncé à toutes les paillettes de sa vie d'antan. Elle ne s'inquiétait plus guère de son apparence, ce qui la rendait sacrément plus jolie : son visage superbe se passait très bien de maquillage. Certaine douceur naturelle, jusqu'alors cachée, transparaissait. Mon bien-être semblait son premier souci, et il était évident qu'elle aimait cet endroit, par tous les temps. Elle s'était fait, bien avant moi, des amis dans le voisinage, et savait où trouver le meilleur poisson et les aromates les plus délicats. Elle connaissait aussi les retraités qui vendaient les groseilles de leur jardin. Je lui demandais souvent si elle ne se sentait pas isolée, si Londres ne lui manquait pas. Pas du tout, me répondait-elle : c'était ici qu'elle se sentait chez elle, même si elle n'avait jamais mis les pieds dans cette région auparavant. Je ne voulais pas lui poser trop de questions, mais je ne pouvais m'empêcher de me demander comment elle nous voyait. Pas une fois elle ne m'a donné l'impression d'attendre autre chose que notre camaraderie de plus en plus décontractée et enjouée : nous n'étions pas portés sur les confidences. J'en suis venu à penser que, faute d'avoir trouvé l'homme de sa vie, elle se contentait de vivre aux côtés de quelqu'un avec qui elle s'entendait, et auprès de qui elle pouvait mener au quotidien une existence sans histoire, pour le seul plaisir de travailler et d'être ensemble.

Avec le recul, j'ai du mal à comprendre comment j'ai pu être aussi aveugle. Pendant tout ce temps où elle travaillait si dur à rénover ma maison – et avec quel brio ! – j'étais convaincu qu'elle n'en demandait pas plus. Et puis, un beau matin de juin, en descendant à la cuisine, je ne l'ai pas trouvée. Un sentiment d'inquiétude m'a envahi, vite dissipé quand elle a franchi le seuil, cheveux mouillés en bataille. Elle était allée se baigner de bon matin. Ce regard qu'elle m'a jeté... À vrai dire, je ne sais pas ce qu'il y avait derrière. De la supplication, peut-être. Du désir. De l'envie. Je n'ai fait ni une ni deux : je me suis levé, je l'ai prise dans mes bras, en marmonnant quelque chose sur mon ingratitude et ma goujaterie, et nous avons laissé là le petit déjeuner. Nous avons passé la matinée à regarder le soleil folâtrer dans la chambre : une journée perdue dans le plus grand bonheur.

Ce fut le moment décisif. Le plus curieux, c'est que devenir amants n'a pas changé grand-chose. Nos journées sont toujours aussi paisibles, ce qui nous stimule, c'est la création de notre petite société. J'ai découvert en Carlotta une femme d'affaires sans pareille – pas étonnant que son ancienne société n'ait pas voulu la laisser partir. Je n'aurais jamais deviné, à l'époque où nous étions londoniens, à quel point elle avait le sens des affaires, ni combien ses suggestions étaient persuasives et ses pronostics perspicaces. Ensemble nous avons recherché sur la côte est des projets en quête de financement, nous avons été submergés de demandes. Comme me l'a fait un soir remarquer Carlotta, mon propre magot, si respectable soit-il, ne fera pas long feu. Il nous faut trouver des fonds, elle voit là un défi. À en juger par les résultats, c'est un autre de ses talents.

Je ne me rends que très rarement à Londres, parfois j'y passe la nuit dans l'ancien appartement de Carlotta. Je trouve en général le temps de déjeuner avec Dan qui semble fonder de grands espoirs sur sa nouvelle pièce, mais j'ai entendu cela si souvent ! Une ou deux fois j'ai dîné avec Isabel et lui, et je pense qu'un de ces jours nous les inviterons ici. Je n'ai pas eu de tête-à-tête avec Isabel depuis cet atroce – et dernier – dîner.

Il m'arrive de lui téléphoner en l'absence de Carlotta. Je lui raconte où j'en suis, elle me parle de Sylvie, d'Elli, de tout le travail qu'elle a, de ce que devient Dan. Nous ne nous engageons jamais sur des pentes glissantes. Mais comme je l'aime encore, et je l'aimerai toujours, ces conversations constituent, je l'avoue, une forme d'infidélité. Si elle n'était pour moi qu'une amie, la femme de Dan, ces entretiens seraient innocents. En pratique, c'est une forme d'infidélité à laquelle je ne suis pas prêt à renoncer. De temps en temps, j'ai désespérément besoin de lui parler, d'entendre sa voix, juste pour me souvenir... Il lui arrive de me demander si je suis heureux. Je lui réponds que oui, elle me dit qu'elle s'en réjouit. Elle ne me pose jamais de questions au sujet de Carlotta, et je ne lui ai jamais avoué que nous étions devenus amants. Elle doit s'en douter. Quand nos échanges ont lieu à des moments où je sais que Dan est absent, il plane une sorte de reconnaissance tacite – du moins je le pense, comment pourrais-je en être certain ? – qu'un jour, l'espace d'un instant, il y a eu entre nous une étincelle. Il me suffit de me le rappeler de temps en temps. Pour mon malheur, je suis tombé amoureux, sur le tard, de la femme de mon ami – je suppose qu'il vaut mieux ça que de n'avoir jamais aimé du tout, telle est du moins ma certitude lorsque je parle à Isabel.

Je n'ai jamais dit à Carlotta que je l'aimais, et sans doute ne le lui dirai-je jamais. J'éprouve d'innombrables sentiments à son égard : du respect, de l'affection, de l'admiration, de la tendresse. Mais pas vraiment de l'amour. Elle n'exige rien de moi sur le plan sentimental, et je crois que sa nouvelle vie lui apporte autant de tranquillité, de bonheur et de satisfaction que je peux lui en procurer. Je ne pense pas que nous aurons un jour des enfants. Nous n'en parlons jamais. Cela impliquerait une vie très différente que ni elle ni moi ne désirerions, pour autant que je le sache. Nous sommes heureux, franchement heureux, comme nous sommes.

Elle pivote sur son nouveau fauteuil, en riant. Je pivote sur le mien qui grince. Elle a le plus confortable. Elle le mérite. Le vent a ébouriffé ses cheveux, elle est pieds nus. Mon vieux béguin pour elle se réveille, dans toute son ambivalence. Je ne l'aime pas, mais elle est merveilleuse. J'ai beaucoup de chance.

Cet après-midi, me rappelle-t-elle, en consultant sa montre, nous allons revoir une de ces ravissantes petites églises de Norfolk qui se trouve en piteux état. Des années de ventes de charité, de kermesses et de billets de tombola n'ont pas encore réussi à collecter le huitième des fonds nécessaires à la réfection du toit, et le gouvernement n'a accordé aucune subvention. Nous devons prendre le thé avec le pasteur dans son beau presbytère en ruine, et nous lui remettrons un chèque. Il nous parlera d'autres églises tout aussi pauvres. Puis de retour chez nous, assis sur nos sièges pivotants, nous effectuerons nos calculs – Carlotta s'y entend beaucoup mieux que moi.

J'aime Isabel, me dis-je, en regardant les pieds de Carlotta, mais lorsque, à des rêves impossibles, se substitue un plaisir comparable à celui que m'apporte ma nouvelle existence, je n'ai qu'à m'estimer heureux.

— Dépêche-toi, m'enjoint Carlotta : on a le temps de manger un sandwich au maquereau fumé avant de partir.

CARLOTTA

Comme je le disais à Bert l'autre soir, ça fait toujours un drôle d'effet de se surprendre soi-même. Si quelqu'un m'avait dit l'an dernier à pareille époque que j'allais vivre face à des marécages, et que mes activités se résumeraient à récolter des fonds pour restaurer de vieilles églises ou aider de petites industries locales, je lui aurais répondu qu'il était complètement cinglé… C'est pourtant ce qu'il se passe et, quand je regarde en arrière, je ne sais toujours pas comment je me suis retrouvée ici.

J'ai été séduite par l'emplacement de la maison de Bert, même si, le premier jour, il tombait de telles cordes qu'on n'y voyait à peu près rien. J'ai tout de suite repéré ce qu'il fallait faire, ce que l'on pouvait en tirer, j'ai repéré le pan de mur à partir duquel on pouvait l'agrandir. J'ai donc accepté la suggestion plutôt hardie de Bert de repousser de trois mois mon départ pour New York, et le lendemain la pluie avait cessé, laissant place à un ciel immense.

Sans doute n'avais-je jamais réfléchi à ce que représente un beau ciel. Qui y réfléchirait ? Quand j'étais enfant, mon ciel se réduisait à de monotones lambeaux de bleu ou de gris entre les arbres et à Londres le ciel est pour ainsi dire inexistant. Au long de ces années, je n'avais eu pour paysage que des immeubles et les cimes des arbres, et même si le soleil ou la pluie décidaient de la journée, je n'étais jamais consciente de la couleur du ciel. J'avoue qu'ici, il m'a sidérée. J'ai découvert ce vaste dôme splendide, imposant, qui m'avait manqué toute ma vie. Debout sur les dunes, les bras grands ouverts vous pouviez vous fondre dans ce bleu, vous laisser entraîner dans l'écume des nuages. Je me souviens de ma deuxième soirée ici. Un vol de canards en formation rigoureuse traversa l'étendue d'opale, sûrs de leur orientation, striant le silence.

N'ayant jamais vu de vol de canards sauvage, j'étais fascinée. Ensorcelée. Je sus, ce soir-là, qu'il n'était plus question pour moi d'aller à New York ni de retourner à Londres pour y reprendre un travail, fût-il bien rémunéré, et gratifiant par ses importantes responsabilités : je n'avais qu'une envie, rester avec Bert dans le Norfolk et me mettre à étudier les facettes de cette vie paisible.

Ici, Bert n'était plus le même. Il était détendu. Il avait renoncé aux gilets, n'était plus sarcastique. Il continuait à me faire rire, mais il gardait ses distances.

Oui, je l'aime, vraiment. Je me revois en train de me dire que je pourrais tomber amoureuse de lui – jamais avec cette folle passion que j'éprouverais pour Dan s'il était libre – mais je sens que j'ai appris à l'aimer. Et cela, en dépit de mes hésitations, de mes doutes sur ses sentiments à mon égard. C'est venu tout doucement. Un matin où j'étais allée nager de bonne heure, je me suis aperçue, à ma grande surprise, que j'étais impatiente de revenir à la maison et de constater que l'image que j'avais de Bert en train de prendre son petit déjeuner était devenue réalité. Je me précipitai dans la cuisine, les cheveux trempés. Il leva la tête. J'aurais juré qu'il était aussi heureux de me voir de retour que je l'étais moi-même. J'aurais juré qu'un profond changement se lisait dans son regard, comme s'il venait de se rendre compte que son associée, sa décoratrice et bonne amie, était soudain devenue plus que cela. Nous allâmes dans son lit. La fenêtre s'ouvrait sur le ciel immense, dont j'entrevoyais des lambeaux quand j'ouvrais les yeux. Bert avait si longtemps refoulé son amour. À l'heure du déjeuner, nous étions épuisés, vidés, au septième ciel, anéantis. Le temps que je descende en chancelant préparer un homard – nous avions tous deux une faim de loup – j'étais irrévocablement amoureuse et je savais qu'à sa façon, aussi peu conventionnelle que discrète, Bert était amoureux de moi. Je ne parvenais pas à comprendre ce qu'il se passait dans sa tête tant à mon égard qu'à notre égard à tous deux. Sans doute rien. Je n'arrivais pas à me décider à lui poser la question. Il n'aurait pas apprécié que je l'interroge sur ce qui semblait une bonne et franche amitié. Il s'imaginait, je pense, que j'étais heureuse ainsi, et que nous pourrions en rester à cette relation platonique pendant des années. Il faut admettre que cela nous convenait très bien : nous nous entendions comme frère et sœur. Il m'aidait à découvrir la région du Norfolk et, de mon côté, je lui enseignais l'informatique et certaines astuces du métier. Parfois, en le voyant lire le soir au coin du feu, je me demandais pourquoi diable il ne se levait pas pour me prendre dans ses bras... Qu'est-ce qui clochait chez moi ? Réflexion faite, je ne pense pas qu'il m'ait reproché grand-chose, mais il ne lui serait jamais venu à l'esprit de changer la nature de nos rapports. Il avait eu sa chance, lors de cette folle soirée des seins nus, et il l'avait laissée passer. Il devait se dire qu'il était trop tard. Mais comment envisageait-il l'avenir ? Peut-être pensait-il qu'une femme beaucoup plus parfaite que je ne pourrais jamais l'être apparaîtrait un jour le long des marécages et qu'il me troquerait pour elle. À moins qu'il ne pense qu'ayant, un jour, trouvé l'homme idéal, je le quitterais. Il avait dû remarquer que je n'en prenais guère les moyens : je n'allais à peu près jamais à Londres – il s'y rendait plus souvent que moi – et il n'y avait guère de chance pour que je m'éprenne d'un de ces malotrus qui, l'été, fréquentaient le bar du village. En réalité, Bert ne songeait guère à l'avenir, il n'était pas doté d'une grande imagination. Une des qualités que j'appréciais tant en lui, c'était sa capacité à se concentrer intensément et passionnément sur ses engagements du moment.

Bien entendu, nous évitâmes le sujet. J'aurais hésité à exprimer mes émotions par des clichés et des mots inadéquats, le moment n'était pas aux grandes déclarations. Tout était évident. Et clair entre nous.

Maintenant, j'ai ma place dans son lit et nous sommes reconnus comme un couple. Nous continuons à mener cette vie follement différente que j'adore. Je pars me promener et je reviens avec des légumes des maraîchers locaux et de vieilles assiettes dénichées dans les brocantes, de petites victoires qui me procurent un plaisir que, l'an dernier seulement, j'aurais méprisé. Bert est tout heureux quand je rapporte mes bonnes affaires ! Une de ses grandes joies est de me voir inventer de nouvelles recettes de poisson à l'angélique. Il a suggéré l'autre jour que nous achetions un petit bateau pour faire un peu de voile. J'ai une peur panique de la mer et je suis très mauvais marin.

— Mais oui, pourquoi pas ? ai-je répondu.

Il était aux anges…

Mon seul secret à son égard est cet étrange désir d'avoir un enfant. Je ne lui en ai pas soufflé mot, mais je suis persuadée qu'il accepterait. S'il était contre cette idée, je ne sais pas comment je réagirais, sans doute en serais-je triste. Mais je refuse d'y penser. Je suis sûre qu'il ne sera pas difficile à convaincre.

Quant à Dan et Isabel, si étrange que cela puisse paraître, il est rare que je pense à eux, en dehors d'une vision fugitive ou du souvenir de ce baiser brûlant échangé avec Dan. Mais Isabel, mon amie Isabel, semble lointaine. Sans doute n'avons-nous jamais eu beaucoup de points communs et nous servions-nous l'une de l'autre pour nous réconforter et nous encourager mutuellement. Nous riions bien ensemble et il m'arrive de regretter de ne pas avoir d'amie dont le sens de l'humour soit aussi proche du mien. Mais il y avait toujours entre nous cette rivalité tacite, une espèce de jalousie passive dont je ne comprendrai jamais la cause. J'aurais détesté mener sa petite vie tranquille autant qu'elle aurait détesté mener la mienne. J'aimerais un jour essayer de lui expliquer ce changement radical dans ma façon de vivre et les raisons pour lesquelles je l'apprécie autant. En réalité, je doute qu'elle soit vraiment intéressée, aussi mieux vaut ne pas insister. Apparemment Bert lui a dit combien j'en étais heureuse : elle lui a répondu qu'à son avis, mon enthousiasme ne durerait pas. À l'occasion, Bert s'arrête chez eux quand il est à Londres. Je ne les ai revus qu'une seule fois, et en coup de vent, depuis mon départ. Tout ce qui m'intéresse c'est le bonheur de Bert, mener à bien notre petite affaire, profiter du jour qui passe et contempler ce ciel.

DAN

Depuis le départ de Bert et Carlotta, je n'ai pas arrêté et j'ai rarement connu autant de moments aussi grisants. *Cachotteries* – je ne suis pas encore sûr du titre – est achevé depuis six semaines. Je n'ai jamais travaillé à une pièce aussi longtemps et avec une telle passion.

Je me suis donné beaucoup de mal pour bien présenter le manuscrit dont j'ai fait relier six exemplaires. Ce matin-là, si pesant que soit mon sac, je me sentais tout léger en rentrant de chez le papetier ! Sitôt de retour, j'ai griffonné une note à Sam Fielding et suis reparti à la poste lui envoyer ma pièce par courrier spécial. Isabel m'a demandé le motif de mes allées et venues, pourquoi je ne tenais pas en place. Je ne lui ai rien répondu.

Et maintenant, j'attends. Oh ! J'en ai l'habitude. Attendre a du bon car cela signifie qu'il y a encore une raison d'espérer, d'anticiper une réponse favorable. Le matin que je redoute c'est celui où j'apercevrai sur le paillasson la grosse enveloppe écrite de ma main et à l'intérieur quelques lignes pour la forme, tout juste polies, m'informant qu'un sous-fifre avait été très intéressé par la pièce, mais que ce n'était pas précisément ce que recherchait le théâtre en question.

Et pourtant, cette fois, j'ai davantage d'espoir que d'habitude, parce que, d'une part, je sais que c'est ma meilleure pièce depuis Oxford et que, d'autre part, j'ai confiance en Sam Fielding. C'est le neveu de Rosie, la vieille dame du Norfolk. Bert avait organisé un déjeuner chez Garrick pour que nous fassions connaissance. Occupé comme il l'est, j'imagine que Sam n'a accepté que par égard pour sa vieille tante, mais tout s'est très bien passé. L'atmosphère était détendue. Nous n'avons guère parlé de la pièce elle-même, bien sûr. Je l'ai très brièvement résumée. Il a trouvé le thème bien choisi, très porteur. Je l'ai fait rire une ou deux fois – à d'autres sujets –, espérons qu'il en aura conclu que ma pièce ne devait pas manquer d'humour. En prenant congé, il m'a recommandé de lui adresser le manuscrit terminé en précisant *personnel* sur l'enveloppe. Il m'a absolument promis d'être le premier à le lire et qu'il le confierait ensuite à d'autres lecteurs.

Cela m'a redonné du cœur à l'ouvrage : le script avait, semblait-il, moins de chances d'errer dans la nature pendant des mois, comme tant d'autres. J'attends une réponse depuis six semaines – cinq semaines et quatre jours pour être précis. J'ai reçu un laconique accusé de réception de la part de Sam, un bon signe, inhabituel par les temps qui courent : une carte postale représentant Shakespeare. Sam me remerciait pour le manuscrit, il le lirait dès que possible et me contacterait. Voilà qui m'a remis du baume dans le cœur. Cela fait du bien d'être traité poliment pour une fois.

Depuis, je m'efforce d'être le plus patient possible. C'est curieux, mais il ne m'est pas venu d'idée pour une autre pièce. N'écrivant rien, je me sens plutôt désœuvré le soir, aussi allons-nous plus souvent au théâtre et au cinéma. Le matin, je descends de bonne heure, redoutant et espérant le courrier tout à la fois. Constatant que je n'ai toujours pas de nouvelles, j'essaye de me changer les idées, mais ce n'est pas aisé.

Vu ma fragilité face à l'attente, je me surprends à fantasmer. J'imagine ainsi la première, peut-être à Colchester à moins que ce ne soit à Southampton ou à Guildford. À vrai dire, peu m'importe. Sam m'a expliqué qu'à l'heure actuelle, la tournée en province est la meilleure façon de lancer une pièce. Faire salle comble dans le West End est pratiquement impossible pour une pièce de théâtre.

— Oubliez le West End, m'a-t-il dit.

Je suivrai son conseil.

— Visez plutôt une bonne tournée en province : vous pouvez gagner beaucoup d'argent, m'a-t-il assuré.

L'argent, je m'en moque, ce qui compte pour moi, c'est qu'on joue ma pièce et qu'elle ait du succès. Je veux revivre ces moments intenses, que j'ai connus jadis brièvement, où l'auteur entend les acteurs parler avec ses propres mots, je veux voir toutes ces années d'efforts couronnées par quelques instants de gloire. Parce que si *Cachotteries* est refusé, je ne sais pas si j'aurai ni la volonté, ni l'énergie, ni le courage de recommencer.

En ce qui concerne la première de ma pièce, j'ai un fantasme secret dont j'ai honte. Je nous imagine, Bert, Carlotta, Isabel et moi, partant au fin fond de l'Angleterre car, après la soirée au cours de laquelle je me suis ridiculisé avec cette annonce si maladroite, Bert et Carlotta sont sans aucun doute les amis qu'il convient d'inviter à se joindre à nous. Je les imagine, dans la salle obscure, assistant à l'histoire d'un couple heureux, sans problème, et de leurs deux amis célibataires, Roddy et Liza. Homme marié, Paul s'abandonne à un instant de luxure avec Liza, ce qui compromet son équilibre, mais son épouse, Mary, en ignore tout. Elle n'a aucune idée de la peur qu'il a d'être trahi par Liza. Aux yeux de Paul, Mary est la fidélité même. Il le sait. Roddy, lui, est un célibataire tout à fait respectable. La culpabilité n'affecte que deux d'entre eux. Quel traumatisme cela causera-t-il ? Vous ne l'apprenez pas avant le deuxième acte. En attendant, les spectateurs se poseront des questions. Comment Isabel, Carlotta et Bert prendront-ils cela ? Reconnaîtront-ils que ma pièce est inspirée de la vie réelle ? Carlotta me lancera-t-elle un regard entendu par-dessus son verre de vin ? Est-ce que beaucoup plus tard, à la maison, Isabel me demandera en plaisantant où j'ai déniché ce sujet ? Autant de questions que je me pose non sans quelque inquiétude.

Plus nous allons, moins j'ai de travail et plus Isabel en a. Comme si elle était entrée dans une autre phase. Elle travaille énormément et elle s'est fait un nom dans la création des masques. Les commandes affluent de partout, ce sont des articles merveilleux, extravagants, originaux – même moi, je suis capable de reconnaître son talent. Je suis fier d'elle. Ayant du temps le soir, il m'arrive de préparer le dîner pour lui donner un peu de répit, ce qu'elle apprécie particulièrement. Sylvie et Elli me donnent parfois un coup de main. C'est bon d'avoir Elli à la maison, Sylvie en est ravie. Elles s'entendent bien, font beaucoup de choses ensemble, ne se chipotent pas souvent. Dieu sait combien de temps Elli restera chez nous ! En ce qui me concerne, elle peut rester aussi longtemps qu'elle le souhaitera. Sa grand-mère a proposé de la prendre chez elle, mais aller vivre dans le Surrey avec une vieille dame qui a perdu la boule est bien la dernière chose qui tenterait la pauvre enfant ! Elle n'a pas eu la vie facile et j'aime à croire qu'aujourd'hui elle est plus heureuse. Bert me manque autant qu'à l'époque où il vivait à New York. J'avais vécu son retour comme un cadeau qui m'était fait, surtout la semaine qu'il a passée chez nous. Son départ si rapide a été une déception, mais je comprends sa nouvelle vie. Il l'aime, c'est clair. Quant à savoir s'il aime ou non Carlotta, malgré tout ce qu'elle organise pour lui, c'est une autre histoire. Leur relation ressemble davantage à un mutuel échange de compagnie et de gratitude qu'à l'amour pur et simple mais, de toute évidence, nous ne discutons pas des subtilités de leur arrangement lors de ses passages à Londres. À la fin d'un long déjeuner, il a toutefois admis avoir fini par « s'envoyer en l'air ».

— C'est dire les choses plutôt crûment, ai-je remarqué, cela ne te ressemble pas.

Il a ri, gêné par la vulgarité avec laquelle il avait formulé ses aveux. À mon avis, cela en dit long : s'il aimait Carlotta, il ne se serait jamais servi d'un tel langage. Quoi qu'il en soit, je me réjouis de le sentir aussi heureux dans le Norfolk et nous projetons d'aller bientôt y passer un week-end. En tout cas, il vient à Londres de temps en temps, car il se passionne désormais pour les vieux livres d'art, cela nous permet de le voir. Bizarrement, Carlotta n'a fait qu'une brève apparition. Il semblerait qu'un total revirement se soit produit en elle. Elle qui ne pouvait supporter la campagne ne peut plus maintenant supporter Londres. Disons qu'elle a toujours été plutôt excessive dans ses opinions…

J'avoue que je ne pense guère à elle. Cet instant, ces secondes de turpitude, rappellent plutôt un mauvais rêve et, comme tout rêve, elles ont fini par s'estomper, ne laissant qu'un vague malaise. Oui, il reste toujours la crainte qu'elle ne respecte pas sa promesse. Le plus curieux, c'est que je me suis tellement inspiré de Carlotta pour le personnage de Liza qu'elles ont fini par se confondre un peu dans mon esprit. La réalité et la fiction sont si intimement mêlées que faire la part des choses exigerait un grand discernement. Et moi, suis-je Paul ? Et lui, est-il moi ? Ce qu'il y a de sûr et certain c'est que nous partageons un sentiment de culpabilité, de honte qui ne disparaîtra jamais complètement. Il m'arrive de me dire que Mary et Roddy, les deux personnages au-dessus de tout soupçon, reflets d'Isabel et Bert, sont les notes les plus ternes de la pièce. Peut-être devrais-je les colorer un peu. Je demanderai à Sam ce qu'il en pense, ce que le metteur en scène en pense…

L'attente, ai-je découvert, est soumise à un étrange phénomène de flux et de reflux, elle a ses rythmes. Tantôt je suis d'une incroyable patience, tantôt je suis rongé par un sentiment d'impuissance. Certains jours je me réveille désespéré, d'autres plein d'espoir. Les mauvais jours, j'ai l'impression d'égrener les heures, comme un chapelet.

Les bons jours, j'ai l'impression de voler. Je suis passé par toutes les sensations possibles. Combien de temps me faudra-t-il encore attendre ? Je n'en dis pas un mot à Isabel : il n'y a rien de plus lassant que d'entendre le récit des continuelles déceptions d'autrui. Mon plus grand rêve, c'est le matin où la lettre arrivera, disant... oui. Quelques changements par-ci par-là (Seigneur, je suis prêt à changer tout ce qu'on voudra !) mais oui, nous aimerions monter votre pièce.

Je me vois me précipitant dans la cuisine, la lettre à la main, hurlant à Isabel que ça y est, j'y suis arrivé ! Fous de joie, nous nous étreindrions jusqu'à suffoquer ou presque. Voilà ce que j'imagine, à longueur de journée.

ISABEL

J'avais du mal à enfiler une aiguille avec du fil invisible. J'angoissais : commençais-je à perdre la vue ? Devrais-je consulter un ophtalmo ? Cette réflexion du Dr Johnson au sujet de l'amitié qu'il convient d'entretenir en permanence m'est alors revenue à l'esprit. Peut-être avais-je, plus ou moins inconsciemment, pensé à Carlotta. Frappée par cette remarque pleine de sagesse, je me suis rendu compte, non sans quelque remords, que depuis son départ de Londres – il y a déjà un an... c'est incroyable ! – je n'avais rien fait du tout pour entretenir notre amitié.

Nous ne nous téléphonons à peu près jamais, et quand ça nous arrive, nous en restons à des trivialités, surtout de son côté. Comme d'habitude, je n'ai pas grand-chose à dire. Rien de neuf, si ce n'est que je suis débordée, car mes masques connaissent soudain un succès ahurissant. Côté travail, je ne vois pas ce que je pourrais dire qui soit susceptible d'intéresser Carlotta. J'écoute donc son bulletin d'information : bureau presque fini, allons acheter un bateau (*Faire du bateau ?* Carlotta ?) – Je n'exprime aucune surprise. Je connais par cœur l'histoire du facteur retraité qui lui vend les carottes de son jardin, et je sais tout sur les occasions fabuleuses qu'elle a dénichées au marché de Fakenham. Qui aurait pu imaginer qu'elle s'enthousiasmerait un jour pour ce genre de vie ?

Elle m'assure qu'elle adore ça, et qu'elle n'a jamais été aussi heureuse. Elle ne me parle pas vraiment de Bert, mais je suppose qu'ils ont fini par devenir amants, c'est obligé. Je ne comprends pas pourquoi, mais cette idée ne m'enchante guère. Je sais pourtant qu'il y a une minuscule part de Bert qui n'appartient qu'à moi et dont elle ne saura jamais rien. Bert et moi, nous parlons, de temps en temps, et cela me réconforte – c'est bizarre, compte tenu que je n'ai pas besoin de réconfort. Peut-être que ce qui me plaît, c'est juste cette discrète, oh ! si discrète complicité qui se glisse dans ces conversations secrètes entre deux êtres qui, en des instants si fugitifs qu'on serait bien en peine de les localiser dans le temps, ont reconnu entre eux – disons, quelque chose... J'ignore au juste quoi.

Inutile de dire que je suis bien décidée à ne jamais demander à Bert où il en est exactement avec Carlotta. Je n'aimerais pas l'obliger à répondre à une question qu'il ne voudrait pas qu'on lui pose. Je suis persuadée que l'arrangement leur convient. Il prétend qu'elle a beaucoup changé, qu'elle est décontractée, qu'elle vit l'instant présent au lieu d'échafauder des plans à longueur de journée, etc., etc. Mais il ne dit jamais qu'il l'aime. Voilà qui est bien réconfortant.

Franchement, tout va bien. J'ai été tellement submergée de commandes que cette année a passé à toute allure. Sylvie est ravie d'avoir Elli à la maison. Elle a l'impression d'avoir la sœur qu'elle avait toujours désirée. Elli est une enfant triste, mais adorable. Je redoute le jour où il lui faudra retourner chez l'un ou l'autre de ses parents. Elle est heureuse ici, et avec Dan nous nous accordons à dire qu'elle a une excellente influence sur Sylvie qui s'est rendu compte, je crois, de la chance qu'elle avait d'avoir un foyer stable et des parents constants dans leur affection. Elle est devenue beaucoup moins lunatique et beaucoup moins difficile.

Quant à Gwen, elle s'est très vite remise – en partie, je pense, grâce à son ami Henry dont elle m'a tout de suite parlé. Il lui a redonné goût à la vie : il l'encourage, la sort, la fait rire, l'écoute. Cette phase plutôt sombre de sa vie semble appartenir maintenant au passé. Elle essaie parfois de l'expliquer. Ce n'est pas l'amour fou avec tout ce qu'il peut entraîner de complications. Elle prétend qu'ils ne tiennent pas à se mettre en ménage, par crainte de découvrir des aspects de la vie de l'autre susceptibles de leur déplaire ou de les décevoir. Quand on a l'habitude de vivre seule, m'a-t-elle dit, ce n'est pas facile de s'adapter aux habitudes de quelqu'un. Donc, pour l'instant, ils ont décidé de rester comme ils sont, chacun chez soi, avec l'assurance de passer de bons moments ensemble plusieurs fois par semaine. Ils vont aller danser : Gwen est aux anges. Elle m'a confié qu'elle avait jadis rêvé de devenir danseuse de claquettes, mais que sa mère n'avait jamais pu lui payer des leçons. En tout cas, elle danse bien.

— Je n'aime pas me vanter, m'a-t-elle déclaré hier, mais j'ai ça dans le sang.

Gwen, je l'ai toujours su, fait partie de ces gens dont l'humilité est relative, mais dont la bonté est effective. Dieu sait qu'elle l'a durement gagné ce bonheur tout neuf ! J'adore l'entendre me raconter ce qu'ils font, où ils vont. Leurs histoires ont remplacé la lecture du journal à laquelle j'avais droit – non seulement c'est une bénédiction, mais c'est beaucoup plus drôle.

Dan, par contre, vit sur les nerfs, et on ne saurait lui en vouloir. Sa pièce est terminée depuis quelque temps, et bien qu'il ne me tienne pas au courant, je sais qu'une fois de plus l'attente le met au supplice. Il est le premier, tous les matins, à descendre voir s'il y a quelque chose au courrier – je crois qu'il ne se doute pas que je perçois ce qu'il vit. Il a un air triste, résigné, reflétant parfois une vague lueur d'espoir. En attendant, le facteur n'apporte toujours aucune nouvelle… Je fais des prières pour que cette fois il réussisse. De tout mon cœur. Il mérite un peu de succès. Je ne connais personne qui sache, aussi bien que lui, tirer une leçon du refus et ne pas se laisser abattre par l'échec. Il est grand temps qu'il réussisse. Si cette pièce connaît un échec, je crains qu'il ne trouve plus l'énergie de recommencer.

Quant à Carlotta, que peut-elle faire à ce moment précis ? Est-elle perdue dans la contemplation de l'ordinateur qu'elle connaît si bien ? S'est-elle moquée de moi en me reprochant d'être réfractaire à la technologie moderne ! À moins que... – mon Dieu, il est une heure moins dix ! – elle ne soit dans sa belle cuisine toute neuve en train de mitonner un petit plat pour le déjeuner de Bert. Elle est sans doute en jean, avec un de ces corsages qui attirent les regards sur ses seins incroyables (oui, incroyables, je l'admets). Peut-être se précipitera-t-elle vers Bert quand il entrera, et qu'elle l'embrassera. Merde ! Je déteste cette idée. Il m'arrive de penser à Carlotta, mais je commence à me rendre compte qu'en fait, je ne l'aime plus. Elle ne me manque pas. Notre amitié est irrémédiablement brisée et je m'en moque pas mal. La matinée a vite passé Comme souvent à cette heure-ci, je feuillette mon album imaginaire avant de poser le masque auquel je travaille. Je pense à Sylvie et à Elli, c'est mardi, elles sont en cours d'histoire, si j'ai bonne mémoire. Elles doivent donc se concentrer, car elles aiment cette matière. Quand la cloche sonnera, Sylvie aura un de ses sourires surpris, plutôt plaisant, maintenant qu'elle est débarrassée de son appareil dentaire. Gwen doit être dans un magasin en train de se choisir une robe pour aller danser. Elle m'a dit qu'elle ne se fiait pas à son goût, qu'elle me la montrerait demain : au cas où je penserais qu'elle pourrait trouver mieux, elle l'échangerait…

Bert : juste Bert. Je n'arrive pas à imaginer ce qu'il est en train de faire. Peut-être l'appellerai-je cet après-midi.

Dan est au bureau, sans doute arbore-t-il ce masque inexpressif qu'il réserve à ses collègues de travail. Je ne sais pas pourquoi il ne quitte pas cet emploi, si ce n'est que nous avons besoin d'argent. Je déteste le voir prendre son mal en patience avec tant de courage. Je déteste cet immense espoir qu'il ne parvient pas à dissimuler, car, si cette pièce est refusée, ce sera pour lui la pire des déceptions. Et le voir si malheureux sera abominable. Comment pourrai-je le consoler ? D'autre part, si… Mais il ne faut pas que j'y pense, il ne faut pas tenter le sort.

Je dois continuer à me battre avec cette fichue aiguille, à m'esquinter les yeux. Le masque est pratiquement terminé, c'est une débauche de plumes écarlates constellées de perles et de sequins. Des côtés ruissellent des rubans de satin rose, dont chacun se termine par une petite plume formant une boucle. Je dois avouer que j'en suis plutôt satisfaite.

J'essaye à nouveau d'introduire le fil invisible dans le trou de cette aiguille, écharde de cette lumière qui entre à flots par la fenêtre et je me dis que, pour nous tous, bien des choses demeureront à jamais invisibles.

DU MÊME AUTEUR

À Quai Voltaire

LES FILLES DE HALLOWS FARM, 1997 (Folio n° 3338)

L'INVITATION À LA VIE CONJUGALE, 1998 (Folio n° 3337)

TENDRES SILENCES, 1999 (Folio n° 3559)

FOLLE PASSION, 2001 (Folio n° 3815)

AMOUR ET DÉSOLATION, 2003 (Folio n° 4213)

DE TOUTES LES COULEURS, 2005 (Folio n° 4433)

UN FILS EXEMPLAIRE, 2006

COLLECTION FOLIO

Dernières parutions

4213. Angela Huth — *Amour et désolation.*
4214. Alexandre Jardin — *Les Coloriés.*
4215. Pierre Magnan — *Apprenti.*
4216. Arto Paasilinna — *Petits suicides entre amis.*
4217. Alix de Saint-André — *Ma Nanie,*
4218. Patrick Lapeyre — *L'homme-sœur.*
4219. Gérard de Nerval — *Les Filles du feu.*
4220. Anonyme — *La Chanson de Roland.*
4221. Maryse Condé — *Histoire de la femme cannibale.*
4222. Didier Daeninckx — *Main courante* et *Autres lieux.*
4223. Caroline Lamarche — *Carnets d'une soumise de province.*
4224. Alice McDermott — *L'arbre à sucettes.*
4225. Richard Millet — *Ma vie parmi les ombres.*
4226. Laure Murat — *Passage de l'Odéon.*
4227. Pierre Pelot — *C'est ainsi que les hommes vivent.*
4228. Nathalie Rheims — *L'ange de la dernière heure.*
4229. Gilles Rozier — *Un amour sans résistance.*
4230. Jean-Claude Rufin — *Globalia.*
4231. Dai Sijie — *Le complexe de Di*
4232. Yasmina Traboulsi — *Les enfants de la Place*
4233. Martin Winckler — *La Maladie de Sachs.*
4234. Cees Nooteboom — *Le matelot sans lèvres.*
4235. Alexandre Dumas — *Le Chevalier de Maison-Rouge.*
4236. Hector Bianciotti — *La nostalgie de la maison de Dieu.*
4237. Daniel Boulanger — *Tombeau d'Héraldine.*
4238. Pierre Clémenti — *Quelques messages personnels.*
4239. Thomas Gunzig — *Le plus petit zoo du monde.*
4240. Marc Petit — *L'équation de Kolmogoroff.*
4241. Jean Rouaud — *L'invention de l'auteur.*
4242. Julian Barnes — *Quelque chose à déclarer.*

4243. Nerval — *Aurélia.*
4244. Christian Bobin — *Louise Amour.*
4245. Mark Z. Danielewski — *Les Lettres de Pelafina.*
4246. Marthe et Philippe Delerm — *Le miroir de ma mère.*
4247. Michel Déon — *La chambre de ton père.*
4248. David Foenkinos — *Le potentiel érotique de ma femme.*
4249. Éric Fottorino — *Caresse de rouge.*
4250. J.M.G. Le Clézio — *L'Africain.*
4251. Gilles Leroy — *Grandir.*
4252. Jean d'Ormesson — *Une autre histoire de la littérature française, I.*
4253. Jean d'Ormesson — *Une autre histoire de la littérature française, II.*
4254. Jean d'Ormesson — *Et toi mon cœur pourquoi bats-tu.*
4255. Robert Burton — *Anatomie de la mélancolie.*
4256. Corneille — *Cinna.*
4257. Lewis Carroll — *Alice au pays des merveilles.*
4258. Antoine Audouard — *La peau à l'envers.*
4259. Collectif — *Mémoires de la mer.*
4260. Collectif — *Aventuriers du monde.*
4261. Catherine Cusset — *Amours transversales.*
4262. A. Corréard et H. Savigny — *Relation du naufrage de la frégate la* Méduse.
4263. Lian Hearn — *Le clan des Otori, III : La clarté de la lune.*
4264. Philippe Labro — *Tomber sept fois, se relever huit.*
4265. Amos Oz — *Une histoire d'amour et de ténèbres.*
4266. Michel Quint — *Et mon mal est délicieux.*
4267. Bernard Simonay — *Moïse le pharaon rebelle.*
4268. Denis Tillinac — *Incertains désirs.*
4269. Raoul Vaneigem — *Le chevalier, la dame, le diable et la mort.*
4270. Anne Wiazemsky — *Je m'appelle Élisabeth.*
4271. Martin Winckler — *Plumes d'Ange.*
4272. Collectif — *Anthologie de la littérature latine.*
4273. Miguel de Cervantes — *La petite Gitane.*

4274. Collectif	*«Dansons autour du chaudron».*
4275. Gilbert Keeith Chesterton	*Trois enquêtes du Père Brown.*
4276. Francis Scott Fitzgerald	*Une vie parfaite* suivi de *L'accordeur.*
4277. Jean Giono	*Prélude de Pan* et autres nouvelles.
4278. Katherine Mansfield	*Mariage à la mode* précédé de *La Baie.*
4279. Pierre Michon	*Vie du père Foucault — Vie de Georges Bandy.*
4280. Flannery O'Connor	*Un heureux événement* suivi de *La Personne Déplacée.*
4281. Chantal Pelletier	*Intimités* et autres nouvelles.
4282. Léonard de Vinci	*Prophéties* précédé de *Philosophie et aphorismes.*
4283. Tonino Benacquista	*Malavita.*
4284. Clémence Boulouque	*Sujets libres.*
4285. Christian Chaix	*Nitocris, reine d'Égypte T. 1.*
4286. Christian Chaix	*Nitocris, reine d'Égypte T. 2.*
4287. Didier Daeninckx	*Le dernier guérillero.*
4288. Chahdortt Djavann	*Je viens d'ailleurs.*
4289. Marie Ferranti	*La chasse de nuit.*
4290. Michael Frayn	*Espions.*
4291. Yann Martel	*L'Histoire de Pi.*
4292. Harry Mulisch	*Siegfried. Une idylle noire.*
4293. Ch. de Portzamparc/ Philippe Sollers	*Voir Écrire.*
4294. J.-B. Pontalis	*Traversée des ombres.*
4295. Gilbert Sinoué	*Akhenaton, le dieu maudit.*
4296. Romain Gary	*L'affaire homme.*
4297. Sempé/Suskind	*L'histoire de Monsieur Sommer.*
4298. Sempé/Modiano	*Catherine Certitude.*
4299. Pouchkine	*La Fille du capitaine.*
4300. Jacques Drillon	*Face à face.*
4301. Pascale Kramer	*Retour d'Uruguay.*
4302. Yukio Mishima	*Une matinée d'amour pur.*
4303. Michel Schneider	*Maman.*
4304. Hitonari Tsuji	*L'arbre du voyageur.*
4305. George Eliot	*Middlemarch.*
4306. Jeanne Benameur	*Les mains libres.*

4307. Henri Bosco — *Le sanglier.*
4308. Françoise Chandernagor — *Couleur du temps.*
4309. Colette — *Lettres à sa fille.*
4310. Nicolas Fargues — *Rade Terminus*
4311. Christian Garcin — *L'embarquement.*
4312. Iegor Gran — *Ipso facto.*
4313. Alain Jaubert — *Val Paradis.*
4314. Patrick Mcgrath — *Port Mungo.*
4315. Marie Nimier — *La Reine du silence.*
4316. Alexandre Dumas — *La femme au collier de velours.*
4317. Anonyme — *Conte de Ma'rûf le savetier.*
4318. René Depestre — *L'œillet ensorcelé.*
4319. Henry James — *Le menteur.*
4320. Jack London — *La piste des soleils.*
4321. Jean-Bernard Pouy — *La mauvaise graine.*
4322. Saint Augustin — *La Création du monde et le Temps.*
4323. Bruno Schulz — *Le printemps.*
4324. Qian Zhongshu — *Pensée fidèle.*
4325. Marcel Proust — *L'affaire Lemoine.*
4327. Bernard du Boucheron — *Court Serpent.*
4328. Gil Courtemanche — *Un dimanche à la piscine à Kigali.*
4329. Didier Daeninckx — *Le retour d'Ataï.*
4330. Régis Debray — *Ce que nous voile le voile.*
4331. Chahdortt Djavann — *Que pense Allah de l'Europe?*
4332. Chahdortt Djavann — *Bas les voiles!*
4333. Éric Fottorino — *Korsakov.*
4334. Charles Juliet — *L'année de l'éveil.*
4335. Bernard Lecomte — *Jean-Paul II.*
4336. Philip Roth — *La bête qui meurt.*
4337. Madeleine de Scudéry — *Clélie.*
4338. Nathacha Appanah — *Les rochers de Poudre d'Or.*
4339. Élisabeth Barillé — *Singes.*
4340. Jerome Charyn — *La Lanterne verte.*
4341. Driss Chraïbi — *L'homme qui venait du passé.*
4342. Raphaël Confiant — *Le cahier de romances.*
4343. Franz-Olivier Giesbert — *L'Américain.*
4344. Jean-Marie Laclavetine — *Matins bleus.*
4345. Pierre Michon — *La Grande Beune.*

Composition Facompo
Impression Bussière
à Saint-Amand (Cher), le 12 septembre 2006
Dépôt légal : septembre 2006
Numéro d'imprimeur : 062938/1.
ISBN 2-07-033802-9./Imprimé en France.

142557